Knaur

Von Julia Cameron ist außerdem erschienen:

Der Weg des Künstlers. Ein spiritueller Pfad zur Aktivierung unserer Kreativität

Über die Autorin:

Julia Cameron ist aktive Künstlerin und ein Multitalent. Weltweit gibt sie Seminare über Kreativität und darüber, wie sich diese Fähigkeit fördern lässt. Ihre kreativen Erfahrungen erstrecken sich auf Film, Fernsehen und Theater. Ihre journalistischen Arbeiten wurden mehrfach ausgezeichnet. Mit diesem Roman debütierte sie, von der amerikanischen Kritik viel beachtet und gelobt, als Krimi-Autorin. Sie lebt in Taos, New Mexico.

Julia Cameron

Der dunkle Raum

Roman

Aus dem Amerikanischen
von Christine Gaspard

Knaur

Die amerikanische Originalausgabe erschien 1998 unter dem Titel »The Dark Room« bei Carroll & Graf, New York

Besuchen Sie uns im Internet:
www.droemer-weltbild.de

Deutsche Erstausgabe 2001

Umschlaggestaltung: ZERO Werbeagentur, München
Umschlagabbildung: Mauritius, Mittenwald
Satz: Ventura Publisher im Verlag
Druck und Bindung: Clausen & Bosse, Leck
Printed in Germany
ISBN 3-426-61718-8

2 4 5 3 1

Für Tray

1

Mir ist klar, wenn ich Ihnen diese Geschichte erzähle, muss ich Ihnen auch die Bilder dazu liefern. Mit Bildern habe ich Schwierigkeiten, und mit manchen davon werden Sie vielleicht auch welche haben. Das ist ganz normal.
Lassen Sie mich ganz harmlos anfangen: mit mir. Ich bin siebenundvierzig, dunkler irischer Typ – inzwischen eher grau. Einmal hat mir eine angetrunkene Kellnerin in einer Cocktailbar in Las Vegas zugeflüstert: »Ich weiß, wer Sie sind. Sean Connery!« Sie kicherte und ich lachte auch. Wenn ich so aussähe, müsste ich es eigentlich wissen. Der Typ, den ich im Spiegel sehe, ist Bulle vom Morddezernat, dreiundzwanzig Jahre im Dienst. Über eins dreiundachtzig groß, über hundert Kilo schwer, solide, nichts Spektakuläres, finde ich. Es lag wohl an dem geliehenen Smoking, den ich trug. Ich war zur Hochzeit eines Freundes nach Vegas gekommen.
Szenenwechsel. Ich sitze an meinem Schreibtisch im Revier, in einem Raum, den ich als Geräusch und Geruch wahrnehme. Zu viele Telefone, zu viele Computer, es riecht nach schlechtem Kaffee und zu vielen Männern auf engem Raum.
Ein Polizeirevier hat nicht viel Ähnlichkeit mit dem, was man im Fernsehen sieht. In der Regel räkeln sich keine

Huren in Mikroröcken auf unseren Schreibtischen. Auch keine weiblichen Undercoveragenten in Unterwäsche. Stattdessen haben wir da eine Menge Papier, schmutzige Aschenbecher, schmutzige Tassen und inzwischen, seit wir modern geworden sind, Cola-Light-Dosen und Bildschirme.

Aufgrund meines Rangs habe ich ein eigenes Büro – oder das, was man hier so nennt: eine eigene Glaskabine mit Cartoons und Fingerabdrücken an den Wänden, die mich vom Bullenpferch trennen. Meine Männer und ich arbeiten im Rampenlicht: Wenn es etwas zu sehen gibt, kriegt das jeder mit.

Erst müssen Sie sich *sie* vorstellen. Groß, die teure Sorte, mit blondem Haar, einem blassen ovalen Gesicht und veilchenfarbenen Augen – die Farbe, von der es heißt, Elizabeth Taylors Augen hätten sie. Ich kann das nicht beurteilen, aber Sean Connery wüsste Bescheid. Sie trug eine weiße Seidenbluse mit tiefem Ausschnitt, eine Safari-Jacke und einen seitlich geschlitzten Rock aus teurem Gabardine. Ein Luxus-Callgirl, dachte ich, der Typ, der nach einer Million Dollar aussieht und der jeder einzelne davon gehört.

»Ein Fehler, das ist alles. Er war ein Fehler.« Die Blondine stieß die Fotos über meinen Schreibtisch wieder zu mir herüber.

Künstlerische Fotos, könnte man sagen, aber in dem Mordfall, in dem ich gerade ermittelte – es ging um den ungewöhnlich gewaltsamen Tod eines gewissen Jack Nesbitt, Fotograf –, waren die Bilder ein Indiz. Sie waren an diesem Vormittag von einem Boten aufs Revier gebracht worden. Sie steckten in einem ganz normalen Umschlag und als der Sergeant am Empfangstisch ihn öffnete, starrte er auf ein Paar wohlgeformter Brüste – perfekte Brüste. Es waren mehrere Fotos, immer Oberkörper bis zum Kinn, kopflos und anonym bis auf eine Bildlegende, die mit Tinte auf die Rückseite jedes Fotos geschrieben war: »Dies sind die Brüste von Violet Winters. Fragen Sie sie nach Jacks Tod.« Und eine Telefonnummer.

Der Sergeant hatte aus dem Boten nichts weiter herausbekommen, als dass der Absender »irgend so ne schicke Arztfrau oben in Highland Park« gewesen war. Die Fotos landeten bei Oscar Gomez – ich war nicht da –, und der warf einen einzigen Blick auf sie, rief die angegebene Nummer an und verlangte, dass sich ihre Eigentümerin, Violet Winters, im Revier einfand. »Sofort. Zum Verhör.«

Gomez war ein notorischer Lustmolch. Ich kam herein, als Violet Winters gerade herausgestürmt kam. Gomez hatte sie befragt – unverkennbar.

»Halt sie auf!«, bellte er, als wäre sie eine Ausbrecherin, die gerade über die Mauer klettern wollte. Ich streckte instinktiv den Arm aus und packte sie an einem gebräunten Ellenbogen.

»Was machen Sie da?«, fuhr sie mich an.

»Und was machen Sie da?«, gab ich zurück.

»Sie ist zum Verhör wegen des Falls Nesbitt hier. Sie wird verdächtigt«, erklärte Gomez. Der arme Gomez. Als er mir ihre Nacktfotos hinstreckte, sah er aus wie der Bulle in einem Zeichentrickfilm. Fuchsteufelswild. »Zum Verhör! Wegen Nesbitt!«

»Na, dann werde ich Sie wohl verhören müssen«, sagte ich. »Oder?«

»Also schön«, seufzte Violet Winters mit demonstrativer Geduld. Ich führte sie zu meinem Schreibtisch, wo sie es sich im Besucherstuhl bequem machte, als sei sie in der David-Letterman-Show.

»Dies sind Ihre …«

»Titten? Oder wie nennt ihr Bullen so was? Ja, das sind meine. Waren meine.«

Sie zündete sich eine Zigarette an – oder vielmehr, sie nahm eine in den Mund und wartete darauf, dass ich sie anzündete.

Woher kommen eigentlich solche Frauen, überlegte ich. Genau genommen kannte ich ein paar mögliche Antworten.

A. Aus einer kaputten Familie. (Sie vermisste ihren Daddy.)
B. Aus der weißen Unterschicht. (Sie hatte sich mit Prostitution hochgearbeitet.)
C. Daher, wo es mehr Leid gab, als ich in meinem ganzen Leben gesehen hatte.

Irgendetwas, entweder Kohle oder Verzweiflung, hatte ihr diese kühle, aggressive Aura des Ansprüchehabens gegeben. Das und diese Brüste.

Auf den Fotos – ganz wie im wirklichen Leben zweifellos – waren sie groß, rund, perfekt. Und jetzt wollte sie sie wiederhaben.

»Die Bilder sind Indizien.«

»Indizien wofür? Dass ich ein dummes Gör war? Dass ich alles getan habe, was der Dreckskerl wollte? Dass irgendwer da oben mich mag?«

Sie hatte Humor. Das, die Beine, das Haar, die hungrigen Augen und Lippen konnten einem Mann zum Verhängnis werden. Sie wusste das.

Ich bin vielleicht nicht gerade der beste Ermittler der Welt, aber ich bin einer der besten in dieser Stadt. Und wir sind in Chicago, wo man Stadtführungen zu den Mordschauplätzen veranstaltet. »Da drüben, in dem Durchgang neben dem Kino – da haben sie John Dillinger erwischt.« Ich habe Streifendienst gemacht. Ich habe Sexualverbrechen und Sitte gemacht. Ich habe drei Jahre lang als Undercovermann gearbeitet. Und als ich es zum Detective geschafft hatte und zu den Gewaltverbrechen kam, hatte ich schon ein paar Sachen gesehen.

Ich erzähle Ihnen das, damit Sie verstehen. Als Violet Winters mich aus der Fassung brachte, war ich nicht mehr daran gewöhnt, aus der Fassung gebracht zu werden.

»Indizien wofür?«, wiederholte sie.

»Dass Sie ihn gekannt haben.«

»Sie meinen, dass er mich gekannt hat: ... Hat er vielleicht gar nicht. Vielleicht hat seine Ex einfach was gegen mich. Sie hat Ihnen doch die Bilder gegeben, oder?«

»Ich fürchte, das kann ich Ihnen nicht sagen.« Aber sie hatte Recht. Seine Ex war inzwischen eine schicke Arztfrau in Highland Park.

»Schade. Und ich dachte schon, Sie wären vielleicht ein netter Kerl.«

»Die Bilder können Sie trotzdem nicht behalten.«

»Sie aber auch nicht. Also geben Sie sie zurück.«

Ich warf ihr einen, wie ich hoffte, strengen Blick zu und legte die Fotos in eine Schublade.

»Nicht *die* Bilder. Die in Ihrem Kopf.«

Ich zuckte zusammen. Quer durch den Raum bemerkte ich, wie Gomez mich anstarrte – mich beobachtete mit ihr, der blonden Göttin, seiner Vorstellung von erstklassigem Sex, dem Grund dafür, dass er nicht mehr klar genug denken konnte, um seinen Job zu tun. Über Gomez' Sexbesessenheit machte sich die ganze Einheit lustig. Er selbst sah sich als Latin Lover. Wir anderen hielten ihn für einen hoffnungslosen Hampelmann, immer dem Schwanz nach, wohin der ihn auch führte – als wäre er eine Wünschelrute.

»Vielleicht können wir noch mal von vorn anfangen«, sagte die Blondine jetzt, »bei den Fakten.« Hätte das nicht mein Text sein sollen?

»Die Fakten?« Ja richtig, die Fakten. »Ihr Name ist Violet Winters. Wie schreibt man das? Wie die Blume und die Jahreszeit?«

»Die Fakten über Jack«, unterbrach sie meine Lyrik. »Ich gehe davon aus, er ist tot ... das habe ich gehört.«

Dieser »Jack« war ihr Liebhaber oder zumindest ihr Exliebhaber. In dieser Hinsicht war sie offenbar eine von Tausenden, alle jung und gut gebaut.

An dem Fall John »Jack« Nesbitt, Fotograf und Sexprotz allerersten Ranges, hatte ich gut neunzig Stunden lang gearbeitet. In dieser Woche. Ich wollte den Fall lösen. Nicht, weil Nesbitt ein netter Kerl gewesen war. Das hatte mir in den gut neunzig Stunden noch niemand erzählt. Ich wollte den Fall lösen, weil das mein Job war und ich dreiundzwanzig Jahre nach dem Eid, dem zufolge ich dem Gesetz nach bestem Wissen und Gewissen dienen sollte, ihm immer noch treu war.

»Gomez hat Sie nicht eingeweiht?«

»Eingeweiht? Der war viel zu sehr damit beschäftigt, mich zu betatschen. Er wollte die schmutzigen Bilder sehen. Vielleicht selbst noch ein paar machen.«

»Anstelle eines Fahndungsfotos.« Sie lachte nicht dar-

über. Sie starrte mich an, als wäre ich ein Irrtum des Schicksals. »Gomez hat Sie gefunden?«
»Natürlich hat Gomez mich gefunden. Und dann sind Sie aufgetaucht. Mein Held. Der Mann, der üppige Blondinen verhören kann, ohne mit der Wimper zu zucken.«
Wo hatte sie eigentlich dieses Mundwerk her? Ich wusste nicht recht, ob ich es ihr zukleben oder mich als die nächste Zigarette anbieten sollte. Ich entschied mich dafür, grimmig zurückzustarren. Immerhin wurde sie aufmerksam.
»Okay ... Jack ist tot. So viel wissen wir. Und ich werde verdächtigt. Ich bin doch verdächtig, oder? Ihr Kumpel hat mir meine Rechte vorgelesen. Sie haben das Recht zu schweigen ...« Ihre Parodie von Gomez' mexikanischem Akzent war tatsächlich komisch. »Und hier bin ich also, und Sie wollen wissen –«
»Welcher Art Ihre Beziehung zu dem Opfer war.«
»Wir haben viel gebumst. Er hat guten Kaffee und schlechte Margaritas gemacht. Also haben wir Hasch geraucht. Seine Hände habe ich gemocht. Er hat schmutzig dahergeredet und war irgendwie hilflos vor Lust. Das hat mir auch gefallen. Aber am Ende konnte er sie nicht verlassen, also habe ich ihn verlassen.«
»Und die Bilder?«
»Mein Fehler. Das war dumm.«
»So dumm nun auch wieder nicht. Man sieht auf keinem davon Ihr Gesicht.«
»Doch, dumm. Wozu hat er mich denn noch gebraucht, nachdem er die Bilder hatte? Ich war gefährlich. Die Phantasien waren viel sicherer.«
»Vielleicht auch nicht. Wer immer ihn umgebracht hat, hat ihm die Hände abgeschnitten ...« Ich unterbrach

mich; ich wollte ihr die unappetitlichen Details nicht zumuten. Eine Sekunde lang glaubte ich, etwas Zerbrechliches unter dem Eis zu erkennen.
Auf den Fotos vom Tatort bekam man die ganze hässliche Angelegenheit vorgeführt. Den blutigen Telefonhörer, der an der Wand baumelte, den blutigen Türknauf, den er nicht drehen konnte, den Schnappriegel, den er mit den Zähnen gepackt hatte, wobei eine teure Krone splitterte – nicht, dass ihn das zu diesem Zeitpunkt interessiert hätte.
Unser Gerichtsmediziner, Dr. Harold Myerling, war sehr gründlich. Er hatte das Graphit an den Zähnen gefunden, von dem Bleistift, mit dem Nesbitt zu wählen versucht hatte. Er hatte den Zahn bemerkt, die Art und Weise, wie er abgebrochen war. Er hatte den wahrscheinlichen Ablauf der Ereignisse rekonstruiert: erst die Hände, dann der Tod, dann die Kastration. Er war zu dem Schluss gekommen, dass der Papierschneider mit seiner fast ein Meter langen Klinge die Mordwaffe gewesen war.
»Machen Sie weiter«, drängte sie. Aber ich glaubte nicht, dass ich mich geirrt hatte; das kurze Aufblitzen der Verletzlichkeit hatte genügt. Auch sie wusste, dass ich es gesehen hatte, und so gab sie sich härter und drängte weiter.
»Machen Sie weiter«, sagte sie wieder.
Aber Gomez schob sich näher, verärgert darüber, dass ich den Boss herausgekehrt hatte, und überzeugt davon, dass es mir nur darum ging, sie für mich zu haben, nicht darum, einen Fall zu lösen oder meine Arbeit zu tun. Ich starrte Gomez an, und er starrte zurück. Die Blondine beobachtete uns, als wären wir in einer Gameshow. Gomez gab nach. Ich war der Boss.
»Er kann doch nichts dafür«, schalt Violet Winters.

»Manche von ihnen sind wie kleine Jungs. Sie wollen doch nur ihr Spielzeug.«

Ich fragte mich, ob auch Jack Nesbitt nur Spielzeug gewollt hatte. Und welches. Er nahm Koks, das wussten wir, aber selbst für einen Mord im Koksmilieu war dies brutal gewesen: der langsame Tod durch Verbluten. Er hatte versucht, Hilfe zu holen, während jemand ihm dabei zusah – das jedenfalls ergaben die Rekonstruktionsversuche. Jemand hatte Nesbitt so gründlich gehasst, dass er ihm die Hände abgehackt hatte, mit dem Papierschneider als Waffe, und dann zugesehen, wie er sich zu retten versuchte, bevor er ihn sterben ließ.

Ich erzählte Violet Winters eine Kurzversion. Ich erwähnte den Papierschneider und die Brutalität der Vorgehensweise.

»Jack hatte eine Menge Feinde«, sagte Violet Winters unvermittelt. Wie ein braves Mädchen. Schon besser.

»Warum sagen Sie das?«

»Er war nicht gerade ein netter Mensch. Weder mir gegenüber noch den meisten anderen Leuten gegenüber. Ganz sicher nicht den meisten Frauen gegenüber.«

»Er war Ihr Liebhaber.«

»Mein Fehler.«

»Wie lang war er denn, der Fehler?«

»Oh, mindestens dreißig Zentimeter.«

»Das haben sie auch gesagt. Sogar an der Leiche haben sie's gemerkt.«

»Das hätte ihn sehr gefreut.«

»Ich meine, wie viel Zeit? Wie lang waren Sie zusammen?«

»Ich habe Ihnen doch gesagt, wir waren nie wirklich zusammen.«

»Miss Winters.« Ich sah auf die Akte und Gomez' Zettel. »Ich spreche über eine sexuelle Beziehung.«
»Ich dachte schon, Sie sprechen es nie aus.« Sie warf mir einen Blick zu, als sähe sie einen Kilometer weit auf mich herunter.
»Sie könnten es sich viel leichter machen, wenn Sie ein bisschen kooperierten.«
»Das hat Jack auch immer gesagt, wenn ich nicht gleich gekommen bin.«
»Das tut mir Leid.« Warum versuchte ich mich für die Bettmanieren eines toten Mannes zu entschuldigen? Eines toten Mannes, den man nach der Länge seines Penis »den Schlauch« genannt hatte?
»Auf der Straße haben sie ihn den Schlauch genannt«, sagte ich zu ihr – als ob sie das nicht selbst wüsste.
»Überall haben sie ihn so genannt«, lästerte sie. »Ihm hat's gefallen. Obwohl damit eher seine Kokserei gemeint war als sein Schwanz.«
»Das entspricht nicht unseren Informationen.« Ich hatte den Eindruck, mehr über Jack Nesbitts sexuelle Vorlieben zu wissen als über meine eigenen.
»Wollen Sie mir erzählen, dass er's sogar mit den Bullen getrieben hat? Er hat die ganze Welt gebumst. Mich, sie, ihre kleine Schwester, ihren Bruder, ihre Mama ... Er war widerlich.«
Violet Winters drückte ihre Zigarette aus, wobei ihre Hand leicht zitterte. Sie versuchte, es wie Wut aussehen zu lassen, aber ich sah wieder das gleiche kurze Aufblitzen: zerbrechlich, bitte vorsichtig behandeln.
»Tut mir Leid«, sagte sie. »Es macht mich immer noch wütend.«
»Er war eine Berühmtheit.« Das war ein Gemeinplatz.

Chicago ist eine Stadt, in der man Berühmtheiten hasst und fürchtet. Die meisten von ihnen geben es auf und ziehen fort, wenn sie einen gewissen Status erreicht haben. Nesbitt war eine Ausnahme. Er gedieh an dem Standort, an den man ihn gepflanzt hatte, und wurde Jahr für Jahr berühmter. Produzierte auf Kunst gemachte Plakate für das Filmfestival, das Bluesfestival, die Restaurantmesse »Taste of Chicago«.

»Jack war berühmt dafür, dass er widerlich war.«

»Und der Ruhm hat Sie angetörnt? War es das?« Ich merkte, dass ich mich ärgerlich anhörte – auf sie oder auf Nesbitt, auf das ganze dekadente Milieu. Ich wusste, dass Nesbitt jahrelang zum Inventar des Playboy-Stammhauses gehört hatte, bis Hefner für Chicago zu berühmt wurde und an die Küste zog.

»Was zum Teufel hat Ihnen daran gefallen?«, wollte ich wissen. Selbst in meinen eigenen Ohren hörte ich mich selbstgerecht und väterlich an. Was macht ein nettes Mädchen wie du und so weiter und so fort. Seit er tot war, hatte ich nur von Orgien, Sexshows, Dreiern, AC/DC gehört. Violet Winters merkte es und gab mir eine Antwort, die vielleicht sogar aufrichtig war.

»Ich hab's Ihnen schon gesagt. Es waren die Hände. Oh, er war ein großartiger Fotograf, ein wirklicher Künstler. Oder haben Sie das nicht gewusst? Ist es wichtig?«

»Es war kein besonders künstlerischer Tod, Miss Winters. Sie wollten mir sagen, wie lang es ging.«

»Sechs Monate – ein halbes Jahr, vielleicht auch ein Jahr.«

»Zwei Jahre.«

»Warum fragen Sie, wenn Sie's wissen?«

»Ein kleiner Test.«

»Um herauszufinden, ob Sie mir vertrauen können? Ein Mann wie Sie würde einer Frau wie mir niemals trauen. Sie haben es lieber klein, ein bisschen hausbacken und abhängig.«

Ich zuckte zusammen. Sie hatte meine Frau beschrieben, inzwischen meine Exfrau, Gloria. Dann bemerkte ich, dass sie zur Pinnwand hinübersah: die Frau, der Junge, ich selbst, alle fünf Jahre jünger. »Meine Familie«, erklärte ich überflüssigerweise. Dass das Foto ein Bild aus glücklicheren Tagen war, sagte ich nicht.

Es interessierte sie auch gar nicht. Sie wollte gehen.

»Sie wissen ja, wie Sie mich erreichen können. Sie wissen sogar, wie ich aussehe.«

Damit stand Violet Winters auf. Sie war wirklich groß, fast so groß wie ich. Mit Absätzen größer.

»Sind wir denn fertig, Miss Winters?«

»Dr. Winters, wenn es Ihnen nichts ausmacht. Und ich habe ein paar Termine, ich fürchte also, wir sind fertig – aber Sie können mich jederzeit anrufen.« Sie schob eine Karte über den Tisch. Dick, schneeweiß und teuer. Auf der Karte stand: Pädiatrie, Children's Memorial Hospital, und ihr Name.

Die Neulinge, Chaworski und Lynch, starrten uns an. Am anderen Ende des Raums kicherte Gomez hämisch, aber ich ließ sie gehen. Eins zweiundachtzig, strahlend blond, eine Ärztin, Herrgott noch mal, mit dem Hirn einer Nutte. Ich ließ sie gehen, weil ich es nicht wollte, und das machte mir Sorgen. Es wurde Zeit, beschloss ich, den Laden dichtzumachen und meinen Freund Jamie zu besuchen.

2

Jamie Hackett war mein bester Freund. Von der Wiege bis zur Bahre. Dieselbe Gemeinde, St. Angela. Derselbe Block, 1200 Parkside. Ganz zu schweigen von denselben Komplexen. Während ich die Seminarschule von St. Mary's on the Lake besuchte, saß er im Jugendknast. Als ich mich vom tugendhaften Leben abwandte, um Polizist zu werden, kehrte er der kriminellen Karriere den Rücken, um sich der ganz legalen Gewalt des Boxrings zu verschreiben. Wie er allerdings vom Boxen zu den schönen Künsten kam, ist mir ein Rätsel. Aber es ist eine Tatsache, dass er immer gern zeichnete.

Jamie ist mein Bruder, mein Geschichtsschreiber, mein Talisman. Er kennt meine Geschichte und meinen Lebensweg. Wenn ich mich zu weit in eine Richtung verirre, die er für falsch hält, schubst er mich auf den rechten Pfad zurück.

Jamies Höhle, »Tattooed Zoo« genannt, liegt draußen in South Loop – eine neue Industriegegend, sehr trendy. Er ist neuerdings selbst trendy. Tätowiert, kahl, reich. Ich liebe ihn trotzdem. Die New Yorker Kunstszene, was auch immer das sein mag, liebt ihn auch.

Ich traf Jamie in seiner üblichen Kluft an: Stirnband um den kahlen Schädel, ärmelloses T-Shirt, alte Jeans. Er kroch auf einem Gemälde herum, das die Größe eines wirklich üblen Verkehrsunfalls und im wesentlichen die gleichen Farben hatte. *Power art* nannten die Kritiker so etwas. Jamie zog vor, es einen Tritt in die Eier zu nennen.

Er wollte wissen, was es im Fall Nesbitt Neues gab. Ich erzählte ihm von den Nacktfotos von Violet Winters. Dann erzählte ich ihm von Violet Winters selbst.

»Elliot Mayo und Violet Winters, das muss man sich mal vorstellen«, sagte er.

»Du kennst sie?« Jamie kannte so ziemlich jeden. Er amüsierte sich mit einer Art von negativem gesellschaftlichem Aufstieg – er behielt die Akteure im Auge, spielte das Spiel aber nicht mit.

»Violet Winters, das ist wirklich interessant.« Er ließ den Köder vor meiner Nase baumeln.

»Was weißt du von ihr?«, biss ich an.

»Was soll ich sagen? Sie hat es mit Künstlern. Da kann sie außer Viren auch mal was anderes klassifizieren. Warum stellst du sie mir nicht vor?«

Jamie fragte nur, um herauszufinden, ob ich sie mochte. Und das tat ich.

»Fick dich ins Knie, Jamie.« Er hatte jahrelang mit jeder, aber auch jeder Frau geschlafen, die ich ihm vorstellte.

»Du sagst so nette Sachen. Aber den Zwölfmeterschwanz, den dein Freund Nesbitt hatte, den hast du nicht.« Jamie wedelte schon mit dem nächsten Köder.

»Ich hab's gehört. Sogar der Gerichtsmediziner weiß davon.«

Jamie lachte. Er kannte Violet Winters. Er kannte alle. Er wusste sogar über Jack Nesbitts Penis Bescheid. Ich wartete darauf, dass er zur Sache kam.

»Es stimmt. Ich schwör's dir. Er und ich haben in dieser Szene dringesteckt – Herrgott, es ist Jahre her. Ein paar schwedische Mädchen, diese schwarze Nutte, die dann Chanteuse geworden ist. Irgendeine Koksparty bei Danny Merton. Die Sorte, wo hinterher jeder auf jedem liegt. Die haben mich für scharf gehalten, und dann hat Jack sein Ding rausgeholt, und ich war erledigt. Sie waren ziemlich beeindruckt.«

»Kannst du eigentlich nur über deine Schwanzspielchen reden? Himmeldonnerwetter, Jamie.«

»Du bist hergekommen, um über Schwanzspielchen zu reden, weißt du noch? Was weiß ich über eine gewisse Dr. Winters? Eine gewisse Dr. Winters und Jack Nesbitt, den jüngst verstorbenen, großen et cetera? Hast du den Nachruf gelesen?«

»Hab ihn mir ausgeschnitten.«

»Bisschen hart, wenn die Arbeit von einem Typ von so was überschattet wird.«

»War er so gut?«

»Yeah. Ein großer Fotograf, ein großer Scheißfotograf.«

»Das hat sie auch gesagt.«

»Sie muss es ja wissen. Hey, schön, dich mal wieder zu sehen.« Jamie und ich hatten einander vermisst. Seit Monaten. Ich versuchte mir einzureden, dass es Zufall war, aber in Wirklichkeit war ich ihm aus dem Weg gegangen. Ich mied Jamie, weil ich mich selbst und meinen Kummer mied. Gloria, meine Frau, hatte mich nach über zwanzigjähriger Ehe verlassen. Wegen eines anderen Mannes. Eines Mannes, den ich kannte. Jedenfalls behauptete das das jüngste Gerücht.

Manche Leute würden sagen, dass sie mich schon Jahre zuvor verlassen hatte. Jamie würde das sagen. Hatte es gesagt. Aber solange sie noch unter meinem Dach schlief, solange unser Sohn friedlich in seinem Zimmer am Ende des Gangs schlief, redete ich mir ein, dass wir zusammen waren und dass alles besser werden würde. Wenn man ein Kind hat, will man an so was glauben – ich zumindest.

Ich lernte Gloria in der Woche kennen, in der mein Vater beerdigt wurde. Sie war eine Nachbarin meines Cousins Charles und kam als Freundin mit zur Totenwache. Sie fragte nach seinem »niedlichen Cousin«. Selbst damals schon wusste Gloria, was sie wollte. Und mir bedeutete das eine Menge.

»Ich habe sie mal geliebt, oder?«, fragte ich Jamie, nachdem unsere Schwierigkeiten chronisch geworden waren.

»Du hast geglaubt, du liebst sie«, sagte er. »War keine gute Zeit für dich.«

Ich erinnerte mich. Der Tod meines Vaters kam mir völlig unmöglich vor. Als er tot war, vermisste ich seine Gesellschaft mehr als zu seinen Lebzeiten. Es gab so viele Dinge, die ich ihn fragen wollte. Aber wenn er die Antworten hatte, nahm er sie mit ins Grab. Ein halbes Jahr nach seinem Tod war ich auch Polizist geworden. Und als ich einmal da war, gefiel es mir.

Ich habe nie beschlossen, Polizist zu werden. Ich bin zu dem Beruf ungefähr so gekommen, wie ein Mann sich plötzlich und unwiderruflich in die Schwester seiner Verlobten verliebt. In meinem Fall war es die Juristerei, die ich aufgab. Ich hatte nicht vor, es zu tun. Mein Vater war Polizist gewesen, und es hatte ihn umgebracht. Ich war, wie er immer gesagt hatte, zu klug für einen Bullen. Vielleicht bin ich das, aber mein Vater hatte seinen Job geliebt, und mir brachte er das Gleiche bei.

Solange er am Leben war, taten wir beide so, als würde ich Anwalt werden – ein Schritt, den er sich für mich und vielleicht auch für sich selbst wünschte. Bei seinem Tod begegnete ich Gloria und in gewisser Weise auch mir selbst. Die Rechtswissenschaft verblasste allmählich – für mich, wenn auch nicht für Gloria.

Jamie räusperte sich.

»Ich hatte ziemlich viel zu tun«, sagte ich lahm.

»Sogar wenn du hier bist, bist du nicht richtig hier. Sie hat dich wirklich verlassen.«

»Sieht so aus. Sie hat mich rausgeworfen. Vor vier Monaten. Und dann hat sie mir eine Frist gesetzt, in der ich Zach nicht besuchen darf.«

»Was?«

»Sie wollte genug Zeit, um die Sache zu normalisieren. Er hat Albträume, sagt sie, und sie glaubt, er macht sich Sorgen wegen meines Jobs. Sagt sie jedenfalls. Jedem, der lang genug zuhört. Inzwischen könnte ich wahrscheinlich das gemeinsame Sorgerecht kriegen.«

»Stimmt. Unter den gegebenen Umständen. Habe ich gehört.« Jamie wusste viel. Die Leute kamen zu ihm ins Atelier, um die letzten Neuigkeiten zu erfahren oder selbst welche in Umlauf zu bringen. In einem anderen Leben war er wahrscheinlich Hedda Hopper.

»Hast du gehört, dass sie sich mit jemandem zusammengetan hat?«

In den Monaten seit Glorias Verschwinden hatte ich mich in der Arbeit vergraben. Mein Partner, Jack Carney, mit dem ich vierzehn Jahre lang zusammengearbeitet hatte, hatte plötzlich Darmkrebs bekommen und war nach Arizona gezogen, um in der Sonne zu sterben. Hinterlassen hatte er mir einen Stall voller Neulinge und genug Arbeit, um darin für immer abzutauchen. Ich hatte die Arbeit als Betäubungsmittel verwendet, um Zach nicht zu vermis-

sen – und die genauen Begleitumstände von Glorias Desertion nicht zu erfahren.
»Gomez.«
»Nein. Nie im Leben.«
»Man sieht sie zusammen.«
»Gomez?«
Hätte meine Exfrau nicht etwas Besseres finden können?
»Vielleicht hat er sich geändert«, versuchte Jamie zu helfen. »Vielleicht –«
»Ein Bulle ist er immer noch. Das ist doch kein Leben für ein Kind. Gloria hat immer gesagt, es ruiniert ihre Nerven. Und vielleicht ist es auch schlecht für Zach. Das war der einzige Grund, warum ich ihn die drei Monate nicht sehen durfte – er musste den Stress von meinem Job erst mal loswerden. Als ich mir das mit den Albträumen überlegt habe, konnte ich ihr da nicht widersprechen.«
»Vielleicht.«
»Sie hat eine Therapeutin gefragt, die ihr zugestimmt hat, Jamie ... ich habe mich bloß drauf eingelassen, weil ich es Zach schuldig bin, wenn sie Recht hat. Um ihn geht es schließlich. Und überhaupt, wahrscheinlich einigen wir uns auf gemeinsames Sorgerecht.«
Eines hatte ich mir selbst versprochen – im Rahmen des Möglichen. Zach würde unter dieser Scheidung nicht zu leiden haben. Ich würde nicht schlecht über seine Mutter, ihre Partnerwahl, ihr Leben sprechen. Ich würde Zach nicht als Waffe einsetzen oder auf seine Kosten einen Krieg führen. Das hieß auch, ich würde nicht um das Sorgerecht kämpfen, wenn mein Sorgerecht ihm schaden konnte.
»Ist sie wirklich mit Gomez zusammen?«

Jahrelang hatte Jamie mich mit Glorias angeblicher Schwäche für südländische Typen aufgezogen – es ging auf ihre Schwärmerei für Julio Iglesias zurück, die sie offenbar mit der Hälfte der Frauen auf diesem Planeten teilte. Jetzt tat Jamie so, als sei das mit Gloria und Gomez eine große Überraschung – was es auch war.
»Wahrscheinlich hat Gomez damit angefangen.« Jamie versuchte nett zu sein. Nicht seine starke Seite.
»Wahrscheinlich hat Gloria damit angefangen. Wunschträume von südländischer Leidenschaft. Sie hat immer gesagt, ich sei so auf meinen Job fixiert, ich würde auf nichts anderes mehr achten. An irgendwas muss es ja gelegen haben. Aber ich dachte, sie macht sich bloß Sorgen wie üblich.«
Als ich jung war, war mir Gloria mit ihrer Entschlossenheit, mich zu heiraten, stark vorgekommen. Erst später erkannte ich, dass es mehr mit Verzweiflung zu tun hatte, mit einer hektischen Suche nach Sicherheit, geboren aus schierer Angst. Glorias Katastrophenszenarien waren zahlreich und vielfältig. Ein Polizist erlebt das menschliche Potenzial zum Bösen Nacht für Nacht. Gloria sah es Tag für Tag, nachmittags und zur besten Sendezeit. In ihrer überhitzten Fantasie war ich ihr tollkühner Junge, den man auf eine gefährliche Welt losgelassen hatte.
Und Gomez? Er war ein so erbärmlicher Polizist, vielleicht war er wirklich fantastisch im Bett. Der Gedanke machte mich eifersüchtig.
»Vermisst du sie?«
»Nein.«
»Wieso glaube ich dir das?«
»Es ist doch schon lang vorbei.«
Als Gloria mich heiratete, glaubte sie, was ich glaubte:

dass meine Zukunft in der Juristerei lag und nicht in Law and Order. Mein Vater war Polizist gewesen, und ich hätte Ihnen damals gesagt, dass sein Leben mir jede Versuchung ausgetrieben hatte, seine Fehler in meinem eigenen zu wiederholen, aber das Leben ist interessanter. Das sollten Gloria und ich noch herausfinden.

Wie gesagt, mein Vater wollte, dass ich Anwalt wurde, und ich hatte vor, Anwalt zu werden. Nachdem die Jesuiten es nicht geschafft hatten, einen Priester aus mir zu machen, hatte ich die Juristerei als eine weltliche Version der Theologie betrachtet, eine, zu der ich berufen war. Ich arbeitete mich durch ein gutes Jesuitencollege, wurde an einer guten Jesuitenfakultät angenommen, heiratete Gloria im Sommer davor, dem Sommer, nachdem Dad gestorben war, und nahm zur Überbrückung einen Zeitjob bei der Polizei an. Genauer gesagt: ich tippte. Dreiundzwanzig Jahre später bin ich immer noch bei der Polizei und immer noch bei fünfundsechzig Wörtern pro Minute. Ich verliere ungefähr ein Wort pro Jahr.

»Wie meinst du das?«, fragte Gloria, als ich ihr erzählte, dass ich Polizist werden wollte. »Ich dachte, du willst Anwalt werden.«

»Das dachte ich auch. Ich will aber nicht mehr. Mir gefällt es da, wo ich jetzt bin.«

»Da, wo du jetzt bist, tippst du.«

Womit sie Recht hatte, aber wenn ich Polizist wurde, würde sich das ändern – zum Besseren, davon war ich überzeugt. Zum Schlechteren – davon war Gloria überzeugt.

»In guten und in bösen Tagen«, erinnerte ich sie und bewarb mich bei der Polizei. Ich habe es nie wirklich bereut. Bei meinen jährlichen Geburtstagsbesäufnissen trauere ich um meine verlorene juristische Karriere. Dreihundertvierundsechzig Tage im Jahr gehe ich als glücklicher Mann an meine manchmal grauenhafte Arbeit. In dieser Hinsicht bin ich so gesegnet – oder verflucht – wie der Mann, der hingerissen über seine schwierige Frau sagt: »Aber ich liebe sie.« Nach jeder neuen Katastrophe hört man es wieder. »Aber ich liebe sie.«

Und ich tu es wirklich.

Ich glaube an die richtige Berufswahl. Ich glaube daran, dass sich die Form nach der Funktion richten sollte. Ich glaube, dass ich dafür gemacht bin, Polizist zu sein. Gloria sagt, ich wäre auch ein guter Anwalt gewesen. Vielleicht. Aber ich bin ein glücklicher Polizist. Als ich klein war, erzählte mir meine Mom eine Geschichte über den richtigen Platz in der Welt. Sie endete mit den Worten: »Du gibst einen wunderbaren Esel ab, aber einen unmöglichen Schoßhund.« Ich betrachte mich als einen wunderbaren Esel. Meine Frau hätte auch dazu vielleicht etwas zu sagen.

»Vermisst du Zach?«

Jamie brachte mich in die Gegenwart zurück – mit einer Frage wie ein Schlag in die Nieren. Es tat nicht einfach nur weh. Es spießte mich auf. Ich weiß, er wollte mir nur zeigen, dass ich es rauslassen konnte, aber der Schmerz machte mich bissig. Ich schüttelte ihn ab.

»Was glaubst denn du? Ich vermisse ihn wie meine rechte Hand – nicht dass wir im Moment gerade von Händen reden sollten.«

Jamie verstand das Stichwort und ging zum Thema Mord über – ein viel erfreulicheres Thema als Scheidung. »Es war ziemlich grausig, sogar in der Zeitung noch.« Er gestaltete die Schlächterei auf seinem Bild noch etwas blutiger.

»Und wie.«
»Die Hände haben sie abgehackt?«
»Die Hände zuerst und den Schwanz danach. Seinen Zwölfmeterschwanz.«
»Herrgott. Woher du das wieder weißt.«
»Was ein Bulle weiß, damit kannst du eine Bibliothek füllen.«
»Bleib weg von dieser Blondine. Für die bist du noch nicht reif.«
»Hab ich dich gefragt?«
»Geh mit einer netten kleinen Sekretärin aus, so ein Schreibtischhäschen. Entspannung und Erholung. Waten, du verstehst – kein tiefes Wasser.«
»Du hast's nötig.«
»Ja. Ich kenn dich seit vielen Jahren.«
Seit vielen Jahren. Minus zehn für schlechtes Benehmen, die Jahre, in denen ich noch frisch verheiratet und er fast immer betrunken gewesen war. Seit er vor drei Jahren aufgehört hatte zu trinken und Drogen zu nehmen, hatte unsere Freundschaft eine Renaissance erlebt. Ich kann vorbeikommen, ohne ihn vom Boden kratzen zu müssen. Er ist wieder Jamie, der komische Vogel, der er war, bevor ich bürgerlich wurde und er ein Jahrzehnt in der Hölle verbrachte.
»Auf Drogen zu leben war sehr interessant«, alberte er manchmal. »Ich bin sicher, ich wäre total fasziniert, wenn ich mich erinnern könnte.«
Ich dagegen erinnerte mich.
Ich erinnerte mich daran, wie ich Jamie aus Bars und verlassenen Autowracks geschleift hatte, ihm Decken mitgebracht hatte in dem Winter, in dem er in einem Gebäudeeingang hauste.

»Lass mich gefälligst in Frieden, Elliot«, sagte er. »Ich bin ein sterbender Alkoholiker, hoffe ich.«

Irgendwann ließ ich ihn in Frieden, weil ich den Kummer nicht mehr ertrug – nicht seinen, meinen. Ich konnte es nicht ertragen, ihn noch einmal zu sehen mit dem rasierklingenscharfen Schmerz hinter den Augen. Drei Monate später bekam Jamie in seinem Hauseingang Besuch von einem Engel, »und ich habe gemerkt, dass ich mich ändern musste«.

Es war Delirium tremens, da bin ich mir sicher. Manche Leute sehen eine weiße Schlange, eine weiße Ratte, Jamie sah einen Engel. Als der ihm sagte, er solle aufhören, hörte er zu.

»Kann ich dein Telefon benutzen?«

»Willst du das Basislager anrufen?«

»Ich dachte, ich frage mal nach, ob ich mit Zach essen gehen kann. Die Frist ist um.«

Zachary war nicht zu Hause, Gloria dagegen war es. Sie sagte, Zachary sei mit einem Freund der Familie unterwegs. Es war wunderbar, sagte sie, wie manche Leute es schaffen, Zeit für Kinder aufzubringen.

Ich biss nicht an. Ich wünschte ihr einen guten Abend und bat sie, Zachary auszurichten, er solle mich zurückrufen. Dann legte ich in aller Ruhe auf und schob die Fingerknöchel in aller Ruhe durch Jamies Gussbetonwand.

»Was machst du jetzt?«, fragte Jamie – in Bezug auf Zachary, meinte er.

»Was für Zach am besten ist. Und du geh wieder an die Arbeit«, sagte ich. Ich tat dasselbe.

3

Ich brauchte eine Woche, um zu kapitulieren. Eines Abends gegen neun, nach einem Tag voller erfolgloser Telefonate und Frustration, dachte ich darüber nach, dass der Fall auf der Stelle trat, ich dagegen gern mit einer großen blassen Blondine mit violetten Augen essen gegangen wäre.

Keine gute Idee, sagte ich zu mir selbst und dem leeren Bullenpferch. Einwände?, fragte ich. Es wurden keine erhoben.

»Sie melden sich ja doch!«, grüßte mich die reizende Frau Doktor, als ich sie – ganz wie sie angedeutet hatte, ganz wie Jamie befürchtet hatte – anrief.

»Ich habe noch ein paar Fragen.«

»Blödsinn. Sie wollen mir an die Wäsche.«

»Sie stehen unter Verdacht. Nach wie vor.«

»Ach, Sie doch auch. Ich würde sagen, Scotch und Steak. Ich hätte gern ein richtiges Essen, Detective.«

»Ich komme Ihnen also vor wie ein Snack, Doktor?«

»O Gott, das kann ja unterhaltsam werden. Im Jacky and Johnny's um zehn?«

»Ich komme aber mit Dienstmarke.«

»Dann lasse ich die Wäsche an.«

Ich legte auf und erwog, Jamie anzurufen. Genauer gesagt, ich legte auf und erwog, Jamie nicht anzurufen.

Ich wusste, was er sagen würde. Tu's nicht/so weit bist du noch nicht/was ist mit dem Berufsethos?
Ich will Ihnen erzählen, was ich mir selbst zum Thema Berufsethos erzählt habe. Mit ihr zu reden war Berufsethos. Wenn Gomez mit ihr redete, würde er sie nur bumsen wollen, und das, nachdem er seine südländische Männlichkeit wahrscheinlich schon bei meiner Exfrau zum Einsatz gebracht hatte. Keine Frage, ich war der bessere Mann für diese Aufgabe. Ich konnte damit umgehen, professionell bleiben, selbst in meiner Freizeit – sie einfach ein bisschen pflegen. Vielleicht würde sie ja irgendwas rauslassen.
Sie tat es.
Das Kleid war rot und ließ alles raus ... und ich bekam augenblicklich Schwierigkeiten. Als ich das Restaurant betrat, hatte sich Frau Doktor bereits in einer dunklen Nische häuslich eingerichtet. Jacky and Johnny's war brandneu, sah aber nicht so aus. Es war ein dunkles, rauchiges Restaurant wie aus einem B-Movie der Vierziger, und Dr. Winters leuchtete wie eine Perle in dem schummrigen Licht. Sie grüßte mich mit einem lässigen Winken, griff dann nach meiner Hand und hielt sie fest.
»Hände sind so aufschlussreich«, sagte sie, »zum Beispiel diese kleine Grube hier, wo der Ehering sitzen müsste.«
»Sie hat mich verlassen.«
»Letzte Woche?«
»Ich bin nicht gerade ein Blitzmerker. Sie lebt mit dem Typ zusammen, der Ihnen auf dem Revier gut gefallen hat.«
»Autsch.«

»Ich habe den Ring nicht runtergekriegt.«
»Nehmen Sie Seife.«
»Macht man das im OP so?«
Sie hatte den Schuh ausgezogen, diesmal waren es Stilettos, und rieb die Zehen an meinem Schienbein.
»Ich bin ein alter Mann, Doktor.«
»Das sehe ich.«
»Und beim Morddezernat. Mit mir spielt man keine Spielchen.«
Ihre Füße waren anderer Ansicht. Einer davon zupfte jetzt an meiner Socke.
»Hat es bei Jack Nesbitt auch so angefangen?« Der erste Fuß hielt inne. Der zweite trat mich ans Schienbein.
»Autsch. Hab mir den Zeh gebrochen.«
»Mir bricht das Herz.« Warum war ich eigentlich so unfreundlich?
»Das war ja einfach.« Warum war sie eigentlich so unfreundlich?
Aus Sicherheitsgründen, entschied ich. Frau Doktor lehnte sich im Stuhl zurück und küsste eine Zigarette. Ich machte mich auf den Weg um den Tisch, um sie ihr anzuzünden. Es schien mir nur fair zu sein, wo wir doch die beiden letzten erwachsenen Amerikaner waren, die immer noch rauchten.
»Wenn wir über ihn reden müssen, warten wir doch bis nach dem Essen. Im Moment habe ich nämlich Appetit.«
Wie gerufen kam in diesem Augenblick Johnny, um die Bestellungen aufzunehmen. Er trug seine Ganzjahresbräune und dazu sommerliches Weiß, einen teuren Leinenanzug, der in meinen Augen aussah wie ein Satz Mehlsäcke. Johnny war ein Trendsetter. Als Don Johnson durch *Miami Vice* zum Star wurde, zogen wir Johnny da-

mit auf, dass er den Anruf verpasst und die Rolle an einen schlechten Imitator verloren hatte. Ich kannte Johnny Vanilla seit Jahren, hatte ihn schon gekannt, bevor das Mafiageld ihn und seine drei schicken Restaurants etabliert hatte. Ich würde Johnny für einen attraktiven Mann halten, den Typ, den Frauen mögen. Frau Doktor sah ihn an, als sei er ein schmutziger Teller.

»Johnny, Dr. Winters.« Ich versuchte den Schlag zu mildern.

»Entzückt, Doktor.« Er musterte sie wie eine Mahlzeit. Mir wurde klar, dass sie sich kannten. Das war kein Hass auf den ersten Blick.

»Das New York Strip, blutig, Folienkartoffel, den Salat mit Blauschimmelkäse. Und noch so einen.« Sie hob ihr Scotchglas.

»Sie kommt zur Sache, was?« Johnny passte das Ganze nicht.

»Das Gleiche noch mal, Johnny. Hast du beim Rennen gewonnen?« Ich wies mit dem Kopf auf seine teure Einrichtung.

»Komm schon, Elliot. Ich bin ein neuer Mensch.«

»Da bin ich mir ganz sicher.«

»Ich sitze auf dem Trockenen«, unterbrach Frau Doktor.

»Da bin ich mir ganz sicher«, sagte Johnny.

»Hey«, wies ich ihn zurecht, mein Versuch, ritterlich zu sein. Hatte ich das richtig verstanden?

»Ich kann auf mich aufpassen«, sagte Frau Doktor, »und ich brauche keinen, der mich vor diesem Gumbo schützt.«

»Hör mal zu, du Schlampe –«

Jetzt hatte Frau Doktor die Hand auf dem Steakmesser, und ich machte der Sache ein Ende.

»Johnny, wenn's dir nichts ausmacht, wir gehen gerade. Schreib mir eine Rechnung.«
Ich nahm Frau Doktor am Ellenbogen, sie nahm die Schuhe in die Hand, und wir waren gerade rechtzeitig wieder auf der Straße, um ihren Porsche vor einem Jungen mit einem Brecheisen zu retten. Er erkannte den Polizisten auf hundert Meter.
»Ich liebe diese Art von Lokalen, Sie nicht? Kann's nicht leiden, wenn mich jemand so anmosert.« Sie stieg wieder in ihre spitzen Wolkenkratzer. Mir kam der Gedanke, dass es Waffen im Krieg der Geschlechter waren, dass sie sich so anzog, weil es zwischen Männern und Frauen nur Fressen und Gefressenwerden gab. Aber es war eine Sache, das zu merken, und eine andere, damit umzugehen. Man hätte meinen können, ich wäre eifersüchtig.
»Das war nett. Alter Liebhaber?«
»Soll das ein Witz sein? Ich mag Männer mit Klasse, nicht bloß mit Chrom. Johnny Vanilla ist ein Angeber. Ich hasse protzige Männer.«
»Dann muss ich wohl Ihr Typ sein.«
»Sie haben mir besser gefallen, als Sie noch verheiratet waren.«
»Wahrscheinlich bin ich's noch. Gewohnheit.«
»Geht mir genauso.«
»Was meinen Sie, Doktor?«
»Die Flirterei. Der ganze Unsinn. Dr. Allesbestens. Bring sie zum Lachen und geh.«
»Warum erzählen Sie mir das?«
»Ich hatte das Gefühl, Sie haben es selbst schon raus.«
»Vielleicht. Vielleicht ist diese Aufrichtigkeit auch Ihre nächste Anmache.«

»Sie sind misstrauisch, Detective Mayo.«
»Bullen sind misstrauische Leute, Doktor. Das ist natürlich und notwendig.«
Wir hatten ihren Porsche erreicht. Mein Wagen stand angenehmerweise genau dahinter.
»Ihrer oder meiner, Detective?«
»Meiner ist größer.«
»Ach, das sagt ihr doch alle.« Sie hatte sich wieder hinter ihren Schild aus Neckereien und Andeutungen zurückgezogen.
»Oder sollen wir's bei Harry probieren?«
Harry's war ein Hot-Dog-Kiosk mit einem einzigen Tisch am Fenster, nur einen halben Block entfernt. Wir hatten das Abendessen in den Sand gesetzt. Es war spät, und ich war am Verhungern.
»Ich habe Hunger«, erklärte ich und nahm sie an einem schlanken Ellenbogen. Sie schüttelte mich ab.
»Packen Sie mich nicht so. Niemals.«
»Ich will etwas essen. Und ich habe Sie nicht gepackt, ich habe Ihren Arm genommen. Höflichkeit ist nicht immer als Beleidigung gemeint, Doktor.«
»Oh, in Ordnung. Lassen wir unsere Autos Bekanntschaft schließen.«
Frau Doktor strebte auf Harry's zu. Von hinten sah sie himmlisch aus.
»Hören Sie auf zu gaffen und besorgen Sie mir irgendwas mit Senf drauf«, befahl sie.
Harry musterte mich mit ganz neuem Respekt. Selbst in Rot hatte Frau Doktor Klasse, und Harrys übliche Kundschaft bestand aus Junkies und Huren und denjenigen, die Harry »Zweifachgewinner« nannte – Huren, die zugleich Junkies waren. Ich kenne Harry seit zwanzig Jah-

ren. Er war manchmal schon sehr hilfreich und ich habe das Privileg nie ausgenutzt.

»Zwei Lange mit allem?« Frau Doktor nickte. Ich hatte gewusst, dass sie es tun würde.

»Pommes, Zwiebelringe – zweimal.«

»Sie wollen Ihren Cholesterintest in der Oberliga machen, richtig?« Sie lachte.

»Vorsicht, Doktor, Sie hören sich an, als machten Sie sich Sorgen.«

»Das ist das Problem bei meinem Job, Detective. Man weiß, was man weiß.« Was sie nicht daran hinderte, eine Zigarette aus dem Päckchen zu klopfen.

»Das kenn ich.«

Da standen wir nun also, zwei Fachleute abends in der Stadt. Das Vergnügen an unserer kleinen Verabredung war ruiniert.

»Ich war also Ihre Methode, Johnny zurückzugewinnen, oder wie?«

»Bilden Sie sich doch nichts ein. Es ging um etwas ganz anderes. Einen Mr. Universum würde ein Typ wie Johnny als Konkurrenz betrachten – vielleicht.«

Sie hatte natürlich Recht. Ein hausbackener Bulle vom Morddezernat entsprach sicher nicht Johnnys Vorstellung von Konkurrenz.

»Was noch?«

»Ich habe über Jack nachgedacht.«

»Deswegen sind wir hier, Doktor. Um über Jack nachzudenken.«

»Wirklich? Und ich hatte schon gehofft, Sie hätten einen Ethik-Blackout und wären auf eine heiße Nummer aus.«

»Na hören Sie mal, Doc, Mord ist eine heiße Nummer.«

Jetzt begann ich, ihren Stil zu übernehmen. Sie war nicht begeistert.

»Ich glaube nicht, dass man den Knochen mit einem Papierschneider durchkriegt. Ich schneide und säge ziemlich viel. Sehr viel. Das Handgelenk kann ganz schön zäh sein. Vorsicht mit dem Ketchup, okay?«

»Das ist für euch?« Harry hatte unsere Bestellungen parat, und es sah alarmierend aus. Ich holte das Zeug ab, während Frau Doktor unsere Autos im Auge behielt, und ersäufte die Pommes und die Ringe.

»Sorry.«

»Schuldig aufgrund von Indizien.«

»Ich hätte gedacht, inzwischen sind Sie immun, Doktor.«

»Und Sie, Elliot? Kann ich Sie so nennen? Wird man jemals immun, wenn es jemand ist, den man kennt?«

»Warum nennen Sie mich nicht Detective, Doktor, und ich nenne Sie Ma'am.«

»Zu weit gefasst. Bullensprache. Versuchen Sie's mit Liebling.«

»Doktor, ich kann Sie nicht Liebling nennen.«

»Dann versuchen Sie's mit Violet. So heiße ich. Denken Sie an meine Augen.« Sie ließ die Wimpern flattern. Sie hatte ja Recht.

»Ich glaube, ich nenne Sie Doktor, Violet.«

»Mit so einem Namen musste ich einfach kompensieren.«

»Das habe ich gemerkt.«

»Es hat eine ganze Weile funktioniert. Wenn eine Frau richtig auftritt, kann sie beinah jeden abschrecken – außer vielleicht einen Polizisten vom Morddezernat, der sie anmacht wie ein Softie.«

Und nachdem sie diese kleine Granate platziert hatte, be-

gann Dr. Violet Winters an ihrem Essen herumzupicken. Es sah aus wie eine Pflichtübung.
»Versuchen Sie ein braves Mädchen zu sein? Sie brauchen meinetwegen nicht den Teller leer zu essen, Doktor. Und Sie brauchen auch nicht mit mir zu flirten.«
»Ich werde diese Geschichte mit Jack einfach nicht los.«
»Das klingt ja, als vermissten Sie ihn.«
»Sind Sie verrückt? Ich hätte ihn umbringen können.«
Ich spürte, wie mein Bulle an meinen Magenwänden zupfte.
»Wollen Sie mir nicht sagen, wen Sie decken, Doktor? Sie stehen jetzt schon unter Verdacht, und mich täuschen Sie nicht, wenn Sie sich noch verdächtiger machen. Dazu bin ich zu alt.«
»Sie sind zu alt. Warum ist mir das noch nicht aufgefallen?«
Mit einem Mal fiel sie über die Pommes her, Ketchup und alles. Sie aß, als könnte sie Gold ganz unten in der Pappschale finden, wenn sie es nur schnell genug erreichte.
»Erbrechen Sie hinterher?« Ihr Kopf schoss hoch. Gut.
»Wie bitte?«
»Wenn eine Frau so isst, bedeutet das meiner Erfahrung nach, dass sie irgendwas –«
»Ich habe einfach Hunger.«
»Okay. Und ich bin Aschenputtel.«
»Analysieren Sie mich nicht, Detective. Ich kann meine Essstörungen selbst diagnostizieren. Im Moment würde ich's Hunger nennen.«
Sie stand zu ihrem Wort. Zwei Minuten später sah sie aus wie ein Mordschauplatz. Rotes Kleid, rotes Gesicht, rote Hände, Ketchup überall – und ein zufriedener Ausdruck in den Augen. Ich reichte ihr eine Serviette.

»Mit Essen funktioniert's bei mir nie«, erklärte ich.
»Hören Sie auf, mich zu behandeln, als wäre ich zwölf.«
Eine Minute lang hatte sie tatsächlich wie zwölf ausgesehen. Nur eine Minute lang, jawohl, die gesamten prachtvollen eins achtzig. Mein Bulle meldete sich wieder. Frag sie, sagte er.
»Diese Fotos, Doktor. Wann wurden die gemacht?«
»Herrgott, Elliot! Ich rede davon, wie und warum sie's getan haben, und Sie kleben am Wann.« Sie hörte sich an, als hätte ich sie im Bett enttäuscht.
»Wann?«, wiederholte ich. Ich erkannte eine Spur, wenn ich sie nicht sah.
»An irgendeinem Nachmittag. Mehreren Nachmittagen. Das war seine Zeit.«
»Das Jahr, Violet.« Sie sah mich an wie ein in die Enge getriebenes Kaninchen. Die Maske war verschwunden. Das Kind, das ich eine Minute zuvor gesehen hatte, starrte mir ins Gesicht. O Gott, dachte ich. Kein Wunder, dass sie sich so hart gibt. Ein Knochen ist immer stabil an der Stelle, an der er gebrochen war.
»Ich war –« begann sie zu lügen. Die Pause sagte alles.
»Achtzehn?«, half ich weiter.
»Nein.«
»Sechzehn?«, hakte ich nach.
»Nein.«
»Vierzehn?«, trieb ich sie in die Enge.
Sie merkte, dass ich es wusste, und brach zusammen. Die knallharte Frau fiel auseinander.
»Ich hasse Heulen«, sagte sie. »Ich hasse Heulen in der Öffentlichkeit. Ich war zwölf. Er war mein Kunstlehrer. Bringen Sie mich raus hier.«
Ich winkte Harry zum Abschied zu, nahm sie unter den

Arm und setzte sie in meinen Wagen, wo wir unsere Ruhe hatten. Sie weinte in großen, glucksenden Schluchzern, wie ein kleines Mädchen. Ich tätschelte ihre Schulter. Ich legte die Arme um sie und wiegte sie. Ich wollte einen toten Mann umbringen. Auch tot war Jack Nesbitt noch fünfundzwanzig Jahre älter als sie, zwanzig älter als ich. Ich wollte nicht mehr nur seinen Mörder finden. Ich wollte Jack Nesbitt selbst umbringen.

»Es ist vorbei«, sagte ich. »Das Schlimmste ist vorbei, und du hast es überstanden.«

»So?«, fragte sie unter Tränen.

»Natürlich.« Selbst in meinen eigenen Ohren hörte ich mich oberflächlich an. Der Sensationsreporter am Mordschauplatz: »Und was empfindet man, Mrs. S., wenn man zusehen musste, wie der einzige Sohn auf entsetzliche Weise ums Leben kommt?«

»Sie können das gut, stimmt's?«, schnüffelte Violet. Sie wischte sich mit einem langen goldenen Handgelenk die Nase.

»Es ist mein Job.«

»Woher haben Sie's gewusst?«

»Ich weiß nicht. So eine Ahnung. Ich nenne es meinen Bullen.«

»Ich habe es nie jemandem erzählt.«

»Meinen Sie nicht, dass sie's wussten? Was ist mit Ihrer Mutter?«

Sie verdrehte die Augen. »Mutter«, schnappte sie. »Sie denken jetzt an Spitzenvorhänge, Schürze, selbst gebackene Plätzchen, was? Nicht ganz.«

»Aber irgendwer muss es gewusst haben.«

»Oh, später schon. Als wir die offizielle Affäre hatten. Diese sechs Monate, von denen ich Ihnen erzählt habe? Zwei Jahre mindestens. Da haben es alle gewusst.«

»Worum ist es da gegangen?«

»Rache – dachte ich. Ich könnte ihn zappeln lassen. Guter Witz.«

»Ich bin mir nicht sicher, dass es das war.«

»Vielen Dank, Detective, aber ich habe eine Therapeutin. Ich habe alles getan, was nötig war. Ich bin Überlebende, kein Opfer et cetera. Ich weiß alles über Wiederholungszwang. Ich brauche mich nicht von Ihnen analysieren zu lassen, ich bin schon analysiert worden. Also verpissen Sie sich.«

»Ich dachte, Sie haben es nie jemandem erzählt?«

»Keinem richtigen Menschen. Therapeuten zählen nicht.«

»Das hört sich nach einer Einladung an. Wahrscheinlich bedeutet das, ich sollte nach Hause gehen.«

»Das ist vielleicht ein Zeitpunkt, um einen Anfall von Berufsethos zu kriegen.«

Sie hatte zu ihrem erwachsenen Ich zurückgefunden. Ein langes Bein beschäftigte sich mit meinem. Ich ertappte Harry dabei, wie er uns verblüfft durch sein Fenster beobachtete. Er kannte mich seit Jahren als untadeligen Polizisten. Es half mir, das Unmögliche fertig zu bringen.

»Sagen Sie gute Nacht, Doktor. Jetzt ist Schlafenszeit, nicht Spielstunde.«

»Das gilt vielleicht für Sie, Detective. Ich habe noch was vor.«

»Soll ich Sie zum Auto bringen?«

»Nein, danke. So müde, wie Sie aussehen, sind Sie nicht mehr zu gebrauchen.«

4

Ich höre, Sie haben sich einen tollen Abend gegönnt, Boss. Ein Teufel im roten Kleid.«

Gomez saß mir im Nacken. Es war noch früh; wir waren beide vor der Reveille da. Vielleicht hatte meine Frau die gleiche Wirkung auf ihn, die sie auf mich gehabt hatte. Vielleicht würde aus Gomez doch noch ein guter Polizist werden.

»Ich hatte noch ein paar Fragen.«

»Ich seh's schon. Zum Beispiel – so, Baby? Magst du es so?«

»Gomez, ich an Ihrer Stelle würde es nicht übertreiben.«

»Sicher, Boss, ganz wie Sie wollen.«

Er hatte mich da erwischt, wo die ganze Situation mich erwischt hatte, unter der Gürtellinie, und er wusste es. Mit Dr. Violet Winters mit den langen Beinen und dem Lavamundwerk hatte ich eine echte Femme fatale an Land gezogen. Sie war jung genug und zugleich alt genug, und gestern Abend war sie ein zwölfjähriges Mädchen gewesen. Als ich sie auseinander genommen hatte, hatte ich mich gefühlt wie Albert Einstein, während ich Sigmund Freud hätte sein sollen.

Und dabei hatte Gomez' Informant mich gesehen. Die Dinge sprechen sich herum.

Ich hatte eigentlich vorgehabt, früh zur Arbeit zu gehen

und mir in aller Ruhe die Fotos in Nesbitts Akte anzusehen – nicht die Fotos von Violet. Zu wissen, dass sie zwölf Jahre alt und ein Frühentwickler gewesen war, hatte mir die Bilder verleidet. Ich interessierte mich für die Fotos von Nesbitt selbst. Ich dachte immer noch an die Meinung der Expertin.
Wie mein Freund Jamie mir ständig mitteilt, Polizeifotos sind Kunst. Heutzutage werden sie oft in Filmen verwendet, also sind sie es wahrscheinlich wirklich.
Ich verstehe nichts davon. Was ich weiß, wenn ich mir Fotos wie die von Jack Nesbitt ansehe, ist, dass Menschen zu allem fähig sind und das meiste davon nicht schön ist. Wenn die Bilder wenigstens in Farbe wären – vielleicht würde ich wie Jamie das Rot mögen. Blut in Schwarzweiß ist ein grauer Fleck.
Die Wände von Jack Nesbitts Wohnung waren voller grauer Schmierflecken, vor allem in der Nähe der verschlossenen Tür und des Telefons. Der Mörder war durch das Oberlicht gekommen und wieder gegangen, was mühsam ist, wenn man es nicht der Wirkung wegen tut – also musste er es der Wirkung wegen getan haben. Das Fenster neben der Feuerleiter wäre einfacher und unauffälliger gewesen. Nicht, dass es bei dem Einbruch über das Dach einen Zeugen gegeben hätte. Wie Gomez es in seinen Notizen so überaus deutlich formuliert hatte: Keine Zeugen haben niemanden gesehen, weder vorher noch während noch nachdem. Und *während* konnte eine ganze Weile gedauert haben. Wie ich Jamie erzählt hatte, und wie die Zeitungen inzwischen dem Rest der Welt erzählten, Jack Nesbitt war verblutet.
Keine Hände, kein Penis, keine Chance. Und die ganze Schlächterei war, wie Gerichtsmediziner Harold Myer-

ling selbstzufrieden ausgeführt hatte, mit einem Papierschneider angerichtet worden. Es passte zusammen – nur für Dr. Violet Winters nicht. Immer auf die Verdächtigen hören war eine meiner Regeln – Elliots Ermittlungsregel Nummer eins. Verdächtige stellen Verdächtigungen an, und sie haben oft Recht. Und so saß ich an meinem Schreibtisch und studierte Jack Nesbitts graue Schmierflecken, als der Anruf einging.

»Hey, Boss.«

Es war Gomez, und zur Abwechslung einmal klang er respektvoll – oder ängstlich. Ich sah zu ihm hinüber und fragte mich, ob dies der richtige Zeitpunkt war, um mich nach ihm und Gloria zu erkundigen. Oder ob er vermutete, dass ich es wusste. Aber er würde es mir selbst sagen müssen. Ich hatte weder vor, Gloria einen Triumph zu verschaffen, noch würde ich Zach in eine Mittelposition manövrieren. Gomez rutschte unruhig hin und her. Er sah sogar eine Spur bleich aus. Ich schüchtere ihn wohl mehr ein, als mir klar ist, dachte ich zufrieden. Von wegen.

»Nehmen Sie das Telefon ab«, sagte er schließlich. »Es sieht so aus, als hätten wir noch einen.« Er hörte sich an, als sei das eine Überraschung.

»Was heißt das, noch einen?«

In Chicago zählt man Mordfälle, wie man tote Fliegen zählt. Ein weiterer Mord war keine Überraschung.

»Einer von diesen Serientypen.«

»Herrgott, Oscar! Sie lesen zu viele Schmierenblätter. Das ist ein Fachausdruck. Es bedeutet, dass jemand ohne Motiv fremde Leute umbringt. Das ist kein Name für eine bestimmte Art von Mord.«

»Keine Hände, keine Hinweise, kein Schwanz«, schnappte Gomez nervös zurück. Er hatte wirklich Angst.

»Zwei hintereinander. Das ist merkwürdig, wenn Sie mich fragen.«
»Noch einer?«
»Sage ich doch!«
Zum ersten Mal in den zwölf Jahren, die ich ihn kannte, war mir der kleine Dreckskerl beinahe sympathisch. Eine zweite penislose Leiche war genug, um jedem Mann einen Schreck einzujagen, Bulle oder nicht, ganz zu schweigen von einem Latin Lover. Wenn Gomez nervös war, ich war es auch. Polizisten sehen viel, hören viel und werden mit der Zeit etwas abgebrüht. Aber Polizist oder nicht, gegen schwanzlose Leichen war ich nicht immun.
»Bin schon auf dem Weg«, sagte ich zu Gomez. »Aber das heißt immer noch nicht, dass es ein Serienmörder ist. Vielleicht sind es zwei Leute mit der gleichen Arbeitsweise. Vielleicht ist es nur einer, der auf zwei Leute schlecht zu sprechen ist und ein Motiv hat. Wir wissen es nicht. Und wenn Sie sich einbilden, Sie wüssten es, kriegen wir's nie raus.« Wenn ich irgendetwas hasse, dann sind es verfrühte Theorien.
»Yeah«, sagte er. »Wollen Sie jetzt noch wissen, wohin Sie überhaupt müssen?«
Wie sich herausstellte, war ich bereits dort gewesen.
Es war acht Uhr morgens, aber die Meute vor Jacky and Johnny's war ansehnlich. In meinem Alter sehe ich aus wie das, was ich bin, ein Bulle vom Morddezernat; ich brauche die Marke nicht mehr vorzuzeigen, um das Rote Meer zu teilen. Die Menge bestand zu etwa gleichen Teilen aus möglichen Opfern und möglichen Tätern. Eine neue, dynamische Wohngegend nannte man diesen Teil der Stadt. Was die Anzeigen der Immobilienmakler nicht

erwähnten, war, von wie weit unten sie sich auf den Weg gemacht hatte.

Ich schob mich durch die flaschengrüne Rauchglastür in das schicke Innere. Selbst bei Tageslicht und eingeschalteter Beleuchtung sah das Restaurant noch aus wie eine Filmkulisse.

Das war natürlich Absicht. Statte den Laden aus wie etwas, das die Leute mögen – sagen wir *Casablanca* –, und lass sie für die Assoziationen zahlen.

»Hier ist Johnny«, trällerte der kahle kleine Roger Rogaine, unser Fotograf, als ich zur Tür hereinkam. Sein Humor ging mir früher auf die Nerven, aber mit den Jahren wurde mir klar, dass man bei einem Job wie diesem einen Abwehrmechanismus braucht. Und Roger machte seine furchtbare Arbeit gut.

»Hier ist Johnny«, sang er wieder, und diesmal merkte ich, dass er mich zu etwas hinter der Bar lehnte, einer lange, polierten Teakholzbar, dem teuersten Stück im Raum.

»Danke, Roger.« Endlich hatte ich mein Stichwort verstanden. Ich umrundete die Bar.

»Es ist rutschig«, warnte er mich, gerade als ich um das Ende bog und in einen See aus Blut trat, das einmal Johnny gehört hatte. »Eine Bloody Mary«, alberte Roger. »Eine *richtige* Bloody Mary.«

Handlos und schwanzlos lag Johnny Vanilla auf dem Rücken hinter seiner eigenen Registrierkasse, die mit offenem Maul dastand, als könne sie nicht glauben, was sie sah.

»Boss?« Roger war noch immer mit seinen Fotos beschäftigt. »Sagt mir Bescheid, wenn ihr die Hände findet.«

»Ich gehe mal eben aufs Klo.« (»Wird man jemals immun,

wenn es jemand ist, den man kennt?«, hatte Violet Winters gefragt. Die Antwort war nein.)
Normalerweise habe ich einen robusten Magen, aber normalerweise kenne ich das Opfer nicht. Zudem haben die Opfer normalerweise ihren Penis noch. Ich meinte zu spüren, wie meine eigenen Eier nach einem Versteck Ausschau hielten. Die Tür zur Herrentoilette war verschlossen, und mir fiel auf, dass der Fußboden davor klebrig war.
»Schlagt die Tür hier ein/lasst die Presse noch nicht rein/Roger soll herkommen«, bellte ich.
Sie brachen die Tür auf. Johnnys Penis lag im Waschbecken. Auf den Spiegel war mit Lippenstift »Hier ist Johnny« geschrieben worden. Mit blutrotem Lippenstift. »Hier ist Johnny« würde ohne jeden Zweifel der Nachruf lauten. Das Oberlicht des Waschraums war zerbrochen, ebenso wie der Toilettendeckel. Jemand legte Wert auf dramatische Abgänge.
Ich wischte mir an der Handtuchrolle den Mund ab und stieß auf dem Rückweg beinahe mit Gomez zusammen. Sein Gesicht hatte die Farbe einer gut eingemehlten Tortilla. Im Badezimmerspiegel hatte ich einen alternden Mann mit einem dumpfen Ausdruck in den Augen gesehen. Vor einem Jahr, unglücklich verheiratet und pausenlos darüber jammernd, hatte ich vergleichsweise blendend ausgesehen.
Ich versuchte mir vorzustellen, wer Johnny mit so unverkennbarem Hass und Genuss hätte umbringen können. Die erste Person, die mir einfiel, war Dr. Violet Winters. Wenn mir aus dem Schlagabtausch gestern Abend irgendetwas klar geworden war, dann, dass sie Johnny Vanilla hasste. Ich wusste nur nicht, warum.

»Ich hasse es, wenn man mich so anmosert«, hatte sie gesagt. Anmosern war ein ungutes Wort.

»Ich habe noch was vor«, hatte sie gesagt. Hatte sie vorgehabt, Johnny Vanilla umzubringen?

5

Als ich aufs Revier zurückkehrte, nachdem ich mich mit den Reportern befasst und Johnny in einem Sack verstaut zum Gerichtsmediziner geschickt hatte, fand ich dort zwei Anrufe vor, auf die ich gehofft hatte, und ein paar hundert andere, die mir lästig waren. Jamie Hackett hatte angerufen, und mein Sohn Zach hatte sich gemeldet. Ich war froh, dass Zach noch auf mich Wert legte, wo er doch jetzt mit seiner interessanten neuen Vaterfigur Oscar Gomez zusammenlebte. Die Schule war noch nicht aus, also rief ich als erstes Jamie an. Ich versuchte es zuerst bei seiner Galerie, dann rief ich seinen Piepser an. Er meldete sich bald darauf.

»Was sagst du zu Johnny?«, wollte er wissen. »Ist es wahr, dass sie die Hände nicht finden können?«

»Ich glaube, es war ein Mafiamord«, sagte ich. »Ein Nachahmungstäter. Sie versuchen uns nur zu verwirren.« Ich hatte keine Ahnung, warum ich das glaubte. »Das ist noch keine Theorie. Aber ich glaube nicht, dass es derselbe Kerl war. Der Lippenstift passt nicht dazu. ›Hier ist Johnny‹ auf dem Spiegel? Bei Nesbitt hab ich keine Witze gesehen.«

»Ich hoffe, du hast Recht. Die Mafia ist mir sympathischer als irgendein durchgeknallter schwanzfixierter Schlächter.«

»Bisschen nervös?«
»Jeder Mann in Chicago hält mit beiden Händen seine Eier fest«, erklärte Jamie. »Was ist mit heute Abend?«
»Bei mir wird's spät«, jammerte ich. »Ich würde gern arbeiten, aber wahrscheinlich werde ich mit unseren geschätzten Journalisten telefonieren. Ich brauche jetzt bloß noch einen, der das Wort Serientäter murmelt, dann bin ich wochenlang damit beschäftigt, die Typen loszuwerden.«
»Du brichst mir das Herz, Elliot. Schau doch um elf vorbei.«
»Okay.«
Chicago hat einen Ruf als Zeitungsstadt, und vielleicht war es einmal eine. Ich weiß noch, als ich damals anfing, gab es Reporter, die bessere Polizisten waren als jeder Polizist. Damals rief ich sie an, um etwas über meinen Job zu lernen. Aber diese Leute gibt es nicht mehr, und die Zeitungen sind voller Prominenter, und die Hälfte davon sind selbst Journalisten – wenn man das, was sie tun, noch so nennen kann. Der Aspekt meines Jobs, den ich wirklich hasse, ist der Umgang mit den Damen und Herren von der Presse. Sie wissen nicht mehr, wovon sie eigentlich reden, und sie drucken so gut wie alles. Servier ihnen einen Fall mit einem Prominenten – und Nesbitt war wohl einer –, und sie schreiben, was immer ihnen gerade ins kleine Köpfchen kommt. Wenn man nicht aufpasst, behaupten sie, ich hätte es gesagt. Im besten Fall werden sie sagen, ich hätte es bestritten.
»Sieht irgendwie nach einem Schwulenhasser aus«, sagte irgendein Typ am Telefon zu mir, »meinen Sie nicht?«
»Nicht unbedingt«, antwortete ich. »Aber schreiben Sie das nicht.«

Der zweite Anruf kam von einer alternativen Zeitung, die mich nach einem feministischen Feldzug fragte.
»Soll das ein Witz sein?«, fragte ich zurück. »Aber schreibt das nicht. Wir sind hier nicht im Kino.«
Anrufer Nummer drei, ein bekannter Kolumnist, wollte wissen, ob ich in der Zunahme von Sexualmorden eine Folge der Angst vor Aids erkennen könne.
»Was soll denn das heißen?«, fragte ich. »Ich hätte wirklich Schwierigkeiten, so eine Theorie zu untermauern.«
»Aber Sie würden es nicht ausschließen.«
»Zum Teufel, ich würde nicht mal drüber nachdenken. Ich habe zu viel damit zu tun, die verdammten Fälle aufzuklären.«
Und so ging es weiter; ich musste mit so vielen Journalisten sprechen, dass ich den Fall nicht mehr bearbeiten konnte. Ich wollte Dr. Winters anrufen und selbst ein paar unbequeme Fragen stellen. Fragen wie: »Gehen Sie mit mir ins Bett?« Und: »Haben Sie Johnny Vanilla umgebracht?«
Ich dachte gerade an Dr. Winters, als das Telefon wieder einmal klingelte.
»Ich habe gehört, Sie halten eine lesbische Feministin für die Mörderin«, sagte eine Frauenstimme.
»Leck mich«, schnappte ich. Sollte sie das doch schreiben.
»Das hatte ich gestern Abend auch vor, aber wir sind nicht dazu gekommen.«
Aha. Wenigstens ein willkommener Anruf.
»Habe ich Ihnen nicht schon tausendmal gesagt, Sie sollen mich nicht bei der Arbeit anrufen, Dr. Winters, Violet, Liebling?« Ich war so ekelhaft, dass mir vor Stolz die Männerbrust schwoll.

»Ich weiß, Chef, aber ich bewundere Sie doch so, und Sie sind groß und stark und wundervoll zu zitieren«, lachte sie. Das Spiel machte uns beiden Spaß.
»Dieses ganze Pressetheater erinnert mich immer an Präsident Johnson.«
»Wieso das?«
»Ziemlich am Anfang seiner Karriere, während eines Kopf-an-Kopf-Rennens unten in Texas, ruft er seine Berater an und sagt: Ich hab eine Idee. Erzählen wir der Presse, dass er Schweine fickt. Die Berater kreischen: Aber Lyndon, er fickt doch gar keine Schweine. Ich weiß das, sagt Lyndon, und ihr wisst das auch, aber lassen wir's den Dreckskerl doch bestreiten.«
Inzwischen lachten wir beide. Ich war beinahe guter Laune. Gomez beobachtete mich misstrauisch. Vielleicht konnte Dr. Winters mich nicht gerade den Job kosten, aber sie wirkte sich verheerend auf meine Konzentration aus. Und warum war sie eigentlich so hinter mir her?
»Sind Sie hinter mir her, Doktor?«
»Ja, Detective, das bin ich.«
»Warum sind Sie hinter mir her?«
»Um die Seiten zu wechseln? Ich hasse es, verdächtigt zu werden. Können wir uns heute Abend treffen? Ich hatte da so eine Idee –«
»Ich habe eine Verabredung mit einem Freund – ach zum Teufel, kommen Sie doch auch. Sein Name ist Hackett. Gegen elf.«
»Dieser Boxermaler? Der klingt wirklich interessant.«
Entweder hatte Jamie Recht, was sie und die Künstler anging, oder er selbst war bekannter, als ich gedacht hatte – eine Berühmtheit selbst in Chicago, der Stadt, die man verlassen musste, wenn man es geschafft hatte.

»Genau der. Sein Laden heißt ›Tattooed Zoo‹ –«
»South Loop. Schon klar. Wir treffen uns da.« Sie legte auf.
Danach rief Zachary an, um mir mitzuteilen, dass er sich furchtbar gern mit mir treffen würde, dass aber ein Freund, Oscar, ihn mit zum Zelten nehmen wollte. Ich versprach ihm ein Baseballspiel der Cubs, etwas, das ich nicht leiden kann, aber nachdem ich plötzlich mit Gomez konkurrieren musste, schien es nur angebracht. Zach hörte sich an, als vermisste er mich, und ich sagte ihm, dass er mir sehr fehlte. Das war untertrieben.
Wie machten sie es eigentlich? fragte ich mich – die Väter, die ihre Kinder verließen und niemals zurückblickten? Zum Teufel, ich starrte zurück, und ich hatte ihn nicht einmal verlassen. Der bloße Klang seiner Stimme löste einen Diavortrag von Erinnerungen aus – und dazu das Wissen um die Erinnerungen, die ich gerade jetzt verpasste. Der Verlust packte mich an der Kehle, und meine Stimme klang harsch und rau.
»Hörst du auf deine Mutter?« Ich hörte mich an wie ein Menschenfresser. Ein Menschenfresser mit Herzschmerz.
»Sie kümmert sich nicht um mich.«
»Was soll das heißen?«
»Du weißt schon. Sie ist immer mit diesem Typ beschäftigt.« Wir wussten beide, dass der Typ Gomez hieß.
»Magst du ihn?« Ich versuchte neutral zu klingen, Zach nicht zwischen seine Eltern zu stellen.
»Er ist okay. Er sagt, wenn wir vom Zelten zurückkommen, nimmt er mich zu ein paar Bulls-Spielen mit. Haufenweise Spiele.«
»Hey, das ist ja toll.«
Eine Hälfte meines Gehirns verarbeitete die Neuigkeiten

für Zach, die andere Hälfte, der Polizist, verarbeitete die Neuigkeiten für mich selbst. Karten für die Bulls waren so schwer zu bekommen, dass sogar Michael Jordan selbst spielen musste, um eine abzukriegen. Wenn Gomez massenhaft Karten für die Bulls hatte, musste er käuflich sein. Oder seine Schwester hatte einen der Spieler geheiratet.

»Hör auf deine Mutter.«

»Jawohl, Sir.«

»Viel Spaß beim Zelten.«

»Du bist nicht sauer auf mich?«

»Warum sollte ich sauer sein?«

»Ich würde lieber mit dir gehen, Dad.«

»Hey. Ich will bloß, dass du deinen Spaß hast. Es ist schon okay, wenn du mit – es ist schon okay.«

Ich fühlte mich wie ausgeweidet, als ich auflegte.

Gegen fünf rief Myerling an. Er wollte über Johnny Vanilla sprechen. Er hörte sich ungewöhnlich drängend an, also verabredeten wir uns auf einen Drink.

Harold Myerling war okay, was hieß, dass er in seinem Beruf eine Lichtgestalt war. Alles, was Sie je darüber gehört haben, wie die Leichen in der Gegend herumgeschoben werden, nichts als ein Stück Fleisch, ohne jeden Respekt – es ist alles wahr, aber nicht bei Myerling. Er hat es immer fertig gebracht, Gott weiß um welchen Preis, im Gedächtnis zu behalten, dass das menschliche Fleisch auf seinem Tisch einmal ein menschliches Wesen war. Wenn dieses Fleisch mit Kugeln durchlöchert, zerschnitten, erwürgt, vergewaltigt oder verbrannt war, muss es schmerzlich gewesen sein, eine Verbindung zu seiner ehemaligen Menschlichkeit aufrechtzuerhalten. Ich weiß, dass dies der Grund ist, aus dem die anderen abstumpfen. Es ist ein Betäubungsmittel, wie bei Roger Rogaine und seinen albernen Scherzen, ein Abwehrmechanismus.

Harold Myerling ging den Dingen nicht aus dem Weg. Er öffnete den Leichensack, als wäre die Seele noch anwesend. Eines Abends, als er völlig betrunken gewesen war – meine Idee, nicht seine, er hatte mir einfach einen Gefallen getan –, hatte Myerling erzählt, dass er eine Berufung hatte, dass die Toten manchmal mit ihm redeten, ihm sogar von ihren Träumen erzählten. Ich wollte es nicht hören. Genau wie seine Mitarbeiter wollte ich vergessen, dass die Toten jemals Träume gehabt hatten. Ich habe seither noch ein paar Mal mit Myerling getrunken, bin aber sehr vorsichtig geworden.

Wir trafen uns im Billy Goat, einer Zeitungsbar, die bei den Journalisten der *Trib* und der *Sun-Times* beliebt war. Das Billy Goat liegt direkt unter der Michigan Avenue, es ist ein Teil des unterirdischen Straßennetzes, das Chicagos Zentrum versorgt. Myerling behauptete, sie machten dort gute Sandwiches. Ich nahm Pastrami auf Roggenbrot – wie üblich hatte ich von den unappetitlichen Details Heißhunger bekommen.

Myerling zufolge war die Abfolge Penis zuerst, Hände danach, dann der Tod. Ich hörte ihm lange zu, trank, während er aß, und dann sah ich auf die Uhr und merkte, dass ich spät dran war. Inzwischen konnten Jamie und Dr. Winters bereits verheiratet sein.

6

Chicago ist auf Schmuddelwetter spezialisiert. Ich verließ das Billy Goat mit einem Pastramisandwich im Magen und einem schmuddeligen Gesamtgefühl. Es regnete nicht eigentlich, aber man hätte auch nicht sagen können, dass es nicht regnete – die Luftfeuchtigkeit lag um die hundert Prozent. Ich ging durch etwas Feuchtes, Schmutziges, das ich nur ungern eine Sommernacht nennen würde.

»Es ist dieser Schwanz-zuerst-Aspekt, der einen fertig macht«, sagte Jamie, als ich eintraf. Die Ermüdung und die zwei Drinks mit Myerling hatten ihre Spuren hinterlassen, und als ich ankam, lachten er und Violet, als hätten sie sich die Wiederholungen von *I Love Lucy* angesehen.

»Oh, Violet.«

»Oh, Jamie.«

Sie können sich's vorstellen. Mir gefiel es gar nicht. Diesmal trug Violet Jeans, Cowboystiefel und ein Denimhemd. Sie sah aus wie der Marlboro-Mann, der sich als Frau verkleidet hatte. Ich war erleichtert – Jamie reagiert auf rote Kleider, hohe Absätze und späte Abendstunden nicht anders als jeder andere Mann.

»Ich fürchte, ich bin ein bisschen …«

»Angeheitert?« Frau Doktor hatte gute Augen.

»Wir kennen den Typ seit zwanzig Jahren«, erklärte Jamie.
»Na, dann wisst ihr ja, was für ein Herzchen er war.«
Jamie und ich sahen sie an. Wollte sie damit sagen, Johnny hätte es verdient? Konnte irgendjemand so etwas verdienen?
»Er war okay«, sagte Jamie.
»Yeah«, stimmte ich zu.
»Insiderinformation, sonst nichts«, sagte Frau Doktor – genau das, was ich gefürchtet hatte.
»Du meinst, du hast ihn gebumst?« Gesegnet sei Jamie – schnurstracks zum Wesentlichen.
»Soll das ein Witz sein? Ich habe einmal eine Gruppe für misshandelte Frauen geleitet und ... aber das kann ich wirklich nicht erzählen.«
»Sie hat Recht«, sagte Jamie. »Das hatte ich vergessen. Weißt du noch, als wir noch Kids waren – wie er dieses Mädchen immer rumgeschubst hat?«
»Franks Schwester«, fiel mir plötzlich ein. »Ich glaube, Frank hat es ihm dann abgewöhnt, sozusagen.«
Auf einmal erinnerte ich mich, als wäre es gestern gewesen – Johnny mit geschienten Knien und einer plötzlich völlig anderen Einstellung.
»Den Geschmack daran verlieren sie nie«, sagte Frau Doktor gerade.
Ich hatte den Eindruck, dass unser zweites abendliches Rendezvous sich exakt so entwickelte wie das erste, aber sie hatte Recht damit, dass die Männer den Geschmack an solchen Spielchen nie verloren.
Ich habe es schon gesagt – mit dem, was ein Polizist weiß, kann man eine Bibliothek füllen. Vielleicht hätte ich sagen sollen eine Müllkippe oder einen geräumigen Ab-

schnitt der Hölle. Polizisten wissen Dinge, die andere Leute nicht wissen wollen. Wir wissen bei manchen Dingen, den schlimmsten, dass sie es wieder tun werden oder es zumindest gern wieder tun würden oder versuchen werden, es wieder zu tun.

Ich hatte allmählich den Eindruck, dass Dr. Violet Winters einige der Dinge wusste, die auch Polizisten wissen. Ich wusste nicht, was für Einzelheiten sie über Johnny und eine Frau – oder mehrere Frauen – wusste, die er misshandelt hatte, aber ich wusste ganz genau, dass sie Recht hatte mit Johnny und seinem Bedürfnis, Frauen zu verletzen. Selbst in meiner Gegenwart, trotz meines Jobs, trotz unserer zwanzigjährigen Bekanntschaft und trotz der Tatsache, dass wir offensichtlich verabredet waren, hatte er Dr. Winters eine Schlampe genannt.

»Und er hat gesagt, ich wäre trocken«, sagte sie in meine Gedanken hinein.

»Netter Typ. Berühmte letzte Worte«, alberte Jamie. Violet warf ihm einen Blick zu, unter dem er sich eigentlich hätte ducken müssen.

»War bloß ein Scherz.« Uncharakteristischerweise trat Jamie den Rückzug an.

Ich begann zu befürchten, dass Dr. Winters in Gesellschaft schwierig sein könnte, zumindest was meinen Bekanntenkreis anging, als sie plötzlich eine Mundharmonika aus der Hosentasche zog und ein paar Tonleitern spielte.

»Eisbrecher«, sagte sie. »Los, die Reime kommen von selbst.« Und damit legte sie los.

»Wir haben ein Schwein namens Nesbitt,
dem einer den Männerstolz abschnitt,
und nun Johnny, so ganz

ohne Hände und –«

Sie brach ab. »Beim Reimen bin ich nicht die Größte. Versucht ihr's mal.«

Weil ich einfach zu müde war, um noch Hemmungen zu haben, und der Alkohol meinen Verstand vernebelte, trat ich mitten ins Fettnäpfchen:

»Ein Mädchen namens Violet,
ich fand sie anfangs wirklich nett,
Nur, ist sie die Sorte,
die verführt oder mordet …«

»Danke!« Violet lachte. Jamie traten bei meinem Gealber fast die Augen aus den Höhlen.

»Sie sind ja kaum zu bremsen«, sagte Violet.

»Ganz guter Tenor. Das letzte Mal hab ich das in der Grundschule gehört.« Jamie versuchte, mir einen würdigen Abgang zu verschaffen. Ich grinste inzwischen wie ein Trottel und war sogar richtig stolz auf meine Reimerei.

»Du bist ein netter Kerl, Elliot«, sagte Violet.

»Vorsicht, da kommt normalerweise noch ein Aber«, warnte Jamie.

»Da kommt auch ein Aber«, bestätigte Violet. »Du bist ein netter Kerl, Elliot, aber du siehst ziemlich erledigt aus, also gehen wir doch alle nach Hause und ins Bett.«

»Ich glaube, das ist dein Stichwort«, sagte Jamie, als wäre ich sein leicht beschränkter jüngerer Bruder.

»Er kapiert das schon«, verteidigte mich Violet.

Ich stand auf, und gerade da klingelte es an der Tür.

Es war Gomez. Mein Lieblingsmitarbeiter. Ich dachte eigentlich, er wäre irgendwo im Norden im Wald – beim Zelten mit meinem Sohn. Stattdessen stand er bei Jamie Hackett auf der Türschwelle und sah aus, als hätte ihn gerade ein Lastwagen erwischt.

Mein Sohn.

»Sagen Sie's mir«, sagte ich. »Ich weiß schon, es ist was mit Zach.«

»Gut, dass ich Sie gefunden habe.«

»Was ist los?« Ich griff nach Gomez. Frau Doktor griff nach mir. Sie zerrte mich zurück, und Jamie hielt mich fest. Vielleicht war es der Alkohol. Vielleicht lag es auch nur daran, dass ich von Gomez nichts hielt – und das schon seit langem.

»Ihr Junge, er ist im Krankenhaus. Ein Unfall. Ich fahre Sie hin.« Gomez stammelte. Er sah verängstigt aus, ich wusste nicht, ob meinetwegen oder wegen Zach. Es interessierte mich auch nicht.

»Mach endlich, dass du wegkommst«, schnappte Jamie.

»Welches Krankenhaus? Ich fahre ihn. Ich bin Ärztin«, sagte Violet. Gomez stotterte den Namen des Krankenhauses und flüchtete.

»Die sind gut da«, versicherte Violet. Und damit schob Jamie mich in Violets Auto.

»Irgendwie komisch, dass ausgerechnet Gomez deswegen herkommt«, sagte Jamie, aber ich dachte nicht weiter darüber nach.

7

Manche Leute mit Nahtodeserfahrungen erzählen, dass die Zeit sich verlangsamt. Sie sagen, ihr Leben sei vor ihren Augen wie ein Film abgelaufen. Sie sagen, sie könnten es in aller Klarheit sehen und endlich verstehen, was daran wichtig ist.

Auf der Fahrt über den Lake Shore Drive zu Zacharys Krankenhausbett machte ich die Erfahrung, die sie beschreiben. Ich war dem Tod nicht nah, aber nach allem, was ich wusste, stand Zachary vielleicht an der Schwelle dazu. Vielleicht war die Erfahrung in Wirklichkeit seine. Ich wusste, Frau Doktor fuhr beinahe hundert, aber die Lichter an der Uferpromenade und die fernen Lichter der Boote auf dem Wasser glitten langsam vorbei wie Fische in einem Aquarium. Auf die gleiche Art zogen Bilder vor meinem inneren Auge vorüber. Ich sah nicht mein eigenes Leben, ich sah Zachs: seinen schmalen dunklen Kopf bei seiner Geburt, seine goldenen Locken, als er ein Jahr alt war, seinen ersten Bürstenschnitt und die Baseballmütze darauf, den Tag, als er sein erstes Dreirad fuhr und damit stürzte und sich die Oberlippe aufschlug; Zach mit einem Arm voll Welpen im Streichelzoo, Zach auf dem Roller …

Wir verließen die Schnellstraße bei Fullerton, bogen zwei Blocks weit ostwärts ab, donnerten die Allee am Lincoln

Park entlang, vermieden einen Zusammenstoß mit einem abbiegenden Bus und glitten in eine Parklücke neben einem Hydranten. Dann waren wir im Krankenhaus.
Frau Doktor hatte mich am Ellenbogen gefasst. Ihre Dienstmarke und ihre Autorität, nicht meine, bahnten uns den Weg an der Rezeption vorbei, den Gang entlang, im Aufzug nach oben, einen weiteren Gang entlang und in ein Zimmer. Das meines Sohnes. Er begann zu weinen, als er mich sah, und sagte mir, er hätte es nicht mit Absicht getan. Er wollte es nicht tun.
»Was, Liebling?« Er antwortete nicht; vielleicht konnte er nicht antworten. Vielleicht war er auf die Straße gerannt, obwohl ich keinen Gips sah und nichts gebrochen zu sein schien.
Die Schwester antwortete auch nicht. Gloria saß in einem Stuhl am Fenster und wiegte sich vor und zurück. Kein Mensch sagte mir irgendetwas.
Zachary trug ein Krankenhausnachthemd, eins von denen, die am Rücken offen sind. Ich nahm ihn in die Arme.
»Kann ihm vielleicht irgendwer einen Schlafanzug geben?«, schnappte ich, als würde ein Schlafanzug die Sache in Ordnung bringen.
»Ich bin Dr. Winters. Wie lautet denn die Diagnose?« Violet bekam eine Antwort – selbst in ihrem Cowboyanzug.
»Korrektive Operation«, sagte die Schwester leise. »Morgen früh.« Sie gab Violet ein Krankenblatt. Ich beobachtete, wie ihr Gesicht sich verfinsterte und sich dann durch schiere Willensanstrengung wieder erhellte.
»Elliot, kommen Sie doch einen Augenblick mit raus in den Gang.«
»Lassen Sie's ihn so rausfinden, wie ich's rausgefunden

habe«, spuckte Gloria plötzlich. »Lassen Sie ihn das Blut finden.«
»Ich verstehe nicht.«
»Ich wollte nichts anstellen, Daddy ...« Zachary begann wieder zu weinen. Gloria kam zu ihm herüber und setzte sich neben ihn, nahm ihn in die Arme, während sie mich über ihn hinweg wütend anstarrte.
»Ich wollte das nicht, Daddy. Ich wollte das ...«
»Natürlich nicht, Zach. Manche Dinge passieren einfach.«
Ich streckte den Arm aus, um ihm über den Rücken zu streichen, aber Gloria drückte ihn schützend an sich.
»Gehen wir doch eine Minute raus«, sagte Violet Winters. Ihre Stimme, wenn auch nicht die Kleidung, vermittelte ärztliche Autorität.
»Ich komme sofort«, sagte ich. »Sobald jemand diesem Kind einen anständigen Schlafanzug gibt. Merkt ihr eigentlich nicht, dass er friert?«
»Schock. Deshalb zittert er«, sagte die Schwester.
»Schlafanzug, okay.« Gomez war plötzlich aufgetaucht.
»In meiner Tasche habe ich einen«, begann Gloria und fing an zu weinen.
»Es ist schon okay, Zach«, sagte ich zu meinem Sohn. Ich konnte nichts mehr sehen. Ich konnte nichts mehr hören. In diesem Augenblick war er die ganze Welt für mich. Ich wollte ihm etwas vorsingen. Ich streckte den Arm aus und berührte sein Haar.
Zachary kämpfte sich aus den Armen seiner Mutter frei. Er wollte erwachsen sein. Gloria erstarrte und zog sich wieder an ihren Platz am Fenster zurück. Jetzt setzte ich mich aufs Bett, und nach einer Weile kroch er in meine Arme. Ich sah, wie Violet Gloria die Hand und ein Ta-

schentuch gab. Ich hörte sie das Wort »Ärztin« aussprechen, als ob das alles erklärte. Mein Sohn, mein einziger Sohn zitterte in meinen Armen.

»Hast du gesehen, dass die Cubs gewonnen haben, Dad?«, fragte er mich. »Mom sagt, ich kriege Air Jordans, wenn ich hier wieder rauskomme.«

Seine Schulterblätter fühlten sich kalt an. Ich wickelte ihn fester in das Laken. Noch immer hatte kein Mensch mir etwas erzählt. Dann bemerkte ich, dass Violet mit Handbewegungen meine Aufmerksamkeit zu erregen versuchte. Sie stand so, dass Zachary sie nicht sehen konnte, und formte mit den Lippen ein Wort: Vergewaltigt.

Vergewaltigung. Ich hatte erlebt, dass es Großmüttern angetan wurde, halbwüchsigen Mädchen, Müttern. Ich hatte die ganze Rhetorik gehört, die einem beibringt: Bei Vergewaltigung geht es um Gewalt, nicht um Sex. Um Macht, nicht um Verführung. Vergewaltigung ist …

Der Grund dafür, dass mein Sohn zitterte und wir alle hier waren und für den nächsten Morgen eine Operation angesetzt war. Er musste betäubt sein, ging mir auf. Er musste zerrissen sein, beschämt …

Beschämt. Bei Vergewaltigung geht es um Demütigung. Um Wut, um …

»Ihre Frau möchte mit Ihnen sprechen, ich bleibe so lange hier.« Das war Violets Stimme aus weiter, weiter Entfernung. Zachary hatte es auch gehört.

»Ich bin Dr. Winters«, sagte sie. »Eine Freundin von deinem Daddy.«

»Sie sehen aus wie ein Cowboy.«

»Ja, nicht wahr? Kannst du Mundharmonika spielen?«

Violet gab mir einen kleinen Stoß, und ich kam zu mir.

Gloria und ich gingen in den Gang hinaus. Unvermittelt drängte sie sich an mich. Ihr Geruch war liebenswert und vertraut. »Ich bin so froh, dass du da bist«, sagte sie, die Lippen an meiner Dienstmarke. Sie zitterte, genau wie unser Sohn.

»Was, Gloria? Wann?«

Ich bekam die Geschichte in Bruchstücken aus ihr heraus.

Zachary war mit Oscar Gomez zum Zelten gefahren. Gloria hatte ihre Cousine besucht. Sie kamen ungefähr gleichzeitig nach Hause zurück, aber als Gloria eintraf, hatte sich Zachary im Bad eingeschlossen. Er wollte nicht herauskommen. Er wollte nicht aufmachen. Er weinte. Oscar brachte ihn schließlich dazu, die Tür zu öffnen. Der gute alte Oscar.

Zachary stand merkwürdig. Er konnte nicht richtig gehen. Gloria fand ein blutiges Handtuch, eine blutige Unterhose. Sie dachte, es wäre vielleicht beim Sportunterricht etwas passiert. Oscar sagte Nein. »Da war ein Mann«, hatte Zachary Oscar erzählt, der es wiederum Gloria erzählte. »Er hat mich gepackt.«

Den Rest warf Gloria völlig durcheinander: wer den Arzt angerufen hatte, irgendwer, wie sie ins Krankenhaus gefahren waren, irgendwie.

»Suchen sie nach diesem Typ?« Ich wusste, dass ich ihn finden wollte. »Wo ist das passiert? Im Park?«

»Wir wissen nicht, wer es war.«

»Gloria, das ist Vergewaltigung.«

»Wenn er es uns früher gesagt hätte.«

»Was meinst du damit? Ich dachte, er hat geweint, als ihr nach Hause gekommen seid?«

»Ja, aber … die Handtücher waren alt.«

»Was willst du denn damit sagen?«

»Es ist vor zwei Monaten zum ersten Mal passiert. Glauben wir. Es ist wieder passiert. Die Therapeutin glaubt, es ist mehr als einmal …«

»Was? Welche Therapeutin?«

»Seine Therapeutin. Zach hat es uns nicht gleich gesagt. Vielleicht hat er ihn gekannt. Die Therapeutin …«

»Wie lange hast du das schon gewusst?« Ich packte sie an den Schultern.

»Eine Weile.« Sie sah verängstigt aus, zu Recht. »Elliot, ich habe ihn zu einer Therapeutin gebracht. Ich habe alles gemacht, was man machen soll. Ich habe gewusst, wenn ich's dir erzähle, nimmst du ihn mir weg, und du solltest ihn doch sowieso nicht sehen.«

»Das hast du mir verschwiegen!«

»Ich glaube, Zachary hat es uns beiden verschwiegen, Elliot. Natürlich, wenn es mehr als einmal passiert ist. Vielleicht hat er deshalb Albträume. Wegen der Schuldgefühle.«

Ich hätte sie beinahe geschlagen. Jetzt unterstellte sie – deutete es immerhin an –, dass Zach es selbst herbeigeführt hatte. Sexspiele mit neun? Mit jemandem, der alt genug war und groß genug …

»Ich tu doch, was ich kann, Elliot. Aber wenn er diesen Menschen gekannt hat und ihn ermutigt …«

»Und wenn er ihn gekannt hat, was dann, Gloria? Macht das einen Unterschied? Er ist ein Kind. Der andere ist ein Erwachsener. Das ist Vergewaltigung.«

Es war seine Mutter, die so redete. Wie hatte ich sie nur heiraten können? Sie machte Zachary verantwortlich. Wo war sie eigentlich gewesen, als unser Sohn belästigt wurde?

»Du blöde, blöde, blöde …« Ich brüllte. Jetzt machte ich sie verantwortlich.
Mitten im Brüllen merkte ich es selbst. Ich brach mit einer Art halberersticktem Knurren ab. Von irgendwoher hörte ich Mundharmonikaklänge.
Gomez streckte den Kopf aus Zacharys Zimmer. Ich hatte eigentlich gedacht, er holte den Schlafanzug. Er trat hinaus in den Gang, geradewegs zwischen uns, und fragte: »Alles in Ordnung, Liebling?« Zu meiner Frau.
Was konnte denn in Ordnung sein? Unser Sohn war vergewaltigt worden. Blutige Handtücher, Krankenhaus, korrektive Operation. Was für ein Unmensch?
»Elliot? Er möchte Sie sehen.« Violet kam in den Gang heraus. »Sie haben ihm etwas gegeben, damit er die Nacht über schläft.«
»Und du kannst um sechs wieder kommen, wenn die Operation anfängt. Oscar bleibt bei mir. Ich habe ein Bett hier.«
Gloria hatte alles organisiert.
»Sie sollten auch ein paar Stunden schlafen«, sagte Violet zu mir. Zachary hörte vom Zimmer aus zu, ich konnte also nicht gut anfangen zu streiten. »Es ist ein ziemlich starkes Schlafmittel, beeilen Sie sich besser.«
Ich kehrte hastig in Zacharys Zimmer zurück. Er lag flach auf dem Rücken, die Arme in dem weißen Krankenhausnachthemd ausgestreckt wie Flügel. Ich beugte mich über ihn und küsste ihn auf die Wange. Sie fühlte sich kühl, trocken und papieren an.
»Es ist schon in Ordnung. Er schläft einfach.« Violet hatte mich am Arm gefasst. »Sie sind ja hier, wenn sie ihn aufwecken.«
»Ich würde lieber bleiben.«

»Morgen können Sie Ihre Reserven besser brauchen. Heute Nacht weiß er gar nicht, wer da ist.«

»Na gut.«

Jetzt war also ich an der Reihe, mich trösten zu lassen. Violet blinzelte mir zu. »Ich glaube, er ist ein Naturtalent mit der Mundharmonika.«

Ich schlich wieder in den leeren Gang hinaus. Gloria und Gomez waren in die Cafeteria gegangen. Dr. Winters tätschelte meinen Arm und küsste mich auf die Wange.

Auf irgendeine Weise war sie im Verlauf eines Abends von einer Verdächtigen zu einer Autoritätsperson, von der Femme fatale zu einer Art Florence Nightingale geworden. Dass sie nett zu meinem Sohn war, bedeutete nicht unbedingt, dass sie nett zu Johnny Vanilla sein musste, erinnerte ich mich selbst. Als Jack Nesbitt starb, hatte mir jemand ihre Bilder geschickt. Jemand hielt Dr. Winters für verdächtig; ich sollte es lieber nicht vergessen.

»Ich fahre Sie nach Hause«, sagte Frau Doktor.

8

Nach Hause?

Als Gloria mich verließ, konnte ich meinen Sohn nicht gut fragen, ob er von zu Hause ausziehen wollte. Wenn schon ich nicht da sein konnte, sollte er wenigstens seine gewohnte Umgebung haben. So blieben Gloria und Zach, und inzwischen offenbar auch Gomez, in meinem Ziegelbungalow, und ich bezog eine Junggesellenbude in einem neuen Hochhaus am Rand von Greektown. Ich hätte wissen sollen, dass es mir da nicht gestattet wurde.

Wir holten meinen Wagen ab, erstatteten Jamie Bericht, denn er war noch auf und arbeitete, und fuhren dann zu mir, wo ich Dr. Winters einen Drink anbot. Ihr Verdächtigenstatus schwand mir schon wieder aus dem Gedächtnis.

»Nein, danke. Wir treffen uns morgen im Krankenhaus, aber Sie sollten etwas schlafen.«

»Wahrscheinlich.«

»Gehen Sie ins Bett, Elliot. Es ist nicht Ihre Schuld. Niemand ist schuld außer dem Kerl, der es getan hat.«

»Sie wollen ganz sicher keinen Schlummertrunk?«

»Ganz sicher.«

»Na denn. Nach dem Schock könnte ich Sie heute sowieso nicht bumsen.« Charmant, charmant, Detective Mayo. Ich versuchte kaltschnäuzig zu sein, und sie lächelte etwas matt und stieg in ihren Porsche. Ich sah zu, wie die Rücklichter hinter der Ecke verschwanden, nahm den Aufzug nach oben und richtete mich auf drei schlaflose Stunden auf dem Wohnzimmersofa ein. Ich hörte die Sirenen und sagte mir, dass ich gleich aufstehen und ins Schlafzimmer gehen sollte oder dort einschlafen würde, wo ich war.

Von meinem Kunstledersofa aus konnte ich durchs Fenster die Show namens Chicago sehen. Die Wohnung lag im achtzehnten Stock, hoch genug für einen Fernblick und weit genug unten, dass man noch Einzelheiten erkannte. In der Nacht, in der mein Sohn vergewaltigt worden war, wollte ich mich mit einem starken Fernglas und einem Gewehr ans Fenster stellen. Ich wollte die Straßen nach irgendeinem Perversen absuchen, ihn erwischen und in dem Augenblick abdrücken, in dem er aktiv wurde. In Wirklichkeit aber wollte ich die Zeit zurückdrehen, nach Hause gehen, zurück zu meiner freudlosen Ehe und Glorias Leidensbett – für sie war es nun zweifellos amüsanter dort, seit Gomez darin lag –, zurück zu einer Zeit, in der ich unglücklich und wie eingesperrt gewesen war, mein Sohn aber sicher und glücklich.

Es hatte diese Zeit gegeben. Ich weiß das, obwohl sie mir so fern schien wie die Kreuzzüge. Die guten alten Zeiten: nur gelegentlich ein Mord, und für den gab es in der Regel ein Motiv. Nicht diese Serienkiller, die die Autobahnen abgrasten wie Haie auf Beutesuche. Keine Texas-Kettensägen-Massaker oder Typen wie John Wayne Gacy, der um des Kicks willen tötete, Kinder in solchen Mengen und über so lange Zeit hinweg umbrachte, dass man zu dem Schluss kommen musste, sie seien entbehrlich, und nur deshalb hätte so lange niemand nach ihnen gesucht, bis es dreiunddreißig waren – dreiunddreißig Jungen, die in einem Keller mitten in Chicago umgekommen waren.

Ich sagte mir, ich sollte dankbar sein, dass Zachary nicht unter ihnen war. Ich sagte mir viele verschiedene Dinge, alle dazu bestimmt, meine Schuldgefühle zu lindern. Gloria hatte mich verlassen, nicht umgekehrt, sagte ich mir. Ich hatte versucht, Zach zu sehen, und sie hatte es nicht zugelassen, sagte ich mir. Ich wusste nicht, dass er Schwierigkeiten hatte, und sie wusste nicht, was es für Schwierigkeiten waren. Das sagte ich mir wieder und wieder. Ich durfte nicht zulassen, dass Gloria für mich eine Feindin wurde. Freund oder kein Freund, auch für sie war es nicht einfach. Ihr Urteilsvermögen und ihre Prioritäten waren wahrscheinlich durch den Stress beeinträchtigt. Sie hatte Zachary zu einer Therapeutin gebracht, als sie das Gefühl hatte, seine Albträume seien ein Warnsignal. Sie hatte nur missverstanden, wofür das Signal stand.

Die Sirenen verstummten, als die Sonne aufging. Inzwischen war ich ruhiger. Ich duschte, rasierte mich, tat so, als hätte ich geschlafen, und fuhr wieder ins Krankenhaus.

9

Frau Doktor wartete auf mich wie versprochen. Ich sah sie im Foyer sitzen, als ich den Weg zur Eingangstür entlangging. Keine Cowboystiefel diesmal, kein aufreizendes rotes Kleid. Sie trug ein elegantes perlgraues Kostüm und war von einer Aura unerschütterlicher Professionalität umgeben.

»Wir sollten gleich raufgehen«, sagte sie, während sie meinen Arm nahm.

Wir fuhren schweigend in den sechsten Stock hinauf. Zu Smalltalk war ich nicht in der Lage. Mein Eindruck von Dr. Winters als Verdächtiger bröckelte schon wieder. Hier in ihrer natürlichen Umgebung wirkte die Vorstellung von ihr als hemmungsloser Mörderin geradezu grotesk. Sie strahlte Kompetenz, Gelassenheit, sogar Tugend aus. Ebenso wie der Mann, der uns den Gang entlang entgegenkam, als die Aufzugtür sich öffnete – ein großer, silberhaariger, leutseliger Typ.

»Dr. Crutcher«, sagte Violet. »Er ist fantastisch.«

»Wer?«

»Dr. Crutcher. Der Arzt.«

»Guten Morgen. Sie sind der Vater?«

»Ja.« Ich trat vor und streckte ihm die Hand hin. Der Arzt hielt seine hoch.

»Schon geschrubbt. Ich habe drauf bestanden, dass Sie

hinzugezogen werden – ein bisschen anmaßend vielleicht, aber ein Vater hat seine Rechte – oder sollte sie wenigstens haben. O ja, ich bin Malcolm Crutcher. Ich mache die Handarbeit.«

»Elliot Mayo, Dr. Crutcher.«

»Ein Vergnügen, Detective.«

Crutcher lachte und zeigte sein Elfenbeingebiss. Ich kannte das Gesicht aus den Gesellschaftsspalten. Malcolm Crutcher war eine Art Dauergast bei künstlerischen und karitativen Veranstaltungen. Er war der Vorsitzende einer großen Wohltätigkeitsorganisation für Kinder und hatte eine einflussreiche Position im Komitee des Art Institute. Crutchers Ruf eilte ihm tatsächlich voraus, genau wie er es sich vermutlich erhoffte.

»Was müssen Sie tun?«, fragte ich. »Wie kompliziert ist es?«

»Eine Routinesache. Sehr einfach sogar. Überlassen Sie das mir, entspannen Sie sich einfach.«

»Das müsste ja leicht zu befolgen sein«, antwortete ich.

»Ich werde Ihnen erzählen, wie es gelaufen ist. Diese Sachen sind einfach – als ob man eine kleine Falte einnähte.«

Damit verschwand Crutcher in Richtung OP, und ich starrte stumm ins Leere.

»Er ist gut«, versicherte Violet, während sie nach meinem Arm griff. »Ich habe schon viele Fälle an ihn überwiesen. Ihr Junge ist in guten Händen.«

Während wir auf den Kunstledersesseln neben dem Kaffeeautomaten saßen, bekam ich ein paar Dinge zu hören, die Ärzte wissen, die sich aber selbst Polizisten nicht vorstellen können.

Korrektive Afteroperationen seien nichts Ungewöhnliches, erklärte Violet. Korrektive Scheiden- und Afteroperationen, wenn es kleine Mädchen sind. Die übliche Erklärung lautete, dass das Kind neugierig war, dass es Doktor gespielt habe und sich dabei irgendwie ernstlich verletzt habe – eine sehr unwahrscheinliche Erklärung.

»Mit einer Flasche oder einer Gurke, heißt es dann«, lachte sie bitter. »Zum Glück ist es eine ziemlich einfache Reparatur, etwa wie eine Episiotomie.«

»Eine was?«

»Der kleine Schnitt, den sie machen, um die Geburt zu erleichtern.«

Mein Magen kroch unruhig in meinem Innern herum. Frau Doktor redete von Rissen, Schnitten und großen fremden Objekten. Das war mein Sohn dort drin auf dem Tisch, aufgerissen und verletzt. Und das Objekt war der Schwanz irgendeines Kerls gewesen.

»Ich habe diese Operation schon häufig gemacht«, sagte Dr. Winters. »Das Schlimmste ist, wenn man weiß, oder sich jedenfalls verdammt sicher ist, dass der Verantwortliche direkt neben einem steht. Der besorgte Dad oder die Mom, die sich überhaupt nicht vorstellen kann, wie dem kleinen Billy so was nur passieren konnte – zum zweiten oder dritten oder vierten Mal. Wenigstens werden die Behörden aufmerksamer.«

»Werden wir das?«

»Ihr seid nicht die einzige Behörde. Ich rede von staatlichen Stellen. Irgendwann haben sie kapiert, dass es sowas wie Inzest gibt und dass es von netten, normalen Leuten getan wird.«

»Nette, normale Leute. Sie glauben, die gibt's noch?«

Dr. Winters antwortete nicht, weil in diesem Augenblick Malcolm Crutcher erschien, um uns mitzuteilen, dass Zach sich gut erholte und »so gut wie neu« sein würde.

Ich bezweifelte es.

10

Bei Johnny Vanillas Beerdigung waren keine netten Leute – und wenn sie doch da waren, sah ich sie nicht. Die halbe Nachbarschaft von damals war da, alle, die es bis jetzt geschafft hatten, und der Rest der Anwesenden bestand aus der schicken Klientel, auf die Johnny so stolz gewesen war. Eine Menge teure Anzüge und künstliche Blondinen. Eine Menge unappetitliche Neugier, wenn Sie mich fragen. Aber niemand fragte mich. Ich trug einen Anzug und versuchte so zu tun, als sei dies für mich keine dienstliche Verpflichtung.

Ich sprach Johnnys Exfrau Esther mein Beileid aus. Sie hatte eine Reihe von Fehlgeburten gehabt und Johnny einen großen Teil ihres Geldes in den Rachen geworfen, bevor er endlich an die Quelle kam, die er brauchte. Sie hatte sich dann umgehend scheiden lassen. Ein kluges Mädchen, Esther. Sie hatte gewusst, wann sie aussteigen musste. Ich küsste Johnnys Mutter und sprach von einer Tragödie. Ich war froh, dass sein Dad schon ein paar Jahre tot war, denn dies hätte den alten Mann mit Sicherheit umgebracht. Ich dachte darüber nach, wie ein Mann wie Charles Vanilla, ein Arbeiter, einen Sohn wie Johnny Vanilla hatte großziehen können. Ein Querschläger seit frühester Jugend, seit der Grundschule – wo wir uns kennen gelernt hatten, wie Jamie mich erinnerte, als sie den Sarg ins Grab hinunterließen. Ich hatte gesehen, wie Jamie sich unter die Gruppe mischte; mit seiner Arbeitskleidung und dem Stirnband sah er selbst wie ein Totengräber aus.

»Das ist so ziemlich das, was Schwester Clarasine immer prophezeit hat. Meinst du, sie hat ihn damit zu einer kriminellen Laufbahn verdammt?«

Jamie machte dumme Witze.

Ich wies mit einer Kopfbewegung zu Pater Damian hinüber, der seine üblichen Gemeinplätze murmelte. Er war fünfundsechzig, und die Ideen waren ihm bereits vor vierzig Jahren ausgegangen, als Jamie und ich Ministranten in der Neun-Uhr-Messe gewesen waren und Johnny Vanilla bereits vom Kollektenteller gestohlen hatte.

Johnny war der Dieb. Pater Damian wusste das. Wir alle wussten es. Pater Damian hatte sich beichten lassen, dass er der Dieb war, prahlte Johnny, aber er vertraute auf das Beichtgeheimnis. Jamie und ich hatten erwogen, Johnny dafür durchzuprügeln, entschieden uns aber dagegen – seines Vaters wegen und weil er wohl aus derlei hinauswachsen würde.

Aber er hatte es nie getan.

Als Johnny Vanilla starb, war Pater Damian der einzige Mensch, der so tat, als sei sein Tod überraschend gewesen. Vielleicht hatte er all die Beichten vergessen, oder vielleicht hatte er einfach zu viel gehört.

Jamie und ich standen nebeneinander und scharrten mit den Füßen, während Pater Damian einen Menschen beschrieb, den keiner von uns je gekannt hatte.

»Eine Stütze seiner Gemeinde, ein Trost und starker Arm für seine Mutter Maria …«

Ich begann zu fürchten, Jamie würde anfangen zu kichern, wenn es noch lange so weiterging. Maria Vanilla weinte natürlich, als sei jedes Wort davon wahr – als habe ihr Sohn John Anthony ihr jemals etwas anderes verursacht als Kummer, ihr, ihrem verstorbenen Mann, irgendeinem Menschen, der jemals ein einziges Wort geglaubt hatte, das Johnny mit seinem berühmten goldenen Lächeln servierte.

»Er sollte Filmstar sein«, hatte Gloria einmal zu mir gesagt. Wir waren zum Essen in Johnnys erstem Restaurant, das er mit Esthers Geld finanziert hatte. Ich hatte bei dieser Gelegenheit einiges über Johnny und die Frauen gelernt – und über Maria und den südländischen Typ im Allgemeinen.

Pater Damian hatte sich zum Weihwasser und der Schaufel Erde durchgearbeitet, als Big John seinen Auftritt hatte. Ich sah seine Limousine den Fahrweg heraufschleichen, als Jamie mir etwas zu laut zuflüsterte: »D'Amato taucht ja doch noch auf.«

»Gut fürs Geschäft.«

Das Timing hätte besser sein können, aber ich hatte mit D'Amato gerechnet – er war das Geld hinter Jacky and Johnny's und mein Hauptverdächtiger. Ich bin sicher, er wusste es. John D'Amato stieg aus seiner Limousine, in einem Armani-Anzug und mit einer einzelnen roten Rose in der Hand. Einer seiner Lakaien trug ein Dutzend weiterer Rosen, die er der armen Maria aufdrängte.

»Er war ein guter Junge«, hörte ich D'Amato sagen, während er Maria auf die nassen, runzligen Wangen küsste. »Ein guter Junge. Fast wie ein Sohn.«

Dann gab der Lakai ihr die Rosen, und D'Amato warf seine eigene langsam und ehrerbietig auf die weiche braune Erde, mit der man Johnny bedeckte. Ich fing seinen Blick auf, als er zum Auto zurückging. Er hat mich erwartet, sagte der Blick.

Was Mafiosi anging, war D'Amato ein Aristokrat. Nicht wegen des Armanianzugs und der Rosen – das war Show. Ich rede vom Geschäft. Mit den übelsten Aspekten – dem Crack, den Waffen für die Jugendlichen in den Sozialsiedlungen – hatte er nichts zu tun, und das kostete ihn Geld. Ich respektierte ihn dafür, wenn man von Respekt reden kann bei einem Mann, der sich bei seinen illegalen Aktivitäten auf Huren, Pferderennen, Glücksspiel und manipulierte Immobiliengeschäfte beschränkte. In gewisser Weise war D'Amato ein Dinosaurier. Er mochte Drogen nicht, er war nicht an Verbindungen zu den schwarzen Dopedealern oder den Latinos interessiert. In mancher Hinsicht war Big John D'Amato einfach ein Junge aus der Nachbarschaft, der es geschafft hatte – und zwar im Rahmen des Möglichen, innerhalb der vorgegebenen Regeln. Das jedenfalls war es, was ich – und jeder andere – über ihn wusste.

Er hatte nur eine Schwäche – seine Vorliebe für Johnny Vanilla. Und selbst dafür gab es einen Grund. Der einzige Erfolg, der D'Amato versagt geblieben war, war die Zeugung eines Sohnes. Er und seine Frau hatten vier Töchter. Mit seiner langjährigen Geliebten hatte er eine weitere; ein Sohn wäre ein Scheidungsgrund gewesen. Er hatte wirklich keine Scherze gemacht, als er Maria erzählte, Johnny sei wie ein Sohn für ihn gewesen. Einen eigenen hatte er nicht.

Was nicht bedeutete, dass ich ihn nicht nach wie vor verdächtigte. Persönliche Zuneigung hin oder her: Wenn Johnny ihm im Geschäftsleben in die Quere gekommen wäre, hätte er getan, was nötig war. Als ich Jamie gegenüber von einem Mafiamord gesprochen hatte, hatte es in meinen Ohren plausibel geklungen. Ich nickte John D'Amato zu. Ich hielt es für durchaus möglich, dass Johnny Vanillas Mörder sich hier unter die Trauergäste mischte.

Ich sah mir die Menge an. Richter Ricky Noonan, auch ein Junge aus der Nachbarschaft, nickte mir zu. Jerry Delancey, das Klatschmaul, war auch da. Tommy und Trudy und noch ein paar Stammgäste aus dem Hub. Ich sah eine tief verschleierte stämmige Frau, in der ich D'Amatos Schwester erkannte. Eine Sekunde lang glaubte ich, Violet Winters gesehen zu haben. Ich machte mich auf den Weg zu ihr, aber die Menge verschob sich und versperrte mir die Sicht. Ich sprach Johnnys Mutter mein Beileid aus. Und als ich mich wieder umsah, war die Blondine verschwunden.

11

Die Iren, heißt es, haben eine Vorliebe für Süßigkeiten. In meinem Fall ist das eine Untertreibung. Die Arbeit an einem grausigen Mord regt auf irgendwelchen Umwegen meinen Appetit an, und das, worauf ich Appetit habe, ist Zucker. Vielleicht schmeckt die Medizin mit einem Löffel Zucker einfach besser. Jedenfalls weiß ich, dass ein doppelter Schokoladeneisbecher mir hilft, ungenießbare Tatsachen zu verdauen.

Nach Johnny Vanillas Beerdigung hatte ich Heißhunger auf einen doppelten Schokoladeneisbecher. Der Friedhof lag anderthalb Meilen von meinem Elternhaus entfernt, und in der Nähe wohnte mein Cousin Charles. Ich beschloss, bei ihm vorbeizuschauen; vielleicht konnte ich Charles dazu überreden, sich der Orgie anzuschließen.

Ich klingelte an der Tür seines Bungalows, des Bungalows, der seinen Eltern gehört hatte.

»Du bist früh dran«, sagte Charles, als er die Tür öffnete, und dann: »Ja so was, Elliot! Ich habe mit einem Klienten gerechnet. Aber komm rein, komm rein.«

Charles ist Steuerberater, und sein florierendes Geschäft betreibt er von dem ehemaligen Esszimmer seines Hauses aus. Er arbeitet an dem großen ovalen Kirschbaumtisch, an dem ich mir seinerzeit viele Feiertagsmenüs einverleibt habe. Niemand, weder Charles selbst noch seine

Klienten, scheint das Arrangement ungewöhnlich zu finden.
Vielleicht ist es Charles' häusliches Wesen, das alles so normal erscheinen ließ. »Betty Crocker mit Bart«, so beschrieb Charles sich selbst, und obwohl der Bart genau genommen nur ein Schnurrbart ist, trifft die Beschreibung zu.
»Ich will dich nicht aufhalten, Charles. Aber ein Glas Wasser hätte ich gern.«
»Wasser? Ich habe Kaffee, Tee, selbst gemachte Limonade …«
»Dann Limonade.« Charles liebte es, andere zu umsorgen.
»Der Typ kommt immer zu spät. Ich weiß wirklich nicht, warum ich das mitmache. Elliot, du siehst entsetzlich aus. Setz dich. Warte, ich sehe mal nach, ob ich irgendwo noch Kekse habe.«
»Eigentlich war mir gerade nach einem doppelten Schokoladenbecher, und ich dachte, ich frage mal hier nach.«
»Ja, ja. Was deine Essgewohnheiten betrifft, warst du schon immer noch hemmungsloser als ich.«
Charles kniff sich in die nicht eben schlanke Taille. Charles war schon immer etwas rundlich gewesen, was ihm bereits in der Schule viel Spott eingebracht hatte. Armer Charles. Immer der Letzte, der bei Mannschaftssportarten ausgewählt wurde. Er glich es mit einem Geist aus, den er an den Kreuzworträtseln der *New York Times* trainierte.
»Du hast das mit Zachary wahrscheinlich gehört.« Meine Mutter wusste davon, und was meine Mutter wusste, wusste alle Welt – ihre Welt jedenfalls. Und dazu gehörte Cousin Charles.
»Ja, ja. Ich hab's gehört. Es tut mir so Leid.«

»Er erinnert sich an gar nichts, Charles.«
»Das ist auch am besten so. Ah! Da sind ja die Makronen.« Charles wühlte in der Tiefkühltruhe herum. »Es sei denn, du willst lieber englische Toffeeriegel? Tante Helens Rezept.«
Ich liebte englische Toffeeriegel, und das sagte ich auch.
»Es wird ein bisschen schwierig, die in der Mikrowelle aufzutauen, aber ich versuch's mal.«
»Fantastisch.«
»Was meint Gloria denn, wer es war?«, fragte Charles.
»Zum Teufel mit Gloria. Sie hat sich angehört, als hätte Zachary drum gebeten. Sie glaubt, es ist jemand, den er kennt.«
»Vielleicht stimmt das.«
»Hör auf, Charles. Mein Sohn treibt sich schließlich nicht gerade mit bekannten ...« Ich unterbrach mich.
»Wenn du jetzt Homosexuellen sagen wolltest, Elliot, dann muss ich dich wohl verbessern. Kindesmissbrauch ist keine schwule Domäne. Nicht, dass es keine Homosexuellen gäbe, die es tun, aber es hat nichts damit zu tun, ob man schwul ist oder nicht. Leute, die Kinder belästigen, wollen Macht. Es geht dabei um Macht, nicht um Sex. Oh, verdammt! Jetzt sind sie geschmolzen.« Charles nahm einen Teller mit jämmerlich aufgelösten Toffees aus der Mikrowelle. »Willst du's über Eis probieren?«
Ich nickte.
»Ein unschuldiges Kind belästigen. Für so was habe ich nichts übrig – und übrigens auch nicht dafür, dass du jetzt so tust, als wäre das ein Schwulenverbrechen.«
»Reg dich ab, Charles. Habe ich das behauptet?«
»Beinah. Und ich habe seit Jahren versucht, dir ein paar Dinge beizubringen!«

Das stimmte. Charles und ich stehen uns sehr nah – das war schon immer so. Als er beschloss, sich offiziell zu seiner Homosexualität zu bekennen, war ich der erste Angehörige, dem er es mitteilte. Soviel ich weiß, war ich auch der einzige Angehörige, der ihm glaubte. Alle anderen betrachteten es als eine Spinnerei, eine vorübergehende Phase. Dass die Phase nach zwanzig Jahren immer noch nicht vorbei war, erschütterte sie nicht weiter.
»Hier ist dein Eis.« Charles knallte die Schale auf den Küchentisch.
»Oh, um Gottes willen. Lass uns das Thema wechseln, Charles.«
»Warum? Du hörst dich an, als würdest du als nächstes mich verdächtigen.«
Ich starrte Charles verblüfft an. Bei seinem Coming-out hatte er klargestellt, dass seine Vorstellung von homosexueller Liebe hehre platonische Ideale und einen Standard körperlicher Vollkommenheit einschloss, der Adonis recht nahe kam. Eine Vorliebe für kleine Jungen war nicht zu erkennen gewesen. Ich bezweifelte, dass ich Charles männlich genug gewesen wäre.
»Diese Hexe wollte ihn nicht mit mir in den Zoo gehen lassen. Und du weißt, wie gern Zachary in den Zoo geht!«
»Gloria?«
Charles nickte, Tränen in den Augen.
»Sie hat mir auch nicht erlaubt, ihn zu sehen, Charles. Ich bin sicher, sie hat es nicht getan, weil …«
»Doch, das hat sie.«
»Vielleicht. Ihr Horizont ist manchmal etwas eng.«
Charles betupfte sich die Augen. Ich räumte den letzten Rest eines sehr achtbaren Toffee-Eisbechers fort, als es an der Tür klingelte.

»Oh. Das muss mein Elf-Uhr-Klient sein. Sind meine Augen rot?«
»Eigentlich nicht.«
»Könntest du die Hintertür nehmen, Elliot? Ich möchte nicht, dass er einen falschen Eindruck bekommt.«
»Das ist doch nicht dein Traummann?«
»Nein, nein, ich fürchte nicht. Er hat fünfzehn Jahre Zeit gehabt, etwas zu sagen, und es kam nichts. Sehe ich wirklich okay aus?«
»Völlig okay. Ich nehme die Hintertür.«
»Vergiss nicht, die Schale ins Spülbecken zu stellen.«
Charles zupfte sein Hemd zurecht und verschwand in Richtung Tür. Ich hörte seine überschwängliche Begrüßung bis nach hinten in die Küche, widerstand aber der Versuchung, heimlich einen Blick auf Cousin Charles' Traummann zu werfen.
Ich dachte sogar daran, die Schale ins Spülbecken zu stellen.
Trotz der Unterstützung durch Charles' Toffee-Eis wurde ich mir über Johnny Vanilla nicht klar. Spielschulden? Davon hätte ich gewusst. Verbrechen aus Eifersucht? Nennen Sie mich sexistisch, aber Lippenstift hin oder her, ich glaubte nicht, dass eine Frau Johnny das angetan hatte. In meinen – vielleicht halb blinden – Augen sah das Ganze nach einem Mafiamord aus. Mafiosi gestalteten ihre Morde gern auffällig. Fleischerhaken, Tiefkühltruhen, Kofferraum – das ist das Übliche. Weniger oft lesen Sie von dem Penis im Mund, den herausgeschnittenen Zungen, den fehlenden Fingern. Die Mafia schickt gern Botschaften, und sie formuliert sie in Körpersprache. Schwanz im Mund: Du hast mich beschissen. Herausgeschnittene Zunge: Du hast geredet. Fehlende Fin-

ger: Sie erraten es – Finger weg. Johnny Vanillas Tod passte ins Bild. Penis im Waschbecken, Hände verschwunden. Was hatte das zu bedeuten?
Chicago fand sich ergeben mit einer einwöchigen Hitzewelle ab. Während die Klimaanlagen auf Hochtouren liefen, nahm die Gereiztheit zu. Ich steckte neunzig Stunden fruchtloser Kleinarbeit in den Fall Johnny Vanilla. Niemand wusste etwas. Aber immerhin hatte ich gefragt. Ich fragte sogar Big John D'Amato. Ich rief ihn an, wie ich jeden anderen braven Bürger anrief, der mir im Zusammenhang mit dem Fall wichtig erschien.
»Können wir uns kurz treffen?«, fragte ich. Dabei stellte ich mir vor, wie Big John sich die Sache in seinem »Büro« in der Taylor Street überlegte. Ich wusste, dass er seine Geschäfte tagsüber im Nebenraum eines italienischen Restaurants erledigte, das offiziell erst am Abend öffnete.
»Sind Sie betrunken, Detective?«
»Es dauert nur ein paar Minuten.«
»Sind Sie verrückt?«
»Ich komme bei Johnny Vanilla nicht weiter.«
»Deshalb verdächtigen Sie mich?«
»Hören Sie auf, John.«
»Er war wie ein Sohn für mich.«
»Also nehmen Sie sich ein bisschen Zeit für mich.«
»Warum? Sind Sie denn wie ein Sohn für mich?«
»Hoffentlich nicht, John.«
Jetzt lachte er.
»Sie haben Nerven, Detective. Mich anzurufen.«
»Sie sind Amerikaner, John. Ich kann Sie anrufen. Dope?«
»Ich beantworte keine Fragen. Wenn Sie mich verhören wollen, dann laden Sie mich vor.«

»Ich dachte, Mädchen vielleicht, verquerer Sex.«
Es folgte ein Schweigen, ein langes Schweigen. Bingo, dachte ich.
»Lassen Sie die Finger davon, Detective. Er war ein guter Junge.«
»Dann helfen Sie mir weiter.«
»Lassen Sie die Finger davon, verdammt noch mal.«
Ich bedankte mich bei Big John, und wir beendeten das Gespräch mit ein paar nachbarschaftlichen Floskeln. Oder versuchten es zumindest.
»Sein Dad war immer nett zu mir, John«, sagte ich. »Er würde wollen, dass ich der Sache auf den Grund gehe.«
»Sein Dad war nett zu jedem, Detective. Lassen Sie seinen Sohn in Frieden ruhen, tun Sie uns beiden einen Gefallen.«
»Es ist mein Job, John.«
»Yeah. Und was für ein Job.«
»Ich mag ihn.«
»Kann ich mir vorstellen.«
»Also rufen Sie mich an, wenn Ihnen irgendwas einfällt.«
Das war ein wunder Punkt.
»Ich ruf Sie an, wenn mir Flügel wachsen.«
John D'Amato war in gewisser Hinsicht durchaus kooperativ. Ich wusste, er würde mich anrufen – gleich nachdem er sich die Zehennägel poliert hatte.
Es schien, als sei Johnny Vanillas Liebesleben für D'Amato eine Quelle von Problemen gewesen. Mit dem Ausdruck »verquerer Sex« hatte ich offenbar voll ins Schwarze getroffen. Meine nächste Frage: Um welche verqueren Praktiken hatte es sich gehandelt?
Ich glaubte zu wissen, wo ich die Antwort finden würde.

12

Esther Vanilla, oder Esther Newton Vanilla Newton, Johnnys Exfrau, erklärte sich bereit, mit mir zu reden. Sie betrachtete es offenbar als eine Bürgerpflicht.

Ich war Esther ein paar Mal begegnet, damals, als Johnny sein erstes Restaurant betrieb und sie in ihn verliebt war und die Gastgeberin spielte, um den Laden aufzuwerten. Esther hatte Klasse, und als sie sich mit Johnny einließ, hatte sie sich unter Wert verkauft; sie selbst hatte es damals nicht so gesehen.

Esthers Geld, oder vielmehr das ihres Vaters, hatte Johnny den Start ins Geschäftsleben ermöglicht. Angesichts seiner »Bescheidenheit« hätte man meinen können, er hätte das Rad erfunden.

»Nicht übel, was?«, hatte er Gloria und mich damals gefragt, während er alles, das Restaurant und seine junge Frau, in einer lässigen Handbewegung einschloss. Als ich nun, neun Jahre später, zu Esther hinausfuhr, fragte ich mich, ob er die gleiche Rückhand auch bei ihr verwendet hatte.

Esther Newton lebte inzwischen in Winnetka, in einem eleganten georgianischen Haus mit einem gepflegten Garten, der so makellos war wie Esther selbst.

Als ich in die Auffahrt einbog, war ein Junge gerade damit beschäftigt, den Boden unter den Azaleen zu harken. Ich ging an ihm vorbei und versuchte, nicht auf die winzigen violetten Blumen zu treten, die zwischen den Steinplatten wuchsen. Als Esther Newton mir die Tür öffnete, stellte ich fest, dass sie inzwischen noch schöner war als früher – heiter und gelassen statt einfach nur chic.

»Wir sind uns früher mal begegnet«, sagte ich, als sie mich ins Wohnzimmer führte.

»Im Hot Spot«, antwortete sie. »Ich vergesse keinen Gast. Wie geht es Ihrer Frau?«

»Wir sind geschieden.«

»Das tut mir Leid.«

»Schönes Haus.« Das Zimmer war prachtvoll – ebenso wie Esther. Ohne Johnny war sie aufgeblüht.

»Es ist eine Erholung. Johnny liebte Chrom und Glas. Trinken Sie was?«

»Kaffee.«

»Natürlich. Wie dumm von mir. Sie sind dienstlich hier.« Esther verschwand und kam mit Kaffee, Keksen und einem Kuchen zurück.

»Immer noch in der Gastronomie«, scherzte sie. »Vielleicht hätte ich auch Stewardess werden sollen. Kaffee? Zucker, Sahne?«

»Schwarz. Aber mit Kuchen.« Ich mochte diese Frau.

Esther schnitt ein Stück ab – es sah aus wie selbst gemachter Apfelkuchen. Ich ertappte mich bei der Überlegung, wie ein so nettes Mädchen – et cetera, et cetera – sich mit Johnny Vanilla hatte einlassen können. Ich konnte genauso gut gleich zum Punkt kommen.

»Es tut mir Leid wegen Johnny.«

»Danke, aber das ist wirklich nicht nötig.«

»Ist das die höfliche Art, zu sagen, dass er ein Schwein war?«

»So ungefähr.«
»Na dann – wer, glauben Sie, war es?«
Esther goss sich gerade Kaffee ein. Sie goss sorgsam weiter und fügte Sahne und zwei Stück Zucker hinzu, bevor sie antwortete.
»Rational betrachtet habe ich keine Ahnung. Rational betrachtet.«
»Und irrational?«
Sie rührte in ihrem Kaffee. Sie sah hinaus zu den Azaleen vor dem Fenster. Sie lächelte schwach, als sie antwortete.
»Irrational betrachtet würde ich meinen, es war eine Frau.«
»Eine Frau. Warum meinen Sie das?« Ich ließ die Frage in der Luft hängen und wartete.
»Na ja, vielleicht ist es nur eine Rachefantasie, aber Johnny … Was wissen Sie eigentlich über Johnny und mich?«
Sie nahm einen Schluck Kaffee. Die Tasse zitterte. Ich ließ sie trinken und hob lediglich die Brauen, um zu sagen: »Machen Sie weiter.«
»Sie wissen, dass ich die ersten beiden Restaurants bezahlt habe? Sie wissen, dass ich gegangen bin, als er und John D'Amato sich zusammengetan haben? Sie wissen, dass ich fast umgekommen wäre?«
»Ich weiß, dass Sie mindestens eine Fehlgeburt hatten. Vielleicht zwei.«
»Sie können es Fehlgeburten nennen. Ich nenne es Mord. Das erste Mal hat er's aus mir rausgeprügelt. Das zweite Mal hat er mir die Treppe runtergeholfen.«
»Und Sie haben ihn nie angezeigt?«
»Ich dachte, es sei der Koks. Eine Weile war er richtig abhängig. Hing immer mit einem Kerl rum, den er ›den

Schlauch‹ nannte. Und wenn er dann nach Hause kam – *falls* er nach Hause kam –, war er zu und wirklich widerlich. Ich weiß nicht, was sie getrieben haben, aber danach war er immer in ziemlich blutrünstiger Stimmung.«

»Aber es war nicht das Kokain?«

»Beim zweiten Mal nicht. Ich habe damals schon versucht, da rauszukommen.«

»Wie haben Sie's gemacht?«

»Sie werden lachen. Es war ziemlich raffiniert.«

»Vesuchen Sie's.«

»Johnny wollte die Scheidung nicht, aber ich wusste, dass er D'Amato hatte. Er hat mich nicht mehr gebraucht, und ich habe ihn ganz bestimmt nicht gebraucht. Ich bin zu D'Amato gegangen und habe gesagt: ›Ich lasse mich von Johnny scheiden. Sorgen Sie dafür, dass er mich gehen lässt. Ich bin nicht katholisch. Ich bin nicht gut für ihn. Johnny will Kinder. Helfen Sie mir.‹«

»Sie haben Recht. Das war raffiniert. Johnny hatte seinen Partner, und Sie waren frei.«

»Ich musste da raus. Ich hatte schließlich auch meine Träume.«

Aus einem anderen Zimmer hörte ich eine Kinderstimme rufen.

»Ihr's?«

»Ja, endlich – und mit Schwierigkeiten. Komm zu Mama, Lillian.«

Esther streckte die Arme nach einem kleinen asiatischen Mädchen in einem hellgelben Kleidchen aus. Lillian lief zu ihr.

»Lillian, das ist Elliot. Elliot, das ist Lillian.«

»Hallo, Lillian. Esther, Sie haben mir wirklich sehr geholfen.«

Esther brachte mich zur Tür, und Lillian winkte mir zum Abschied zu.

Esther glaubte, es sei eine Frau gewesen. Ich hielt das für eine Rachefantasie, aber vielleicht irrte ich mich. Ich wollte wissen, was Johnny Vanilla und Jack Nesbitt außer dem Koks noch verbunden hatte.

Eins der Dinge, die ich bei der Arbeit an Sexualverbrechen gelernt hatte, war, dass nicht nur Kokainsucht die merkwürdigsten Leute zusammenführen konnte, sondern auch bestimmte sexuelle Vorlieben. Manchmal entstand ein verflochtenes Netz von Menschen, die nur durch ihre Sucht miteinander verbunden waren.

Ich erinnere mich noch daran, wie Kokain in Chicago zum ersten Mal im großen Stil aufkam. Von einer Undergrounddroge, die vor allem in der Musikszene konsumiert wurde, entwickelte es sich zu einem gefragten Rauschmittel bei sensationsgierigen Leuten aus den Vororten. Mit der Droge kam die Gewalt, und zunächst erkannten wir die Zusammenhänge einfach nicht. Warum wurde ein netter weißer Highschooljunge aus Grayslake tot in einer Sozialsiedlung aufgefunden? Die Antwort lautete: Drogen.

Nach einer Weile wussten wir es, und wenn wir nun auf eine merkwürdige Verbindung zwischen zwei grundverschiedenen Leuten stießen, begannen wir nach einem Drogenhintergrund zu suchen.

Mit Sex und Sexclubs ist es dasselbe. Eine Vorliebe für bestimmte Praktiken kann zwei Leute zu Bekannten werden lassen, deren einziger gesellschaftlicher Schnittpunkt ihr Sexualleben ist. Heben Sie ein Striplokal in Chicago aus, und Sie haben Farmer aus Des Moines, Börsenmakler aus dem Hancock Building, Typen, die Lieferwagen fahren.

Das Gleiche gilt für einschlägige Buchhandlungen, Schwulenclubs, männliche und weibliche Prostituierte.
Ich fuhr über den Lake Shore Drive zurück in die City. Als ich die lange Kurve an dem riesigen Friedhof bei Evanston nahm, dachte ich weniger an die Toten als an die Lebenden. Esther Newton hatte mir geholfen, aber mein Bulle lag mir immer noch in den Ohren: Halt – warte – sieh hin – hör zu. Irgendetwas fehlte noch. Ich suchte immer noch nach der sexuellen Komponente.
Ich bog in die Estes Avenue ab und fuhr hinunter zum See. Ich weiß, es gibt Chicagoer, die den See lieben, in ihm schwimmen, auf ihm segeln, an seinem Ufer joggen und Rad fahren, ihn zur Erholung nutzen. Ich nutze ihn zum Nachdenken.
Ich ließ das Auto stehen und ging zu dem schmuddeligen Uferstreifen hinunter. Der See leuchtete wie eine Silberplatte, die sich ostwärts bis nach Michigan erstreckte. Johnny schlug Esther, Esther blieb. Johnny schlug Esther, Esther ging zu Johnnys Geschäftspartner. Sie bekam ihre Scheidung, Johnny bekam sein Mafiageld, und Big John D'Amato bekam ...?
Bingo: verquerer Sex. John D'Amato wusste von Johnny Vanillas ausgefallenen Vorlieben und besaß damit eine Handhabe für den Fall, dass er ihn erpressen wollte. Ein kluges Mädchen, diese Esther.
Ich kam rechtzeitig zum Wagen zurück, um zu sehen, wie ein Pitbull an den Vorderreifen pinkelte. Ein junger Latino, irgendein Gangkid, verschaffte sich einen Kick. Großer fieser Hund, dicke fiese Kette, um es dem Hund zu »zeigen«. Er sah trotzdem ängstlich aus, als ich sagte: »He, du da!« Er sammelte seinen Hund ein und rannte davon.

Ich fuhr zu der Tankstelle an der Biegung der Sheridan Road und rief Esther Newton an.

»Esther? Detective Mayo hier.«

»Es war nett, Sie wieder zu sehen, Detective. Haben Sie irgendwas vergessen?«

»Verquerer Sex, Esther. Wie verquer?«

Es folgte ein langes Schweigen. Ich ließ es hallen.

»Würgen hat ihn angemacht«, sagte Esther. »Es gefiel ihm, wenn man völlig zu und weggetreten war, eigentlich halb tot, und dann tat er so, als wollte er einen erwürgen.«

»Sie haben mir sehr geholfen. Und ihre Lillian ist etwas Besonderes.«

»Danke, Detective. Und, Detective, rufen Sie mich nicht mehr an, wenn's nicht sein muss.«

13

Ich rief Violet Winters im Büro an. Sie war im OP, teilte man mir mit, und sie würde mich zurückrufen. Ich ließ ihr ausrichten, sie sollte sich im P.O.E.T.S. mit mir treffen, einer Kellerbar an der Division Street. Die Bar gehörte Ronnie, einem ehemaligen Polizisten, und bot mir einen gewissen Schutz, wenn auch nicht gerade Anonymität. Es wurde Zeit, die wirklichen Fragen zu stellen.

»Ich habe das Gefühl, man hat mich zu einem Gipfeltreffen gebeten«, sagte Violet, als sie in meine Nische glitt. Dieses Mal war das Kleid aus blasslila Seide und passte zu ihren Augen.

»Vielleicht«, gab ich zu. »Ich muss Ihnen ein paar Fragen stellen.«

»Wenn es um Eheschließung geht, fragen Sie mich nach dem dritten Scotch noch mal.«

Ich winkte dem Kellner, der die Geschwindigkeit eines Busses im Feierabendverkehr vorlegte. In der Zwischenzeit musterten wir uns.

»Sie sehen müde aus, Detective.«

»Ich bin einfach alt.«

»Ich mag Erwachsene.«

»Sie haben operiert?«

»Immer dienstags.«

»So wie Sie das sagen, klingt es wie Waschtag.«

»Ganz falsch ist das nicht. Ich kümmere mich um die Flecken und Risse der Gesellschaft ... Was ist eigentlich mit diesem Kellner los?«

»Ronnie! Scotch mit Eis«, rief ich quer durch den Raum zur Bar hinüber, wo Ronnie verschüttetes Bier aufwischte.

Violet Winters sah selbst müde aus. Sie war dünner, als ich sie in Erinnerung hatte, und noch blasser. Um die Augen hatte sie dunkle Ringe, und ich meinte einen Schatten in ihnen zu sehen. Es sah aus wie Angst.

»Ich muss Ihnen ein paar Fragen stellen.«

»Sie brauchen es nicht zu überzuckern. Lassen Sie mir bloß einen Moment zum Abschalten, okay?« Die Gläser kamen, und Violet nahm einen Schluck. »Schießen Sie los«, sagte sie dann.

»Wo waren Sie in der Nacht, in der Jack Nesbitt umgebracht wurde?«

»Ich weiß nicht.«

Violet saß mir gegenüber, das Scotchglas in beiden Händen.

»Wo waren Sie in der Nacht, in der Johnny Vanilla umgebracht wurde? Nachdem wir uns getrennt hatten?«

»Ich weiß nicht.«

»Was meinen Sie damit, Sie wissen es nicht?«

»Ich meine, ich weiß es nicht.«

»Sie sind berufstätig, Sie müssen doch einen Kalender haben.«

»Ich hatte Schwierigkeiten.«

»Schwierigkeiten?«

»Mich zu erinnern.«

Sie sah mich mit diesen feuchten helllila Augen an. Auf ihrer blassen Haut lag ein schwacher Glanz. Sie schwitz-

te, wie mir plötzlich aufging – sie saß mitten im Zug der Klimaanlage und schwitzte.
»Trinken Sie?«, fragte ich.
»Das sind keine Alkoholblackouts. Schön wär's.«
»Was ist es dann?«
»Ich glaube, ich habe Flashbacks.«
»Von was?«
»Ich weiß nicht. Ich verschwinde einfach irgendwie.«
»Sie sollten sich untersuchen lassen.«
»Wenn's ein Tumor wäre, wäre ich erleichtert. Ich habe eine Tomografie machen lassen. Nichts.«
»Und Ihre Theorie, Doktor?«
Violet atmete tief ein und sah mich an. Sie griff über den Tisch hinweg nach meinen Händen. »Es ist möglich, dass ich eine multiple Persönlichkeit bin. Wenn ich mich selbst behandeln würde, würde ich das jedenfalls annehmen.«
Ich versuchte ruhig zu bleiben. Ich zwang mich dazu, ihr in die Augen zu sehen, während ich mit den Daumen ihre Handrücken streichelte. Ihre Haut fühlte sich wächsern an, und die Hände zitterten.
»Was genau ist eine multiple Persönlichkeit?«, fragte ich. Dabei dachte ich: *Doktor Jekyll und Mr. Hyde. Die zwei Gesichter einer Frau.* Als ich es aussprach, lächelte sie grimmig.
»Im Grunde«, sagte sie, »ist es eine Überlebensstrategie. Wenn die Persönlichkeit mit einem Trauma nicht fertig wird, schafft sie unter Umständen eine andere Persönlichkeit, die damit fertig werden kann. Es ist ein bisschen, wie wenn man einen Schrank baut und etwas darin wegschließt.«
»Glauben Sie, Sie sind eine multiple Persönlichkeit,

Violet?« Noch während ich die Frage stellte, spürte ich, wie sich eine gläserne Ruhe über meine Gefühle legte. Ich begegnete Violets klinischem Ton mit klinischer Distanz.

»Ich glaube nicht«, sagte sie nach einer langen Pause. »Es ist eher, als versuchte etwas durchzukommen. Irgendwas, das wir in der Therapie nicht gefunden haben. Was es auch ist, es ist so furchtbar, dass ich mich ihm nicht stelle.«

»Da kann man sich alles Mögliche vorstellen.«

»Ja. Verhaften Sie mich jetzt?«

»Nein. Ich habe nichts, was Sie mit den Verbrechen in Verbindung bringt – nichts außer einem Motiv in beiden Fällen.«

»Viele Leute hatten ein Motiv, Detective. Wir haben es hier nicht mit zwei Pfadfindern zu tun.«

»Deshalb sitzen wir ja hier und trinken Scotch, statt Aussagen aufzunehmen, Doktor.«

»Da lässt sich alles Mögliche denken, Detective.«

»Stimmt. Übrigens, was hatten Sie auf Johnny Vanillas Beerdigung zu suchen?«

»Machen Sie mir keine Angst.«

»Was haben Sie da gemacht?«

»Ich habe gesagt, machen Sie mir keine Angst. Ich war nicht da.«

»Und wie Sie da waren. Ich habe Sie gesehen«, sagte ich.

»Moment. Einen Augenblick.« Sie griff nach ihrer Handtasche, öffnete sie, nahm einen Taschenkalender heraus und begann hektisch zu blättern.

»Es war letzten Dienstag.«

»Genau! Ich kann gar nicht da gewesen sein. Ich habe operiert.«

Sie zeigte mir das kleine Buch mit dem Bleistifteintrag »Operation«.
»Man glaubt nur, was man sieht«, sagte sie.
»Genau. Und ich habe Sie bei der Beerdigung gesehen.«
»Unmöglich, Detective.«
»Vielleicht, aber man glaubt, was man sieht, und ich weiß, was ich gesehen habe.«
»Sie können meine Mitarbeiter fragen. Die werden Ihnen natürlich sagen, dass ich operiert habe. Es stimmt.«
Ronnie beobachtete uns aufmerksam. Ich konnte beinahe hören, wie er überlegte, was genau wir miteinander zu schaffen hatten. Tatsächlich überlegte ich mir das Gleiche.
»Wer war noch da?«, fragte Violet.
»Vor allem Leute aus der Nachbarschaft. Jamie, Richter Ricky Noonan ...«
»Das klingt wie ein indianischer Name«, unterbrach Violet. »Richter Ricky Noonan. Häuptling Der Laut Lacht. Furzender Bär.«
Sie deutete zur Bar hinüber. Mit seiner wuchtigen Gestalt sah Ronnie tatsächlich aus wie ein Grizzly mit Verdauungsbeschwerden.
»Und was ist mit mir?«, fragte ich.
»Düsterer Bär«, antwortete sie. »Dorn in der Pfote.«
»Nagel zu meinem Sarg, Doktor. Das sind Sie. Noch einen?«
»Ich operiere morgen.«
»Irgendwas Kompliziertes?«
»Nein. Ich mache die einfachen Sachen – Polypen, Mandeln. Das komplizierte Zeug kriegt Crutcher. Er ist der Meister.«
»Das hört sich auf Menschen angewandt ein bisschen gefühllos an.«

»Wir Ärzte sind ein bisschen gefühllos, Detective. Genau wie ihr Polizisten.«
Ich winkte Ronnie, er sollte die Rechnung bringen.

Sie fanden Johnnys Hände in einem Müllcontainer. Er stand in der Nähe der Lincoln Avenue – in dem Durchgang, in dem es Dillinger erwischt hatte. Vielleicht war es eine Hommage. Irgendein fleißiger Säufer hatte nach Bierdosen gesucht und stattdessen die Hände gefunden. Einer fehlte ein Finger.
Es muss eine ernüchternde Erfahrung gewesen sein.
Ich fuhr hin und sah mir den Container an – nicht, dass ich glaubte, dort etwas zu finden. Er stand hinter einem mexikanischen Restaurant und ganz in der Nähe eines Miniaturparks, den die Vorstadtskinheads liebten. An den Wochenenden hingen sie dort herum und taten so, als seien sie Gangmitglieder.
Ich meldete mich bei den Kollegen von der North Side und traf mich dann bei Myerling mit Johnnys Händen. Jedenfalls gingen wir davon aus, dass es Johnnys Hände waren.
Ich nahm die Halsted Street nach Süden und fuhr an den Cabrini-Green-Sozialsiedlungen vorbei. An der North Avenue – die naturgemäß in West-Ost-Richtung verläuft – entdeckte ich einen Stricher. Der Junge konnte nicht älter sein als fünfzehn. Schwarz und nervös, in Lederhosen und einem Seidenhemd, das bis zur Taille offen stand. Ich sah zu, wie ein BMW an den Straßenrand fuhr und der Junge sich ins Fenster lehnte, um seinen Preis zu nennen. Den richtigen offenbar, denn der Fahrer öffnete die Beifahrertür. Er sah aus wie ein Familienvater Mitte vierzig. Der Junge stieg ein und wies ihn an, links abzu-

biegen und zum Industriegebiet hinunterzufahren. Meiner Schätzung nach hatte der Mann eine Fifty-fifty-Chance, nicht nur einen geblasen zu kriegen, sondern auch zusammengeschlagen zu werden, wenn er erst dort war. Echte Stricher arbeiten meist fünf Blocks weiter im Westen. Der Junge gehörte wahrscheinlich zu einer Gang. Ich fragte mich, wie lange er seine Spielchen schon trieb. Bei der Sitte hatte ich Stricher getroffen, die behaupteten, in Zacharys Alter angefangen zu haben. Ich habe gelernt, ihnen zu glauben.

Zachary war wieder zu Hause. Mir war klar geworden, dass die Einladung ins Krankenhaus an jenem Abend ein wohl überlegtes Manöver gewesen war, um meinen Ärger ins Leere laufen zu lassen. Gloria zufolge machte Zachary eine intensive Therapie, konnte sich aber immer noch nicht an die Details dessen erinnern, was ihm zugestoßen war. Meine eigenen Gefühle waren voll wüster Widersprüche. Als Polizist wollte ich, dass er sich erinnerte. Als sein Vater wollte ich, dass er alles vergaß. Gloria sagte, die Therapeutin sei gegen eine Hypnose. Ich hatte das Gefühl, das war gut so. Sollten die Ereignisse in das Dunkel zurückfallen, aus dem sie gekommen waren. Sollte Zach wieder zu der sonnigen Kindheit zurückfinden, die er verdiente. Er war ein normales Kind. Was geschehen war, war eine Verirrung, die nicht seine Schuld war.

Vor allem wollte ich, dass Gloria ihre Interpretationen und Andeutungen für sich behielt. Abgesehen von den wichtigsten Informationen hatten wir seit dem Krankenhaus nicht miteinander gesprochen. Ich wollte nichts sagen, das ich später bereuen würde. In der Zwischenzeit kaufte ich Zach einen Videorecorder und alle Disneyfilme, die es auf Video gab. Da ich schon mal dabei war, besorgte ich alle Westernklassiker, die ich als Junge geliebt hatte – *Red River, Fort Apache, Der Teufelshauptmann* –, und brachte sie ihm zusammen mit dem gigantischen Fernseher, den ich mir für das Junggesellenleben angeschafft hatte und nun nicht brauchte. Als Zach anrief, um sich zu bedanken, klang seine Stimme wie die eines Betrunkenen.

»Percodan«, sagte Gloria. »Gegen die Schmerzen.« Auch ihre Worte waren seltsam verschwommen.

Harold Myerling wollte nicht über Johnnys Hände reden. Er wollte über den Fall Nesbitt reden.

»Ich habe nachgedacht«, sagte er. »Dieser Papierschneider, weißt du noch? Ich bin mir nicht sicher, ob das die Tatwaffe war. Der Knochen müsste stärker beschädigt sein. Vielleicht war es doch eher eine Säge.«

»Hör mal, Harold. Du bist doch sonst so sorgfältig. Ich habe noch nie erlebt, dass du dir widersprichst.«

»Sagen wir einfach, ich habe ein paar Tests gemacht.«

Ich dachte an die Warren-Kommission und die Tests, die man an menschlichen Leichen durchgeführt hatte, um den Zustand der Kugel zu prüfen, von der es hieß, sie habe den Präsidenten Kennedy getötet.

»Ich bin mir nicht sicher, ob ich's genauer wissen will.«

»Nein. Wahrscheinlich nicht.«

»Darf man fragen, warum du sie durchgeführt hast?«

»Zweifel.«

»Ah. Danke, Harold. Und ich suche die ganze Zeit nach einem Typ, der mit einem Papierschneider bewaffnet ist. Du hast den Kreis wirklich erweitert.«

Myerling lachte. Routiniert nahm er die Abdrücke der abgetrennten Hände. Ich wollte die neun Drucke mit Johnny Vanillas Händen vergleichen lassen.

Sie stimmten überein. Ich rief Jamie an, um ihm die frohe Botschaft mitzuteilen.
»Dann komm doch vorbei«, lud er mich ein. »Außer du triffst dich mit dieser Blondine.«
»Ich habe seit ein paar Tagen nicht mit Dr. Winters gesprochen«, sagte ich. »Sie ist wieder auf meiner Verdächtigenliste.«
»Keine Frage«, schnaubte er ins Telefon. »Verzweifelt gesucht.«
»Zur Zeit nicht. Ich gehe ihr aus dem Weg. Und ihrem ganzen Geschlecht, könnte man sagen.«
»Geht alles vorbei. Komm rüber.«

Die Stadt heizte sich für ihr sommerliches Verbrechensbarbecue auf. Die Luftfeuchtigkeit musste bei über neunzig Prozent liegen. Man hätte auch in einem Eimer warmem Bier stehen können. Über dem See zuckten Hitzegewitter, große Flächen von düsterem Licht, die an- und ausflackerten wie ein kaputtes Neonschild. Ah, Chicago. Ich fuhr zu Jamie und überlegte mir dabei, dass die Geschichte mit Zachary, oder vielleicht die Geschichten mit Nesbitt, Vanilla und Zachary, meinen Geschlechtstrieb auf Null hatten absinken lassen, unter Null ins Minus. Ich bin sicher, das ist genau die Reaktion, die in solchen Fällen zu erwarten ist. Genauer gesagt, ich weiß es. Ich kenne die Fachbücher.
Schließlich haben mich die Jesuiten nicht umsonst von der Straße geholt und durch St. Ignatius – *und* Loyola – gelotst, bevor ich zur Polizei ging. Mein Umfeld bringt zwei prachtvolle Spezies des männlichen Stadtmenschen hervor: den Räuber und den Gendarmen. Die Jesuiten hatten mir bei der Entscheidung geholfen und

mich dafür mit einem lebenslangen Lesehunger gesegnet, der meine auf der Straße gewonnene Lebensklugheit ergänzt und mir für manches sogar eine Bezeichnung lieferte, manchmal eine lateinische. Angesichts meines brachliegenden Liebeslebens und meiner nicht in die Gänge kommenden Affäre mit Dr. Winters nannte ich meinen Gemütszustand »Coitus absentus interminus«.

»Oh, Shit«, entfuhr es mir, als Jamie die Tür öffnete, einen Farblappen in der einen und eine Dose Coors in der anderen Hand, »das hat mir jetzt noch gefehlt, dass du säufst.«

»Nicht für mich, für dich«, sagte er. »Du wartest immer noch drauf, dass ich einen Rückfall habe, stimmt's?«

»Vielleicht.«

Jamie ging in sein Atelier voraus, wo auf einer zweieinhalb mal drei Meter großen Leinwand die übliche Schlächterei im Gange war.

»Es ist drei Jahre her. Ein bisschen könntest du schon an mich glauben.«

»Glaube und Hoffnung habe ich. Brauchen könnte ich ein bisschen Liebe.«

»Vielleicht solltest du dich da an deine Ärztin wenden.«

»Mein Schwanz ist abgetaucht«, erklärte ich, womit wir wieder bei meinem Liebesleben angekommen waren. »Ich bin einfach nicht interessiert, und ich gehe ihr aus dem Weg – oder er tut es.«

»Nicht auf ewig«, versicherte er. »Die Hoffnung liegt nie lang darnieder, und der Schwanz auch nicht – bisher jedenfalls.«

Er schüttete etwas, das aussah wie Blut, auf den unteren Rand der Leinwand, verschmierte es mit einem Lappen, den er um seine Tennisschuhe gebunden hatte, und glasierte den Rest mit einem winzigen Flammenwerfer. Er sah aus wie ein Verrückter, als er da auf einem Bein herumhüpfte und mit seiner Fackel fuchtelte. Oder wie ein Schamane.

»Meinst du, sie mag mich?«

»Frau Doktor? Scheiße, ja. Oder sie ist schuldig.«

»Grandioser Gedanke. Darauf bin ich auch schon gekommen.«

»Sie ist eine witzige Nummer.«

So konnte man es wohl auch sehen. Die ganze vergangene Woche war ich die verschiedenen Bilder von ihr durchgegangen wie ein Magier seine Karten. Würde sich die echte Violet Winters bitte erheben?

Verdächtige beim Identifizieren ihrer eigenen Brüste auf einem Foto von Nesbitt.

Lady in Rot streicht mit dem Fuß an meinem Bein entlang, liefert sich einen Schlagabtausch mit Johnny Vanilla.

Dieselbe Lady, die an demselben Abend gesteht, von Nesbitt im Alter von zwölf Jahren missbraucht worden zu sein. Als sie davon spricht, sieht sie aus, als sei sie immer noch zwölf.

Dieselbe Lady, ein anderes Spiel – jetzt spielt sie Verstecken mit ihrem eigenen Gedächtnis.

»Die ist ein Spielzeug für Erwachsene«, warnte Jamie mich jetzt. »Wie eine geladene Pistole.«

»Hey. Ich hab sie noch nicht mal geküsst.«

»Das ist dein Problem. Außerdem, die Sorte macht dich fertig. Weißt du noch – Elizabeth Minerini?«

Er meinte eine rothaarige Schönheit, hinter der ich her gewesen war, bevor sie reich heiratete. Ich hatte immer noch eine Schwäche für sie. Manchmal sah ich sie sonntags mit ihren beiden kleinen Mädchen in St. Angela, hübsch hergerichtet und vernarrt in den Trottel, den sie geheiratet hatte. Ich hatte drei lange – und muss ich sagen auch harte? – College-Jahre lang nach ihr gegiert, bis mir irgendwann klar wurde, dass »heute nicht« »nein« hieß, nur auf nette Art.

»Bei mir dauert's manchmal eine Weile.«

»Die ist wie ein verdammtes Abschlussexamen, wenn du mich fragst.«

»Hab ich gefragt?«

»Du hättest fragen sollen.«

»Ich hab sie nicht angerührt.«

»Das sagst du dauernd. Meine Theorie ist, du hättest's tun sollen. Wahrscheinlich wär's erbärmlich gewesen, und du hättest es hinter dir.«

Wir wussten beide, was die Theorie taugte. Wie gut standen die Chancen, dass Sex mit Violet Winters erbärmlich war? Eine komische Vorstellung.

»Was ist ein regredierter Pädophiler?«, fragte Jamie, während er den nächsten Klumpen rote Farbe auf die Leinwand quetschte.

»Das ist ein Typ, der -- warum fragst du?«

»Einfach so.«

»Okay. Sehr wahrscheinlich.«

»Sag's mir einfach. Und erspar mir den Psychoschmonzes.«

Ich kickte mögliche Antworten in der Gegend herum und entschied mich für die Kurzversion. »Ein Typ, der Kinder bumst, aber nichts Falsches dran sieht, weil er in seiner Vorstellung selbst eins ist. Regrediert ... pädophil. Kapiert?«

»Zum Teufel, nein. Ich kapier's nicht. Und du?«, fragte Jamie.

»Was ist los? Das ist dir doch nicht einfach so eingefallen.«

»Ich hab Nesbitts Agenten bei einem Benefiz getroffen. Ärzteball. Carson Stoufley heißt er. Er sagt, er hätte irgendwen sagen hören ...«

»Dass Nesbitt ein regredierter Pädophiler war.«

»Woher weißt du das?« Jamie starrte mich an. Ich sah es mit einer gewissen Befriedigung.

»Ganz sicher hat er Kinder belästigt«, sagte ich. »Ob er sich eingebildet hat, er wäre selbst eins – das weiß ich nicht.«

»Im Ernst. Woher hast du das?«

Ich wehrte ab. Jamie war beeindruckt. Ich erzählte ihm nicht, was ich von Violet Winters erfahren hatte. Sollte er mich doch für den König der Schnüffler halten.

»Warum gehst du zu diesen Dingern?«

»Was für Dingern?«

»Benefizveranstaltungen. Erzähl mir doch nicht, dass du da je ein Bild verkauft hast.«

»Doch, habe ich – indirekt. Bei dieser war das Essen gut, und der Typ, der sie organisiert hat, sitzt beim Art Institute im Komitee. Er und ich haben darüber geschwatzt, wie man die moderne Sammlung aufpeppen könnte. Der Typ hatte wirklich was drauf. Ein Arzt.«

»Malcolm Crutcher«, sagte ich. Gut geraten.

»Sehr gut«, gab Jamie zu. »Wird diese Stadt kleiner, oder wirst du besser?«

»Weder noch. Ich hab ihn gerade erst kennen gelernt. Er hat Zachary operiert.«

»Scheint ein netter Kerl zu sein. Behauptet, er mag meine Sachen. Und was ist mit seiner Frau? Das ist vielleicht ein Weib.« Jamie schnalzte fast mit der Zunge.

»Nie gesehen. Und Crutcher hab ich nie in Gesellschaft getroffen. Ich habe in einem Krankenhausflur gestanden und gehofft, dass mein Sohn es überlebt. Aber Dr. Winters sagt, er sei gut.«

»Na, das ist ja mal eine Empfehlung.«

»Komm schon, Jamie, was hast du denn eigentlich gegen sie?«

»Mir wird ganz anders, so wie die mich ansieht. Als ob ich ein Happen für zwischendurch wäre.«

»Ich bin sicher, eine Menge Frauen würden sagen, genau so fühlen sie sich bei dir. Sie hat einfach den Spieß umgedreht.«

»Okay, ich bin ein sexistisches Schwein. Und?«

»Ich mag sie, das ist alles.«

»Elliot, du magst alles, was dir gefährlich vorkommt. Was glaubst du eigentlich, warum du ein Bulle bist?«

»Erspar mir den Psychoschmonzes, du Emporkömmling.«

»Wie geht's dem Jungen?«

Ich erzählte ihm von Zachs Amnesie – »Verdrängung, okay?«, – und der Möglichkeit, ihn zu hypnotisieren.

Jamie wirkte unruhig und gereizt, etwas, das ich selten an ihm sah, wenn er malte.

»Was ist eigentlich los mit dir?«

»Er ist mein Patensohn!« Jamie spuckte die Worte förmlich aus.

Auf einmal verstand ich. Jamie fühlte sich schuldig. Als ob irgendetwas, das er hätte tun können, die Dinge für Zach geändert hätte. Ich spulte meine Rede ab – die Rede, die ich für mich selbst parat hielt.

»Jamie. Es war nicht deine Schuld. Es war auch nicht Zacharys Schuld. Niemand ist schuld.«

Jamie war nicht überzeugt.
»Vielleicht, wenn ich öfter dagewesen wäre – ich bin nicht gerade ein sehr eifriger Pate, meinst du nicht? Erst saufe ich, dann komme ich groß raus. Wenn ich ein bisschen mehr Zeit …«
»Wäre er nicht von irgendeinem perversen Schwein angegriffen worden? Kaum. Außerdem hast du ihn ziemlich oft gesehen. Ich habe ihn ziemlich oft gesehen. Zum Teufel, Oscar Gomez hat ihn ziemlich oft gesehen.« Ich brach ab. Es klang nach Vorwärtsverteidigung. »Ich weiß genau, wie du dich fühlst«, sagte ich schließlich. »Ich wünschte, ich hätte mich mehr um ihn gekümmert. Oder besser. Ich wünschte, ich hätte mich nicht in meiner Arbeit verkrochen, als es mit Gloria schief ging. Aber wir reden hier nicht über fehlende Vaterfiguren, Jamie. Wir waren da – nur nicht in dem Moment, und das tut weh. Aber er hat Legionen von Vaterfiguren.«
»Legionen«, schnaubte Jamie. »Du mit deinem Jesuitengerede. Ich weiß nicht, warum die aus dir keinen Anwalt gemacht haben.«
»Vielleicht schaffen sie's noch.«
»Ich begehe Verbrechen, du verteidigst mich. Wie klingt das?« Bei Jamies Temperament klang es einigermaßen vorstellbar. Ich machte einen Witz daraus.
»Mal weiter so, und wir haben die perfekte Verteidigung. Geistige Unzurechnungsfähigkeit.« Jamie lag inzwischen auf dem Rücken und schob seine bestrumpften Füße über die Leinwand. »Wenn irgendwer dich jetzt sehen würde, würden sie dich nicht ernst nehmen. Als Nächstes machst du Schneemänner.«
»Als Nächstes zähle ich Schafe. Geh nach Hause, Bulle, du gähnst.«

»Wie hieß Nesbitts Agent doch gleich?«

»Carson Stoufley. Richtiger Goldküstentyp. Du wirst schon sehen.«

»Das habe ich auch vor.«

14

Ich ging nach Hause, ich öffnete den Briefkasten, und ich fand eine Karte aus teurem Leinenpapier, auf der stand: »Warum gehen Sie mir aus dem Weg?« Außerdem fand ich Johnny Vanillas Finger. Die Karte war von Violet Winters.

Schuldig aufgrund von Indizien, denken Sie jetzt wahrscheinlich. Ich dachte es auch. Ja, die Karte steckte in einem verschlossenen Umschlag und der Finger in einem billigen weißen Kuvert, mit Klebeband zugeklebt und ohne Absender. Aber sie waren zur selben Zeit am selben Ort, nämlich in meinem Briefkasten, und das war immerhin ein Indiz. Oder ein hässlicher Zufall. Oder ein Täuschungsmanöver.

Eins war sicher, ich wollte nicht, dass der Finger oder sein Auftauchen in meinem Briefkasten seinen Weg in die Zeitungen fand. Ich bin mit der Zeit ein Experte darin geworden, Presseleute von der Spur abzubringen, die ich gerade verfolge. Meiner Erfahrung nach neigen Spuren zum Verschwinden, wenn man sie mit einem Scheinwerfer beleuchtet.

Im Lauf der Jahre habe ich eine Strategie entwickelt. Bei den ersten paar Anrufen markiere ich den sturen, angriffslustigen Bullen. »Das drucken Sie aber nicht.« Wenn sie es weiter versuchen, hole ich den kooperativen

Polizisten heraus, der ihnen erklärt, dass die Angelegenheit nur mit ihrer Unterstützung aufzuklären ist. »Ich mag's nicht, wenn ihr zu früh zu konkret werdet. Die Typen verschwinden dann einfach aus der Stadt.«
Auf diese Weise schmeichelt man ihrem Machtinstinkt, und ich kann ungestört meine Arbeit tun. Die wilden Spekulationen lassen nach, die Geschichten wandern auf die dritte oder sechste oder sogar neunte Seite, und wir vom Morddezernat kümmern uns wieder um unsere Angelegenheiten, statt Anrufe anzunehmen.
Eine Erfahrungstatsache ist: je blutiger der Fall, desto hartnäckiger die Presse. Wenn sie von dem Finger in meinem Briefkasten erfuhren, würde die Angelegenheit sehr rasch sehr öffentlich werden und eine sehr persönliche Note bekommen. Killer ›befingert‹ Elliot. Ich hatte schon vor vielen Jahren gelernt, dass der Name Elliot nicht unbedingt nur Vorteile mit sich bringt, jedenfalls in Chicago.
»Sind Sie nach Elliot Ness benannt?«, wurde ich einmal gefragt.
»Ich bin nach meinem Onkel benannt.«
»Ihr Onkel war Elliot Ness?«
Und so weiter. Ich habe mehr Zeit damit verbracht, meine angebliche Verwandtschaft mit Elliot Ness zu bestreiten, als ich dazu brauchte, mein Examen zu machen. Und bei Elliot Ness bin ich durchgefallen.
»Sind Sie mit Elliot Ness verwandt?«, fragte mich, einmal zu oft, ein Nachwuchsreporter auf einer Pressekonferenz.
»Aber sicher«, sagte ich. »Er ist meine Schwester.«
»Sein Onkel«, meldete sich irgendwer von ganz hinten.
»Können wir das Thema wechseln?«, fragte ich. Die Antwort war nein.

Am nächsten Tag war ich in allen Zeitungen Elliot Ness' Neffe. Sie druckten eine Gegendarstellung ab, aber kein Mensch liest jemals Gegendarstellungen. Und seither bin ich Elliot Ness' Neffe. Ich versuche das Positive daran zu sehen. Meine Mutter hätte mich beinahe Ignatius genannt. Wenn ich die Wahl zwischen »Iggy« und »Elliot Ness' Neffe« habe, dann kann ich mich nicht beklagen. Das heißt nicht, dass ich Gefallen an der Schlagzeile »Killer ›befingert‹ Elliot Ness' Neffen« finden würde.

Ich ging mit dem Finger geradewegs zu Myerling. Ich rief Myerling an, von dem Telefon im Parkhaus zu Hause, und versprach ihm, die Sache würde die Mühe wert sein.

»Nicht noch mehr Leichen?«

»Na ja, in gewisser Weise ...«

»Okay, okay!« Er legte auf.

Myerling schaffte es vor mir zur Leichenhalle. Er war gerade dabei, die Lichter einzuschalten, als ich mit Johnny Vanillas Finger auftauchte.

»Auf die Ringe hatten sie's offenbar nicht abgesehen«, bemerkte ich, während ich den Finger aus dem Umschlag schüttelte, so dass er wie eine winzige Leiche mitten auf dem Stahltisch liegen blieb.

»Hast du schon mal so was gesehen?«

»Finger? Ich habe zehn davon.«

»Den Ring. Wahrscheinlich haben sie ihn zurückgegeben, weil sie wussten, was das ist.«

»Was ist es denn?«

»Ein Kraftring.«

»Jetzt hör aber auf, Myerling. Wir sind doch nicht im Kino.« Ich dachte an Spiderman, Flash Gordon. Myerling dachte offenbar an etwas anderes, ganz wie ich befürchtet hatte.

»Hast du dir den Ring angesehen?«
»Natürlich. Massiv, Gold, Filigranmuster. Ich dachte, ich kriege ihn wahrscheinlich von dir zurück. Ich wollte ihn nicht selbst abziehen.«
»Du willst den bestimmt nicht haben. Glaub mir.«
»Komm schon, Harold, werd jetzt nicht komisch. Das ist einfach nur ein Ring.«
Harold widersprach nicht. Er öffnete ein Fach, nahm ein Glas heraus, dessen Inhalt aussah wie Badesalz, füllte ein Becken mit Wasser und Salz und sagte: »Leg die Hände ein paar Minuten da rein. Ich nehme inzwischen den Ring ab.«
Ich war nicht besonders erpicht darauf zuzusehen, wie Harold den Ring von Johnnys Finger stemmte; also betrachtete ich meine eigenen Hände in Harolds Salzbrühe.
»Primitiv, aber wirkungsvoll«, sagte Harold.
»Ich komme mir vor wie bei der Maniküre.«
»Warte ein paar Minuten. Wie fühlt sich's an?«
Ich hatte nicht darüber nachgedacht, wie es sich anfühlte. Ich hatte daran gedacht, wie es aussah. Dr. Winters hatte Recht mit der Rinne, die der Ring an der linken Hand hinterlassen hatte. Davon abgesehen waren es Männerhände, Standardmodell, ziemlich groß, ein bisschen dick. Für einen Pianisten hätte mich niemand gehalten, nicht einmal Schwester Clarasine, obwohl sie sich mit den Klavierstunden alle Mühe gegeben hatte – die ganze dritte Klasse über.
»Wie fühlt sich's an?«, wiederholte Harold.
Ich krümmte die Finger. Es fühlte sich gut an. Das Salzbad war entspannend.
»Ist das Epsomsalz?«
»Überwiegend. Ich spiele ein bisschen damit.«

»Dauert's noch lange?«
Myerling ließ den Ring in ein weiteres Salzbad fallen, und ich hatte schon fast erwartet, ein Zischen zu hören.
»Kraftring«, sagte er.
Ich merkte, wie sich ein Schatten der Erinnerung in meinem Gedächtnis regte.
»Weißt du noch, diese Geschichte in dem Park bei Marion? Die Kinder?«
Ja, ich erinnerte mich. Zunächst war es nicht unser Fall gewesen, aber schließlich war er doch bei uns gelandet. Ein Rudel von Naturfreaks hatte in den Wäldern eine Sonnwendfeier abgehalten. Während sie splitternackt durch die Gegend hüpften, waren sie auf einen Haufen toter Hühner gestoßen. Erst Hühner ohne Köpfe, dann eine Ziege ohne Kopf, dann drei kleine Jungen ohne Köpfe. Einer der Jungen war ein Ausreißer aus Chicago, woraufhin man mich anrief.
Meine Einschätzung des Verbrechens unterschied sich von der der Kollegen vor Ort. Ich war der übereifrige Neuling aus Chicago. Was auch immer ich sagte, wurde ins Lächerliche gezogen. Vielleicht war ich in ihren Augen eine Witzfigur. Eifrig, wie ich war, hatte ich einen Spurensucher und Hunde auf die Fährte gesetzt und dabei eine unangenehme Idee entwickelt: Es hätten mehr Kinder sein müssen, als wir gefunden hatten – fünf alles in allem. Drei Kinder waren tot. Ein viertes war spurlos verschwunden. Ein fünftes hatte Spuren hinterlassen, die tief in den Park hineinführten und an einem Steilhang über einem flachen Flüsschen endeten.
Ja, ich erinnerte mich. Ich erinnerte mich, was ich gedacht und empfunden hatte, als ich mit dem Spurensucher gearbeitet hatte. Wie wir dem Kind bis zur Kante des

Steilhangs gefolgt waren, einem Kalksteinvorsprung, von dem aus das Kind in das darunterliegende Wasser gefallen oder gesprungen war. Ich erinnerte mich, wie meine Karriere und mein Selbstvertrauen gelitten hatten, als meine Theorien – mir kamen sie völlig logisch vor – von den älteren Polizisten abgetan wurden. »Das Durcheinander ist auch ohne Ihre Verwirrspiele schon groß genug.« Ich erinnerte mich, wie ich nach Hause geschlichen war, beschämt, entmutigt und verwirrt. Ich hatte das Vertrauen in mein Urteil nie wiedergefunden.

»Weißt du noch?«, beharrte Myerling.

»Ja, ich weiß. An die, die wir nicht aufklären, erinnere ich mich immer.«

»Dann hast du das Zeichen erkannt?«

»Hatte ich nicht, aber jetzt sehe ich's. Vielen Dank auch, Dr. Freud.«

So viel zum Thema Verdrängung. Sie hatten die Leichen in einem Steinkreis gefunden, auf einem aufwendig gestalteten Muster. Das Muster war aus farbigen Kieseln gelegt. Auf Johnnys Ring war es einziseliert. Das Muster war ein Pentagramm, ein fünfzackiger Stern in einem Kreis. Die Leichen hatten in den Spitzen des Sterns gelegen.

»Dein Freund Johnny hat merkwürdiges Zeug getrieben«, sagte Myerling bedeutungsvoll.

»Was meinst du damit? So was wie Satanismus? Davon spricht heute ja schon jeder.«

Myerlings Blick fixierte den Ring.

»Harold, das ist Mist. Ich bin mit dem Kerl zur Schule gegangen. Er war Ministrant. Vielleicht hat er den Ring in einer Pfandleihe gekauft. Oder beim Poker gewonnen.«

Ich war ja so tolerant und aufgeschlossen. Ich würde mich nicht wieder zu einer Theorie verleiten lassen, die ich nicht beweisen konnte. Ich schüttelte mir das Wasser von den Händen, und Myerling reichte mir ein Handtuch. Dann gab er mir ein großes Glas, das er mit seinem Wundersalz gefüllt hatte.

»Ich will, dass du das jeden Abend verwendest, solange du an diesem Fall arbeitest. Eine halbe Tasse in einem heißen Bad.«

»Ich dusche.«

»Ruf mich an, wenn du Nachschub brauchst.«

»Myerling, ich habe kein Schaumbad mehr genommen, seit ich zehn war und meine Mom plötzlich reingekommen ist.«

Ich versuchte, ihm das Glas zurückzugeben, aber inzwischen war er wieder mit Johnnys Finger beschäftigt.

»Einen Moment, ich gebe dir gleich den Ring«, sagte er.

»Ich hole ihn.« Ich wollte ihn aus dem Wasser fischen, in dem er immer noch lag, aber Myerling fuhr herum und zischte mich an – es gibt kein anderes Wort dafür.

»Halt!«

Er nahm den Ring mit einer Pinzette aus dem Wasserbad. Er legte ihn mitten auf ein Stück weiße Seide, das er herausgeholt hatte – offenbar bewahrte er es eigens für solche Gelegenheiten auf. Dann wies er triumphierend auf die Seide.

»Schau!« Er tippte mit der Pinzette auf einen grauen Fleck.

»Der war gerade noch nass.«

»Der Ring ist nicht nass, Elliot. Er ist schlecht.«

»Karmische Schmiere, ist es das?«, scherzte ich.

»So was in der Art.« Myerling war todernst.

Er wickelte den Ring in die Seide, schob die Seide in einen neuen sauberen Umschlag und gab ihn mir.
»Ich brauche dir das wohl nicht zu sagen. Lass ihn gleich asservieren. Und ich würde mir eine Bibel neben das Bett legen.«
»Eine Bibel? Harold, ich habe keine Bibel. Ich bin inzwischen Junggeselle.«
Es stellte sich heraus, dass Dr. Harold Myerling, ein guter Jude, eine christliche Bibel übrig hatte – keine katholische Bibel, sondern die St.-James-Version, aber immerhin. Er legte den Umschlag in die Bibel, und ich ging und kam mir vor wie ein Zeuge Jehovas.
Ich ging direkt aufs Revier und gab den Ring in die Obhut von Officer Chabrol. Dann ging ich nach Hause. Ich legte mich ins Bett. Ich nahm kein Salzbad. Ich träumte davon, dass jemand mich durch die Wälder jagte, und wachte drei Stunden später schweißgebadet auf. Die Bibel lag offen auf dem Schlafzimmerboden. Ich hatte die Bibel exakt in der Mitte des Sofatischs im Wohnzimmer liegen lassen; das hätte ich schwören können. Und niemand hat je von mir behauptet, dass ich schlafwandle.
Ich ertappte mich dabei, dass ich an Pater Aloysius Bremner dachte. Damals, als ich das Seminar verließ, war es Bremner gewesen, der mir versicherte, dass Gott meine Zufriedenheit wollte – und dass ich Zufriedenheit vielleicht nicht im Priestertum finden würde. »Wir alle dienen Gott auf unsere eigene Art«, hatte er gesagt. »Gott braucht Polizisten genauso dringend, wie er Priester braucht – nicht, dass manche Leute nicht glaubten, das wäre sowieso dasselbe …«
Und als ich mich nun mit karmischer Schmiere und schlafwandelnden Bibeln konfrontiert sah, kam mir der

Gedanke, ihn anzurufen. Nicht gerade um fünf Uhr morgens allerdings. Als ich zum letzten Mal von ihm gehört hatte, hatte er ein jesuitisches Exerzitienhaus auf dem Land geleitet. Ich würde ihn nach Kraftringen und dem Bösen fragen. Oder vielleicht würde ich ihn einfach bitten, für mich zu beten – ein Gedanke, der mir seit vielen Jahren nicht mehr gekommen war.

15

Es gibt nichts Besseres als eine schlaflose Nacht, um zu entscheiden, dass man einen Fall so schnell wie möglich hinter sich bringen will. Genau das hatte ich vor, als ich in der Dämmerung zu Carson Stoufley hinausfuhr. In der Holy Name Cathedral verließen sie gerade die Achtuhrmesse, als ich auf dem Weg zur Goldküste dort vorbeikam.

Carson Stoufley wohnte in einem der herrschaftlichen Steinklötze, die sich die Chicagoer um die Jahrhundertwende gebaut hatten. Groß, grau und abweisend – das Haus sah mehr nach einer Festung aus als nach einer Heimstatt; ich gehöre vermutlich zu genau den Leuten, die es fernhalten sollte. Chicago war schon immer eine elitäre Stadt, obwohl sie vorgibt, das Gegenteil zu sein. Stoufleys Palast war eine Version der abgesteckten Clangebiete, auf denen die Stadt entstanden war.

Wenn Sie nicht wissen, wovon ich rede, werde ich es Ihnen sagen. Wenn Sie in Chicago in einer bestimmten Gegend geboren sind – Near North, sagen wir, oder Near West –, dann ist das Ihre Heimat und Ihre Festung. Sie können sie verlassen, aber sie ist wie eine Großfamilie – sie verlässt Sie nie. Die Erwartungen und die Loyalitäten Ihrer Nachbarschaft werden Sie immer begleiten. Und der Ruf, den Sie in der fünften Klasse hatten, auch. Statt zu den Jesuiten war Stoufley auf die Chicago Latin School gegangen, aber davon abgesehen waren wir einfach zwei Jungs aus Chicago und wussten es. Zumindest hoffte ich, dass er es wusste.

Als ich an Carson Stoufleys Tür klingelte, blätterte ich in einer Hand voll Mitteilungen, die ich im Vorbeigehen auf dem Revier aufgelesen hatte. Carson Stoufley öffnete, und ich zeigte ihm meine Marke. Er reagierte höflich überrascht, was gespielt war. Er hatte mit mir gerechnet. Stoufley führte mich an den Kakteentöpfen vorbei – Palmen waren offenbar aus der Mode gekommen – in ein Zimmer, in dem tropische Pflanzen, Vögel und ein Frühstückstisch standen.

»Kaffee? Croissant?«

Ich nahm an. Stoufley machte es offenbar Spaß, den Gastgeber zu spielen. Er war ein gut aussehender Mann, selbst nach Hollywoodmaßstäben. Er hatte das Gesicht eines Matinee-Idols der Vierziger und hätte mühelos einen Frauenschwarm abgeben können, wenn seine Vorlieben in diese Richtung gegangen wären.

»Ein Stück Zucker? Zwei?«

»Schwarz.«

Es waren die Fünfziger, nicht die Vierziger, ging mir plötzlich auf – Charlton Heston. Derselbe gemeißelte Kiefer, die Adlernase, die steinernen Wangenknochen. Stoufley trug Jeans, ein Denimhemd und helle Mokassins. Er war braun gebrannt, und seine Augen hatten das Grünblau eines Swimmingpools bei Nacht. Zusammen mit dem Haus – oder sogar ohne das Haus – war er ein umwerfendes Exemplar.

»Ich muss schon sagen, Sie sehen genau aus wie ein Bulle vom Morddezernat«, bemerkte er für den Fall, dass ich den prüfenden Blick über den Rand der Kaffeetasse hinweg nicht bemerkt hatte. »Ich bin ein Augenmensch«, fügte er hinzu – eine Spur nervös vielleicht. »Natürlich, in meinem Beruf kann das nicht schaden.«

Carson Stoufley war Kunsthändler. Er selbst zog das Wort »Sammler« vor. Tatsache war, dass er ein erhebliches Vermögen damit gemacht hatte, die Vorlieben seiner Freunde aus der Lateinschule und diejenigen ihrer Freunde aus dem Club, dem Komitee, von der Bank oder der Straße zu pflegen und ihnen entgegenzukommen. Chicago ist eine Stadt voller Geld, aber wie alles andere hier bleibt auch das Geld gern in einem bestimmten Kreis. Altes Geld und neues Geld verkehren miteinander, vermischen sich aber nicht. Carson Stoufley war altes Geld. Jack Nesbitt war ein Künstler, den er viele Jahre lang vertreten hatte, und ein Thema, das er mit Takt behandelt wissen wollte. Das allerdings entsprach nicht meinen Vorstellungen.

»Der Kaffee okay?«

»Was meinen Sie, wer Jack Nesbitt umgebracht hat?«

»Umgebracht?« Stoufleys Tasse klapperte. »Wie dumm von mir. Tut mir Leid. Es ist alles ziemlich verstörend.« Für Charlton Heston gab er eine gute Janet Leigh ab. »Ich habe Jack respektiert. Ich habe seine Arbeit respektiert ...«

»Ich habe gehört, Sie haben ihn einen regredierten Pädophilen genannt.«

»Ah. Ja. Da habe ich vielleicht ein bisschen übertrieben.« Die Tasse klapperte wieder. »Ich wollte sagen, ich habe seine Arbeit respektiert, aber ich war immer der Ansicht, dass er ein paar – na, sagen wir, etwas unappetitliche Bekannte hatte.«

»Bekannte oder Angewohnheiten?«
»Beides.«
»Und Sie haben davon gewusst?«
»Ich habe es vermutet.«
»Vermutet? Wieso haben Sie es vermutet?«
»Na, seine Motive natürlich.«
Was ich von Nesbitts Motiven kannte, waren die durchgestylten Akte, die er für New Yorker Zeitschriften und teure Fotobände machte. Offenbar war mir irgendetwas entgangen. »Könnten Sie etwas genauer werden?«
»Genauer. Hm. Er hat auf dem gleichen Gebiet gearbeitet wie Helmut Newton. Sie wissen schon, erotische Akte mit einer Andeutung von Perversion ...« Bei ihm klang es wie ein Dessert.
»Ja?«
»Vielleicht Newton links und Mapplethorpe rechts, das beschreibt es einigermaßen.«
»Mapplethorpe?«
»Homoerotische Bilder.«
»Ah. Sie sind Nesbitts Testamentsvollstrecker? Ich würde die Bilder gern sehen, von denen Sie reden. Ein Bild sagt mehr als tausend Worte et cetera.«
»Der Nachlass ist riesig. Jack war ziemlich produktiv. Es ist nicht mal katalogisiert. Sie müssen wissen, sein Atelier ist voll gestopft mit abgeschlossenen Arbeiten, unvollendeten Arbeiten, eine Katastrophe, völlig unkategorisiert, fürchte ich.«
»Regrediert pädophil klingt in meinen Ohren ziemlich kategorisiert.«
»Ah. Ja. Wahrscheinlich ist das so. Ich bin da wirklich zu weit gegangen. Er hatte eine gewisse Neigung, verstehen Sie.«

»Eine Neigung?«

»Eine Vorliebe.«

»Sie wollen damit sagen, er hat Kinder gebumst?«

»Junge Menschen. Ich fürchte, ja. Zumindest scheinen die Bilder anzudeuten …«

»Und Sie haben ihn nicht angezeigt?«

»Ich hatte ihn unter Vertrag.« Mit einem Mal begann Carson Stoufley doch tatsächlich zu weinen. »Ich war mir nicht sicher. Niemand war sich sicher …«

Ich bedankte mich bei Stoufley für seine Zeit und seinen Kaffee. Ich ließ ihn schniefend zwischen seinen riesigen Zimmerpflanzen zurück und versuchte mich aus seiner Nähe zu entfernen, bevor die Bombe platzte. Wenn ich nicht irgendetwas falsch verstanden hatte, kaufte Stoufley Kinderpornografie, Nesbitts Kinderpornografie. Ich musste verschwinden, bevor er merkte, dass ich es gemerkt hatte. Ich brauchte einen Durchsuchungsbefehl, und ich brauchte ihn schnell. Ich wollte Jack Nesbitts Nachlass beschlagnahmen und wegschließen, bevor er verschwand.

Mit etwas Glück konnte ich den Generalstaatsanwalt erwischen, mir einen Richter schnappen und am Nachmittag in Nesbitts Atelier sein. Und etwas Glück brauchte ich bei diesem Fall.

Vielleicht falle ich wirklich einfach auf ledergebundene Bücher und Mahagoni herein – Jamie nennt mich einen Bildungsjunkie. Aber wenn ich einen Richter am Arbeitsplatz aufsuche, bin ich jedes Mal beeindruckt. Sogar wenn der Richter der kleine Ricky Noonan ist. Mit seinem vor der Zeit ergrauten Haar, das so viele Iren haben, wirkte Noonan sehr distinguiert – bis man das gewitzte Zwinkern sah, das er nach wie vor in den Augen hatte.

Ich ging zu Peter Abramson, dem Generalstaatsanwalt, und dann ging ich zu Richter Richard Noonan.

Ich hatte Ricky Noonan schon gekannt, bevor er Richter Noonan war, bevor er Anwalt Noonan war, bevor er Ministrant Noonan war. Er ging in Johnny Vanillas Klasse, und in dem Jahr, in dem er in den Kindergarten kam, war ich Schülerlotse und Schulhofaufsicht. Er wartete nie am Straßenrand. Offenbar war er seither vorsichtiger geworden.

»Du könntest nicht ein bisschen präziser werden?«

»Nein. Ich will das ganze Haus. Vom Dachfirst bis zur Abwasserleitung.«

»Das ist ziemlich viel.«

»Alles. Nesbitt hat ziemlich merkwürdiges Zeug getrieben, und vielleicht versteckt sich der Mörder irgendwo in einer dunklen Ecke.«

»Hmm.« Meist gab mir Noonan alles, was ich wollte, wenn es in seiner Macht stand. Diesmal nicht. Diesmal hatte er Vorbehalte. »Wir müssen trotzdem einen Grund angeben.«

»Pornografie.«

»Das soll wohl ein Witz sein, Elliot, die Jesuiten haben dich wirklich verdorben. Nesbitts Arbeiten sind Kunst, keine Pornografie.«

»Du hast das Zeug ja nicht gesehen, Ricky.«

»Es ist eine ziemlich heikle Grenze zwischen künstlerischer Fotografie und Porno. Zensurgezeter kann ich wirklich nicht brauchen. Ich gebe dir keinen Freibrief für eine Hexenjagd, Elliot.«

»Kinderpornografie. Der Typ war einfach pervers.«

»Sind wir alle, Elliot. Haben dir die Jesuiten das nicht eingehämmert?«

Ich ließ es durchgehen. Ich wollte keine Details preisgeben, nicht einmal Ricky Noonan gegenüber. Wenn er nicht nachgefragt hätte, hätte ich ihm nie erzählt, nach was ich eigentlich suchte. Die zweite Regel jedes guten Ermittlers ist es, nicht zu klappern, bevor man zuschlägt.

Ich fuhr zurück zum Revier, um mich zu melden und mir einen zweiten Mann zu suchen. Ich hatte kein gutes Gefühl bei dem Gedanken, zu Nesbitt zu fahren, und im Lauf der Jahre habe ich gelernt, auf solche Gefühle zu achten. Ich sah mich im Bullenpferch um und sah eine Menge guter Leute – Daley, Chaworski, Lynch, meine Starneulinge. Seit ich vor sechs Monaten meinen Partner verloren hatte, hatte ich die Neuen rotieren lassen, aber im Augenblick konnte ich keinen von ihnen brauchen. Vielleicht war ich vorsichtig geworden, nach dem, was Zachary passiert war, und das, was wir vielleicht finden würden, war mir peinlich – Bilder von dem, was ihm passiert war. Bei dem bloßen Gedanken fühlte ich mich sowohl flau als auch geladen. Ich beschloss, allein zu gehen. Ich würde nur kurz zur Toilette gehen und mir Wasser ins Gesicht spritzen.

Ich ging hinein, und dort traf ich Gomez.

Der Kummer um Zachary hatte uns verbunden.

Ich konnte sehen, dass Gomez, der Trottel, meinen Sohn auf seine ungeschickte Art tatsächlich liebte. Wie anderen Eltern fällt es mir schwer, jemanden zu hassen, der mein Kind liebt. Ich erzählte Gomez, wohin wir fuhren und wonach wir suchten.

»Diese verdammten Scheißtypen.« Und er schlug mit der Faust das Fenster der Toilette ein.

»Ich hasse diesen Dreck.«

»Wer tut das nicht, Oscar?«
»Frauen, das ist eine Sache. Kinder, das ist was anderes.«
Er war der richtige Mann für mich.
»Boss«, sagte Gomez, »Sie haben das nicht gesehen, oder?«
Ich gab ihm ein nasses Taschentuch für seine Fingerknöchel, und wir gingen. Bis zu Nesbitts Wohnung war es eine Fahrt von zwanzig Minuten, aber Gomez und ich brachten Lichtjahre hinter uns.
»Letzte Nacht ist's ihm besser gegangen. Keine Träume«, sagte Gomez. Er sah mich von der Seite an, um zu überprüfen, wie ich es aufnehmen würde, dass er Neuigkeiten von meinem Sohn hatte. Es half, dass es gute Nachrichten waren.
»Als kleines Kind hat er auch geträumt«, sagte ich. »Mit zwei oder drei war er sogar ein Schlafwandler. Ich habe immer gedacht, es ist mein Job. Ich hatte einen schlimmen Fall, er hatte schlimme Träume – meine schlimmen Träume, so kam's mir jedenfalls manchmal vor.«
»Kinder machen Spaß«, sagte Gomez. »Ich hab immer welche haben wollen – so vierzig oder fünfzig, wissen Sie?«
Ich lachte, und dann trat ich mitten ins Fettnäpfchen. »Wo ist das Problem? Bei Ihrem Lebensstil müssten Sie doch schon ein Dutzend haben.«
Einen Augenblick lang herrschte Schweigen.
»Hey, Mann. Das ist jetzt Geschichte«, protestierte Gomez dann. »Ich als Schürzenjäger. Jetzt nicht mehr. Jetzt nicht mehr, Amigo. Ich sage meinen Freunden, schickt mir keine ins Haus, ich bin nicht interessiert. Ich sage ihnen, ruft mich nicht wegen so was an. Ich weiß gar nicht mehr, wo man das findet. Ich habe meins zu Hause.«

Es war ein langer Monolog. Für Oscar Gomez war es eine Ansprache.
Und es kam noch etwas nach.
»Boss, ich weiß schon, was Sie denken. Ich weiß, ich hab's verdient. Ich spiele rum. Ich nehme sogar auf der Straße, was kommt. Sie wissen das. Aber jetzt nicht mehr. Verstehen Sie? Ich bin ein glücklicher Mann. Dann können wir eben keine Kinder haben. Wir haben etwas anderes. Liebe.«
»Tut mir Leid«, sagte ich. Gloria hatte sich sterilisieren lassen. Es war nicht meine Schuld. Es war ihre Idee gewesen, aber jetzt im Auto mit Gomez hatte ich das Gefühl, als hätte ich es ihr ausreden sollen. Ich hatte es versucht, aber nicht allzu nachdrücklich. Und sie war nicht mein Eigentum. Oder seins.
»Ein Kind ohne Vater wäre schon genug für mich«, hatte Gloria gesagt, wenn sie über die Gefahren meiner Arbeit sprach. Ich weiß, ich hätte ihre Ängste ernster nehmen sollen, aber ich wusste nicht, was ich mit ihnen anfangen sollte. Die Gefahr war ein Teil der Arbeit; ich konnte mir nicht vorstellen, wie es ohne sie wäre. Was immer er ihr sonst noch zu bieten hatte, Oscar Gomez musste es irgendwie fertig gebracht haben, dass sie sich sicher fühlte.
»Ist okay so«, sagte Gomez. »Was zum Teufel soll's. Ich liebe sie.« Und das erwischte mich nun wirklich. Zum ersten Mal wurde mir klar, dass es bei seiner Beziehung zu Gloria nicht um uns beide und irgendein Machobesitzspielchen ging. Es ging nicht einmal um ihn und mich und Zachary. Es ging um ihn und Gloria. Er liebte sie. Ich fragte mich, ob ich sie je geliebt hatte.
Wir waren bei Nesbitts Wohnung angekommen.
»Versiegelt, oder?«

»Stimmt.«

Ich fragte mich, ob bei Gomez die Sirenen schrillten wie bei mir. Schon bevor wir es mit der Tür versuchten, hatte ich ein Gefühl, von dem ich aus Erfahrung wusste, ich sollte es berücksichtigen. Ich glaube nicht, dass Zivilisten so was haben. Feuerwehrleute behaupten, sie hätten es. Es ist ein sechster Sinn, eine Art Instinkt, »ein Segen«, würden Myerling oder Pater Bremner vielleicht sagen. Mein Cousin Mike, der Feuerwehrmann, nennt seins eine Stimme, St. Michael, »wegen dem feurigen Schwert«. Wie man es auch immer nennt – ich nenne es »meinen Bullen« – es ging los, als wir vor Nesbitts Tür standen.

Ich hatte die Schlüssel, aber die Tür ließ sich aufstoßen. Der Geruch überfiel uns.

»Scheiße, nein«, sagte Gomez.

Wenn man den Tod einmal gerochen hat, erkennt man ihn überall, und der Tod wartete irgendwo in Nesbitts Atelier auf uns. Wir zogen die Waffen, hielten den Atem an und gingen hinein.

Ein Eimer mit etwas Fürchterlichem, das einmal menschlich gewesen war, stand in der Mitte des Ateliers auf dem Boden. Weder Gomez noch ich wollten hinsehen – doch das war unser Job. Der Kopf von Carson Stoufley starrte zurück.

Gomez kotzte in den Mülleimer in der Küche. Mein Magen blieb, wo er war. Ich fragte mich, mit wem Stoufley gesprochen hatte, nachdem ich bei ihm gewesen war. Oder wer gesehen hatte, wie ich kam und ging. Ich bemerkte eine Bewegung. Fliegen hatten die Klinge des Papierschneiders entdeckt. Ich hörte, wie Dr. Winters mir erklärte, dass die Klinge keine Guillotine sei, ganz gleich, wie sie aussah. Ich hörte Harold Myerling sagen, eine

Chirurgensäge sei sehr viel wahrscheinlicher. Wie auch immer, Stoufleys Kopf war da, während Stoufleys Körper fehlte.

Ich rechnete zurück: von Stoufley weg gegen elf Uhr dreißig, in der Stadt um zwölf, zu Abramson, der früh zum Mittagessen gegangen war, so dass ich warten musste, dann zu Noonan, dann zurück aufs Revier, dann zu Nesbitt – drei Stunden, dreieinhalb. Drei Stunden, mitten am Tag – es war immer noch hell. Ich sah auf: Das Oberlicht stand offen. Ich schwöre, es stand offen.

»Hey, Gomez!« Ich zeigte hin ... Das Oberlicht war geschlossen.

Ich rannte zum hinteren Fenster. Es war verschlossen. Ich zerbrach das Glas mit dem Revolver. Die Scherben waren große Zacken, keine sauberen kleinen Würfel wie in einem Film.

»Vorsicht«, sagte Gomez.

Er hatte Recht. Dies war richtiges Glas, nichts für Stunts. Natürlich brauchte ich zu lang, um die Scherben zu entfernen, und als ich draußen auf der Feuerleiter stand, war das Dach leer – und das Oberlicht stand wieder offen.

»Hey, Gomez – Oscar – rufen Sie die Jungs an«, brüllte ich ins Atelier hinunter. Das Dach war mit feinem weißem Kies bedeckt. Es gab zwei Kübel mit Geranien und einen Liegestuhl. In der Nähe des Liegestuhls lag ein Paket Streichhölzer. Jacky und Johnny's.

Überrascht es Sie, dass das Atelier durchwühlt worden war? Schubladen standen offen, ganze Mappen fehlten. Stoufley hatte gesagt, die Arbeiten seien nicht kategorisiert, aber der Mörder hatte offensichtlich gewusst, wonach er suchte, und wahrscheinlich auch, wo es zu finden war. Ich hatte den unheimlichen Eindruck, dass der

Mord an Stoufley ganz unwichtig war, eher ein Ablenkungsmanöver als ein gezieltes Verbrechen.

Wenn man sich dabei erwischt, dass man einen Mord für ein Ablenkungsmanöver hält, dann weiß man, dass man es mit etwas Tödlichem zu tun hat.

16

Ein neuer Mord sorgt in der Regel dafür, dass mein Privatleben flachfällt. Dieses Mal nicht. Ich hatte eine gusseiserne Verabredung, das Versprechen, das ich Zachary gegeben hatte, mit ihm zu den Cubs zu gehen. Es kümmerte mich nicht, dass sich die Notizzettel türmten. Es kümmerte mich nicht, dass die Presse mich vorführte. Ich verließ das Revier, während die Telefone pausenlos klingelten, nachdem ich selbst zwei Telefonate geführt hatte, eins mit Myerling und eins mit Dr. Violet Winters.

»Haben Sie meine Karte gekriegt?«, fragte sie. Der Stimme nach war sie die Unschuld in Person, nicht eine »möglicherweise« multiple Persönlichkeit, die mit der einen Identität Vanillas Finger und mit der anderen die Karte vorbeigebracht haben könnte. Die Sache war mir unheimlich, und wenn mir etwas unheimlich ist, spiele ich den Knallharten.

»Ich weiß nicht, worauf Sie hinauswollen. Wir gehen nicht miteinander aus, Doktor. Ich kläre ein Verbrechen auf – oder versuche ein Verbrechen aufzuklären. Ich bin ziemlich ausgelastet.«

»Ich dachte, Sie würden mich anrufen.« Sie hörte sich wehmütig an.

»Da haben Sie eben falsch gedacht.«

»Abendessen?« Hartnäckig war sie, das musste man ihr lassen.
»Ich bin schon mit Zachary verabredet.«
»Die Cubs?«
»Richtig. Woher wissen Sie das?«
»Er hat's mir im Krankenhaus erzählt. Toller Junge, Elliot.«
Aus welcher Richtung sie es auch versuchte, Dr. Violet Winters erwischte mich kalt. Meinen Jungen zu mögen war wahrscheinlich die beste Methode der Welt, zu erreichen, dass ich sie mochte. Verdammt, es hatte ja sogar bei Oscar Gomez geklappt.
»Ich habe eine Frage an Sie.«
»Ich hoffe, Sie wollen ein Ja hören.«
»Wo finde ich Nesbitts Exfrau?«
Eine Minute lang dachte ich, sie hätte einfach aufgelegt. Nach einer langen Pause sagte sie: »Sie lebt am Nordufer, ist mit einem Arzt verheiratet. Ich bin immer noch stocksauer wegen der Bilder, die sie Ihnen geschickt hat. Sie muss gedacht haben, sie kann mir nach all den Jahren eins auswischen.«
»So viel weiß ich auch schon. Wie heißt sie denn?«
Dr. Winters seufzte. »Ich hätte es Ihnen schon früher sagen sollen. Mrs. Malcolm Crutcher. Inzwischen ist alles ganz legal. Hätte ich es Ihnen früher sagen sollen?«
»Möglich.«
»Ich wollte nicht, dass sie über mich herzieht. War das eine Unterlassungslüge?«
»Könnte man so sagen. Danke für die Karte. Versuchen wir's morgen mit einem Drink … nennen Sie's Recherche.«
»Natürlich. Ich sage meiner Sekretärin, sie soll Sie anru-

fen und einen Termin ausmachen.« Sie lachte. »Warum nicht im Billie's heute Abend um zehn? Wir können so tun, als wäre es morgen.«
Eins war sicher, jemand hatte Dr. Winters beigebracht, Geschäftsabschlüsse festzumachen.
»In Ordnung«, sagte ich. »Aber das ist nach meiner üblichen Schlafenszeit.«
»Das klingt ja ungeheuer romantisch.«
Sie legte auf.

Die Cubs schlugen sich wacker, aber was mir von dem Spiel in Erinnerung blieb, war Zacharys Hand, die die ganze Zeit, zur Faust geschlossen, in meiner lag – die gesamten neun Innings lang. Vor dem Unfall – so nannte ich den Angriff auf ihn – war er aus dieser Art von Kinderverhalten fast herausgewachsen gewesen. Jetzt nicht mehr. Jetzt folgte er mir wie ein Schatten. Gloria sagte, es sei dasselbe bei ihr und Gomez. Ich versprach ihm, er könne am Wochenende bei mir übernachten, erzählte ihm, dass sein Teddy ihn vermisste, der Teddy, den er mir gegeben hatte, damit ich ihn in meiner neuen Wohnung mit ins Bett nehmen konnte. Sein eigener Übernachtungsbär für Besuche bei mir.
»Dad? Ist dir schon mal was Schlimmes passiert?«
»Manchmal, sicher. Jedem passiert mal was Schlimmes.«
Klang das beiläufig genug? Mir war gar nicht beiläufig zumute. Ich versuchte hinter den Worten etwas zu hören. Ich versuchte einen Blick auf das zu erwischen, das er vergessen hatte. Ich wollte nicht, dass er sich erinnerte, aber ich wollte es selbst wissen: Wie schlimm war es?
»Warum, was meinst du? Warum passieren schlimme Sachen?«

»Ich bin mir nicht sicher.«

Diese Unterhaltung fand während des neunten Innings statt. Was gut war, sonst hätte ich das ganze Spiel verpasst. Überfordert war ich auch so schon.

Warum passieren schlimme Sachen? Wer zum Teufel wusste das schon? Ich hatte diese Unterhaltung schon früher geführt, hatte sie gewissermaßen geübt, wie jeder Mensch, der eine schwierige Wegstrecke vor sich sieht. In der Regel führte ich sie mit anderen Erwachsenen. Jetzt, als ich sie mit meinem Sohn führte, wollte ich fragen: »Wie schlimm, Junge?«

Weil ich ihn das nicht fragen konnte, fragte ich ihn, ob er noch einen Hot Dog wollte, ein T-Shirt oder ein Fähnchen. Popcorn, eine Cola?

»Dad, du verwöhnst mich«, sagte er schließlich und machte der Sache damit ein Ende. Aber meine Hand ließ er die ganze Zeit nicht los.

Wir überquerten die Clark Street, zusammen mit ungefähr tausend anderen Leuten, als er plötzlich zu erstarren schien. Ich sah nach unten, und er starrte geradeaus in die Menge.

»Was ist los?« Ich versuchte herauszufinden, was er gesehen hatte. Ich sah Fans, Souvenirhändler, das übliche Gewimmel nach dem Spiel.

»Mir ist grade was eingefallen.«

»Was?«

»Ich weiß nicht. Es war –« Er zeigte auf eine Auswahl von Cubs-Jacken, Kappen und T-Shirts. »Glänzend. Wie das da.«

»Und was ist damit?«, fragte ich.

»Ich weiß nicht«, antwortete er unglücklich. »Irgendwas. Können wir einfach irgendwo rumhängen, Dad?«

»Laufen wir einfach ein Stück, okay?«
»Ich kann laufen, Dad, mir geht's gut.«
Damit machten Zach und ich uns die Addison Street entlang auf den Weg. Nach ein paar Blocks bogen wir in eine ruhige, von Bäumen gesäumte Straße mit Zweifamilienhäusern ab, wo Cubs-Banner in den Fenstern hingen und kleine bunte Gärten an den Gehweg grenzten. Die Luft war schwer; man roch die Bäume sogar über den Abgasen und dem schwachen Geruch von faulendem Abfall, der den Sommer in der Stadt ankündigt.
»Das ist nett, Dad.«
»Yeah, es ist eine hübsche Straße.«
»Komm schon, Dad!«
»Was? Hab ich was verpasst?«
»Es ist nett, mit dir wegzugehen.«
»Oh.«
Zachary redete manchmal mit mir, als sei ich das Kind. Es war ein Spiel zwischen uns – zumindest zog ich es vor, es als Spiel zu sehen und nicht als den Ton, den er von seiner Mutter gelernt hatte.
»Vielleicht finden wir irgendwo ein Eis«, schlug ich vor.
»Ich kann Eis nicht mehr sehen. Das war alles, was ich im Krankenhaus gekriegt habe.«
»Tolles Krankenhaus. Nicht mal ein Steak mit Eiern. Okay, dann also kein Eis.«
»Dad –« und diesmal war es wirklich Glorias geduldiger Tonfall –, »ich hab drei Hot Dogs und ein Snickers gegessen.«
»Okay, schon gut. Aber ich esse später einen Dove Bar.«
Dove Bars sind eine Chicagoer Spezialität – Eis und Schokolade, so schwer wie ein Goldbarren.

»Ich weiß nicht, woran ich mich erinnere, wenn ich mich mal erinnere.«
»Das muss ziemlich beängstigend sein.«
»Yeah. Dr. Hauser sagt, ich brauche mich nicht zu erinnern. Noch lange nicht.«
Ich sollte Dr. Hauser anrufen, dachte ich.
Wir gingen die langen grünen Blocks entlang bis zur Belmont Avenue, wo ich ein Taxi heranwinkte. »Fahren Sie uns zur Buckingham Fountain«, sagte ich dem Fahrer. Als kleines Kind hatte Zachary die Wasserspiele fast so sehr geliebt wie den Zoo.
Der Fahrer nahm die Route südwärts am See entlang, an der Navy Pier und dem Yachtclub vorbei zum Park. Wir saßen auf einer Bank am Wasser und sahen zu, wie der See die Farbe wechselte, von Blau zu Silber. Wir sahen zu, wie die Lichter der Stadt und die Glühwürmchen in der frühen Dämmerung aufflackerten.
Ich wusste nicht, was ich für meinen Sohn tun konnte, außer meine Zeit mit ihm zu verbringen.
»Dad«, sagte er, während das Wasser plätscherte und wir zusammen im Dunkeln saßen, »ich hab Angst vor den Bildern, die ich sehe, wenn ich mich mal erinnere.«
»Ich weiß, Junge«, antwortete ich. Ich wusste es wirklich. Ich habe solche Bilder auch. Jeder hat sie, zumindest manchmal, und sie können furchtbar sein. Bei Polizisten ist es ein Berufsrisiko. Wie die Staublunge bei Bergleuten. Als ich anfing, Gewaltverbrechen zu bearbeiten, dachte ich, die Bilder wären da, weil die einzelnen Verbrechen so fürchterlich waren. Zum Beispiel der Anruf aus der North Lincoln Avenue, aus einem Stundenhotel: »Jemand schreit rum und zerschlägt Sachen. Zimmer elf.« Die Stimme klang verängstigt.

Wir brauchten keine fünf Minuten. Das Geschrei hatte aufgehört. Blut lief unter der Türe hindurch. Wir versuchten zu öffnen – Sie glauben gar nicht, wie oft die Türen nicht abgeschlossen sind –, und dann fiel drinnen ein Schuss. Danach Stille.
»Polizei. Nehmen Sie die Hände hoch und kommen Sie raus, sonst kommen wir rein.«
Nichts.
Wir gingen hinein und fanden eine nackte Frau auf dem Boden – eine halbe nackte Frau. Die andere Hälfte war im Bad, wo der Typ mit der Waffe auf uns wartete. Er hatte eine Kettensäge.
»Wir haben gespielt«, sagte er, und dann hob er die Waffe, wie in Zeitlupe, und blies sich den Kopf weg.
Die Bilder davon brachten mich beinahe um. Ich sah ihre hübschen kleinen Beine und keinen Torso. Ihren Torso und keine Beine. Seinen zerplatzenden Kopf. Die Bilder kamen, wenn ich fuhr, wenn ich duschte, wenn Gloria und ich uns liebten. Besonders gern besuchten sie mich vor dem Einschlafen – immer dann, wenn ich entspannt war und nicht über etwas Bestimmtes nachdachte. Sie machten mich verrückt.
Aus irgendeinem Grund setzte ich mir in den Kopf, dass nur ich sie hatte, dass sie bedeuteten, ich würde es als Polizist nicht schaffen. Ich sah die Bilder und ich hasste die Bilder und ich fühlte mich schuldig ihretwegen. Sie erinnerten mich daran, wie ich als Ministrant gegen »unreine Gedanken« angekämpft hatte. Es war wie der alte Witz, »Denk nicht an rosa Elefanten.« – »Woran denkst du jetzt?« – »An rosa Elefanten.«
Damals führte ich zum ersten Mal eine ungewöhnliche Unterhaltung mit Harold Myerling. Wir brachten die Lei-

chen zu ihm – die Leichenteile –, und Myerling nahm sie in Empfang, als wäre es chinesische Jade.

Ich sah die Vorsicht, den Respekt, die Zartheit, mit der er arbeitete, und es machte mir etwas Angst. Er sah das.

»Du fürchtest, der Anblick wird dich verfolgen?«

»Bilder?«

Ich war sehr erstaunt. Jemand sprach tatsächlich darüber.

»Meine Methode besteht darin, die Bilder zu ersetzen. Sobald das Bild auftaucht, tausche ich das Dia aus.«

»Das versteh ich nicht.«

»Tausch das Dia aus. Ich habe mir einen Satz eigene Bilder gemacht. Sachen, die mich glücklich machen. Ich lege eins davon ein. Man braucht ungefähr zehn, und es müssen wirklich gute sein, Sachen, zu denen du eine Beziehung hast, sicher, glücklich, friedlich, et cetera.«

»Danke.«

Myerling nickte mir zu und lächelte. »Bei mir funktioniert's.«

Bei mir funktionierte es auch. Ich brauchte ungefähr eine Woche, um meinen Satz von Bildern zusammenzustellen, und das nächste Mal verwendete ich sie. Es waren einfach Umwandlungen.

Blutiger Torso ... umwandeln in ... den Ausflug zum Grand Canyon mit Dad.

Blutiger, zerplatzter Kopf ... umwandeln in ... Schnee, der sacht auf den Kirchturm von St. Michael fällt.

Sie können sich's vorstellen. Myerlings Methode half mir ungeheuer. Im Lauf der Jahre lernte ich noch andere kennen. Ich lernte, dass auch andere Polizisten Bilder sahen und ihre eigenen Methoden entwickelt hatten. Ein Typ, den ich kannte, ging zu einem Hypnotiseur und lernte einen Trick: Wenn er Daumen und Zeigefinger zusammenbrachte, sah er die Alpen vor sich, und nicht eines der blutigen Gemetzel, deren Zeuge er gewesen war.

Manche Typen verwenden das Alphabet. Manche verwenden das große Einmaleins oder einen Song. Irgendetwas muss man sich einfallen lassen, sonst machen einen die Bilder fertig. Mein Sohn hatte Angst vor seinen Bildern – und ich auch.

17

Man nennt es einen Blip«, erklärte mir Zachs Therapeutin, Alice Hauser. Ihre Telefonstimme hatte einen unangenehm näselnden Klang. Ich hatte sie angerufen, nachdem ich Zach nach Hause gebracht hatte.

»Und was genau ist ein Blip?«, fragte ich nach.

»Es ist beinahe wie ein unterschwelliges Bild, ein winziges Stück Film. Ein Blip ist ein durchsickerndes Stück Erinnerung. Manchmal bekommt man nichts außer Blips. Manchmal kommen sie zuerst, und irgendwann kommt die vollständige Erinnerung nach.«

»Ich verstehe.«

»Elliot? Darf ich Sie Elliot nennen? Sie klingen ziemlich aufgebracht.«

»Natürlich bin ich aufgebracht. Ich habe meinen Sohn monatelang nicht gesehen. Er wird vergewaltigt oder belästigt oder wie Sie und meine Frau es auch nennen. Kein Mensch sagt mir Bescheid, bis ihnen nichts mehr anderes übrig bleibt, als ihn ins Krankenhaus zu bringen, und gleichzeitig stecke ich mitten in einem Mordfall.«

Klang das aufgebracht genug für das Therapeutenohr? Sie nahm einen beschwichtigenden Ton an, als wäre ich ein Verrückter mit einer Handgranate, den sie davon abzuhalten versuchte, den Stift zu ziehen.

»Ich weiß, dass Sie viel zu tun haben, aber vielleicht soll-

ten Sie ein-, zweimal vorbeikommen und darüber sprechen. Wenn Zach glaubt, es regt Sie auf, dann wird er sich nicht erinnern. Oder uns nicht davon erzählen, wenn er es doch tut.«
Das leuchtete mir ein. Ich vereinbarte einen Termin. Wie empfohlen. Nicht, dass sie an einem der nächsten beiden Tage Zeit für mich haben würde. Sie hatte selbst einen vollen Terminkalender. Ich war schließlich nur irgendein Polizist.
Wie vielen Polizisten fällt es mir schwer, Therapeuten zu respektieren. Es liegt an ihren Auftritten im Zeugenstand. Ich denke »Therapeut« und »Idiot« fast in ein und demselben Satz. Ich weiß, das sollte nicht so sein, aber so weit kommt es nun einmal, wenn genügend gefühlsduselige Therapeuten genügend Fälle ruiniert haben.
Ich würde gern an Reue und Wiedergutmachung glauben – in seltenen Fällen habe ich sie sogar erlebt –, aber in aller Regel sehe ich Wiederholungstäter. Vergewaltiger vergewaltigen wieder. Diebe stehlen. Brutale Leute werden brutaler, nicht friedfertiger, und brüten in unserem Strafsystem ihre nächsten Verbrechen aus. »Niedere Gesellschaft«, nannten es die Jesuiten. Was war ein Gefängnis schließlich anderes als eine Gemeinschaft niederer Gesellen, die einander weiter ruinierten?
Ich sollte mit solchen Überlegungen vorsichtig sein. Aber wenn die Psychotherapeuten einmal versuchten, so zu denken, könnten viele unnötige Tragödien vermieden werden. Es lief auf immer dieselbe Frage und dieselben zwei Antworten hinaus.
Frage: »Sind Sie der Meinung, er wird es wieder tun [vergewaltigen, morden, vergiften, stehlen, Kinder belästigen]?«

Antwort: »Ja [Polizeibeamter].«
Antwort: »Nein [Therapeut]. Ich hoffe nicht.«
Nichtsdestoweniger würde ich mich in zwei Tagen selbst bei einer Therapeutin einfinden, einer gewissen Dr. Alice Hauser. Und jetzt würde ich mich mit einer weiteren Ärztin treffen, einer gewissen Dr. Violet Winters. Sie hatte es am Ende doch noch fertig gebracht, mich zu einem gemeinsamen Abendessen zu überreden. Zu Dr. Hauser ging ich Zachs wegen. Zu Dr. Winters meinetwegen – oder vielleicht im Interesse von Wahrheit, Gerechtigkeit und den amerikanischen Werten.
Und außerdem wollte ich noch die Meinung eines Experten.
Ich rief Malcolm Crutchers Büro an, in der Erwartung, er sei längst gegangen. Zu meiner Überraschung nahm er selbst ab. Als ich meinen Namen nannte, war er sehr umgänglich.
»Hallo, Detective. Ja, ich bin immer noch in der Stadt, heute Abend ist ein Treffen des Art Institute. Ich könnte schwören, der Laden frisst mehr von meiner Zeit als meine Praxis. Was kann ich für Sie tun?«
Ich wusste nicht recht, was ich darauf antworten sollte. Crutcher wartete ab, während ich überlegte.
»Ich glaube, ich möchte mich mit Ihnen treffen«, sagte ich. »Ich brauche eine Auskunft über Zachary. Haben Sie ein paar Minuten Zeit?«
»Wo sind Sie im Moment? Mir bleibt noch etwa eine Stunde. Ich habe eigentlich nur den Sonnenuntergang betrachtet.«
Ich teilte Crutcher mit, wo ich war, ungefähr zwanzig Blocks westlich von ihm, und er schlug vor, wir sollten uns in der Santa Fé Bar treffen – einer schicken Kneipe

auf halber Strecke zwischen seinem Büro und dem Art Institute.

»Parken können Sie unter dem Grant Park«, begann er, aber ich unterbrach ihn.

»Ich bin ein Bulle. Ich kann parken, wo ich will«, erklärte ich. Er kicherte.

Fünf Minuten später parkte ich an einer Bushaltestelle neben einem Hydranten, unmittelbar vor der Santa Fé Bar. Ich hatte die Strecke in Rekordzeit zurückgelegt, in der Erwartung, mir vor der Ankunft des Arztes noch die Fragen zurechtlegen zu können.

Von wegen. Dr. Malcolm Crutcher hatte einen erstklassigen Tisch erwischt und nippte an einem Scotch, als ich hereinkam. Ich setzte mich, bestellte etwas zu trinken und suchte nach den richtigen Worten.

»Mein Sohn ist bei einer Therapeutin namens Alice Hauser«, begann ich schließlich. »Ich habe mich gefragt ...«

»Sehr gut. Ich hätte sie auch empfohlen.«

»Offenbar erinnert sich mein Sohn an kaum etwas. Dr. Hauser sagt ...«

»Das ist ganz normal. Umso besser.«

»Aber er hat diese Blips.«

»Ah ... Das kann ziemlich verstörend sein.«

»Wir könnten es mit Hypnose versuchen, aber Dr. Hauser ist dagegen.«

»Da bin ich ganz ihrer Meinung. Warum alles aufstören? Erlauben Sie Ihrem Sohn, sich von selbst zu erinnern, Detective – wenn er sich erinnert. Er ist schließlich wichtiger als das Verbrechen. Ich würde mir sehr genau überlegen, ob ich die Hypnose um seinet- oder um meinetwillen will. Noch einen Scotch?«

Crutcher bestellte eine zweite Runde, während ich seinen Rat verdaute. Schließlich hatte ich ja darum gebeten.

»Tut mir Leid, dass ich so direkt war, Detective. Wahrscheinlich bin ich einfach ein alter Hund, und manche von diesen neumodischen Methoden kommen mir gefährlich vor. Das Bewusstsein ist ein empfindliches Ding. Dr. Hauser ist konservativ, und ich würde sie nicht gerade als besonders charmant beschreiben, aber sie macht gute Arbeit.«

»Da wäre noch etwas, Dr. Crutcher.«

»Schießen Sie los.«

»Ich höre, dass Ihre Frau einmal mit Jack Nesbitt verheiratet war.«

Crutcher errötete. Als er wieder sprach, war er unverkennbar wütend.

»Wenn ich gewusst hätte, dass es um die Vergangenheit meiner Frau geht, wäre ich zu Ihnen aufs Revier gekommen, statt mich mit Ihnen auf einen Scotch zu treffen.«

»Moment, Dr. Crutcher, so war das nicht gemeint. Die Vergangenheit Ihrer Frau ist nur als Mittel zum Zweck interessant. Ich habe einen Mord aufzuklären, und sie könnte vielleicht etwas dazu beitragen.«

»Was gibt es da beizutragen? Jack Nesbitt war ein widerliches Schwein, und ich habe sie von ihm weggeholt. Entschuldigen Sie, dass ich's so sage, Detective, aber manche Leute verdienen das, was sie kriegen. Jack Nesbitt hat Ilene verletzt. Ich glaube nicht, dass wir sie daran erinnern müssen.«

»Ihre Frau hat uns ein paar Fotos geschickt, Dr. Crutcher. Ich weiß nicht, ob Sie davon wissen.«

»Diese Bilder von Violet Winters? Wahrscheinlich hat sie gedacht, sie tut Ihnen einen Gefallen damit. Sie werden es ja inzwischen gemerkt haben, ich bin dafür, die Vergangenheit Vergangenheit sein zu lassen, und Dr. Winters ist inzwischen eine Kollegin, die ich schätze. Aber meine Frau hat wohl gedacht, Dr. Winters wäre ein lohnendes Ziel für Ihre Ermittlungen.«

»Wie meinen Sie das, Dr. Crutcher?«

»Sie werden Ihr eigenes Urteil fällen, Detective, aber meine Frau ist der Ansicht, dass Dr. Winters nicht vertrauenswürdig ist.«

Wie immer lief es auf die Frage hinaus, wem man vertrauen konnte. Malcolm Crutcher vertraute seiner Frau, selbst wenn er ihr Verhalten nicht billigte. Auf einer gewissen Ebene vertraute ich Violet Winters, und Malcolm Crutcher vertraute ich nicht vollständig. Er hat ein Geheimnis, dachte ich – offenbar in exakt dem Augenblick, in dem er beschloss, es mir mitzuteilen.

»Noch mal zu Ihrem Jungen und dieser Hypnose«, sagte er, während er die Stimme senkte. Ich musste mich über den Tisch lehnen, um ihn über das Stimmengewirr der Bar hinweg zu verstehen. »Lassen Sie die Dinge einfach ruhen, und es wird heilen. Lassen Sie der Natur ihren Lauf. Er wird es vergessen. Verstehen Sie?«

Ich muss etwas zweifelnd ausgesehen haben, denn Crutcher griff nach meinem Arm und fuhr nachdrücklicher fort: »Ich weiß, wovon ich rede, Detective. Das hier ist nicht gerade für die Öffentlichkeit bestimmt, aber als Junge bin ich selbst belästigt worden. Und wissen Sie, was ich getan habe? Es vergessen. Ich habe mich nicht mehr dran erinnert, bis ich das Studium hinter mir hatte. Jetzt frage ich Sie, komme ich Ihnen traumatisiert vor? Oder angeknackst? Irgendein verdammter Freudianer könnte jetzt natürlich sagen, dass mein Beruf Ausdruck einer Fixierung ist, aber ich wette, das trifft auf viele Ärzte zu. Wissen Sie, wie sie uns nennen?«

»Wer sie?«

»Die Therapeutenmeute.«

»Ah. Wie?«

»Die nennen uns die verletzten Heiler. Ich versuche Ihnen zu sagen, dass Ihr Junge wieder in Ordnung kommen wird. Das Bewusstsein ist ein bemerkenswerter Mechanismus, Detective.«

Ich bedankte mich bei Malcolm Crutcher für seine Zeit – ohne zu erwähnen, dass ich mich als nächstes mit Violet Winters treffen würde. Crutcher hatte meine Bedenken im Hinblick auf Dr. Hausers Behandlung meines Sohnes gemildert; er hatte mein Gefühl, dass Violet Winters etwas labil oder unberechenbar oder beides war, bestätigt. Was er nicht getan hatte, war, mir meine vage Unruhe zu nehmen.

18

Dr. Winters und ich hatten uns auf Billie's als Treffpunkt geeinigt – kein ganz ungefährlicher Ort. Ich hatte als Jugendlicher zu viele Filme gesehen, um nicht fest daran zu glauben, dass eine Pianobar und eine schöne Frau eine gefährliche Kombination darstellten. Ich wurde nicht enttäuscht. Diesmal war das Kleid schwarz und züchtig, und sie trug eine Sonnenbrille. Sie hatte einen Zweiertisch in der dunkelsten Ecke der Bar ausgesucht, und sie winkte mir zu, als böte sie diskret auf einer Auktion.

»Die geheimnisvolle Fremde?«

»So was in der Art.«

Sie nahm die Brille nicht einmal ab, als ich mich setzte.

»Was soll das sein – Jack Nicholson?« Ich war ziemlich stolz auf den Einfall.

»Ich fühle mich unsichtbar damit.«

»Und Sie sehen auffällig aus.«

»Vergleichsweise wenig.«

Mein Bulle stieß mir den Ellenbogen in den Bauch. Ich streckte den Arm aus und nahm ihr die Sonnenbrille ab.

»Lassen Sie das«, sagte sie. Zu spät.

Dr. Violet Winters hatte ein blaues Auge. Die Sorte blaues Auge, dem mit Make-up nicht beizukommen ist. Es war das rechte Auge – was bedeutete, dass der Verursacher vermutlich Linkshänder war, wenn es nicht gerade der Türknauf gewesen war.

»Hat die Tür Sie erwischt?«

»Weiß ich nicht.«

»Und was ist mit der Lippe?«

Ihre Lippen waren aufgeschwollen, und es kam nicht vom Küssen. Jemand hatte sie geschlagen. Im blauen Licht der Bar sah ihr weißblondes Haar silbern aus. Es ließ sie altern.

»Ich weiß nicht, was mit der Lippe ist. Ich habe keine Ahnung.«

»Sie waren gar nicht dabei? Kommen Sie, Doktor, ich bin schon ein großer Junge. Wenn Sie es gern ein bisschen härter haben, können Sie's mir ruhig sagen.«

»Ich weiß nicht mal, wo ich ›dabei‹ gewesen sein soll.«

»Eins muss man Ihnen lassen, Doc, Sie sind interessant.«

»Was ist so interessant an einem üblen Rausch?«

»Wollen Sie mir erzählen, dass es diesmal wirklich ein Blackout war?«

»Ich erinnere mich nicht. Vielleicht war ich auch betäubt.«

Sie nahm eine Zigarette heraus und zündete sie diesmal selbst an. Sie zog ungeschickt daran, als täte ihr die Oberlippe weh.

»Rauchen Sie nicht, wenn es Ihnen wehtut«, sagte ich.

»Lassen Sie mich in Frieden. Ich bin süchtig. Und geben Sie mir die Brille zurück. Haben Sie ein Aspirin?«

Ich fragte die Kellnerin nach Baraspirin. Sie sagte: »Das ist illegal«, und ich antwortete: »Schon okay, ich bin Polizist.« Sie brachte zwei Aspirin und dazu ein Glas sprudelndes Mineralwasser. Hinter ihrer Brille wirkte Frau Doktor dankbar.

»Sie sind nett. Deshalb habe ich Ihnen die Karte geschickt. Ich mag Sie, Elliot. Mich habe ich auch mal gemocht.«

Sie hörte sich so unglücklich an und so kindlich, dass ich nach ihrer Hand griff. Wie Zachary ließ sie nicht mehr los.

»Ich habe das Gefühl, die Geschichte mit Jack hat mich ziemlich mitgenommen. Diese Bilder – ich war wieder in dieser Wohnung am Roscoe, wo sich die Freier die Klinke in die Hand gegeben haben. Ich war wieder dieses Kind, ich war noch nicht raus da, ich war nicht die achtbare Karrierefrau, die Sie jetzt vor sich sehen. Ich war ziemlich fertig, also habe ich mir gedacht, ich nehme ein langes heißes Bad, trinke was, entspanne mich ... und dann wache ich auf und sehe so aus. Ich komme mir ein bisschen verrückt vor. Bin ich in der Badewanne ausgerutscht? Hat jemand mich geschlagen? In meiner eigenen Wohnung? Das ist ein ziemlich furchterregender Gedanke. Habe ich's mir am Ende selbst beigebracht? Das ist noch schlimmer.«

»Machen Sie sich deshalb nicht fertig.« Jetzt hatte sie mir auch Angst eingejagt.

»Und dann habe ich das mit Carson Stoufley gelesen, und Sie rufen nicht zurück, dabei habe ich's ziemlich dringend gemacht.«

»Moment mal. Ich rufe nicht zurück?«

»Ich habe mindestens dreimal angerufen. Lassen Sie sich so was im Revier denn nicht ausrichten?«

»Scheiße.« Der Stoß von Zetteln fiel mir wieder ein, den ich zusammengerafft und mit zu Carson Stoufley genommen hatte. Er hatte mir Kaffee angeboten. Ich hatte die Tasse genommen, die Papiere auf dem Tisch abgelegt, mein Notizbuch herausgeholt – und Dr. Winters' Nachrichten und der Rest der Anrufe lagen jetzt dort neben dem Pfefferstreuer, wenn Stoufleys Mörder sie nicht mitgenommen hatte. Er konnte jetzt den Namen meines Sohnes haben, Violets, Glorias – ein Who's who aller Leute, die mir nahe standen, einschließlich der Telefonnummer meines Cousins Charles.

Ein Schauer kroch meinen Arm hinauf.

»Was soll's sein?«, fragte ich sie. »Scotch oder heiße Milch?«

In exakt diesem Augenblick begann der Pianist »It Had to Be You« zu spielen, und Dr. Winters und ich begannen zu lachen. Sie stand nicht unter Verdacht, entschied ich. Sie nicht zu sehen, das war es, was mich unruhig machte.

»Geht es Ihnen gut, Elliot?«

»Ja, was nun? Scotch oder heiße Milch?«

»Wie wäre es mit ›zu Ihnen oder zu mir‹? Sie könnten es Schutzhaft nennen.«

Ich liebe es, wenn eine Frau für mich die guten Gründe findet. »Meine Wohnung ist ein Saustall. Das reicht nicht mal für Schutzhaft.«

»Und meine ist so perfekt, Sie würden mir nie verzeihen. Bitte, Elliot. Ich habe Angst. Morgen stehe ich auf und gehe nach Hause, und wir tun so, als wäre es nicht passiert.«

»Einfach fantastisch.«

Also fuhren wir nach einem Abstecher zu einem Laden in Greektown, wo ich eine Tüte Milch kaufte, zu mir. Im Aufzug nach oben fragte sie kläglich: »Meinen Sie, jemand könnte reingekommen sein und mich in meinem eigenen Haus betäubt haben?«

»Könnte? Ja. Aber es ist nicht sehr wahrscheinlich«, antwortete ich. »Viel wahrscheinlicher ist, dass Sie erschöpfter waren, als Sie geglaubt hatten, etwas Stärkeres getrunken haben, als Sie dachten, und einfach gestürzt sind.«

»Ich versuche das jetzt zu glauben«, sagte Violet. Als die Aufzugtür sich öffnete, beugte sie sich vor und gab mir einen impulsiven Kuss.

»Ich hoffe, Sie erwarten jetzt keinen ernsthaften Sex«, sagte sie, als wir vor meiner Wohnungstür standen. Tatsächlich dachte ich nur daran, sie an einem sicheren Ort ins Bett zu stecken.

»Nein, nein, das kann ich sowieso nicht leiden«, antwortete ich.

Ich schloss die Tür auf und trat zur Seite. Aus irgendeinem Grund ließ sich die Tür nicht öffnen. Frau Doktor gab ihr einen kleinen Stoß. Es kam mir seltsam vor.

»Lassen Sie mich mal.« Ich setzte die Schulter ein.

Oscar Gomez war der Grund, weshalb meine Tür sich nicht öffnen ließ. Er saß mit dem Rücken zur Tür auf dem Boden, einen überraschten Ausdruck im Gesicht.

»Oscar! Das ist der Liebhaber meiner Frau. Exfrau.«

Ich fühlte nach dem Puls. Dr. Winters auch. Sie versuchte es an der Kehle, ich am Handgelenk. Nichts.

»Da wusste jemand genau, was er tut«, sagte Dr. Winters. »Ich frage mich bloß, ob er auch wusste, wen er vor sich hatte?«

Oscar war wirklich und wahrhaftig tot. Er hielt Zacharys Übernachtungsteddy in einer Hand, und wo er saß, sah ich eine Ecke eines Notizzettels. Ich zog ihn hervor.

Elliot,
sorry, aber Zach hat seinen Bären nicht gefunden.
Gloria hat mir den Schlüssel gegeben.
Oscar.

»Er ist gekommen, um einen Teddy für meinen Sohn zu holen. Ich muss Gloria anrufen.«
»Wir sollten die Polizei anrufen.«
»Violet, ich bin die Polizei.«
»Dann kriegen Sie raus, wer Sie umbringen wollte.«
Ganz Unrecht hatte sie nicht, dachte ich, während ich den Eispickel in Oscars Brust betrachtete. Mir war übel, und das nicht nur wegen Oscar, sondern auch wegen Gloria und Zach. Ich rief im Revier an und erstattete Bericht. Als Nächstes rief ich Myerling an, und er fragte mich gleich als Erstes, was ich mit dem Ring gemacht hatte. Wo war er? Hatte ich ihn abservieren lassen?
»Scheiß auf den Ring. Ich hab ihn abservieren lassen, was glaubst du denn? Harold, ich glaube nicht an Kraftringe und karmische Schmiere und so was.«
»Ich wollte es nur wissen.« Myerling sagte, er werde vorbeikommen. »Bleib in hellen Räumen, okay? Außer du bist der Ansicht, dass sie wirklich Gomez umbringen wollten und nicht dich.«
Zehn Minuten später kamen Daley, Chaworski und Lynch mit gezogenen Waffen im Pulk zur Tür herein. Ich kann mir vorstellen, dass es einen ein bisschen nervös macht, wenn der Mordschauplatz die Wohnung des Chefs ist.
»Was soll das eigentlich? Nehmt die Waffen runter.«
»Sind Sie okay, Boss?« Das war Lynch, der klügste und netteste meiner Neuen. Daley und Chaworski warfen Seitenblicke auf Gomez und versuchten, die Todesursache festzustellen. Von allen möglichen Waffen ist ein Eispickel eine der eleganteren. Sehr wenig Blut. Man muss nach dem Griff suchen. Wie Dr. Winters gesagt hatte, der Mörder wusste genau, was er tat.

Dr. Winters hatte die Sonnenbrille wieder auf der Nase und saß auf meinem Sofa, wo sie systematisch meine Wäsche sortierte: hell, bunt, dunkel. Sie verhielt sich, als sei das völlig normal. Ich nehme an, verglichen mit allem anderen war es das.
»Ich mache das, wenn ich nervös bin.«
»Gehen Sie nach Hause.«
Ich erwischte Lynch dabei, dass er zu uns herübersah. Der Blick stellte eine Frage, die mir vorläufig noch recht unangenehm war.
Ich versteckte sie nicht, genau genommen. Ich versteckte mich. Ich wollte nicht, dass mein Berufsethos gerade jetzt in Frage gestellt wurde.
»Gehen Sie nach Hause«, wiederholte ich.
»Aber …« Sie sah nicht störrisch aus, sondern ängstlich, aber meine Wohnung war der Mordschauplatz und nicht ihre.
»Schließen Sie die Wohnungstür ab. Ich rufe an.«
Jetzt ging sie. Damit hatte ich Gelegenheit, Gloria anzurufen. Zach war im Bett, sagte sie. Sie hatten seinen zweiten Bären unter dem Bett gefunden.
»Atme tief ein«, sagte ich zu ihr.
»Kann ich mit Oscar reden?«
»Nein. Deswegen rufe ich an.«
Sie hielt die Luft an.
»Es ist sehr schnell gegangen. Es tut mir Leid.« Es tat mir wirklich Leid.
»Was soll ich jetzt tun? Wie soll ich es Zach sagen?«
»Kümmer dich erst um dich selbst, Glo. Kannst du deine Schwester anrufen oder sonst irgendwen? Ich sag's Zach morgen früh.«
»Ich kann es nicht glauben, Ell. Er war so gut zu mir. Und

zu Zachary. Dauernd hat er ihn irgendwohin mitgenommen und alles. Wir haben uns sicher gefühlt bei ihm.«

»Er hat dich geliebt, Glo. Das weiß ich. Er hat versucht, das zu sein, was du wolltest.«

»Warum, Elliot? Warum?«

»Sie müssen hinter mir hergewesen sein.«

»Ich wünschte, sie hätten dich auch gefunden.« Sie legte auf.

Ich tat das Gleiche und schloss Gomez die Augen.

»Boss, das hier dauert noch ein paar Stunden. Vielleicht gehen Sie lieber irgendwohin, wo Sie schlafen können.«

Vielleicht, aber zunächst einmal tat es mir Leid, dass ich sie so aus der Wohnung getrieben und allein nach Hause geschickt hatte. Außerdem brauchte ich jemanden, mit dem ich reden konnte. Morgen früh würde ich Zachary erzählen müssen, was mit Gomez passiert war und dass ich Gloria nun zum zweiten Mal das Herz gebrochen hatte.

19

Violet Winters lebte westlich von Greektown, nicht allzu weit von Jacky und Johnny's entfernt. Es war ein Viertel mit Fabriken und Speichern, die teilweise zu Wohnungen umgebaut worden waren; Immobilienmakler wiesen zweifellos darauf hin, wie bequem von hier aus der Loop und LaSalle Street zu erreichen waren.
Weil die Gegend nicht sicher war und es in den nächsten zehn Jahren auch nicht sein würde, demonstrierten die schicken Eigentumswohnungen und umgebauten Fabrikgebäude allesamt, wie sicher sie waren: hell erleuchtete Parkplätze, Alarmanlagen, großspurige Schließanlagen mit Zahlencodes – ein Witz unter Räubern wie unter Gendarmen, denn in dem Augenblick, in dem man seine siebenstellige Nummer eingab, war man am meisten verwundbar.
Violets Gebäude an der Green Street hatte das komplette Programm: Videoüberwachung, sogar einen dösenden Wachmann mit einem dösenden Dobermann zu Füßen. Ich kannte ihre Adresse, denn wie die meisten Polizisten habe ich ein gutes Zahlengedächtnis. Es ist etwas, das man nach ein paar Jahren Radiodurchsagen voller Störgeräusche gelernt hat – hör-gut-zu-sonst-kann-jemand-umkommen, vielleicht ein Polizist, vielleicht du selbst.
Green sechsundsechzig war die Hausnummer, die Gomez

notiert hatte, als der arme Kerl zum ersten Mal versucht hatte, sie über die Nacktfotos und ihre Beziehung zu dem verstorbenen Jack Nesbitt zu befragen. Die Nummer hatte er richtig verstanden, ich fand eine V. Winters neben der Sprechanlage – aber etwas an seinem Ton hatte sie aufgebracht, und so war ich in die Sache hineingeraten.

Auftritt des Ritters in schimmernder Rüstung – »Überlassen Sie das mir«. Drei Wochen und vier Leichen später, als ich um zwei Uhr morgens auf den Klingelknopf drückte, versuchte ich mich immer noch in dieser Rolle.

»Ich bin's, Elliot.«

»Was für eine nette Überraschung.«

»Alles in Ordnung?«

»Komm rauf. Ganz oben links.« Sie öffnete die Tür.

Ich weiß nicht, was Sie dazu sagen, aber ich glaube, wir Männer sind zum Brüllen komisch. »Alles in Ordnung«, frage ich, und dabei will ich nichts weiter, als den Kopf an ihrer Brust zu vergraben und zu sagen: »Mir geht es gar nicht gut. Halt mich fest.«

Violet Winters las in mir wie in einem Buch.

»Du armer Kerl. Danke, dass du vorbeikommst.«

Sie trug einen weißen Frotteebademantel und darunter einen weißen Männerschlafanzug mit rosa Paspeln, den irgendein New Yorker Designer wahrscheinlich für sexy hielt.

»Tut mir Leid.« Ich stolperte irgendwie über die Schwelle.

»Mir tut es Leid. Ich sehe aus wie eine Zehnjährige im Landschulheim in diesem Zeug.«

»Es ist hübsch.«

»Armer Elliot. Ich mache dir ein Bad und einen Drink. Rémy?«

Was hatten sie eigentlich alle mit Bädern? Erst Myerling, jetzt sie. Wirkte ich schmutzig, oder was war es sonst?
»Ich hasse Baden.«
»Es wird dir gefallen.«
Sie griff nach meiner Hand. Ihr Bad war ungefähr so groß wie meine Wohnung. In der Wanne konnte man schwimmen; es gab sogar eine Bar. Ich gab auf. Ich würde das verdammte Bad nehmen.
»Tagsüber ist es hübsch, oder wenn es regnet. Das Oberlicht – o mein Gott.«
Wir sahen beide auf. Das Oberlicht stand weit offen, und ich war sicher, dass jemand uns eine Sekunde zuvor noch beobachtet hatte.
»Offensichtlich sind sie hinter dir her«, erklärte Dr. Winters, deren Verstand von zwei gut eingeschenkten Cognac geschärft worden war.
Wir überprüften das Dach, die Feuerleiter, den Parkplatz. Wir weckten den Wachmann und seinen Dobermann auf, die nichts gesehen hatten. »Und er ist ein richtig scharfer Kerl, das können Sie mir glauben«, hatte der Wachmann gesagt. Auf mich hatte der Dobermann immer noch einen schläfrigen Eindruck gemacht.
Es lief darauf hinaus, dass das Ganze nach einem versuchten Einbruch aussah – es sei denn, man hatte erst kürzlich Erfahrungen mit dem Thema »Oberlichter« gesammelt. Allmählich hatte ich den Eindruck, dass ich es mit einem Meister zu tun hatte, nicht einfach mit einem mordenden Schläger. Mit einem Mann, der eine Wohnung öffnete wie eine Konservendose.
»Die haben gesagt, man bräuchte einen Flammenwerfer, um das Oberlicht aufzukriegen«, beschwerte sich Violet.

»Wahrscheinlich hat er einen verwendet.«
»Wirklich!« Zur Abwechslung war sie beeindruckt.
»Wenn wir die Technologie haben, haben die sie auch«, belehrte ich sie. »Das ist meine Ermittlungsregel Nummer drei, unterschätze niemals die andere Seite. Ich habe das von Mike Ditka.«
»Schön, Detective, ich weiß die Lektion zu schätzen, aber sie sind offensichtlich hinter dir her.«
»Was heißt offensichtlich? Das hier ist deine Wohnung, nicht meine. Du bist diejenige, die Jack Nesbitt gekannt hat.«
»Ach, Jack Nesbitt hat doch jeder gekannt.«
»Ich nicht.«
»Elliot!« Violet griff nach meiner Hand und hielt sie fest. »Mach mir jetzt keine Angst. Ich habe ihn vor Jahren gekannt. Bevor er berüchtigt war und ich ehrbar. Und ich bin ehrbar.«
Mit ihrem blauen Auge und ihrem Männerschlafanzug begann Violet Winters gerade, etwas unehrbar auszusehen. Es kam mir begrüßenswert vor. Wahrscheinlich lag das daran, dass wir beide erschöpft waren.
»Unglaublich ehrbar«, neckte ich sie. Inzwischen rieb sie ihren nackten Fuß an meinem Schienbein. Ich fing ihn ein und begann mich am Spann entlangzuknabbern.
»Ich habe hart gearbeitet, um ehrbar zu werden …«, brachte sie heraus, bevor sie kapitulierte. Der Weg ins Bett einer Frau führt über ihre Füße; das ist etwas, das in keinem Lehrbuch steht. Der Fuß ist Afrika – kaum erforscht, voller aufregender Möglichkeiten, viel fremder und abenteuerlicher als eine Brust, ein Schenkel, ein Ohr.
»Ich hab's nun mal mit Füßen«, gurrte Violet.

Sie griff nach meiner Hand und führte mich ins Schlafzimmer. Ich weiß nicht, was ich erwartet hatte, aber ganz bestimmt nicht den volantgeschmückten weißen Teenagertraum, Baldachin inklusive, als der sich Violet Winters' Schlafzimmer herausstellte.

»Das ist so …«

»Hübsch?«

»Mädchenhaft.«

»Das bin ich auch, Elliot. Heimlich. Aber ich muss erst noch im Krankenhaus anrufen. Manchmal waren da ungefähr eine Million Nachrichten; es kann eine Weile dauern.«

Sie klopfte auf ihr Bett, sagte mir, ich sollte mich hinlegen, sie würde gleich zurückkommen. Ich weiß noch, wie ich an meinem Drink nippte und den warmen Nachgeschmack genoss. Ich erinnere mich, dass ich dachte, was für ein bequemes Bett sie doch hatte, wie tröstlich es war, hier zu sein. Ich erinnere mich, dass ich mir überlegte, wie viele Mitteilungen sie – und andere Ärzte – wahrscheinlich bekamen …

Als der Wecker klingelte, war es sieben Uhr morgens, und auf ihrer Seite des Bettes hatte niemand geschlafen. Draußen in der Küche fand ich frisch gebrühten Kaffee und eine blasslila Karte: *Du musstest schlafen, und ich musste zur Arbeit. Können wir's auf ein andermal verschieben? V.*

Muss ich Ihnen sagen, dass ich enttäuscht war – und erleichtert? Sie gehörte – streng genommen – immer noch zu den Verdächtigen, und ich war – streng genommen – nicht mit ihr im Bett gewesen. Und dann war da auch noch das schlechte Gewissen. Schieben Sie's auf zu viele Jahre auf einer katholischen Schule. Wie wäre ich mir vorgekommen, wenn ich den Morgen danach selig im Bett einer anderen Frau verbracht hätte, während meine Ex-Frau sich die Augen um ihren toten Liebhaber ausweinte?

20

»Warum haben Sie nicht dich erwischt!«

Gloria hämmerte mit beiden Fäusten auf mich ein. Zach schlief noch, und wir standen auf der hinteren Veranda, die Jamie und ich in dem Sommer gebaut hatten, als sie mit Zach schwanger gewesen war. Sie hatte sich einen Platz gewünscht, wo sie in der Sonne sitzen konnte. Vielleicht hatte ich sie wirklich einmal geliebt. Es war zehn Jahre her, und die Veranda begann an mehreren Stellen abzusinken, weil ich sie nicht instand hielt. »Warum nicht du, oh, Elliot …« Gloria schluchzte jetzt, furchtbare, herzzerreißende Schluchzer. Ich streichelte ihr Haar. »Oh, Elliot, es ist nicht fair.«

»Nein, es ist nicht fair.«

Gloria glaubt an Fairness. Sie hat es immer getan, trotz aller Indizien, die auf etwas anderes hindeuten. Mangelnde Fairness war die Grundlage der meisten Beschwerden, die sie an das Leben hatte. Es war nicht fair, dass andere Frauen Männer hatten, die um fünf nach Hause kamen, und sie nicht. Es war nicht fair, dass die Nachbarn eine Veranda besaßen, wo das Babybettchen in der Sonne stand, und wir nur ein Fleckchen zertrampelte Erde. Es war nicht fair …

Darüber hatten wir häufig gestritten. Wenn das Leben fairer gewesen wäre, hätte sie einen verständnisvollen Ehemann gehabt, auch wenn er nicht um fünf nach Hause gekommen wäre, nicht mehr Geld verdient hatte, sie donnerstags nicht zum Bingospielen nach St. Angela begleitet hätte. Sie wollte doch nur, sagte Gloria oft, dass das Leben fair wäre. Aber das Leben ist nicht fair und wird es auch nie sein.

»Es war nicht fair«, stimmte ich ihr jetzt zu, während sie in mein Hemd weinte.

»Es war nicht fair, dass sie Oscar erwischt haben. Er hat mich geliebt«, schluchzte Gloria.

Ich wusste, was sie meinte. Das Leben ist nicht fair, und Gloria hatte mich mehr und auf andere Art geliebt als ich sie. Mich vielleicht so geliebt, wie Oscar sie geliebt hatte. Es hatte etwas mit dem Blickwinkel zu tun. In Glorias Augen war ich klüger, stärker, besser als in meinen eigenen. Sie erwartete viel von mir, und ich hatte sie enttäuscht, aber in gewisser Hinsicht war ich ihr dankbar für ihre Erwartungen.

So ernst genommen zu werden gab mir etwas, an dem ich mich orientieren konnte. Aus den wenigen Dingen, die Oscar über Gloria gesagt hatte, wusste ich, dass sie in seinen Augen schöner, außergewöhnlicher und liebenswerter war als in meinen. Er liebte sie »wirklich«; vielleicht liebte er eine liebenswertere Version von ihr als die, die ich kannte. Es war nicht fair.

»Hey, was ist denn los?«

Es war Zachary, barfuß und im Schlafanzug. Es musste ihm vorkommen wie in alten Zeiten – seine Mutter weinte, und ich stand steif und unbeteiligt daneben.

»Oh, Zachary! Zachary!«

Gloria streckte die Arme nach unserem Sohn aus, aber ich trat dazwischen und hob ihn hoch. »Wir haben eine sehr

schlechte Nachricht«, sagte ich zu ihm. »Oscar ist gestern Abend im Dienst umgekommen.«
Ich sagte nicht »Oscar ist in meiner Wohnung umgekommen, wo ich hätte sein sollen«. Ich sagte nicht »Oscar wollte deinen Bären holen, und deswegen ist er umgekommen«. Ich wollte nicht, dass Zach zwei und zwei zusammenzählte und auf den Gedanken kam, dass es seine Schuld war.
»Wirklich?« Zach blinzelte im hellen Sonnenlicht, immer noch verschlafen und außerstande, es zu verstehen. »Guck mal, der Kardinal.« Ein leuchtend roter Vogel hatte sich auf dem Futterplatz niedergelassen, den Zach und ich eines Sommers am vierten Juli gebaut hatten. »Und da ist seine Frau.« Ein zweiter, weniger farbenprächtiger Vogel hatte sich daneben gesetzt.
Gloria begann prompt wieder zu weinen. Ich tätschelte ihre Schulter und ging ins Haus, Zach immer noch auf dem Arm. »Wie wäre es jetzt mit Speck und Eiern?«
Aber das Telefon klingelte, und als ich abnahm, war der Anruf für mich.
»Myerling sagt, Sie sollen sich sofort bei ihm melden, und hier wimmelt es von Journalisten, Boss.« Es war Lynch. »Wenn ich Ihnen helfen kann, komme ich später vorbei.«
»Schauen wir mal. Ich bin in zwanzig Minuten da.«
Zachary hörte aufmerksam zu. Er saß am Küchentisch und kritzelte auf einem Post-It-Block herum. Ich griff nach dem Block, um Myerlings Nummer zu notieren. Es war nicht die Nummer der Leichenhalle – dort wollte ich nicht anrufen, während Zach zuhörte.
»Hey, das ist mein Bild.«
»Tut mir Leid.« Ich hatte sein Gekritzel überschrieben.
»Kannst du nicht zum Frühstück dableiben?«

»Diesmal nicht. Sag deiner Mommy, ich rufe sie später an.«

»Dad?«

»Zach?«

»Es kommt mir gar nicht echt vor.«

»Nein. Das ist auch ganz in Ordnung so.«

»Okay.« Er zeichnete weiter.

»Gloria? Ich melde mich später. Ich muss wieder weg.« Ich rief es in die Richtung der hinteren Veranda. Ich wusste, sie würde sagen, dass es nicht fair war.

Myerling wartete schon, als ich bei Harry auftauchte. Harry war an seinem Grill beschäftigt, und Myerling zappelte am Fenster herum. Wenn ich Mist baue, dann richtig. Ich hatte Myerling erzählt, dass ich den Ring hatte asservieren lassen. Ich hätte schwören können, dass ich es getan hatte. Was Myerling mir erzählt hatte, als ich seine geheimnisvolle Nummer anrief, war, dass er den Ring in Gomez' Tasche gefunden hatte, als sie ihn in die Leichenhalle brachten, und dass er mit mir reden musste. Okay. Ich war bereit zu reden, aber Myerling war es nicht.

»Vielleicht sollten wir ein Stück laufen.«

»Harry ist in Ordnung.«

»Laufen wir.«

Ich bestellte mir eine Cola und Pommes zum Mitnehmen. Myerling benahm sich, als verfolgten wir die Kontinentalverschiebung; dabei bekam ich die Pommes nach drei Minuten.

»Du kapierst es einfach nicht, was?«, fragte er, als wir draußen waren.

»Mir geht's nicht darum, es zu kapieren, ich versuche, den Fall aufzuklären.«

»Du hast keine Salzbäder genommen.«

»Nein.«
»Und den Ring hast du nicht asservieren lassen.«
»Doch.«
»Hast du schon mal so einen Fehler gemacht?«
»Nein.«
»Verstehst du, was ich meine? Irgendwas beeinträchtigt dein Verhalten.«
»Du kannst es den Teufel nennen, Harold. Ich nenne es Stress. Ein paar Dinge fallen durch die Ritzen.«
Wir gingen nach Norden, vorbei an einer bunten Sammlung von Schnapsläden und Betrunkenen. Aufwertung der Innenstädte, von wegen. Wir gehörten nicht hierher, man würde sich an uns erinnern, aber ich war der Polizist, und Harold, der Gerichtsmediziner, hatte den Ort gewählt.
»Ich wollte mit dir über Gomez reden.«
»Ein Eispickel, stimmt's?«
»Falsch. Ein Kris.«
»Was ist das?«
»Ein Zeremonialmesser mit gewellter Klinge.«
»Du willst damit sagen, Gomez war ein Menschenopfer?«
»Ich sage, dass er den Ring in der Tasche und den Kris mitten im Herzen hatte, das ist alles.«
»Das ist nicht alles, Myerling. Ich kenne dich seit zwanzig Jahren.«
Myerling setzte sich ziemlich unvermittelt hin. Wir hatten ein scherbenfreies Stück Bordstein gefunden. Er winkte mich neben sich.
»Wir hätten das auch in meinem Auto besprechen können.«
Myerling antwortete nicht; ich hatte genügend Zeit, um darüber nachzudenken, wie unbequem Zement unter dem Hintern sein kann.

»Los jetzt, Harold«, sagte ich schließlich. »Raus damit.«
»Okay. Ich hab's kommen sehen. Ich habe es gesehen, als ich den Ring genommen habe.«
»Hör auf, Myerling. Komm mir nicht mit so was.«
»Der Tod ist in diesem Ring. In seiner Vergangenheit und in seiner Zukunft. Ich hab's gesehen.«
Ich musterte Myerling von der Seite. Vielleicht hatte er einfach zu lang mit Leichen zu tun gehabt. Vielleicht hatte er sich vor einer Weile still und leise abgemeldet, und keiner von uns hatte es bemerkt.
»Ich weiß, was du denkst.«
»Was?«
»Dass ich mich schon vor einer Weile abgemeldet habe.«
Dieselben Worte. Ich merkte, wie ein Schauer an meinen Armen und Beinen entlangkroch.
»Galvanische Reaktion«, stellte Myerling befriedigt fest und zeigte auf die stramm stehenden Haare auf meinem Unterarm. »Du weißt, dass es stimmt.«
Damit hatte er Recht. Mein innerer Bulle hörte aufmerksam zu.
»Es ist die Wahrheit. Es ist die Wahrheit«, teilte mir der innere Bulle mit. Er verhaspelte sich beinahe dabei. Ich kapitulierte. Myerling sagte die Wahrheit, ganz gleich wie unwahrscheinlich sie meinem rationalen Verstand vorkam.
»Okay«, sagte ich. »Du hast es gesehen. Hast du noch irgendwas gesehen?«
»Ja«, sagte Myerling. »Wälder.«
»Das hast du schon mal gesagt. An dem Abend, als ich dir Johnnys Finger gebracht habe. Da hast du gefragt, ob ich mich an diese Kinder im Park erinnere. Das war im Wald, weißt du noch?«

»Nein, diesmal ging's nicht um die Kinder. Diesmal ging's um dich – du bist gerannt.«
Ich verschluckte mich und verschüttete meine Cola. Myerling schlug mir auf den Rücken. »Was in die falsche Kehle gekriegt?«
»Ich hab's geträumt. In der Nacht, nachdem ich den Ring abgegeben hatte. Ich erinnere mich meistens nicht an meine Träume, aber dieser war so klar. Es war Vollmond, und ich rannte mit so einer Art Trommelgeräusch in den Ohren, wie ...«
»Menschlicher Herzschlag? Das ist Entsetzen, was du da hörst, Elliot.«
»Ja.«
»Was noch?«
»Wieso muss es noch mehr geben? Du liest Gedanken, Harold, ist es das? Ich kenne dich seit zwanzig Jahren, und jetzt finde ich raus, dass du Gedanken lesen kannst. Ich sollte dich an der Leine mit rumführen wie einen Bluthund. Du könntest mir einfach sagen, wer der Schuldige ist, dann hättest du uns allen eine Menge Zeit und Ärger erspart.«
Ich faselte, und Myerling ließ mich ausreden und fragte dann zum zweiten Mal:
»Was noch?«
»Das ist zu verrückt.«
»Versuch's.«
»Der Abend, an dem ich den Ring genommen habe.«
»Ja.«
»In der Nacht, als ich diese Geschichte mit dem Wald geträumt habe.«
»Ja.«
»Ich hab den Ring im Asservatenraum gelassen und die

Bibel mit nach Hause genommen, wie du gesagt hast. Ich hab die Bibel auf den Nachttisch gelegt.«

»Ja.«

»Als ich von dem Traum aufgewacht bin, lag die Bibel im Wohnzimmer.«

Myerling bekreuzigte sich.

»Ich dachte, du bist Jude.«

»Du kapierst es immer noch nicht. Du brauchst Schutz, Elliot.«

»Ich bin Polizist. Wen soll ich anrufen – die Ghostbusters?«

»Spirituellen Schutz.«

Ich stand genau in dem Augenblick auf, als ein roter Pick-up um die Ecke raste. Ich griff nach Myerling und brachte ihn ebenfalls auf die Füße, was nur mit Müh und Not gelang. Der Pick-up segelte in das Schaufenster des Geschäfts unmittelbar hinter uns. Wenn ich nicht aufgestanden wäre ... Myerling spähte durch das zerbrochene Fenster ins Innere des Wagens.

»Muy borracho«, sagte der Fahrer und wurde ohnmächtig.

»Machen wir, dass wir wegkommen«, sagte Myerling zu mir. Wir kehrten schleunigst zu Harrys Imbiss zurück.

»Sollten wir die Zentrale anrufen? Wenigstens einen Strafzettel hatte der Kerl schon verdient«, meinte ich scherzhaft.

»Tu, was ich dir gesagt habe. Besorg dir spirituellen Schutz. Und nimm diese Bäder.« Myerling war nicht für Späße aufgelegt.

Er setzte sich hinter das Steuer seines eigenen Wagens und winkte mir zum Abschied zu. Allem Anschein nach war er zu dem Schluss gekommen, dass der Umgang mit mir gefährlich war.

21

Auf dem Revier fand ich so ziemlich das vor, was ich erwartet hatte: tosendes Chaos. Jemand hatte eine Malerplane mit der Aufschrift »Frisch gestrichen« über Gomez' Schreibtisch gebreitet – als wäre er ein Verdächtiger und nicht ein Opfer, so als schliefe er, statt tot zu sein. Lynch hing am Telefon – den Telefonen –, und so wie es aussah, nahmen sie ihn in die Zange.

»Hi, Boss.«

»Die Presse?«

Seine Hände schlossen sich um einen imaginären Hals. Ich wusste genau, was er meinte.

»Haben sie ein paar gute Theorien?«

Lynch entspannte sich etwas. »Machen die das immer?«

»Können sich nichts Schöneres vorstellen.«

»Na ja ...« Er sah etwas mitgenommen aus.

»Was?«

»Einer, der anrief, meinte, sie hätten was mit einem Geheimkult zu tun ... Ich hab ihm erzählt, Sie sind praktizierender Katholik.«

Lynch fand es komisch – oder versuchte es komisch zu finden, bis er mein Gesicht sah. Ich sah verärgert aus und wusste es. Einen religiösen Eiferer brauchte ich nicht auch noch.

»Was für ein Geheimkult?«

»Ehrlich gesagt, ich hab ihm gesagt, er solle Sie noch mal anrufen.« Er sah schuldbewusst aus.

»Das war schlau. Gute Arbeit.« Lynch war erleichtert.

Mein Bulle brüllte mich an. Dieser Fall rutschte mir sehr schnell und sehr gründlich aus der Hand.

Es waren nicht die Verluste, an die ich dabei dachte. Es waren die Informationen. Außer bei Myerling, der der Presse gegenüber so schweigsam war wie seine Klienten, hatte ich bei niemandem das Wort »Kult« ausgesprochen. Wäre ich allein an der Sache dran gewesen, wäre ich nie auf einen Kult gekommen. Das war eher Myerlings Gebiet oder vielleicht das von Chabrol unten im Asservatenraum.

Ich hatte den Ring abgegeben. Ich hatte ihn Robert Chabrol gegeben, der ihn ohne weiteres eingetragen hatte.

»Vanillas«, hatte ich gesagt.

»Mhm.«

Er hatte die Quittung ausgeschrieben, während ich die letzten Meldungen zum Sport verfolgte. Ich erinnerte mich jetzt wieder. Ich rief Chabrol an, nur um meine Geschichte nachzuprüfen, und legte mir dabei eine passende Story zurecht.

»Der ist heute nicht da. Schon seit ein paar Tagen nicht. Hepatitis oder so was.«

Mein Bulle rammte einen Enterhaken in meine Magenschleimhaut.

Ich dachte an Myerling. Vielleicht hatte er Recht. Vielleicht stand ich wirklich auf der Leitung und brauchte tatsächlich spirituellen Schutz.

»Überprüfen Sie was für mich. Ein Ring, vor ein paar Tagen, unter *Vanilla.*«

In der Leitung blieb es eine ganze Weile still. Mein Bulle schlenderte gemächlich durch meine Eingeweide.
»Nein, Sir.«
»Wieso nein?«
»Kein Ring, Sir.«
»Was steht denn in der Akte?«
»Gar nichts, Sir.«
»Sie können sich nicht … Vergessen Sie's.«
Ich legte auf, ohne ihn nach Chabrols Adresse gefragt zu haben. Die würde ich selbst heraussuchen. Niemals klappern, bevor man zuschlägt.
Bevor ich zu suchen begann, erledigte ich noch einen privaten Anruf. Ich war ein ehemaliger Zögling von St. Ignatius und hatte der Schule keine Schande gemacht. Aufgrund dieser Tatsachen und der Nennung meines vollständigen Titels gelang es mir, die Sekretärin am Telefon dazu zu bewegen, Pater Bremner für mich zu finden.
»Es kann eine Weile dauern, Detective.«
»Ich warte.«
Sie legte den Hörer zur Seite, und ich nutzte die Pause, um meine Nachrichten durchzugehen. Um Viertel nach elf am Vormittag dieses Tages war ein Anruf für mich von Pater Aloysius Bremner, S. J., eingegangen.
»Ich fürchte, ich habe keine Nummer von Pater Bremner«, sagte sie. »Wenn Sie es am Montag noch mal versuchen wollen …«
»Vielen Dank, ich habe die Nummer gefunden.«
Inzwischen war ich so aufmerksam geworden, wie Myerling es verlangt hatte. Wie gut standen die Chancen, dass Pater Aloysius Bremner mich anrief? Zum ersten Mal seit fünfzehn, vielleicht zwanzig Jahren? Sie gingen gegen Null, außer man zählt Wunder mit. Und im Hinblick

auf Wunder bin ich ein Ungläubiger. Ich nenne sie Zufälle.

Ich wählte die Nummer auf dem Notizzettel, fragte nach Pater Bremner und war nicht einmal überrascht, als er sagte, er habe sich diesen Abend für mich freigehalten. Irgendwann nach neun. »Man fährt ungefähr eine Stunde. Na, sagen wir eine gute Stunde.«

Ich räumte meinen Schreibtisch auf und mühte mich redlich, produktiv auszusehen. Ich wollte mit Zachary reden, mich bei Jamie melden, noch einmal zu Nesbitts Atelier zurückkehren, einen Blick auf Stoufleys Portefeuille mit Nesbitt-Fotos werfen, sicherstellen, dass jemand sich um Gomez' Familie und die finanziellen Arrangements kümmerte, Violet Winters für ihre Gastfreundschaft danken, Blumen für Gloria besorgen und daran denken, dass ich etwas essen musste. Ich begann mit Jamie. Soviel ich wusste, hatte er das mit Gomez noch gar nicht gehört.

»Yeah. Jamie hier.«

»Wo soll ich anfangen?«

»Gomez kannst du rauslassen, Gloria hat mich angerufen. Ich habe Zach hier bei mir.«

Zwei Fliegen mit einer Klappe. »Gib ihn mir mal.«

»Hi, Dad.«

»Hi, Zach.«

»Kommst du rüber?«

»Auf ein paar Minuten.«

»Dad?«

»Was?«

»Könnten wir manchmal zu den Bulls gehen?«

Armer Gomez. Ich hätte am liebsten gesagt »Aus den Augen, aus dem Sinn«, aber Zach war sonst nicht so drauf –

obwohl wahrscheinlich alle Kinder zumindest zeitweise so drauf sind.
»Wir müssen mal sehen. Die Tickets sind schwer zu kriegen.«
»Aber wir haben doch schon zehn Tickets, Dad. Oscar hat's mir gesagt.«
Mein Bulle packte mich mit einem harten Griff.
»Sieh mal an. Dann klappt's wohl. Sag Jamie, ich bin in einer Viertelstunde da.«
Ich legte auf und ging geradewegs zu Oscars Schreibtisch. Ich zog die Plane mit dem »Frisch gestrichen«-Schild vom Tisch.
»Die Nummer seiner Schwester«, sagte ich über die Schulter zu Chaworski. Ich blätterte für alle sichtbar in seinem Adressbuch. Sah in die mittlere Schublade, hob die Schreibunterlage hoch. Bingo. Ich fand die Tickets in einem Umschlag mit dem Schriftzug »Jacky and Johnny's«.
Jetzt wurde mir einiges klar. So viel zu Oscars spontaner, tief empfundener Rede über seine Läuterung. Von wegen Läuterung. Wenn ich nicht total falsch lag, waren die Tickets eine Anzahlung für Johnny Vanilla geleistete Dienste. Was für Dienste das waren, wusste ich nicht. Was ich wusste, war, dass beide Männer tot waren und dass die Todesfälle zusammenhingen. Ich kam auf den Gedanken, dass Sex eine mögliche Verbindung war.
Eine Vorliebe für seltsame Arten von Sex ist genau wie jede andere Sucht. Der Hunger führt weiter und weiter ins Exil. Was würde Oscar alles tun, um den Nachschub sicherzustellen – und nicht nur den Nachschub an Tickets für Spiele der Bulls? Wenn Vanilla eine Vorliebe für Straßenmädchen hatte, hatte Oscar vielleicht eine für die elegantere Variante, bei der sich Johnny auskannte. Oscar

musste für Johnny Vanilla den Zuhälter gespielt haben. Hatte er es nicht sogar selbst gesagt? Der Gedanke war beängstigend.
Ein zweiter, noch beängstigender Gedanke drängte sich mir auf. Wenn ich das Wort »Kult« niemandem gegenüber erwähnt hatte, wie gut die Chancen eigentlich standen, dass jemand aus heiterem Himmel anrief und »Kult« sagte?
»Hey, Lynch«, brüllte ich quer durch den Bullenpferch. »Wie hat der Typ sich angehört?«
»Welcher Typ, Sir?«
»Der mit dem Kult. Ist Ihnen irgendwas aufgefallen?«
Lynch dachte einen Augenblick nach. »Ja, stimmt. Ich hab was gemerkt. Die Stimme war, wie soll ich sagen, sanft.«
»Sanft? Wie? Ruhig, freundlich?«
»Ruhig stimmt nicht so ganz. Eher weich. Fast weiblich.«
»Aber es war ein Mann?«
»Ich glaube schon. Irgendwie samtig.«
»Danke.«
Ich dachte an Violet Winters' Stimme und ihren rauchigen, flüsternden Klang. War sie es gewesen, die am Telefon »Kult« gesagt hatte? Mörder haben ein ganz eigenes Verhältnis zu den Polizisten, die hinter ihnen her sind. Manchmal wird es regelrecht intim. Ein Versteckspiel oder ein gespenstischer Tanz. Wenn Gomez vom Büro aus den Zuhälter gespielt hatte und der Mörder uns am Telefon Tipps lieferte, dann wurde diese Ermittlung sogar sehr intim. Was erwartete ich eigentlich? In meiner eigenen Wohnung war ein Mord geschehen.

22

Das Exerzitienhaus »Lady of the Lake« ist ein prachtvoller Bau: rote Ziegel, drei Stockwerke, errichtet in der Form einer Acht, die zwei Höfe mit Springbrunnen umschließt. Es gab Zeiten, da spielte Geld für Mutter Kirche keine Rolle.

»Wenn man sich mit spirituellen Gesetzen beschäftigt, interessiert es einen nicht sehr, wie die Chancen stehen, dass man im Lotto gewinnt«, sagte Pater Bremner amüsiert, als er mich einen langen hallenden Gang entlang zur Bibliothek führte.

Vor zwanzig Jahren war Pater Bremner mir jungem Mann alt vorgekommen. Jetzt, da ich selbst älter war, war ich überrascht, wie jugendlich er wirkte. Schlank, mit seinen über sechzig Jahren besser in Form als ich; er ging mit der katzenhaften Eleganz des geborenen Athleten. Sein Haar war schneeweiß und kurz geschnitten und wirkte fast militärisch. Die Bezeichnung »Soldat Christi« fiel mir ein. Bremner sah zweifellos aus wie ein Soldat, wie ein hoch dekorierter Offizier im Ruhestand. Ich erwähnte den merkwürdigen Zufall seines Anrufs. Er zuckte die Achseln.

»Ich hatte einfach das Gefühl, ich sollte mal anrufen.«

»Ich hatte gerade an Sie gedacht, Pater.«

»Hm. So was kommt vor.«

Die Bibliothek war ein schöner Raum, getäfelte Wände, hohe Regale, längs geteilte Fenster; im Kamin brannte sogar ein Feuer.
»Ich weiß, es ist Sommer, aber die Kälte ist so oft spiritueller Natur, meinen Sie nicht auch?« Pater Bremner sprach, als sei das spirituelle Leben eine einfache Tatsache, so alltäglich und leicht zu verfolgen wie das Wetter. Ich bin sicher, für ihn war es das.
Fünfundvierzig Jahre als Ordensmann hatten ihm die gleiche Sicherheit gegeben wie mir meine über zwanzig Jahre als Polizist. Für ihn war ich ein spiritueller Neuling, und er sah meinen Aufstieg voraus wie ich den meines Assistenten Lynch.
»Ich untersuche diese Mordfälle«, begann ich, während ich mich umsah.
»Wir sind allein hier, Sie können ruhig reden.«
Also redete ich. Ich erzählte ihm von Nesbitt, von Johnny Vanilla, Stoufley und Gomez. Ich erzählte von dem fehlenden Finger, dem verlorenen und wieder gefundenen Ring, der schlafwandelnden Bibel und Myerlings Vision. Ich sprach von meinem Traum, dem Anrufer, der von einem Geheimkult erzählt hatte, meiner Scheidung von Gloria, dem Überfall auf Zachary – sogar von meinen Gefühlen für Violet Winters.
Ich redete eine Stunde. Pater Bremner legte ein Scheit nach. Wir sahen zu, wie es Feuer fing, und ich redete eine weitere Stunde.
Einmal kam ein jüngerer Priester an die Tür, um uns Tee anzubieten. Wir lehnten beide ab, aber Pater Bremner bat ihn nachzusehen, ob noch Brownies da waren – und zwei Gläser Milch. Ein paar Minuten später kam der Priester mit einem Tablett zurück.

»Mein persönliches Gift«, erklärte Pater Bremner fröhlich. »Eigenes Rezept.«
Ich machte lang genug Pause, um zwei Brownies zu verschlingen und die Milch hinunterzuschütten. Draußen wurde der Wind stärker, und die Blätter raschelten wie Messgewänder.
Ich war zu Pater Bremner gekommen, um seinen Rat einzuholen. Ich hatte erwartet, ich würde die relevanten Fakten vor ihm ausbreiten und sie von ihm analysieren lassen. Aber er selbst hatte offenbar andere Vorstellungen. Jedes Mal, wenn ich zum Ende kam, sagte er: »Reden Sie weiter«, und ich stellte fest, dass ich weitermachen konnte, dass ich weitermachen wollte, dass ich noch lange nicht fertig war. Als ich auf meine Schuldgefühle gegenüber Gloria und meinen Kummer wegen Zachary kam, stiegen Tränen in mir rauf. Nicht gerade männliche Tränen. Regelrechte Tränenströme. Nicht einmal meinen Sohn konnte ich schützen. Es brach mir das Herz.
Man könnte es wahrscheinlich eine Beichte nennen. Ich erinnerte mich daran, was er uns zwanzig Jahre zuvor im theologischen Seminar beigebracht hatte: eine Definition von Sünde als Verfehlen eines Ziels; eher ein Versagen als ein willentlich böser Akt. Nach dieser Definition war die Beichte allerdings überfällig. Ganz gleich, welchen Bereich meines Lebens ich mir ansah – Polizist, Vater, Ehemann, Möchtegernliebhaber –, ich schien das Ziel zu verfehlen.
Die Tränen versiegten so unvermittelt, wie sie gekommen waren. Pater Bremner bot mir den letzten Bissen seines zweiten Brownies an. Ich verschlang ihn wie ein Kind.
»Machen Sie weiter«, sagte er.
Jetzt erzählte ich ihm von dem Schatten einer Art Kult –

von den Kindern im Park, die wir Jahre zuvor gefunden hatten. Ich beschrieb das Pentagramm, die ritualistische Atmosphäre des Schauplatzes und sprach von den beiden fehlenden Kindern, an deren Existenz nur ich glaubte. Ich erwähnte, dass mir der Fall all die Jahre nachgegangen war – ähnlich würde es mir wohl mit Carson Stoufleys Kopf in dem Eimer und dem blutigen Papierschneider, diesem fürchterlichen todbringenden Schwert in den kommenden Jahren ergehen. Ich erzählte von Johnny Vanillas Blut an meinen Schuhen, davon, dass Violet mit zwölf Jahren von ihrem Lehrer vergewaltigt worden war, von Gloria und dass sie sich wünschte, ich wäre ermordet worden. Ich verriet all meine fürchterlichen Geheimnisse, ohne mich an die Chronologie der Ereignisse zu halten. Und warum? Ich wusste es selbst nicht recht.

»Sie könnten noch etwas Holz nachlegen.« Pater Bremner wies auf den Kamin. Mir wurde klar, dass er sich darauf eingerichtet hatte, die ganze Nacht über zuzuhören, wenn es nötig sein sollte.

Ich suchte ein Stück Zedernholz aus, das beim Verbrennen einen Geruch nach Weihrauch verströmte.

»Tröstlich, nicht? Diese alten Gerüche.«

Pater Bremner las in mir wie in einem Buch. Ich war nicht bereit, jeden Sonntag in die Messe zu gehen oder meine kaputte Ehe mit Gloria fortzuführen – nicht, dass sie mich wieder gewollt hätte. Aber ich hatte das Gefühl, dass ich in gewisser Weise nach Hause gekommen war. Nicht zur Mutter Kirche, aber zu einem Vater. Ich dachte an etwas, das ein Freund, der in Vietnam gewesen war, immer gesagt hatte – er wusste, dass sein Dad die Gräuel kannte, die er gesehen und getan hatte, und ihm vergab.

»Ich werde für Sie beten«, sagte Pater Bremner, als ich

schließlich fertig war. Ich weiß nicht, was ich erwartet hatte. Ich weiß nicht einmal genau, weshalb ich ihn besucht hatte oder warum er mich nach all den Jahren angerufen hatte. Aber ich weiß, dass ich mich nach seinem Versprechen, für mich zu beten, augenblicklich und unermesslich viel besser fühlte. »Spiritueller Schutz«, hätte Myerling vielleicht gesagt.

»Irgendwie habe ich nicht das Gefühl, dass das alles mit Satan zu tun hat«, bemerkte Pater Bremner, als er mich zu meinem Wagen begleitete. »Obwohl ich annehme, er hat immer seine Finger im Spiel.«

Ich fuhr zurück in die Stadt und genoss die mitternächtliche Ruhe auf der Autobahn, als mir plötzlich ein Licht aufging: Wo war das Geld? Pater Bremner mochte die Hand Satans in den meisten Untaten der Sterblichen am Werk sehen; meine eigenen Erfahrungen als Polizist legten nah, dass die Hand Satans meist damit beschäftigt war, das Geld zu zählen.

»Wo ist das Geld?« Jetzt kannte ich die Frage – was nicht bedeutete, dass ich eine Antwort auf sie wusste.

23

Violet Winters wartete auf mich, als ich nach Hause kam. Sie saß vor meinem Hochhaus in ihrem Porsche, im Fahrersitz eingeschlafen, Kopfhörer über den Ohren. Ich klopfte an die Windschutzscheibe. Sie öffnete die Augen, fuhr aber nicht zusammen.

»Nachholbedarf?«

»Man nimmt, was man kriegen kann.«

»Was machst du denn hier?«

»Ich war nervös. Ich hab sogar versucht, mir einen Hund zu leihen.«

Natürlich war sie nervös. Ich hatte vorgehabt, mich bei ihr zu melden, mich für ihre Gastlichkeit zu bedanken. Das immerhin holte ich jetzt nach.

»Oh, keine Ursache. Außerdem hast du jetzt Gelegenheit, dich zu revanchieren.«

Ich widersprach nicht. Ich war selbst ein bisschen unruhig. Ich war schon ein großer Junge, aber ich freute mich nicht gerade auf eine Nacht an dem Ort, an dem Oscar Gomez gestorben war.

»Er ist ein freundlicher Geist.« Violet Winters erriet meine Gedanken. »Und außerdem hat deine Wohnung kein Oberlicht.«

Womit sie Recht hatte, aber das hieß nicht, dass ich sie gleich mit hineinnahm. Ich ging allein, die Waffe in der

Hand, und stellte fest, dass meine Leute ihre Sache sehr gut gemacht hatten. Der Mordschauplatz – auch bekannt als meine Wohnung, sah aus wie immer: nicht unordentlicher, vielleicht sogar eine Spur ordentlicher, was Dr. Winters' sorgfältig gefalteten Wäschestößen zu verdanken war.

Ich ging zurück in den Hausflur, um Violet zu holen.

»Willst du mich nicht über die Schwelle tragen?«

Ich hob sie hoch und trug sie über die Stelle, wo Oscar Gomez gestorben war. Violet Winters und ich hatten tatsächlich eine Schwelle überschritten. Ich wusste, es war riskant. Ich wusste, das Berufsethos verlangte etwas anderes. Ich wusste auch, was Oscar Gomez einmal zu mir gesagt hatte: »Es ist schon okay. Ich liebe sie.«

Violet Winters trug wieder mal Cowboykleidung und sah aus wie der Wildfang, der sie vermutlich einmal gewesen war. Das blaue Auge war immer noch sichtbar, war aber kleiner und blasser – eine dunkle Stelle, die auch schlecht aufgetragenes Make-up hätte sein können.

»Tut mir Leid, dass ich gestern Nacht gleich weg war.«

»Du hast vom gleichen Scotch getrunken, den ich in der Nacht getrunken hatte, als ich das hier abgekriegt habe.« Sie fuhr sich mit der Fingerspitze am Auge entlang. Sie sah erschöpft aus.

»Meinst du damit, es war irgendwas drin?«

»In diesem Scotch war genug, um mich umzubringen, wenn ich ernsthaft trinken würde. Als es dich so umgeschmissen hat, ist mir das klar geworden. Ich bilde mir gern ein, dass ich attraktiv bin ... als du einfach eingeschlafen bist, dachte ich, entweder ich baue ab oder mit diesem Zeug stimmt irgendwas nicht. Also habe ich's mit ins Labor genommen.«

»Und Sie sind eine attraktive Frau, Dr. Winters.«
»Eine attraktive Frau, die erst betäubt, dann geschlagen und nicht mal bestohlen wurde.«
»Manche Leute tun's zum Spaß, aber ich glaube, diesmal geht es eher um schmutzige Fotos. Tut mir Leid.«
»Du bist nett, Elliot. Können wir etwas tun, das nicht pervers ist? Das würde mir gefallen.«
Ich griff nach ihrer Hand und führte sie ins Schlafzimmer. Auf dem Tisch neben dem Bett lag die Bibel – nicht gerade das beste Instrument der Verführung.
»Ich wusste gar nicht, dass du religiös bist, Elliot.«
»Auf dem Weg dazu vielleicht.«
Ich war noch nicht so weit, dass ich ihr von meiner schwebenden Bibel, Myerlings Vision oder meinem Besuch bei Pater Bremner erzählen wollte. Und im Augenblick sah sie auch nicht so aus, als könnte sie es sich anhören. Sie sah aus wie Zach – sie rieb sich die Augen und unterdrückte ein Gähnen.
»Ich hole dir einen Schlafanzug.«
»Danke. Im Fach *›Femme fatale‹* falle ich zur Zeit ziemlich durch.«
»Hey. Fatal war hier in letzter Zeit schon genug.«
Ich gab ihr meinen nie getragenen Vatertagsschlafanzug und die Hälfte meines Bettes. Dann ging ich in meine Junggesellenküche. Als ich das Eis, Wasser und den Whisky zusammengemixt hatte und ins Schlafzimmer zurückkam, war sie eingeschlafen. Was die fleischliche Seite der Angelegenheit anging, waren wir bisher beide nicht gerade Überflieger – aber um die Wahrheit zu sagen, es störte mich nicht. Im Schlaf wirkte Dr. Violet Winters jung und etwas wehmütig, weder wie ein Opfer noch wie eine Verdächtige. Sie sah aus wie eine wun-

derschöne Frau und – ich schwöre es – wie meine Freundin.
Ich zog die Decke hoch bis unter ihr Kinn. Ich war nicht mehr müde. Ich wusste jetzt, wo das Geld war: Erpressung ist ein lukratives Geschäft, aber nicht halb so lukrativ wie Pornografie.

24

Für eine heiße Vollmondnacht war es ruhig in Chicago. Mein Scanner meldete sich nur ungefähr hundert Mal. Violet Winters schlief in meinem Bett, ich war offiziell nicht im Dienst, aber ich konnte nicht schlafen; also schaltete ich zur Gesellschaft den Scanner an.

Nachdem ich Frau Doktor zugedeckt hatte, nahm ich meinen Whisky und setzte mich aufs Sofa. Mir war nicht nach David Letterman und seinen East-Village-Groupies. Was ich brauchte, war Klarheit, nicht noch mehr sexuelle Verwirrung.

Wenn ich einen Zusammenhang zwischen Carson Stoufley und Jack Nesbitt, zwischen diesen beiden und einem Pornoring herstellen konnte – was ich vorgehabt hatte, bevor Stoufley auf so unschöne Art enthauptet worden war –, dann hatte ich ein Motiv für all meine Morde. Das Problem bei alldem war, dass ich keine Beweise hatte. Wie Ricky Noonan mir sofort gesagt hatte: Die Trennlinie zwischen künstlerischer Fotografie und Pornografie war sehr dünn, und in den Augen der meisten Menschen war Jack Nesbitt ein Künstler.

Noonan schuldet mir was, dachte ich. Er wird mir einen Durchsuchungsbefehl für Stoufleys Haus geben müssen. Ich tröstete mich selbst mit diesem Gedanken, als mein Scanner zu knacken begann. Ein plötzliches Feuer, möglicherweise eine Bombenexplosion, im Golden Spike, einer Schwulenbar am Webster an der Nordostecke von Oz Park.

Ich griff, ohne nachzudenken, zum Telefon und rief meinen Cousin Charles an. Das Golden Spike war nicht gerade sein Stil, aber ich hatte gewählt, bevor ich so weit gedacht hatte.

»Hallo?«

Die Stimme meines Cousins klang samtig vor Schlaftrunkenheit, als sei sein Unterbewusstsein Marlene Dietrich.

»Sorry, Charles …«

»Elliot?« Jetzt war es die Stimme, die ich kannte. »Warum rufst du um drei Uhr morgens an?«

»Tut mir Leid. Mein Scanner meldet eine Bombe im Golden Spike …«

»O mein Gott!«

»Ich denke, es ist eigentlich nicht mein Stil, aber ich hab erst gewählt und dann nachgedacht.«

»Das ist schon okay. Es ist nett, wenn sich jemand Sorgen macht. Danke.«

Damit legte Charles wieder auf. Ich stand da mit dem Hörer in der Hand und ging das Gespräch noch einmal durch. Die Stimme meines Cousins Charles hatte sanft geklungen, samtig, genau wie die Stimme, die Lynch beschrieben hatte.

Du drehst durch, Elliot, sagte ich mir. Jedenfalls wenn du ernsthaft glaubst, dein Cousin Charles ruft dich anonym an und spricht über Geheimkulte.

Ich streckte mich auf meinem Kunstledersofa aus und erzählte mir noch einmal das Märchen davon, wie hilfsbereit Ricky Noonan sein würde. Natürlich würde er. Wir waren alte, alte Freunde ... ich wollte doch nur eine Kleinigkeit.

»Nein«, sagte Ricky Noonan. »Kommt nicht in Frage. Ich glaube, du liegst total daneben, und ich gebe dir keinen Freibrief, um im persönlichen Besitz eines toten Mannes herumzuwühlen.«

Ich hatte gleich am Morgen den Generalstaatsanwalt, Peter Abramson, aufgesucht und es danach zu Ricky geschafft, bevor er in den Gerichtssaal musste. Wir waren in seinem Amtszimmer; er zog sich gerade die Robe an. Er hatte den Körperbau und die Energie eines Athleten. Ich wollte nichts als einen Durchsuchungsbefehl für Carson Stoufleys Haus. Stoufley war tot; ich konnte mir nicht vorstellen, was daran so schwierig sein sollte.

»Gib mir einen ordentlichen Grund«, schnappte Ricky. Er zupfte an seiner Robe herum, die schlecht gebügelt aussah.

»Pornografie, genau wie bei Nesbitt«, sagte ich.

»Und ich habe dir gesagt, dass etwas, was für dich Pornografie ist, für jemand anderen Kunst sein kann. Woher weiß ich, dass du kein kompletter Ignorant bist, wenn es um Kunst geht?«

»Jetzt hör aber auf, Rickey. Es geht um einen Mord hier. Ich brauche diesen Durchsuchungsbefehl.«

»Courker würde mir nie verzeihen«, sagte Ricky.

»Wer ist denn das schon wieder?«

»Stoufleys Testamentsvollstrecker. Anwalt für die besseren Leute. Er spielt donnerstags Golf, genau wie ich – seine Gruppe ist meistens direkt hinter meiner.« Ich begann, die Geduld zu verlieren. Ricky Noonan hörte sich fürchterlich nach Goldküste an. Wollte es sich offenbar mit den reichen Kunstkennern nicht verderben.

»Ricky, Herrgott noch mal – Was interessiert es ihn, ob ich das Haus eines toten Mandanten durchsuche? Warum können wir ihn nicht wenigstens fragen?«

Ricky merkte, dass ich ihn in die Ecke getrieben hatte. Er murmelte etwas von Privatsphäre und Totenruhe, und dann gab er mir den Namen von Courkers Kanzlei.

»Wenn er okay sagt, dann okay. Du kriegst, was du willst. Aber es gefällt mir trotzdem nicht«, warnte Ricky.

»Seit wann bist du Mr. Conservative?« Ich konnte einfach nicht widerstehen.

»Hör auf, Elliot. Versuch nicht, mich zu drängen. Wenn Courker zustimmt, kannst du rein. Ein Gefallen von mir.«

Damit stürmte Ricky Noonan aus dem Zimmer.

25

Carson Stoufleys Anwalt Sherman Courker trug Nadelstreifen, Republikanerkrawatte, einen Button-down-Kragen. Dazu einen militärisch wirkenden Haarschnitt, als hätte sogar sein Haar die Fünfzigerjahrewerte seines Vaters übernommen. Er war etwas übergewichtig – etwa um das Gewicht einer zusätzlichen Person. Und er brachte einen überdurchschnittlichen Neugierquotienten mit. Wir trafen uns vor Stoufleys Steinklotz. Er hatte sich mit verblüffender Schnelligkeit bereit erklärt, mir das Haus zu zeigen. »Das hat schon immer interessiert«, erklärte er am Telefon. Nun ging er mir leicht watschelnd voraus.

»Ich weiß nicht, was Sie zu finden glauben. Carson war über jeden Zweifel erhaben, immer, ein wunderbarer Mensch.«

»Scheußlicher Tod für einen wunderbaren Menschen, Sherman.«

Ich folgte ihm an den Kakteen und den tropischen Pflanzen im Frühstückszimmer vorbei und durch den Küchentrakt zu einer kleinen Treppe im hinteren Teil des Hauses.

»Ein kleiner Spleen von ihm«, sagte Sherman. »Er nannte es seine ›Höhle‹. Mir hat er sie nie gezeigt.« Er hörte sich gekränkt an.

Courker ging voran, wenn auch mit einiger Mühe. Wir

stiegen eine enge Treppe zwischen rauen Steinwänden hinab. Ungefähr alle drei Meter waren etwas über Augenhöhe elektrische Leuchten in wild dekorierten schmiedeeisernen Haltern angebracht. Das Ganze sah aus wie die Kulisse eines schlechten Draculafilms. Die Tür am Fuß der Treppe war mit schweren Eisennägeln und einem Vorhängeschloss im Piratenstil bestückt. Courker öffnete es mit einem Schlüssel. Halb erwartete ich, von Bela Lugosi empfangen zu werden. Die »Höhle« war spleenig – keine Frage.

»Sie müssen verstehen, ich war noch nie hier unten. Als der Testamentsvollstrecker habe ich natürlich einen Schlüssel, aber ich kann nicht behaupten, dass ich wirklich … o mein Gott.«

Courker faselte, und er hatte jeden Grund dazu. Die Höhle schien sich in alle Richtungen zu erstrecken – ein unterirdischer Komplex, der größer war als das Haus, das auf ihm stand.

»Das ist mal was, oder?«

»Fragt sich nur, was.«

»Na, Archive natürlich. Das hat Carson jedenfalls immer gesagt. Obwohl, was Carson sagte und was er vielleicht damit meinte …«

Courker ging mir auf die Nerven. Ich schlug vor, er solle sich setzen, während ich mich umsah. Er war froh, sich ausruhen zu können. Wenig später saß er in einem überdimensionierten Stuhl, der Nosferatu alle Ehre gemacht hätte.

Es amüsierte mich, dass Stoufley heimlich eine Vorliebe für Kitsch gepflegt hatte. Er hatte ein Doppelleben geführt. Oben war Stoufleys Haus ein Abziehbild des *Architectural Digest*. Hier unten erinnerte es an die Kulissen eines Schauerromans. Es wirkte geradezu albern. Die Wände waren gewölbt und uneben wie die einer Pappmachéhöhle in einem Vergnügungspark. Der Hauptraum – »die Haupthöhle« – war mindestens zwölf Meter lang und breit. An einem Ende, dort, wo Courker saß, befand sich ein überdimensionaler Kamin. Am anderen Ende befand sich eine kleine Holztür. Sie war abgeschlossen.

»Haben Sie einen Schlüssel hierfür?«

»Ja sicher, tut mir Leid.« Courker kämpfte sich auf die Füße.

»Werfen Sie ihn mir doch einfach her.«

Der Schlüssel kam über den Boden auf mich zugeschlittert.

»Na, dann ab ins Verlies«, alberte ich.

Die Tür öffnete sich auf einen kleinen Raum, kahl und weiß, mit einem großen Stahltisch genau in der Mitte. Mein Bulle schlug in meinem Magen einen langsamen Salto. Eine Batterie riesiger Lampen und ein großer verschlossener Kamerakoffer standen in einer Ecke.

»Carson hat ein paar Sachen für Jack untergestellt. Tut mir Leid, habe ich Sie erschreckt?«

Es war Courker, der den Eingang blockierte. Für einen so wuchtigen Mann war er erstaunlich leise wie eine übergewichtige Katze.

»War's das jetzt?«

»Nein.«

An einer Wand standen große Metallschränke. Die Sorte mit flachen Schubladen, die man verwendet, um Grafiken, Landkarten, Architekturzeichnungen und so weiter aufzuheben.

»Das sind bloß zusätzliche Abzüge und so was.«

»Courker, wenn Sie mir nicht genug Zeit und Platz las-

sen, um meine Arbeit zu tun, dann muss ich Sie bitten zu gehen.«
»Wie Sie wollen«, schnüffelte er. »Ich dachte, meine Kenntnisse könnten Ihnen vielleicht weiterhelfen.«
Herrgott noch mal, jetzt schmollte er. Ich hatte vergessen, wie gern die Leute Räuber und Gendarm spielen. Sherman Courker versuchte nicht, mir das Leben schwer zu machen, er wollte nicht einmal seinen Mandanten schützen, er wollte einfach nur dabei sein dürfen.
»Was soll's. Dann helfen Sie mir eben.« Er war entzückt.
Wir begannen mit der obersten Schublade im ersten Schrank, und wir arbeiteten langsam und methodisch – ein Abzug nach dem anderen. Selbst in meinen Augen waren manche davon schön. Nesbitts Stärke war der menschliche Akt, den er mit einer geheimnisvollen Aura abbildete. Sein Können war so groß, dass es mich geradezu mit Ehrfurcht erfüllte.
»Er war unglaublich gut, was?« Sherman teilte meine Empfindungen.
Wir waren beim dritten Schrank, dritte Schublade, als wir fanden, wonach ich gesucht hatte. Ich hatte es seit dem Abend zuvor vermutet, als ich vom Exerzitienhaus nach Hause gefahren war. Ich hatte es gewusst, als ich den kleinen Raum mit seinem Tisch und der fotografischen Ausrüstung sah. Habe ich erwähnt, dass der Tisch mit Gurten und Fußhaltern ausgestattet war?
Im dritten Schrank waren die Fotografien nach einem Schema sortiert, das ich schon bemerkt hatte, als wir den zweiten durchgingen. Ganz allmählich, Abzug für Abzug, begann Nesbitts Arbeit dunkler und abartiger zu werden. Was als klassische Darstellung des menschlichen Körpers begonnen hatte, wandelte sich langsam und unentrinnbar

zu etwas anderem. Eine leichte Verdrehung des Torsos, eine mit einem Schal umwickelte Taille, die an Fesselspiele denken ließ. Das Spiel von Schwarz- und Weißtönen, dann von schwarzen und weißen Hauttönungen, erst Paare, dann Paarungen – alles abgebildet mit der technischen Meisterschaft, für die Nesbitt berühmt war. »Ein Meister des Schattens«, hatte ihn ein Kritiker genannt. Das war milde ausgedrückt.

Die letzte und unterste Schublade des dritten Schranks – es gab vier – ließ sich nur mit Mühe öffnen. Einer der Abzüge hatte sich quergestellt. Ich schob vorsichtig die Hand hinein, um ihn wegzuziehen. Etwas schnitt mich in den Finger.

»Autsch.«

»Bluten Sie nicht auf die Abzüge, die sind wertvoll.«

»Das bin ich auch, Courker.«

»Natürlich, Detective. Ich meinte ja nur …«

»Keine Panik. Es ist bloß ein kleiner Schnitt.«

Ich rüttelte leicht an der Schublade und versuchte es noch einmal. Sie ging auf. Was mir entgegenstarrte, mit einem Tropfen Blut auf der Brust, war der an der Taille abgetrennte Oberkörper einer Frau. Courker keuchte unwillkürlich.

»Wie – das ist ein Trick, natürlich. Ich frage mich, wie er das …«

Wenn es ein Trick war, konnte ich es jedenfalls nicht erkennen. In seiner technischen Perfektion war das Bild so eiskalt und klinisch wie nur irgendetwas, das Roger Rogaine jemals für mich fotografiert hatte.

»Was meinen Sie, wie er das gemacht hat?« Courker war immer noch fassungslos.

»Ein toller Trick.«

Ich ging rasch den Rest der Schublade durch. Der Abzug war der einzige seiner Art. Ich vermutete, dass er durch Zufall da hineingeraten war – kurzfristig weggeräumt und in Vergessenheit geraten, bis ich ihn fand.
»Ein Torso«, bilanzierte ich. Ich wandte mich dem vierten Schrank zu und versuchte, die oberste Schublade zu öffnen. Sie war verschlossen.
»Geht nicht auf?«
»Abgeschlossen. Sie haben doch sicher den Schlüssel?«
Courker fischte einen ganzen Schlüsselbund aus seiner Tasche heraus.
»Moment ... Gartentor, Haustür, Hintertür, Garage, Höhle – was für ein Name –, Archiv, das ist hier, ah ...« Er hatte einen kleinen Schlüssel gefunden.
»Lassen Sie mich mal.«
Ich rüttelte und drehte. Nichts.
»Na ja, wahrscheinlich noch mehr davon. Meinen Sie nicht? Ich würde es mir gern in Ruhe ansehen, aber ich muss los.«
»Wahrscheinlich.« Ich brauche Courker entspannt und kooperativ. »Könnte ich mir den Schlüsselbund bis morgen ausleihen?«
»Na ja, ich glaube nicht, dass Carson ... aber andererseits ...«
»Carson ist tot, und sein Tod ist das Verbrechen, bei dessen Aufklärung Sie mir helfen. Ich gebe Ihnen die Schlüssel morgen zurück. Ich möchte einfach nicht noch mehr von Ihrer Zeit verschwenden. Sie haben zu tun, und waren schon sehr hilfreich.«
Courker schluckte es. Die meisten Leute fallen auf die Sie-sind-so-wichtig-warum-verschwinden-Sie-nicht-einfach-Masche herein. Mit Schmeichelei kommt man

nicht nur dahin, wohin man will, sondern kann auch wieder den Rückzug antreten.

»Gut, in Ordnung. Aber wenn Sie irgendwas Ungewöhnliches finden … irgendwas, was ich wissen sollte, dann sagen Sie's mir.«

»Natürlich. Sie sind der Nachlassverwalter. Sie haben eine ganz schöne Investition zu schützen.«

»Gut, dann … genau genommen bin ich schon recht spät dran für einen großen Anlass: die Bar Mitzvah des Sohnes meines Partners.«

»Dann beeeilen Sie sich besser. Ich rufe Sie an.«

Ich steckte die Schlüssel ein, brachte Courker bis zur Tür, ließ ihn hinaus und schloss mich wieder ein. Die Haustür hatte ein Schloss auf der Innenseite. Carson Stoufley war ein vorsichtiger Mann, aber auch ein toter Mann. Die Chancen standen gut, dass sein Mörder ihn sehr gut gekannt hatte.

Als Courker verschwunden war, kehrte ich in Stoufleys Höhle zurück, zum Archiv und geradewegs zum vierten Schrank, der sich nun mühelos aufschließen ließ. Ich zog die erste Schublade heraus.

Da war Violet Winters. Sie war zwölf Jahre alt, nackt und sehr schön. Sie hatte den Körper einer Frau und einen so ernsten, so traurigen Ausdruck im Gesicht, dass mir plötzlich klar wurde, dass es nicht nur eine künstlerische Entscheidung Nesbitts gewesen war, ihr Gesicht auf den anderen Fotos – denen, die ich im Revier gesehen hatte – zu entfernen. Nesbitt hatte dieses Gesicht nicht sehen wollen, diese Kinderaugen, die ihn anklagend anstarrten.

Die Aufnahmen von Violet waren auf eine Art und Weise geordnet, die mich nicht überraschte. Das erste Dutzend bestand aus künstlerischen Akten – das voll entwickelte junge Mädchen, der Körper als objet d'art. Danach entfernten sich die Bilder immer mehr vom Stadium der Unschuld. Die letzten Aufnahmen von Violet waren Kinderpornografie. Die eine davon, die mir wirklich nachging, zeigte eine kniende Violet, die Stirn an einen anonymen Penis gelehnt – an einen gigantischen Penis. Das war also Nesbitts Zwölfmeterding. Und das war es, wofür er ihn verwendet hatte. Kinder.

Schublade um Schublade, Kind um Kind, kam Nesbitts perverse Obsession ans Licht: erst Mädchen, dann Jungen, Schublade um Schublade, jünger und jünger, immer eindeutiger, immer mehr Fesseln.

Ich kannte die zugehörige Prosa in- und auswendig: Bei Pornografie geht es um Macht, nicht um Sex. Aber nichts macht diese Erkenntnis so deutlich, wie ein einzelnes Bild es manchmal kann. Stellen Sie sich ein winziges festgebundenes Kind vor, über das sich ein erwachsener Mann …

Sie können sich's vorstellen, und Nesbitt hatte Tausende von Fotos davon gemacht. Ich ging die letzten paar Schubladen in aller Eile durch. Ich spürte eine fürchterliche Übelkeit, so bitter und kalt wie Schweiß.

»Knopfloch«, »Frischfleisch«. Ich hatte den Straßenslang für kindliche Sexualopfer oft genug gehört, aber der Realität wurde er nicht gerecht.

Ich zog die letzte Schublade auf.

Erstes Bild: Ein kleiner Junge, nicht älter als Zachary, wird vergewaltigt, jedes Detail kristallklar eingefangen. Ich knallte die Schublade zu, schloss den Schrank ab und arbeitete mich, Schloss um Schloss, wieder zurück auf die Straße. Ich kämpfte auf der ganzen Strecke gegen die Übelkeit an.

Draußen auf der Straße hatte ich das Gefühl, dass ich stank wie ein Tier. Die Brust schmerzte; der Magen revoltierte. Schweiß rann mir an den Beinen hinab, und die Beine selbst zitterten. Wenn ich ein Hypochonder wäre, hätte ich es für einen Herzinfarkt gehalten. Frierend, schweißüberströmt und zitternd – ich, ein Bulle mit zwanzig Jahren Dienstzeit – erlebte die Abgründe menschlicher Perversionen.

Ich bog in den Durchgang neben dem Haus ein und lehnte mich dort an den kühlen Stein von Carson Stoufleys Haus. Ich schloss die Augen. Auch ohne das, was Zachary geschehen war, wäre ich erschüttert gewesen. Aber der Gedanke an Zachary stählte meinen Entschluss.

»Hey, Mann. Alles okay?«

Ich öffnete die Augen und sah einen schicken jungen Mann, Anfang zwanzig, der mich auf eine Art musterte, wie ich es mir von einer Frau wünschen würde.

»Hau ab«, brachte ich heraus.

»Yeah. Klar. Wollte ja bloß helfen.«

Er zog sich zurück, als hätte er etwas gesehen, das ihm Angst einjagte.

Was er gesehen hatte, war rot glühender Hass.

26

Als ich aus der Salzbrühe stieg, war das Wasser in meiner Badewanne dunkelgrau. Ich dachte an den grauen Fleck auf Myerlings Stück Seide. Ich drehte allmählich durch, und ich wusste es. Salzbäder, spirituelle Beschützer, Visionen. Das war exotisches Zeug für einen Chicagoer Polizisten. Aberglaube, wenn Sie mich gefragt hätten – aber natürlich fragte mich niemand.

In Pater Bremners Augen war ich ein Neuling, ein spiritueller Neuling. Zum Teufel, sogar in Myerlings Augen war ich das. Um nicht als kompletter Trottel dazustehen: Ich war daran gewöhnt, derjenige zu sein, der die Antworten kannte –, oder doch wenigstens der, der wusste, wie man an sie herankam.

Andererseits, ein guter Polizist bleibt aufgeschlossen – meine persönliche Regel Nummer vier. Und so hatte ich – um aufgeschlossen zu sein, aber auch, weil mein ganzer Körper schmerzte, als wäre ich verprügelt worden – an Myerlings Salz gedacht und beschlossen, das Ganze medizinisch zu sehen.

Und ja, es fühlte sich wunderbar an. Myerling hatte mir eine Nachricht hinterlassen, ich sollte Schalen mit Salz in den Ecken meiner Wohnung aufstellen; da ich gerade am Experimentieren war, tat ich auch das. Die Wohnung bekam ihr Salzbad, ich nahm meins, und als ich fertig war, fühlte ich mich sauber – zum ersten Mal, seit in diesem Fall aufgenommen hatte.

»Wie im Innern, so auch außen«, hatte Myerling oder irgendwer sonst auf das Vorsatzblatt der Bibel geschrieben. Habe ich erwähnt, dass ich bis zum Kinn im heißen Wasser lag und die Psalmen las? Genau das tat ich. Fragen Sie mich jetzt bloß nicht, wie ich darauf gekommen war. Wahrscheinlich würde ich es auf Pater Bremner schieben, auf Läuterung und Gnade.

Und dann war das Wasser aschgrau, als ich aus der Wanne stieg. Man hätte meinen können, ich hätte in einem Kohlenschacht gearbeitet. In gewisser Weise entsprach das wohl auch den Tatsachen.

Als ich vor einer Weile sagte, Polizisten wüssten Dinge, die andere Leute nicht wissen, klang das wahrscheinlich arrogant. Wenn es so war, nennen Sie's die Arroganz der Erfahrung, das im Lauf eines Arbeitslebens angesammelte Wissen.

Ein Teil dieses Wissens war das Grau in meinem Badewasser. Wissen hat nicht immer etwas damit zu tun, das Licht zu sehen. Manchmal bedeutet es, sich selbst das Dunkel sehen zu lassen.

Die Jungianer nennen es den Schatten, den dunklen, nicht akzeptierten Teil des Selbst. Dunkle Leidenschaften, ungehörige Wünsche. Als junger Polizist hatte ich mit meinem eigenen Schatten gekämpft, ausgiebig genug, um ihm einen Namen zu geben. Der »Jesuit in mir«, wie Jamie es nannte, suchte das Heil in den Büchern. Das Bedürfnis, den Dingen einen Namen zu geben, um ihre Macht zu brechen, ist ein primitiver Instinkt. Adam benannte Pflanzen und Tiere als Zeichen seiner Herrschaft über sie. Im Alten Testament verehren die Juden einen

Gott, der ihnen nicht erlaubt, seinen Namen auszusprechen: Jahwe.

Als ich mit achtundzwanzig zum ersten Mal mit meinem Schatten kämpfte, suchte ich Zuflucht bei den Büchern. Gleichzeitig musste ich zusehen, wie er von meinem Freund und Partner Frankie Besitz ergriff.

Um es kurz zu machen: Wir arbeiteten fürs Sittendezernat. Zu unserem Revier gehörte eine Reihe von Striplokalen am Rand von Greektown. Nach einer Weile kannten uns die Mädchen, und wir kannten sie. Wir wussten, wer Dope nahm, wer nebenher anschaffte. Es war Information, es war Teil unseres Jobs: Wissen, nicht Macht. Zumindest für mich.

Für Frankie war es etwas anderes. Wenn wir neuen Straßenklatsch mitbekamen, stürzte er sich darauf, besah ihn von allen Seiten und kickte ihn weg wie einen Stein. Sein Wissen bedeutete für ihn Macht.

Wir kannten zwei der Mädchen, Rose und Jackie – hatten ihren Aufstieg von Anfängerinnen bis hin zu den Namen ganz oben auf den Plakaten verfolgt. Frankie mochte Jackie. Eine Art Schwärmerei nannte ich es; Besessenheit wäre der Sache näher gekommen.

Er sagte, ihre Macht sei es, die ihn interessierte, ihre Art, Männer dahin zu bringen, dass sie sie brauchten, dass sie keuchend um sie herumstanden und ihr Zwanziger, Fünfziger, oder was immer sie ihnen zu geben »erlaubte«, in den G String schoben, während sie tanzte.

»Das ist eine richtige Sucht«, sagte Frankie über die anderen Typen, ohne zu merken, dass es auch bei ihm eine Sucht war. Aus nächster Nähe konnte ich beobachten, wie Wissen zu Besessenheit, Neugier zu Eifersucht wurde.

»Sie sollte aufhören«, sagte Frankie zu mir.

»Warum? Sie macht den Job doch gern.«
»Sie sollte bürgerlich werden. Es ist gefährlich, irgendein Typ knallt noch mal durch ihretwegen.«
In meinen Augen war genau das schon passiert.
»Sie geilt sich auf damit, Frankie. Lass sie in Frieden. Spiel nicht rum.«
Aber Frankie wollte spielen. Jackies Tanz hatte Frankie – und wahrscheinlich jedem anderen auch – den Eindruck vermittelt, dass sie auf Fesseln stand. Frankie begann, sich selbst dafür zu interessieren.
»Du kennst doch *True Detective.*«
»Jeder kennt *True Detective*, Frankie.«
»Ziemlich harte Nummer.«
True Detective waren als Räuber-und-Gendarm-Geschichten getarnte Pornoheftchen. Krimis mit grässlichen Verbrechen, in denen Frauen, gefesselt, aufgehängt, filetiert oder in Stücke gehackt wurden.
»Ekelhaft«, sagte ich zu Frankie, und genau das meinte ich auch. Er hörte mich nicht, weil der Schatten ihn schon im Besitz hatte und er im Begriff war abzurutschen. Er nannte es Wissen sammeln, Nachforschungen, seinen Job tun, und währenddessen geriet er tiefer und tiefer in das finstere Land, das er mit Jackie teilte. Sie war seine Beute, oder er war ihre – es wurde mir niemals ganz klar. Sie spielten ihre Spiele, etablierten ihre Machtverhältnisse. Als Frankie in einem Müllcontainer gefunden wurde, gefesselt, geknebelt und warm – wusste ich, dass er selbst irgendwie verantwortlich dafür war: Frankie, und der Schatten und ein »Unfall«.
Seither bin ich auf der Hut vor dem Schatten, vor der Art und Weise, wie die Dunkelheit sich »Wissen« nennen und darauf bestehen kann, dass man versucht, sie zu er-

forschen. Es heißt, dass alle großen Forscher besessene Menschen sind, dass sich Expeditionen ihre Teilnehmer selbst suchen, sie mit Ruhm, mit Unsterblichkeit, vor allem aber mit dem »letzten Wissen« locken. Wilde Tiere, Krankheiten, Angst oder einfach die eigene Überheblichkeit im Angesicht des Schattens bringen Menschen in Extremsituationen dazu, sich zu überschätzen, ihrem Wissen dann zu vertrauen, wenn Weisheit gefragt wäre – die Weisheit, zu erkennen, wo man aufhören muss. Was ich in den Schubladen in Carson Stoufleys Haus fand, war ein Mann, der mit seinem Schatten gekämpft, ihn unterschätzt und gegen ihn verloren hatte. Man überschreitet eine unsichtbare Linie, sagen geheilte Alkoholiker, wenn sie aus sicherer Entfernung zurückblicken. Unglücklicherweise stellt sich die Linie nicht vor. Sie sagt nicht »Bis hierher ist es sicher, und danach kommen Sucht, Wahnsinn, Tod. Von hier an wirst du abhängig sein, ganz gleich, was du dir einredest. Der Schatten wird siegen.«
Wie schlecht kann ein im Grunde anständiger Mensch werden? Die Antwort lautet: Schlechter, als man sich vorstellen kann. Die Wahrheit, die der Schatten vor uns verbirgt, ist, dass es keine automatische Grenze gibt, keine letzte Schwelle, keinen Ort, von dem wir mit letzter Sicherheit sagen könnten: bis hierher und nicht weiter. Wenn wir ihn erst erreicht haben, sind wir vielleicht bereit weiterzugehen.
Ich bin sicher, dass Frankie und Jackie dies bei ihren *True Detective*-Spielen entdeckten. Ich weiß, dass Jack Nesbitt wegging. Trick oder kein Trick: Der dahinterstehende Gedanke ist es, der zählt. Duellier dich nie mit dem Schatten: Elliots Ermittlungsregel Nummer fünf. Keiner von uns ist immun.

Nesbitts Bilder waren fast wie eine Droge. Eine Weile war ich am selben Ort gewesen wie er. Würde ich das nächste Mal ein bisschen weiter gehen? Würde sich die Linie verschoben haben, die ich heute gezogen hatte? Ich wusste, dass es so sein würde. Das Wissen sorgte dafür, dass ich mich angreifbar fühlte.

Obwohl es mir jetzt anders vorkam, hatte meine erste Begegnung mit Dr. Winters mich auf die Gegenwart des Schattens aufmerksam gemacht. Der Schlagabtausch, das Spiel Ego gegen Ego, der Wunsch zu gewinnen – das waren die Fallstricke, die der Schatten legte. Und meine Begründungen ebenso: »Nur einmal. Ich kann das schon. Es gehört zum Job …«

Kapitulieren, nicht beherrschen wollen – so geht man mit dem Schatten um. Fordern Sie ihn nie heraus. Stellen Sie ihn nicht auf die Probe. Flirten Sie nicht mit ihm. Der Schatten gewinnt immer.

»Der Schatten gewinnt immer …« Ich erwischte mich dabei, dass ich zwischen diesem Gedanken und dem dreiundzwanzigsten Psalm ins Wasser rutschte: »Und ob ich auch wandere im finsteren Tal …« Ich stieg aus der Wanne und sah das Grau meines Schattens hinter mir im Wasser.

27

Besuchsrecht«. Als ob er nicht mein eigener Sohn wäre. Was ist eigentlich mit den Rechten eines Vaters? Was, wenn ich ihn ganz einfach vermisse? Warum konnte der Stundenplan für die Zeit, die wir miteinander verbrachten, eigentlich nicht von unserer Zuneigung statt von der Rechtsprechung bestimmt werden? Ich weiß, ich bin nicht der erste Vater, der sich derlei fragt.

Zachary und ich waren im Lincoln Park Zoo. Wir waren seit einer Stunde da, genossen die grüne Oase, die sprechenden Bäume, die über dem fernen Verkehrslärm miteinander flüsterten, das Geplapper der Affen und das Kreischen der Kinder.

Zachary war stiller als sonst, und ich kämpfte gegen den Drang an, das Schweigen mit leerem Gerede zu füllen. Was ich zu tun hatte, war zuzuhören. Für den Fall, dass Zachary reden wollte.

Unbehaglich schweigend besuchten wir die großen Affen, schauderten bei den Reptilien, standen auf einem kleinen Hügel und beobachteten die Zebras beim Herumtollen auf ihrer baumbestandenen Weide. Zachary blieb stumm, bis wir zu den Bären kamen. Wir beobachteten drei Eisbären, die einander laut klatschend nass spritzten; riesige Flächen von Wasser stiegen unter ihren gewaltigen Tatzen auf, als Zachary plötzlich sein Schweigen brach.

»Glaubst du an Schutzengel?«, fragte Zach.
Einer der Bären kletterte aus dem Becken auf das Plastikufer. Er stellte sich auf die Hinterbeine und schüttelte sich, die Arme ausgestreckt: ein riesiger, schneeweißer, gefährlicher Engel. Zach war völlig versunken in den Anblick des Bären. Genau wie ich konnte er den Gedanken nicht ganz nachvollziehen, dass ein Eisbär gefährlich war. Er sah zu verspielt aus.
»Yeah. Ich nehme an, ich habe einen. Warum?«
»Ich habe einen Schutzengel.« Zach sagte das in dem Ton, den er sonst verwendet hätte, um mir mitzuteilen, dass er im Besitz einer besonders tollen Baseballkarte war.
»Wirklich?«
»Yeah.«
»Wie sieht er aus? Wie der Typ dort?« Ich wies mit dem Daumen auf den Bären, schneeweiß und prachtvoll.
»Nein.«
»Ah. Damit ist das wohl geklärt. Gib mir bloß nicht zu viele Tipps.«
»Meiner ist dürr«, sagte Zach. »Und blond, so wie deine Freundin.«
»Wie heißt er? Gabriel? Raphael?«
»Nein. Mein Engel hat einen normalen Namen.«
»Und welchen?«
Wenn er die Frage gehört hatte, ließ er sie unbeantwortet. Zach gab die theologischen Spekulationen auf und hing wieder seinen Gedanken nach. Er blieb gleichgültig gegenüber den Pandas, den Jaguaren, den Antilopen, die alle auf ganz ähnliche Art nebeneinander lebten wie die Bewohner Chicagos – unbehaglich dicht zusammengedrängt und überzeugt von den mörderischen Absichten

der jeweiligen Nachbarn. Immerhin gingen wir noch zurück zum Reptilienhaus und sahen dort »die größte Schlange der Welt«, eine riesige Anaconda mit einer unheilvollen Ausbuchtung in der Mitte.

»Ihr Abendessen«, sagte ich.

»Meinst du, es tut weh?«, fragte Zach.

»Es geht wahrscheinlich sehr schnell.«

»Ich glaube, es tut weh.«

»Wahrscheinlich.«

»Ich war mit Oscar hier. Hast du das gewusst? Er hat die Schlangen gemocht.«

Sieht ihm ähnlich, dachte ich, sprach es aber nicht aus.

»Ich wette, du hast Oscar eine Menge Freude gemacht.«

»Er hat's gesagt. Dad?«

»Was?«

»Werden die Leute zu Engeln, wenn sie sterben?«

»Ich bin mir nicht sicher, Zach. Aber ich weiß, wen wir fragen könnten. Ich kenne einen alten Priester, der auf solche Sachen wie Engel spezialisiert ist. Er wohnt draußen auf dem Land und macht fantastische Brownies und geht oft angeln. Ich glaube, er ist ziemlich gut.«

»Können wir da mal hingehen?«

»Klar. Ich würde gern mal mit dir angeln.«

»Und ihn wegen der Engel fragen, meine ich.«

»Klar.«

Nach dieser neuerlichen Frage nach Engeln folgte wieder Schweigen. Ich hatte Zeit, eine meiner Theorien über sein plötzliches Interesse an Schutzengeln zu entwickeln: Er brauchte einen, und die Vorstellung von einem unsichtbaren Beschützer und Spielgefährten war tröstlich.

Ich wusste genau, wie er sich fühlte.

28

Als ich an der Tür von Dr. Malcolm Crutchers Haus in Highland Park klingelte, war es früher Abend. Ich hatte das Ende des Berufsverkehrs abgewartet, bevor ich losfuhr. Crutchers Haus lag in der teuren baumbestandenen Wohngegend hinter dem Ravinia-Musikpark. Die Türglocke klingelte melodisch; vom Pavillon drangen die Klänge einer Oscar-Peterson-Melodie herüber.

»Kostenloses Konzert«, sagte ich, als Mrs. Malcolm Crutcher die Tür öffnete.

»Es kann einen zum Wahnsinn treiben. Kann ich Ihnen helfen?«, fragte sie, und es war nicht nur Höflichkeit. Mein Mund stand offen. Ich war wie vom Donner gerührt. Die Frau, die die Tür geöffnet hatte, Malcolm Crutchers Frau, Jack Nesbitts Exfrau, war jene Frau, die ich zuletzt als abgetrennten Torso in Carson Stoufleys Fotoarchiv gesehen hatte.

»Kennen wir uns?«, fragte sie.

»Schön wär's.« Ich hatte mich wieder einigermaßen im Griff. Immerhin hatte sie es überlebt. »Ich bin Detective Mayo vom Morddezernat Chicago.«

»Dann muss es um Jack gehen. Kommen Sie doch rein.« Mrs. Malcolm Crutcher war spektakulär. Jünger, als ich erwartet hatte, jünger, als sie als abgetrennter Torso ausgesehen hatte, obwohl so etwas einen Menschen doch altern lassen müsste. Andererseits wohnen in Highland Park viele Ärzte, und vielleicht gab es in Dr. Crutchers Freundeskreis einen guten kosmetischen Chirurgen.

»Sie können Ilene zu mir sagen«, meinte Mrs. Crutcher, ein Satz, der mir immer komisch vorkommt – als gäbe es da ein paar andere Namen, die ich nicht verwenden darf: Mary oder Patty oder Eleanor zum Beispiel.

»Kann ich Ihnen etwas zu trinken anbieten, oder trinken Sie im Dienst nicht?«

»Da Sie es so formulieren, Ilene, muss ich wohl ablehnen.«

Ich konnte das alberne Spiel genauso gut mitspielen. Ich stellte fest, dass ich sie mit Vorbehalten, fast mit Feindseligkeit betrachtete. Ich wollte es schon auf den Schatten und seinen Lieblingstrick, sexuelle Katz-und-Maus-Spielchen, schieben; dann fiel mir ein, dass es hier nicht nur um hochprozentige Pheromone ging – was gefährlich genug gewesen wäre. Hier war etwas Gefährlicheres im Spiel. Ilene war eine teuer aussehende Frau, ein paar Jahre älter als Violet, aber ein ähnlicher Typ: eine umwerfende Blondine; groß, vollbusig, kurvenreiches Fahrgestell. Schön für mich, könnten Sie jetzt sagen, aber dies war die Frau, die Violet Winters' Nacktfotos an die Polizei geschickt hatte. Dass sie es mit unfreundlichen Hintergedanken getan hatte, daran hegte ich keinen Zweifel.

Ilene Nesbitt Crutcher roch nach Ärger. Komm mir in die Quere, und du bezahlst dafür. Eine eifersüchtige Frau, die in einen untreuen Mann verliebt gewesen war. Sie hatte Violet für seine Untreue verantwortlich gemacht, und sie wollte sie noch immer für das bestrafen, was Jacks sexueller Appetit ihrem Stolz zugefügt hatte.

»Jack war kein sehr netter Mensch. Das haben Sie vielleicht schon gehört.«
»Machen Sie weiter.« Ich verwendete Pater Bremners Trick: Lass sie einfach reden. »Wunderbares Haus übrigens.«
Ilene Crutcher nahm das Kompliment auf die Art in Empfang, wie ein hochmütiger Oberkellner ein Trinkgeld annimmt: danke, aber keine Versprechen.
»Sie möchten bestimmt nichts trinken?« Sie wollte, dass ich das Reden erledigte.
»Es ist nach Dienstschluss. Einen Scotch.« Ich konnte ihr den Gefallen tun.
Ilene Crutcher ging zur Bar; ein teures Ding in einem Zimmer voller teurer Dinge. Der falsche Monet über dem Klavier sah echt aus.
»Schönes Bild.«
»Monet.«
Dann war er also echt – oder jedenfalls so echt wie Ilene Crutcher selbst. »Ich weiß nicht, was aus mir geworden wäre, wenn Malcolm mich nicht gerettet hätte«, sagte sie jetzt.
»Jemand anderes hätte Sie gerettet.«
»Sie sagen wirklich nette Dinge.«
»Sie sind die richtige Frau dafür.«
»Danke für das Kompliment. Es stimmt, Männer mögen mich.« Sie servierte mir den Scotch zusammen mit einem Ausblick auf ihr Dekolleté. Wir waren offenbar auf dem besten Weg dazu, Freunde zu werden.
»Malcolm ist so bezaubernd«, sagte sie. »Kein Arschloch wie Jack – und das bei seinem Job.«
»Verzeihung?«
»Proktologe, wissen Sie nicht?« Jetzt zeigte sie mir, dass

sie Humor hatte. Sie hatte beschlossen, dass sie mich mochte. Der Vollständigkeit halber sei es gesagt, Frauen tun das oft. Ich habe noch nie gewusst, was ich davon halten soll. Jamie hat das immer sehr amüsiert.

»Du solltest sie bumsen«, sagt er dann, leicht gereizt von meinem Zögern. Ich persönlich hatte immer das Gefühl, das Zögern ist es, was sie überhaupt erst anzieht. Und genau so war es mit Ilene Crutcher. Ich wusste, was sie sehen wollte: den Funken von Interesse, der besagt »Ich bin ein erwachsener Mensch, und du bist ein erwachsener Mensch, also können wir nicht, aber ich würde gern.« Ich hatte ihr die Befriedigung nicht verschafft, und das ärgerte sie. Eine Frau wie Ilene will gewürdigt werden.

»Sie haben einen fürchterlichen Job.«

»Eigentlich nicht.«

»Aber Sie müssen eine Menge interessante Leute treffen.«

»Eigentlich nicht.«

Es war nicht das, was sie hören wollte, und deshalb wurde sie für einen Augenblick direkt und aufrichtig.

»Ich bin nicht traurig, dass der Dreckskerl umgekommen ist. Ich war nicht traurig darüber, wie er umgekommen ist. Ich könnte jetzt am Timing herummäkeln, warum jetzt und nicht vor fünfzehn Jahren, als ich ihn wirklich gehasst habe, aber alles in allem ist es gut so.«

»Au.«

»Er hat mich verletzt.«

»Armer Liebling.«

»Wenn Sie widerlich sein wollen, können Sie austrinken und verschwinden. Sie haben keine Vorstellung davon, was ich seinetwegen durchgemacht habe.«

»Ein bisschen schon.«
»Das bezweifle ich. Jack konnte nur nehmen. Alles und alle hat er benutzt. Er versprach, einem die Sterne vom Himmel zu holen, aber gegeben hat er …«
»Ein Foto?«
»Ich verstehe. Sie bewundern seine Arbeit.«
»Nicht besonders.«
»Gut. Ich kann Ihnen sagen, von der habe ich genug gesehen.«
»Sagen Sie mir auch, wer – außer Ihnen – Jack Nesbitt gern tot gesehen hätte?«
Sie lachte. Irgendwie musste es doch möglich sein, eine Antwort aus ihr herauszuholen. Also fragte ich noch einmal.
»Wer außer Ihnen, Ilene, hätte Nesbitt gern tot gesehen?«
»O Gott. Eine ganze Menge Leute.«
»Bloß ein paar Namen.«
»Gut. Carson Stoufley. John Irgendwas. D'Amato. Vielleicht.«
»Das ist ein großes Vielleicht.«
»Tut mir Leid. Sie wollten doch, dass ich spekuliere.« Sie hörte sich nicht an, als täte es ihr Leid. »Und dann war da noch dieses Mädchen, das er sitzen gelassen hat, Violet Winters. Dr. Violet Winters, wenn Sie sich das vorstellen können. Eine richtige kleine Nutte. Sie war hinter ihm her, seit sie zehn war oder so.«
»Meistens sucht man die Schuld eher beim Täter als beim Opfer, Mrs. Crutcher.«
»Mir fällt es schwer, mir Violet Winters als das Opfer von irgendjemandem vorzustellen. Das ist ein ausgekochtes Stück. Vorzeitig sexualisiert nennt mein Mann so was. Jack hatte dafür etwas übrig. Abartig nenne *ich* es. Der Kö-

nig der Perversos – das sollten sie auf Jacks Grabstein schreiben.«

»Sie hatten dafür nichts übrig?«

»Nie. Sollte er doch mit seinen kleinen Obsessionen herumspielen.«

»Waren Sie denn nicht in Gefahr?«

»Kaum. Sehen Sie, er konnte tun, was er wollte, er hätte nichts Besseres gefunden.«

»Sie saßen auf dem Familiensilber?«

»Um es vulgär auszudrücken.«

»Was ist mit dieser Torsofotografie?«

Wenn Blicke töten könnten, hätte ich jetzt kaum noch eine Chance gehabt. »Ich habe mich überreden lassen …«

»Er muss ein Überredungskünstler gewesen sein.«

»Um die Wahrheit zu sagen: Als ich das Bild gesehen habe, hat es mir richtig Angst gemacht.«

Ich war froh zu hören, dass das möglich war.

»Ich habe Malcolm davon erzählt. Er hat gesagt, das wäre krank.«

»Was für eine Diagnose. Sie haben Malcolm also gekannt, als Sie noch Mrs. Nesbitt waren.«

»Als meinen Arzt.«

»Und warum das, wenn es Ihnen nichts ausmacht?«

»Tut es aber.« Sie wand sich und wich meinem Blick aus.

»Oh, in Ordnung. Hämorrhoiden. Das ist vielleicht eine bezaubernde Unterhaltung.«

Mein Bulle hatte seinen großen Tag. Hämorrhoiden, bestimmt. Mastdarmvorfall. Wahrscheinlich eine korrektive Operation.

»Sprechen wir doch noch mal von Carson Stoufley, dem besten aller Freunde.«

»Das dachte Jack auch, aber Carson hat ihn ausgenommmen.«
»Doch nicht Carson! Der nette anständige reiche Junge Carson? Das hätte Jack ein Motiv geliefert, nicht umgekehrt.«
»Oh, Jack hat es ihm heimgezahlt. Als er es herausfand, verführte er Carsons Liebhaber, machte Bilder von ihm, von ihnen beiden zusammen – sehr persönliche Bilder, wenn Sie wissen, was ich meine. Bei Ausstellungen lief das als Kunst. Und es hat Carson das Herz gebrochen. Oh, alle Welt tat so, als sei es ein wunderbarer Witz und man sollte die Vergangenheit doch ruhen lassen, aber Carson brach es das Herz, das kann ich Ihnen sagen.«
Mein Bulle stieß mich an. Hier sollte ich aufmerksam sein.
»Sie hören sich an, als mochten Sie Stoufley gern.«
»Natürlich tat ich das. Ich habe ihn immer gemocht. Wir waren beide Jacks Opfer, verstehen Sie. Wir hatten etwas gemeinsam.«
»Sie haben den Kontakt zu Stoufley aufrechterhalten? Nach Ihrer Scheidung, meine ich?«
»Das nicht. Es war alles zu peinlich, aber ich habe ihn immer für einen wunderbaren Menschen gehalten. Noch einen kleinen Scotch?«
»Nein danke. Ich fahre.«
»Ich werde Malcolm sagen, Sie sind der perfekte Gentleman.«
»Er wird bestimmt sehr erleichtert sein.«
»Na, na. Ich bin sehr verlässlich, Detective.«
Eine Schlange, dachte ich. Früher oder später beißt sie dich. Malcolm Crutcher mochte sie vor Jahren gerettet haben, aber in ihrer eigenen Vorstellung war Ilene Crutcher

noch immer ein Opfer. Und Opfer sind davon überzeugt, alles, was sie tun, sei gerechtfertigt.
»Danke für alles«, sagte ich. »Und sagen Sie Malcolm, was für ein glücklicher Mann er doch ist.«
Muss ich eigens erwähnen, dass sie glauben sollte, ich meinte es ernst? Wir schieden als die besten Freunde.

Dr. Malcolm Crutcher empfing mich am nächsten Morgen in seinem Büro in der Stadt, einer teuren Suite an der Michigan Avenue. Ich musste nur kurz warten, bevor ich in sein Heiligtum vorgelassen wurde. Malcolm Crutchers Büro war besser ausgestattet als die meisten Privathäuser. Ein kleiner Monet, ein großes Sofa, der See, der aus einer halben Meile Entfernung matt heraufglänzte, und ein eisblauer Teppich, der zu ihm passte. Der Raum wirkte teuer, vertrauenerweckend, solide und bezaubernd wie Malcolm Crutcher selbst.
»Detective? Schön, Sie zu sehen. Ihrem Jungen geht es gut, hoffe ich?«
»Das hoffe ich auch.«
»Ganz sicher.« Crutcher kam mit ausgestreckter Hand auf mich zu, ein großer charismatischer Mann, mehr ein Politiker als ein Chirurg.
»Ich hab gehört, Sie waren bei meiner Frau«, sagte er liebenswürdig, aber zugleich gab er mir zu verstehen, dass er die Fäden in der Hand hatte. »Dachte mir schon, dass Sie mich auch sehen wollen. Sie kann ein bisschen unkommunikativ sein, wenn es um diese Dinge geht.« Auf seine Art rügte er mich, weil ich sie an die Vergangenheit erinnert hatte.
»Sie war mit ihm verheiratet, Doktor. Ich musste mit ihr reden«, erklärte ich.

»Das ist mir klar. Diese Ehe war für sie so etwas wie eine Probefahrt«, scherzte er von Mann zu Mann.
Er war ein Charmeur, keine Frage, aber das gilt für die meisten Ärzte in dieser Gegend. Der Charme rechtfertigt ihre überzogenen Rechnungen. Aber Crutcher war nicht nur kompetent, sondern auch klarsichtig und einfühlsam. Ich wollte seine Version hören.
»Ihre Frau machte auf mich weniger einen unkommunikativen als einen verbitterten Eindruck. Wie schätzen Sie Jack Nesbitt ein, Doktor?«
»Mein Eindruck? Fantastischer Künstler, ekelhafter Typ.«
»Ihre Frau muss einiges durchgemacht haben.« Ich fragte mich, wie viel Crutcher tatsächlich wusste.
»Ja, aber das ist Vergangenheit«, sagte Crutcher mit fester Stimme. »Sie wären erstaunt, in welchem Maß ein bisschen Hilfe im richtigen Augenblick ein Leben verändern kann. Ich bilde mir ein, dass ich genau das bei diesen Straßenkindern tue: Ich helfe ihnen auf die Füße, unterstütze sie dabei, die Vergangenheit hinter sich zu lassen.«
Ich konnte beinahe hören, wie er das Gleiche zu Ilene sagte. Er war ein überzeugender Mann. Es war leicht nachzuvollziehen, dass seine Frau und seine Patienten in ihm einen Beschützer sahen.
»Sie hat Sie ursprünglich als Arzt aufgesucht, sagt sie.«
»Es steht mir nicht frei ...« Crutcher zuckte entschuldigend die Achseln, bat mich um etwas professionelle Höflichkeit. Die allerdings konnte ich mir nicht leisten.
»Ein ziemlich harter Job manchmal, hm?«
»Genau wie Ihrer, möchte ich wetten.«
Hinter der entgegenkommenden Fassade war Crutcher ein harter Brocken. Überaus höflich hatte er meinen Job

eingeschätzt und mir zu verstehen gegeben *Kommen Sie mir ja nicht dumm.* Mein Bulle hörte sehr genau zu. Kein Wunder, dass die frühere Ilene Nesbitt sich bei ihm sicher fühlte. Als Zacharys Vater hatte ich ihm vertraut. Jetzt, als Polizist, hatte ich einen anderen Eindruck. Crutchers Lack war glatt und undurchdringlich. Seine Höflichkeit machte es schwierig, an die Wahrheit zu kommen.

»Machen Sie oft korrektive Operationen?«

»Manchmal.«

»Kindesmissbrauch, solche Sachen?«

»Nicht sehr oft, Detective. Brüche und so weiter sind häufiger.«

Ein leises melodisches Klingeln unterbrach uns. Es hörte nicht auf. »Entschuldigen Sie«, sagte Crutcher. Er griff zum Telefon.

»Ja?« Er hörte zu, schüttelte den Kopf.

»Stehen sie Schlange?«

»Es tut mir Leid, Detective. Das Wartezimmer ist voll, und jetzt habe ich außerdem einen Notfall. Wenn ich irgendwas für Sie tun kann ... Lassen Sie sich von meiner Sekretärin eine Karte geben. Ich sage ihr, sie soll auch meine Privatnummer darauf notieren. Tut mir Leid, dass ich nicht mehr Zeit habe. Und übrigens, ich glaube, Sie hatten Recht, bei der Arbeit mit Ihrem Sohn die konservative Methode zu wählen.«

Damit war ich entlassen. Er war sehr geschickt. Als ich aufstand, war er schon wieder am Telefon. »Helen? Würden Sie dem Detective eine Karte und meine Privatnummer geben?« Er legte auf. »Alles arrangiert«, sagte er zu meinem Rücken.

An der Rezeption wartete Helen mit der Karte. »Danke«,

sagte ich. »So weit ich weiß, hat Dr. Crutcher hat eine florierende Praxis für korrektive Operationen. Er soll der Beste sein, den es gibt.«

»Es stimmt, er ist sehr gut. Er *ist* der Beste. Warum sollte er sonst so gefragt sein.«

»Danke, Helen.«

Im Aufzug machte ich mir Vorwürfe, weil ich Malcom Crutcher den gesellschaftlichen Schliff so übel nahm. Vielleicht war es im Grunde das Geld, das ich ihm übel nahm, sein unerschütterliches Bewusstsein der eigenen Privilegiertheit. Ich versuche, fair zu sein. Ich versuche, den Reichen unvoreingenommen zu begegnen, aber ein Typ wie Malcolm Crutcher kann eine Spur zu überwältigend sein. Woran lag es eigentlich, dass ich mir neben ihm wie eine Küchenschabe vorkam?

Der Aufzug hielt im Erdgeschoss, und während ich das Foyer durchquerte, erhaschte ich in einem goldgefleckten Spiegel einen Blick auf mich selbst. Was ich dort sah, machte meine Reaktionen auf Crutcher sehr verständlich.

Crutcher und ich waren im selben Alter, ungefähr gleich groß und gleich gebaut. Damit endete die Ähnlichkeit. Er war ein silberhaariger Salonlöwe, tennisgestählt und glatt rasiert. Ich war der angegraute fleischige Typ, der aussah, als wäre Schachspielen sein anstrengendster Sport. Crutcher war genau so, wie die Zeitschriften meinten, dass ein Mann sein sollte: der Typ in der Johnny-Walker-Werbung, der die eleganten Autos fuhr und die einträglichen Investitionen tätigte. Und ich? Ich war der Polizist, der Crutcher half, all das zu behalten, was er gewonnen hatte. Ich war Crutchers Schutz gegen Diebe und Mörder und Typen wie mich selbst, eifersüchtige Kerle, die gar

nichts dagegen hätten, den Feineleutedoktor auf die Nase fallen zu sehen.
Kein Wunder, dass Cutcher nett zu mir war. Er wusste, dass ich neidisch war.
Sie wissen es immer.

29

Oscar Gomez wurde in Our Lady of Pompeii bestattet. Die Beerdigung fand drei volle Wochen nach seinem Tod statt, weil Myerling die Leiche aus irgendwelchen Gründen zurückgehalten hatte, und der Gomez-Clan nutzte die Zeit, um seine in ganz Amerika verstreuten Barrios zu verlassen und die Reise nach Chicago anzutreten.

Der Gomez-Clan war groß und seine Mitglieder von ähnlicher Statur: alle klein, alle untersetzt, alle sahen sie aus wie Statisten in einem Inkafilm. Oscars Mutter, Schwester, Vettern und Cousinen und sein Onkel waren in Schwarz gekleidet. Sie erinnerten an eine Gruppe von Käfern, gebeugt und wuselig selbst im Schmerz.

Gloria, Zachary und ich standen beieinander. Ich stellte bald fest, dass Gloria die Rolle von Oscars Witwe gewählt hatte. Ich selbst war von einem Ex-Ehemann zu einem Freund der Familie geworden, eine Degradierung, die ich mit Anstand akzeptierte.

Zachary hatte einen angespannten Gesichtsausdruck und glasige Augen, was ihn wie einen kleinen alten Mann aussehen ließ. Er hatte die Hand zur Faust geballt und in meine geschoben. Mir wurde klar, dass Oscar für Zach in den Wochen vor der Beerdigung in einer Art Niemandsland geschwebt hatte – tot, aber nicht wirklich tot. Jetzt war Oscar wirklich tot, und Zachary war erschüttert.

»Atmen«, sagte ich zu ihm. »Atme ein paar Mal tief ein.«

»Dad!« Zachary war ärgerlich, weil ich ihn behandelte wie ein Kind. Er nickte zu dem Priester hinüber, als wollte er mir bedeuten, still zu sein. Ich hörte mir die Ansprache an und war eher sprachlos als still. Seiner Verabschiedung nach hätte Oscar ein General sein können.

»Wir haben uns hier versammelt, um einen gefallenen Krieger zu ehren, einen Bruder, einen Mitbruder, der sein Leben für uns alle gegeben hat, für diese Gemeinde, um unsere Welt zu einem besseren Ort zu machen. Für diejenigen, die ihn kannten, war Oscar Gomez ein Gentleman, obgleich er in einer gewalttätigen Welt lebte, die ihn das Leben kostete ...«

Der Priester war gut, aber ich musste lächeln, als mir einfiel, wie Gomez mit der Faust das Fenster der Herrentoilette eingeschlagen hatte. Neben mir weinte Gloria lautlos, ihr öffentlicher Kummer so privat wie der einer Königin. Schön für Gloria, dachte ich. Schön für Gomez. Schön für jeden, der in dieser Welt ein bisschen Liebe findet.

Die Trauergemeinde war in etwa so zusammengesetzt, wie ich es erwartet hatte: Lynch, Chaworski, Daley, die Leute vom Revier, Gomez' Familie, Harry, Harold Myerling, und hinten in der Kirche, welche Überraschung, saß Big John D'Amato.

»Er war ein guter Polizist«, sagte D'Amato, als ich auf dem Weg nach draußen an ihm vorbeiging. Ich fasste die Bemerkung so auf, wie sie gemeint war, als ein Zeichen des Respekts. Mir war vor kurzem klar geworden, dass Lynch, Chaworski und Daley, und sogar Gomez, meine »Jungs« waren. Ich stand meiner »Familie« vor, ebenso verhielt es sich bei D'Amato.

Ich hatte trotzdem keine Ahnung, was er hier wollte.
Gomez' Schwester, ein kurz gewachsenes stämmiges Mädchen, sang das Ave Maria auf Lateinisch. Von der Predigt abgesehen wurde der ganze Gottesdienst in spanischer Sprache gehalten. Gomez' Sarg war so bunt wie ein Wagen in einer Straßenparade. Gloria stand die Zeremonie durch. Nur ein einziges Mal, als sie nach meiner Hand griff, während der Sarg geschlossen wurde, hatte ich das Gefühl, sie würde die Fassung verlieren. Aber sie tat es nicht, und ich warf in diesem Augenblick einen ersten Blick auf den riesigen Diamanten, den sie am linken Ringfinger trug. Ich sah ihn nicht nur; sie kratzte mir den Fingerknöchel damit auf.
Wie kam es, fragte ich mich, dass Oscar Gomez sich einen solchen Verlobungsring leisten konnte? Vielleicht war das der Grund dafür, dass John D'Amato hier war. Auf der Fahrt zum Friedhof ließ ich mir die Sache durch den Kopf gehen. Ich überlegte immer noch, als Oscar zur letzten Ruhe gebettet wurde.
Ein paar Bulls-Tickets von Johnny Vanilla – okay, eine Erkenntlichkeit für einen Gefallen hier und da vielleicht. Aber ein Diamant von dieser Größe? Oscar musste etwas am Laufen haben, das sehr viel Geld einbrachte. Ich dachte wieder an meinen ursprünglichen Verdacht – Nesbitt, Stoufley, Vanilla und ein Pornoring. Da wäre viel Geld zu holen gewesen. Könnte Oscar dabei eine Rolle gespielt haben? Aber vielleicht ging es auch um Erpressung oder Rauschgift oder – vielleicht hatte ich einfach keine Ahnung.
Mehrere Grabsteine entfernt stand Dr. Violet Winters – oder jemand, der ihr sehr ähnlich sah: eine schlanke androgyne Gestalt in Khakihosen, hoch geschnürten Turn-

schuhen, einer Bomberjacke mit einem Mannschaftsemblem und einer Baseballkappe. Wieder eine Verkleidung; diesmal sah sie aus wie jemand von der Rennbahn. Es war nett von ihr, Oscar die letzte Ehre zu geben. Ich wollte mit ihr sprechen, aber als wir Erde auf Oscars Sarg warfen, verschwand sie in der Menge.

Fragen Sie mich jetzt bitte nicht, warum ich neben Oscars Grab stehenblieb, nachdem alle anderen – der Priester, die Angehörigen, sogar die Totengräber – bereits gegangen waren. Ich hatte Gloria und Zach zu Oscars Mutter ins Auto gesetzt und gewartet, bis ich allein war. Vielleicht wollte ich mich entschuldigen. Vielleicht wollte ich mich bedanken. Oscar Gomez hatte meine Nachfolge angetreten, und jetzt lag er in dem Grab, das meins hätte sein sollen – nur weil mein Sohn seinen Teddybären vermisst hatte.

Herrgott noch mal, Oscar, du kleiner Dreckskerl, wollte ich sagen, du warst beinahe ein guter Mann, Oscar, du dummer Hurensohn. Was hast du dort eigentlich getrieben? Was hast du überhaupt getrieben? Mit Johnny Vanillas Ring in der Tasche und einem Diamanten für Gloria, so groß wie ein Hühnerei? Was warst du, Oscar, mit deinen Bulls-Tickets von Johnny Vanilla, »ein guter Polizist« für Big John D'Amato? Was hast du getrieben, und warum wusste ich, dein vertrauenswürdiger Boss, nicht mal, *dass* du's getrieben hast?

Ich kam mir vor wie ein Idiot. Und genauso würde ich dastehen, wenn ich ihn jetzt noch anschwärzte und Glorias Erinnerungen an die vollkommene Liebe zerstörte. Gomez hatte mir ein schönes Dilemma hinterlassen. Lass ihn in Frieden ruhen oder zieh den Hass der anderen auf dich.

Pech für Gomez, für mich, für Gloria und für den kleinen Zach war, dass man, um ein guter Polizist zu sein, bereit sein muss, den Hass der anderen auf sich zu ziehen. Das war Elliots Ermittlungsregel Nummer sechs.

30

Ich wollte das Verbrechen aufklären. Die Verbrechen. Ich wollte das Mädchen retten. Ich wollte all die heroischen Taten vollbringen, die ein Mann vollbringen soll. Ich wollte ein Held sein und war eine Spur zu erschöpft dafür.

Salzbad oder kein Salzbad, ich schlief nicht gut. Ich legte mir zurecht, was ich am folgenden Tag tun würde, statt mir den Schlaf zu gönnen, den ich brauchte, um es zu tun.

Oscars Schatten verfolgte mich. Trotz der Salzschalen erwischte ich ihn hin und wieder; er saß zusammengekauert in den Ecken und sagte: »Hey, Mann, räch mich. Klär das Verbrechen an mir auf.« Der kleine Dreckskerl.

Ich kam nicht voran mit dem Verbrechen. Ich kam mit allen möglichen Dingen nicht voran.

Die Romantik wartete im Hintergrund, aber da blieb sie auch, und das gab mir das Gefühl, dass wir alt wurden. Dieser Fall ließ mich altern. Das lag auch an Chabrol.

Wie ich Ihnen gesagt habe, ich erinnerte mich daran, wie ich den Ring hatte asservieren lassen, erinnerte mich an die Sportnachrichten und daran, wie Chabrol den Schein ausgefüllt hatte. »Wie beim Pfandleiher«, alberte er.

Ich mochte Chabrol, die Art, wie er einen Ohrhörer immer im Ohr behielt, damit der Rhythmus weiterging, während er mit mir sprach.

»Unheilbar hip«, hätte Jamie gesagt.
Womit er Recht gehabt hätte. Während der ganzen Woche hatte ich mir jeden einzelnen Tag gesagt, dass ich mit ihm reden musste. »Hepatitis oder so«, hatte der Kollege gesagt. »Irgendwas Übles.« Was es auch war, er schien nicht wieder aufzutauchen, und schließlich ging ich bei ihm vorbei.
Chabrol lebte in Pilsen, einem unheilbar hippen Stadtteil, bewohnt von Künstlern und Latinos. Wahrscheinlich hielt er sich für beides. Er hatte eine von diesen verrückten alten Riesenwohnungen mit Gasofen und einer Küche, in der man Golf spielen konnte. Sie lag im dritten Stock, so dass er das Dach nutzen konnte, und dort fand ich ihn auch. Er hatte sich da oben einen regelrechten Garten Eden angelegt, ein wucherndes Dschungelparadies mitten in Chicago, und hatte sich hierher zurückgezogen, um zu sterben. Zwischen den Bäumen und Blütenpflanzen lag er in einem Liegestuhl, zusammengeschrumpft und eingefallen; seine Haut hatte einen grüngrauen Farbton angenommen.
»Die Große Eidechse wartet auf dich, Mann«, begrüßte er mich.
»Die Große Eidechse wartet auf uns alle«, sagte ich.
»Stimmt.« Er stützte sich auf einen Ellenbogen und grinste, und das Grinsen kostete ihn die letzten Reserven.
»Kümmer dich um meine Katzen, Mann. Sie sollen ein gutes Zuhause kriegen. Sie mögen Musik und manchmal ein bisschen Hasch.«
Was ich schon immer an Chabrol gemocht hatte, mochte ich auch jetzt noch. Noch im Sterben hatte er seinen eigenen Stil. Und Chabrol lag im Sterben.
»Ich hab mich gut geschlagen, Mann. Schauen Sie nicht

so schockiert. Seit sechs Jahren HIV-positiv. Das ist gar nicht schlecht. Ich hab schon fast gedacht, ich überleb's. Hab den Orishas gesagt, gute Arbeit, ihr habt's geschafft. Von wegen.«

Während Chabrol sprach, kam eine große gescheckte Perserkatze zu ihm herübergeschlendert. Ihr Schwanz schwang langsam von einer Seite zur anderen. »Wie'n Fächertanz, was? Das ist Meme.« Chabrol streckte den Arm aus, um sie zu streicheln, und ich sah, wie schnell die Krankheit ihn verzehrte. Der Arm war Haut und Knochen.

»Ich muss Sie was fragen.«

»Es geht um den gottverdammten Ring, richtig?«

»Er ist weg. Die Einträge auch.«

»Hätte ihn nie anfassen sollen.«

»Es ist bloß ein Ring.«

»Wer hat Ihnen denn das erzählt, Boss. Gomez bestimmt nicht. Sie haben gesehen, was dem passiert ist.«

Da war die Geschichte, die ich hören wollte.

»Er hat gesagt, Sie haben ihn geschickt. Ich soll ihm die Papiere geben, das ganze Zeug. Ich hätte Sie fragen sollen, aber Gomez hat gesagt, schon okay, also hab ich ihm den Ring gegeben, und als ich ihn angefasst hab, das zweite Mal, da hab ich's gewusst.«

»Was gewusst?«

»Was er mit mir macht. Liegt einfach da mit seiner Scheißstrahlung. Ich hatte's fast geschafft. Positiv denken, richtig essen, immer schön ausgeglichen. Scheiße, ich hab mich sogar verliebt. In den Richtigen. Bleib bei mir, Baby, fürs ganze Leben. Ich gehöre dir. Wir pflanzen einen Garten, stellten zwei Schaukelstühle rein, werden zusammen alt. Die Sorte Liebe, Boss. Mr. Right. Und dann erwischt's mich doch noch. Das ist ein übler Ring. Der gehört jemandem *muy malo.*«

Er hörte sich an wie Myerling. Er sah aus, als würde Myerling ihn sehr bald zu sehen bekommen.

»Wo ist Ihr Liebhaber? Kümmert er sich um Sie?«

»Er kümmert sich um den ganzen Laden. Macht ihr euch bloß keine Gedanken. Ich hab noch ungefähr eine Woche. Wenn ihr nichts von mir hört, seht mal hier oben nach.«

»Sie sollten im Krankenhaus sein.«

Chabrol winkte ab. Er brauchte weder meine Schuldgefühle noch irgendeinen anderen Quatsch. Er wollte nur, dass ich mich um seine Katzen kümmerte, den Perser und die geisterhaft graue Russisch Blau, die ich jetzt im Schatten unter seinem Liegestuhl entdeckte.

»Lasst mich einfach in Frieden, Boss. Sonst gibt's bloß Durcheinander. Kümmern Sie sich um Meme und Blue.«

Ich versprach es ihm und kletterte vorsichtig die Feuerleiter wieder hinunter, durchs Fenster ins Innere, durch die Küche, zur Wohnungstür hinaus und die drei Treppen hinunter.

Ich hätte irgendwen anrufen können. Er war versichert; Polizisten sind immer versichert, aber ich beschloss, Chabrol in seinem Paradies in Frieden zu lassen.

Und so kam es, dass ich im Bett lag, Oscar flüsterte mir aus seiner Ecke etwas zu, Chabrol verständigte sich mit seinen afrikanischen Heiligen, seinen Orishas, und ich griff nach meiner neuen Bibel auf dem Nachttisch und begann, in den Psalmen zu blättern. »Und ob ich auch wandere im finstern Tal …« Ich hatte nicht einmal die Hälfte gelesen, bevor ich einschlief und träumte.

In meinem Traum trug Chabrol ein langes weißes Gewand. Er trug ein Kruzifix wie ein Missionar. Neben ihm ging ein schneeweißer Hund, ein Schäferhund oder ein Wolfshund, mit blasslila Augen. Die Katzen sah ich nicht, aber ich wusste, sie waren irgendwo in der Nähe. Trommeln wurden geschlagen, ein Reggaerhythmus, und sogar im Traum roch es noch nach Haschisch und Jasmin. Ein Rastapolizist – das war es, was Chabrol gewesen war. In meinem Traum betrat er das Paradies. Es war das wölfische Heulen, das mich weckte.

Die Schlafzimmerecke war hell genug, um Oscar Gomez verschwinden zu lassen. Ich sah auf die Uhr: fünf Uhr vierzig. Okay. Und dann heulte der Wolf wieder.

Ich träumte also nicht.

Das Heulen wurde zu einem Winseln, und das Winseln wiederholte sich, bis ich aus dem Bett stieg und mich auf die Suche machte. Barfuß, in der Unterhose, die Waffe in der Hand wie ein kompletter Idiot, öffnete ich die Wohnungstür und fand eine Karte von Violet Winters. Die Karte war aus dem üblichen lavendelfarbenen Leinenpapier, und diesmal lag sie auf einem großen altmodischen Kasten. Ich las als Erstes die Karte. »Schaff dir einen Hund an, hast du gesagt, also habe ich's getan. Ich habe einen für jeden von uns. Mama habe ich behalten. Das Hündchen hier ist für dich.«

»Oh, Scheiße.« Genau das, was mir bei vier ungeklärten Mordfällen noch gefehlt hatte. Violet Winters konnte ihren verdammten Hund gleich wieder mitnehmen. Wieder dieses Winseln. Ein Hund war das Letzte, was ich brauchte.

Ich hob den Kasten hoch und schleppte ihn über die Schwelle. Das war ein großes Hündchen – aber nicht mein Hündchen, wie ich mir selbst versicherte.

Da hatte ich ihr Gesicht noch nicht gesehen. Als ich in der Wohnung war, an genau der Stelle, an der Oscar Gomez starb, öffnete ich den Riegel und sagte: »Komm schon raus.« Sie gehorchte.

»O Gott. Du bist ja eine Schönheit.«

Es war eine jüngere, kleinere Version des Hundes aus meinem Traum, der Schäferhündin mit den violetten Augen. Und wie froh sie war, mich zu sehen.

»Wie heißt du?«, fragte ich.

Sie leckte mir die Finger und das Gesicht. Ich war in die Hocke gegangen, um sie begrüßen zu können, und sie leckte mir die Wangen, ein einziger zappelnder, ekstatischer, hingerissener Pelzball. Vielleicht brauchte ich sie ja doch.

»Daddy!«, konnte ich sie fast sagen hören. Ich taufte sie Paradise.

Dr. Violet Winters war tatsächlich, so wie es auf ihrer Karte stand, die Leiterin der pädiatrischen Abteilung am Children's Hospital. Die Karte fand ich in meiner Bibel, weit hinten, als hätte sie als Lesezeichen gedient. Solche Kleinigkeiten nicht zu bemerken, kann einem Angst machen, wenn man beim Morddezernat arbeitet. Dann kam mir der Gedanke, dass sie die Karte selbst dort deponiert haben könnte. An dem Morgen, an dem ich ihr sagte, sie sollte meinen Schlafanzug behalten.

Ich versuchte, sie zu Hause zu erreichen, und dann probierte ich es mit ihrer Nummer im Krankenhaus. Während ich mir das Klingeln anhörte, nahm ich Paradise die Bibel weg, an der sie gekaut hatte, und bei dieser Gelegenheit fand ich die Karte.

»Kinderabteilung«, sagte eine Stimme.

»Könnte ich mit Dr. Winters sprechen?«

»Oh, ich glaube nicht, dass sie um diese Zeit schon hier ist. Einen Augenblick bitte.«

»Dr. Winters.«

»Detective Hundedaddy Elliot.«

Sie lachte.

»Oh, gut. Ich musste mich richtig losreißen heute Morgen. Was hältst du von ihr?«

»Sie ist genau das, was im chaotischsten Abschnitt meines Lebens noch gefehlt hat.«

»Ich dachte mir, der kleine Kerl würde sie mögen.«

»Zach? Darauf kannst du wetten. Der Gedanke ist mir auch gekommen, bevor sie angefangen hat, meine Bibel zu fressen wie ein guter Christenhund. Übrigens, ich habe die Karte gefunden.«

»Ich will ja nicht vergessen werden.«

»Vorsorge schadet nie, Doktor.«

»Außerdem habe ich auch von dem anderen kleinen Kerl geredet, nicht nur von Zach.«

»Wenn du jetzt von meinem inneren Kind anfängst, wird's mir schlecht.«

»Komm schon, Elliot, sei nicht so ein Idiot. Wie hast du sie genannt?«

»Sie hat den Namen mitgebracht. Paradise.«

»Das ist doch komisch. Ich habe ihre Mutter Salvation genannt.«

»Sehr einprägsam.«

»Abgekürzt Sally. Ich habe sie beide von einem Typ auf der Straße gekauft. Vor der Haymarket-Mission, ganz nah bei der Heilsarmee, weißt du noch?«

»Ich hatte schon vergessen, in was für einer Gegend du lebst. Ich kenne den Laden, eine Freundin von mir macht die Frauenarbeit.«

»Salvation ist groß und schwarz, ein richtiger Höllenhund.«
»Meiner Bibel nach nicht. Das heißt, den Resten nach – der Hund ist schon wieder dran.«
»Sie sehen sich trotzdem ähnlich. Was meinst du, sollen wir sie mit in den Park nehmen?«
»Unbedingt. Und danach noch zu einem Match. Musst du in diesem Krankenhaus nicht manchmal auch arbeiten?«
»Ich bin der Boss.«
»Eine wunderbare Eigenschaft bei einer Frau. Warum habe ich eigentlich nie mitgekriegt, was für ein Star du bist?«
»Weil du ein chauvinistisches Schwein bist, Elliot. Es ist eine deiner liebenswerteren Eigenschaften. So altmodisch.«
»Welcher Park?«
»Heute Abend um sieben, Buckingham Fountain.«
»Darf man mit Hunden da hin?«
»Elliot, du bist Polizist.«
»Ist das nicht herzlos? Wir lassen sie miteinander spielen und reißen sie dann wieder auseinander?«
»Wir überleben's doch auch.«
»Aber nur mit Mühe, Doktor.«
»Also um sieben?«
Ich legte auf. Für einen Ermittler mit einem ungelösten Mordfall – sagen wir vier ungelösten Mordfällen – erschien mir das Leben erstaunlich brauchbar. Paradise beobachtete mich hingerissen.
»Du brauchst ein Halsband, eine Leine, ein paar Schutzimpfungen und einen Kauknochen, damit du meinen Gürtel in Frieden lässt.«

31

Mein Plan sah folgendermaßen aus: bei Myerling vorbeischauen, im Labor wegen der Haar- und Faserspuren anrufen, die sie an Gomez gefunden hatten – die Analyse war noch nicht vollständig –, und mich bei Zacharys Therapeutin Dr. Hauser melden. Zachary hatte am Nachmittag den nächsten Termin bei ihr, und ich hatte die Frau immer noch nicht persönlich getroffen. Das störte mich. Ich rief ihre Praxis an und schmeichelte und pöbelte, bis ich mir einen Vormittagstermin gesichert hatte.

Was Therapien angeht, bin ich ein Agnostiker. Weder gläubig noch ungläubig – die unangenehmste Haltung dem Glauben gegenüber, die man nur haben konnte, zumindest in den Augen der Jesuiten. Dr. Hauser konnte ich jederzeit versichern, dass ich gern Kontakt mit meinen Gefühlen aufnehmen würde, aber die Gefühle meiner Erfahrung nach Kontakt mit mir aufnehmen, wenn sie stark genug sind. Die Furcht davor, meine uneingestandenen Gefühle könnten Zachary schaden, hatte mich zu dieser Therapeutin getrieben.

Dr. Hauser ließ mich zwanzig Minuten warten, »um ein paar Anrufe zu erledigen«; dann erschien sie im Wartezimmer und führte mich in ihr Sprechzimmer. Sie trug, vielleicht weil sie auf Kinder spezialisiert war, einen Pullover mit einer Art Schürzenlatz darüber, der ihr das

Aussehen eines zu groß geratenen Kindergartenkindes verlieh. Ihr Haar war kinnlang, stumpf abgeschnitten und mit grauen Strähnen durchzogen. Sie trug kein Make-up außer einem buntstiftgrellen Streifen Lippenstift und sah aus wie eine Kinderzeichnung einer erwachsenen Frau mit dreißig Pfund Übergewicht.

Unsere Unterhaltung, wenn man es so nennen kann, fand in ihrem Sprechzimmer statt. Es war in leuchtenden Primärfarben gehalten, die ich scheußlich fand, und mit Snoopy-Postern dekoriert, die ich für veraltet hielt. Im Moment war Pokémon bei den Kindern in – oder war es letzte Woche jedenfalls gewesen.

Ich hasste ihr Sprechzimmer. Ich hasste ihre Fragen. Ich hasste meine Gefühle, und vor allem hasste ich das, was meinem Sohn widerfahren war, einmal oder mehrmals, durch eine oder mehrere körperlich überlegene unbekannte Personen.

»Wie fühlen Sie sich angesichts der Übergriffe auf Ihren Sohn?«, begann Dr. Hauser.

Sie war eine ernsthafte Person, die vorzeitig in die Breite gegangen war. Sie wirkte wie eine Frau in mittleren Jahren, dabei bezweifelte ich, dass sie die Dreißig hinter sich hatte. Ich rief mir ins Gedächtnis, dass Crutcher große Stücke auf sie hielt.

»Meine Gefühle? Schrecklich, was erwarten Sie denn?«

»Aber was genau empfinden Sie?«

»Na, Wut, natürlich, und Scham …«

»Sie haben das Gefühl, es war Zacharys Schuld?«

»Natürlich nicht … wahrscheinlich habe ich das Gefühl, es war meine.«

»Was würden Sie empfinden, wenn es gewissermaßen Zacharys Schuld wäre? Nicht eigentlich Schuld, aber wenn er den Mann kennen würde, als Freund? Wenn es mehr als einen solchen Vorfall gegeben hätte?«

»Wissen Sie da etwas, das ich nicht weiß? Hat Zach Ihnen etwas gesagt? Gibt es Information, die Sie mir vorenthalten, Doktor?«

»Nein, ganz und gar nicht, Detective. Ich will darauf hinaus, dass es jeder Mensch hätte sein können. Es hätte ein Freund oder ein Verwandter sein können.«

»Blödsinn. Nicht jeder Mensch ist ein Kinderschänder, Dr. Hauser.«

Ich hörte mich selbst reden und konnte es nicht glauben. Ich sprach als Zacharys Vater, nicht als Polizist. Als Polizist wusste ich, dass die nettesten Leute Kinderschänder waren. Geistliche, Lehrer, Psychologen, Männer, Frauen, homosexuell, heterosexuell, lauter Stützen der Gesellschaft.

Mütter taten es, Väter taten es, Onkel, ältere Brüder und Babysitter taten es, der Postbote, die Lehrerin im Fitnesscenter, der Mann, der diese wunderbare Kindertheatergruppe leitete, sie alle taten es. Verdammt noch mal, soziologisch betrachtet war Kindesmissbrauch eine multikulturelle Angelegenheit.

Auf der bewussten Ebene war alles, woran Zach sich erinnerte – oder sich zu erinnern behauptete –, dass jemand ihn »gepackt hatte«. Außer dem »Blip«, als wir nach dem Spiel die Clark Street überquert hatten, war nichts weiter ans Licht gekommen.

»Sind Sie eigentlich aufrichtig mit mir, Doktor? Ich habe ein kleineres Vertrauensproblem. Meine Exfrau hält mich von meinem Sohn fern. Sie unterstützen sie darin. Die Theorie lautet, dass ich schlecht für ihn bin – oder dass zumindest mein Job schlecht für ihn ist. Dann stellt sich heraus, dass er in meiner Abwesenheit missbraucht wird. Ich will Ihnen etwas sagen; das musste ja passieren. Vielleicht hat er mich vermisst. Vielleicht wäre er mit jedem Typ mitgegangen, der sich ein bisschen mit ihm beschäftigt hätte.«

»Zachary hat nach Ihrer Scheidung mit der Therapie begonnen, Detective. Er hatte Schwierigkeiten, damit fertig zu werden.«

»Vielleicht haben Sie sich geirrt, Doktor, und Zachary muss jetzt dafür bezahlen. Ist das möglich?«

»Alles ist möglich, Detective. Genau darauf will ich hinaus. Ich habe lediglich eine Hypothese aufgestellt. Ich habe Sie gefragt, was wäre, wenn er sich darauf eingelassen hätte?«

»Es wäre immer noch nicht Zacharys Schuld.«

»Wäre es dann Ihre?«

»Hätte ich aufmerksamer sein sollen, meinen Sie? Hätte ich es wissen sollen? Wahrscheinlich. Ich würde mich schlechter fühlen – noch schlechter, wenn das möglich ist –, wenn ich rausfände, dass er den Dreckskerl gekannt hat.«

»Sie glauben, ein Kinderschänder trägt ein Schild auf der Brust?«

»Was?«

»Sie tun es nicht.«

»Tun was nicht?« Ich konnte nur hoffen, dass Zachary Dr. Hauser weniger verwirrend fand.

»Kinderschänder tragen keine Schilder mit sich herum.«

»Natürlich nicht, aber ...«

»Sie hätten es wissen müssen? Obwohl Sie Ihren Sohn zu dieser Zeit nicht gesehen haben?«

»Ich denke schon. Ich meine, jetzt kriege ich zu hören,

dass er Albträume hatte, die mit mir und meinem Job nichts zu tun hatten.«

»Haben Sie geweint?«

»Natürlich habe ich geweint, Dr. Hauser. Ich bin ganz der neue Mann. Sie glauben vielleicht, Sie haben Archie Bunker in Blau vor sich, aber ich bin so sensibel und aufgeschlossen, wie man nur sein kann; so wie Rambo, zum Beispiel.« Mein Sarkasmus ärgerte mich, wenn auch nicht sie. Schlimmer noch, ich merkte, wie mir die Kehle zuschwoll vor Wut.

»Ich sehe Bilder«, sagte ich zu ihr. »Und der Fall, an dem ich gerade arbeite – das Schwein, das da umgekommen ist – ich wünschte, ich hätte ihn selber umgebracht. Er hatte es mit so was ...«

»Mit was?«

»Sie hätten die Bilder sehen sollen. Kleine Kinder, gefesselt, so jung wie Zach – ich würde die Kerle gern finden ...« Ich hätte weiterreden können, hätte sogar gern weitergeredet, aber Dr. Hauser unterbrach mich.

»Ja, das glaube ich. Es muss ein verstörendes Zusammentreffen sein. Wo waren wir? Oh, ja. Welchen Eindruck haben Sie von den Fortschritten, die Zachary macht? Ich glaube, er macht sich recht gut.«

Dr. Hausers gut gelaunte, matronenhafte Art begann mir ernsthaft auf die Nerven zu gehen. Vielleicht war es auch etwas anderes. Ich stellte fest, dass meine Brust arbeitete wie ein Blasebalg.

»Ich will meinen Sohn wiederhaben«, spuckte ich zwischen zwei Atemzügen aus. »Ich will, dass er glücklich ist. Ich will, dass es ihm gut geht. Ich will, dass Sie mir sagen, dass er drüber wegkommt.«

Ich sah Dr. Hauser ins Gesicht und kam zur Sache.

»Machen Sie eine Hypnose und wir bringen es hinter uns. Wir finden das Schwein, das ihm das angetan hat, wir sperren den Kerl ein und geben Zach alles, was er braucht, um wieder gesund zu werden. Ich möchte, dass Sie ihn wieder zusammensetzen, Doktor. Ich möchte einfach nur, dass er okay ist.«

»Kinder können sich erholen, Detective Mayo. Sie sind recht widerstandsfähig. Manchmal sind es die Eltern, die Schäden zurückbehalten. Die wütend, verbittert oder rachsüchtig bleiben. Sie werden sich vielleicht entscheiden müssen, Detective, ob Sie ein Polizist oder ein Vater sein wollen. Den Fall zu lösen und dafür eine Hypnose vorzunehmen, könnte eine Lösung auf Zachs Kosten sein. Meine fachliche Meinung lautet, dass die Hypnose eine zu aggressive Methode ist.«

»Warum? Weil er das, was er entdeckt, vielleicht nicht verkraften kann?«

»Genau das. Ihr Sohn ist im Augenblick sehr verletzlich. Er hat einen enormen Verlust erlitten. Noch eine seelische Erschütterung könnte eine Katastrophe sein. Das ist jedenfalls meine Ansicht. Sie können sich einen anderen Therapeuten suchen, Sie können eine radikalere Behandlung durchsetzen, aber ich bin mir nicht sicher, dass das in Zacharys Interesse wäre.«

»Dr. Hauser? Ich weiß, Sie arbeiten seit einer ganzen Weile mit meiner Frau – mit Gloria. Vielleicht sind Sie ja sogar befreundet. Ich hoffe, Sie verstehen mich richtig, wenn ich Ihnen sage, dass ich sie für diejenige halte, die die Tatsachen unter Umständen nicht akzeptieren kann.«

»Wir alle glauben gern, dass wir den Tatsachen gewachsen sind, Detective.«

»Okay. Ich würde mich sehr viel wohler fühlen, wenn ich nicht den Eindruck hätte, dass man mich aus der Therapie meines Sohnes ausschließt, Doktor.«
»Das hört sich eine Spur paranoid an, Detective. Ist das bei Ihrem Job ein Berufsrisiko?«
Ich war zu wütend, um darauf auch nur zu antworten. Ich stand abrupt auf und streckte ihr eine große, fleischige Hand hin. Sie schüttelte sie, als sei es ein schmutziger Lappen.
Natürlich war ich paranoid. Natürlich gehörte das zu den Gefahren meines Berufs. Andererseits war Paranoia oft ein sehr ehrenwerter Instinkt ... in meinem Beruf. Sollte sie mich doch für verbittert, wütend und rachsüchtig halten. Ich würde ihr keine Munition mehr liefern; sie betrachtete mich unverkennbar als Gegner. Ich würde etwas viel Nützlicheres tun. Ich würde das Verbrechen aufklären.
Das jedenfalls dachte ich, als sich die Aufzugtür hinter mir schloss. Die Tränen kamen aus dem Nichts, oder auch aus der Wut, hinter der sie sich versteckt hatten. Ich hätte es vorgezogen, wenn mir das in der privateren Umgebung meines Streifenwagens oder meiner Wohnung passiert wäre und nicht in einem Stahlkasten auf dem Weg ins Erdgeschoss. Nichtsdestoweniger fühlten sich die Tränen gut an. Der Aufzug hatte das Foyer erreicht, als ich mir mit dem Ärmel über die Augen fuhr.
Zachary hatte um drei Uhr nachmittags seine Therapiesitzung. Eine Stunde lang, zweimal pro Woche bis auf weiteres. Dr. Hauser hielt es weder für nötig noch für ratsam, dass ich daran teilnahm. Nach unserem Treffen hatte ich das ungute Gefühl, dass ich ihre sämtlichen Vorurteile bestätigt hatte. Ich rief sie vom Foyer aus an, um

mich für meinen abrupten Abgang zu entschuldigen und noch einmal meine Mitarbeit anzubieten.

»Seine Mommy macht das ganz wunderbar«, antwortete sie in dem matronenhaften, leicht bevormundenden Ton, der bei Kindern vielleicht funktioniert, der bei mir, einem erwachsenen Mann, aber wilde Aggressionen auslöst.

»Sie sind sich ganz sicher?«

»Das ist mein Job, Detective. Ich mache meinen, Sie machen Ihren.«

War das Sarkasmus? War es möglich, dass die gute Dr. Hauser ein kleines Problem mit Männern als Autoritätsfiguren hatte – also auch mit mir? Klar war jedenfalls, dass sie und ich ein Kommunikationsproblem hatten, und nein, ich war in der entscheidenden Stunde in Zacharys Nähe nicht willkommen.

Gut. Ich würde also das Verbrechen aufklären.

32

Es war noch nie zuvor passiert, nicht ein einziges Mal in all den Jahren, die ich ihn kannte, aber als ich mich durch den Hexenkessel des Vormittagsverkehrs gekämpft hatte, wartete Myerling im Revier auf mich. Er hatte die Resultate der Haar- und Faseranalyse und meinte, ich könnte vielleicht etwas Verstärkung brauchen. Er bestand darauf, dass wir zu Harry gingen. Das bedeutete noch mehr Fahrerei, mehr Verkehr. Meine erste Wahl wäre Harrys Imbiss nicht gewesen, aber ich ließ mich darauf ein.

»Können wir diesmal hier bleiben?«, fragte ich. »Und den Teil mit Amok laufenden Lastwagen, die uns im Auftrag von Machtringen über den Haufen fahren wollen, einfach auslassen?«

Harry's war leer bis auf Harry selbst. Ich war wie ausgehungert – meine übliche Reaktion auf Stress. Nichts klang mir süßer in den Ohren als die Verheißung von Pommes, Burgern, Zwiebelringen und kalter Cola.

Myerling bat um heißes Wasser. Er hatte seine eigenen Teebeutel dabei. Harry berechnete das Wasser.

»Das passt schon«, sagte Myerling.

Wir ließen uns an Harrys einzigem Fenster nieder; es bot uns einen Panoramablick auf die Betrunkenen, die meinen Zivilstreifenwagen begutachteten. Myerlings städtischer Dienstwagen hatte so etwas wie einen eingebauten Wachmann; sie machten einen großen Bogen um ihn.

»Und«, sagte Myerling, »was hab ich dir gesagt?« Er war unverkennbar zufrieden mit sich.

»Du hast gesagt, ich soll mir spirituellen Schutz suchen. Und ich hab's getan.«

»Gerade noch rechtzeitig, würde ich sagen.«

»Du bist mir ein solcher Trost, Harold.«

»Essen ist fertig.« Harry hatte seinen Stolz. Er war der Eigentümer, nicht irgend so ein verdammter Kellner. Man holte sein Essen selbst ab. Er hatte es immerhin gemacht. Ich ging zur Theke und holte eine kleine Armada von Pappbehältern ab.

»Das müsste erst mal reichen.«

»Um mich umzubringen, Harry?«

»Werd bloß nicht eklig.«

Ach ja. Freunde. Myerling saß still triumphierend am Fenster, und ich wusste immer noch nicht, warum.

»Du siehst sehr zufrieden aus.«

»Zu Recht, vielleicht. Sie haben dieses Haar gefunden.«

Was er meinte, war, dass ein Ziegenhaar in meiner Wohnung gefunden worden war. Gomez' Mutter hielt neben Hühnern auch eine Ziege; ich war also nicht allzu überrascht.

»Seine Mutter hat eine. Sie hält sie im Hof.«

»Ah.« Myerling sah beinahe enttäuscht aus. Über mich.

»Du meinst, von der stammt es.«

»Myerling, wenn es scheißt wie ein Pferd und vier Beine mit Hufen hat, dann gehe ich nicht davon aus, dass es ein Zebra ist.«

»Zebras haben aber Hufe. Gespaltene.«

»Genau wie etwas anderes, von dem du auch nicht reden willst.«
»Ich gebe dir meine andere Nummer. Für Notfälle.«
»Ich habe deine andere Nummer schon, weißt du noch?« Ich suchte in meiner Brieftasche und zog triumphierend den gelben Post-It-Zettel mit Zacharys Gekritzel und Myerlings Nummer heraus. Ich schob ihn über den Plastiktisch zu Myerling hinüber, der prompt weiß wurde.
»Woher hast du das?«
»Du hast sie mir gegeben.«
»Nicht die Nummer. Das hier.« Er zeigte auf Zacharys Zeichnung, einen ziemlich krummen Stern.
»Zachary hat das gezeichnet. Es ist ein Stern. Vielleicht auch eine Dienstmarke.«
»Du Trottel. Es ist ein umgedrehtes Pentagramm.«
»Oh, natürlich. Ich hätte es wissen müssen. Wenn Gomez ein Ziegenhaar mit sich rumträgt, ist es natürlich nicht die Ziege seiner Mutter, es ist irgendeine mysteriöse, satanische Ziege. Mein Sohn zeichnet einen Stern, und natürlich ist es dann kein Stern, sondern ein Pentagramm.«
»Du könntest es einen Hexenstern nennen … wenn er nach oben zeigen würde. Pentagramm, Mondsicheln, Spiralen – das gehört alles in die Göttinnenreligion. Aber dieser hier steht auf dem Kopf.«
»Herrgott, Myerling. Vielleicht, vielleicht auch nicht. Wo ist hier oben?« Ich nahm den Zettel und drehte ihn um. Jetzt stand der Stern aufrecht, und Myerlings Nummer stand auf dem Kopf.
»Man schreibt auf diese Dinger so, dass der Kleberand nach oben zeigt.« Er riss mir das kleine Papier wieder aus der Hand und drehte es um. Zacharys Stern zeigte nach unten.

»In Ordnung. Ist das so wichtig?« Meine Pommes wurden weich, und meine Stimmung welkte mit ihnen. Schlimmer noch, mein Bulle wusste, dass es wichtig war. Ein Psycho-Onkel hätte meine Reaktion wahrscheinlich »Widerstand« genannt. Die Vorstellung, dass Zachary beiläufig Satanistensymbole kritzelte, war nicht nur unangenehm. Sie machte mir Angst.

»Ein umgedrehtes Pentagramm ist ein Satanistensymbol. Die Ziege natürlich auch.«

»Hör mal, Harold, ich dachte, hier geht es nicht unbedingt um Satanismus. Du hast das gesagt.«

»Ich hab's auch so gemeint. Die Ziege steht für Bacchus, Dionysos, Pan. Das Vergnügen am sexuellen Exzess.«

»Danke, dass du mir das anvertraust, Harold. Ich fühle mich gleich viel wohler, wenn mein Sohn so was zeichnet.« Ich schob den fünfzackigen Stern fort.

Ich wusste, woher das Unbehagen kam. Ich sah die Lichtung im Wald vor mir, den fünfzackigen Stern, die drei Kinderleichen von vor zwanzig Jahren. Hatten wir damals den Begriff »Pentagramm« verwendet? Wahrscheinlich nicht, aber damals war Neopaganismus auch noch kein modisches Hobby gewesen, und Göttinnenreligionen waren auf Partys noch kein anerkanntes Gesprächsthema. Soweit ich mich erinnerte, hatten wir es einen Stern genannt und für ein beliebiges Muster gehalten. Es hätte auch eine Blume sein können.

»Sexualmorde, okay. Satanismus, okay. Aber Sexualmorde und Satanismus und Zachary in einem Satz, das ist zu viel. Das macht mich krank.«

»Das versuche ich dir die ganze Zeit beizubringen«, sagte Harold. »Es wird dich krank machen. Krank bis zum Tod.«

»Ah, jetzt ist es also eine Art Voodoo. Harold, entscheide dich einfach für eine Theorie und bleib dabei, okay? Paganismus, Satanismus, Voodoo, A, B oder C. Aber nicht alle drei.«

Myerling warf mir einen unendlich bekümmerten Blick zu.

»Es ist etwas so Dunkles, dass man seinen Weg darin verlieren kann, Elliot. Es ist etwas, mit dem man sehr vorsichtig umgehen muss.«

»Erspar mir die Dramatik. Bleiben wir einfach bei den Tatsachen, okay?«

»Ich sage ja nur, du sollst vorsichtig sein, Elliot.«

»Dann bete für mich. Ich habe Morde aufzuklären. Du kannst meine Seele retten.«

Ich ging und ließ Myerling in Harrys Bude sitzen. Ich stieg ins Auto und fuhr los. Erst nach Norden, am See entlang. Dann zurück nach Süden, wieder am See entlang. Ich rannte auf und ab, nur dass ich es im Auto tat. Jedes Mal, wenn ich an die Morde damals im Park dachte, hatte ich Angst, war wieder ein Neuling, ein junger Polizist, dem niemand glaubte. Es war eine dunkle Zeit gewesen, und jetzt merkte ich, wie die Dunkelheit sich wieder über mich legte.

Ich hatte die Arbeit an dem Verbrechen damals voller Eifer aufgenommen. »Zu viel Phantasie«, hatte ich mir sagen lassen. Meine Theorien und Entdeckungen wurden einfach abgetan. »Fünf Kinder statt dreien? Drei ist doch schlimm genug. Wie kommen Sie auf fünf? Wegen eines Spurensuchers? Einem abgeknickten Blatt? Hör auf, Junge. Das hier ist kein Western ...«

Vielleicht war ich zu aufrichtig gewesen, dachte ich jetzt. Vielleicht konnten die anderen Beamten, Väter, wie ich jetzt einer war, es nicht ertragen, Kinder und Sex und Satan und Mord in einem einzigen Gedanken unterzubringen.

Ein Sexkult? War es das, was Harold andeutete? Ein dionysischer Sexkult und mehrere Morde? Das hatte ich geglaubt, damals vor zwanzig Jahren, als ich diese Kinder im Park gefunden hatte. Ich hatte den Ausdruck »Blutlust« wörtlich genommen. Niemand hatte mir geglaubt. Lag es daran, dass ich selbst es jetzt nicht glauben konnte? Oder speiste sich die nicht abzuschüttelnde Überzeugung, dass es um etwas viel Profaneres ging, aus den zwei Jahrzehnten, während deren ich seither die menschliche Natur beobachtet hatte? Lust ist ein gutes Motiv, das bestreite ich nicht, aber wenn es um ein Verbrechen geht, dann ist Lust als Motiv nicht halb so gut wie Geld.

Ich fuhr zurück zum Revier und fand die Nachricht vor, ich sollte Ricky Noonan anrufen; Richter Ricky Noonan, so bald wie möglich, WICHTIG, versicherte der Sergeant. Ich hätte ihn gleich anrufen können, aber es war brütend heiß im Raum. Ich beschloss, selbst hinzugehen. Es war noch früh, vielleicht war er noch nicht zum Mittagessen gegangen.

Ich erwischte Ricky Noonan in seinem Amtszimmer über einem chinesischen Schnellgericht in durchgeweichten Pappschachteln, ein richtiges Festmahl, fast so gesund wie das, was man bei Harry bekam. Das hohe Deckengewölbe und die kaiserlich-römische Atmosphäre seines Amtszimmers beeindruckten mich immer noch, aber schließlich war auch Noonan selbst eindrucksvoll. Es war bemerkenswert, wie sich ein völlig normaler Typ, den man schon ewig kannte, mit Hilfe einiger Armanianzüge und eines guten Haarschnitts herausmachen konnte.

Noonan war ein wenig jünger als ich, aber er hatte den Körper eines Fünfundzwanzigjährigen. Er verdankte ihn seinem East-Bank-Club, in dessen Fitnessräumen nicht nur Muskeln aufgebaut wurden. Ganze Karrieren werden dort geschmiedet, habe ich mir sagen lassen.
Noonan hatte sich sein irisches Gesicht und den irischen Charme erhalten, aber es war die glatte Version davon, wie bei Jameson. Aber wen störte schon ein bisschen gesellschaftliches Aufsteigertum – selbst in Chicago, wo ganz oben zu sein lediglich mehr Geld bedeutete und nicht mehr Stil?
»Das ging ja schnell«, sagte er. »Ich hab erst vor zwanzig Minuten angerufen.«
»Ich bin wie chinesisches Essen. Komme fast sofort.«
»Auch was?« Er bot mir einen klebrigen Karton an. »Was war da los bei Stoufley? Ich dachte, in die Richtung ermittelst du nicht mehr – ich dachte, wir waren uns einig.«
»Ricky, sagst du mir jetzt, wie ich zu ermitteln habe?«
Noonan sah unbehaglich aus. »Ich bin am neunten Loch Courker begegnet. Er hat mir das mit den Schlüsseln erzählt. Ich fühle mich nicht wohl dabei, Elliot. Ich meine, natürlich verlasse ich mich auf dein Urteil und alles ...«
Mein Bulle war hellwach. Was sollte denn das jetzt? Ricky Noonan bremste mich aus, was bedeutete, dass jemand ihn ausbremste. Ich umging die Frage.
»Nicht ganz einfach, sich Courker vorzustellen, wie er mitten im Sommer bergauf und bergab marschiert.«
»Yeah. Ganz schöner Brocken, was? Er fährt.«
»Warum also die Panik, Euer Ehren? Wer hat die Hosen voll?«
Ich hatte den Eindruck, dass jemand Ricky Noonan unter

Druck gesetzt hatte. Courker war nur ein Vorwand. Courker war entzückt gewesen, mir die Schlüssel leihen zu dürfen – so entzückt, dass er Ricky Noonan gegenüber ein bisschen damit geprahlt hatte. Und jetzt kritisierte Noonan meine Vorgehensweise.
»Das Zeug bei Stoufley muss ja ziemlich übel gewesen sein«, sagte er jetzt. Ich hatte also Recht.
»Nichts, was man nicht anderswo schon gesehen hätte. Scheiße à la Warhol. Schickimickisadomaso. Helmut Newton lässt grüßen.«
»Pervers?«
»Kurz davor.«
Er hätte gern über den vierten Schrank Bescheid gewusst, aber er sprach es natürlich nicht aus.
»Sonst noch was?«
»Yeah. Ich hätte mir doch ein bisschen mehr bestellen sollen, aber ich versuche meine Figur zu halten. Die ist nicht wie deine.«
O Eitelkeit. Und was für ein Ablenkungsmanöver. Ricky klopfte sich auf den flach gewellten Waschbrettbauch und stellte sich in Bodybuilderpose.
»Meine Damen und Herren, der Richter!«
»Gar nicht übel.« Ich boxte ihn freundschaftlich in den Arm. »Wenn noch was auftaucht, sage ich dir Bescheid. Ist sowieso nichts dabei rausgekommen.«
»Wunderbar, Elliot. Ich hab doch gewusst, du würdest es verstehen. Was soll ich sagen? Wir Straßenkinder müssen ein bisschen vorsichtig sein, wenn wir mit den Goldküstenjungs spielen wollen.«
Aha, das war es also. Richter Ricky Noonan hatte politische Ambitionen. Er wollte es sich mit niemandem verderben, der reich genug war, um ihm zu helfen. Bedeutete

das, dass er auch ein Verbrechen decken würde, wenn jemand es von ihm verlangte?

Damit war ich bei Elliots Ermittlungsregel Nummer sieben angekommen: Schließ es nie aus.

33

Es war halb drei, als ich Harrys Amtszimmer verließ, meinen Wagen aus der Parkhölle holte und mich auf den Weg zum Revier machte, zurück zum trauten Heim. Der schwülheiße Tag war inzwischen schwülheiß und nass geworden. Die Stadt schwelgte in dem Typ Sommerregen, der sich anfühlt wie eine schlechte Sauna. Es passte zu meiner Stimmung.

Ich war eine Spur sauer auf Courker, sauer auf Ricky Noonan, sehr sauer auf Gloria und Dr. Hauser und vor allem sauer auf mich. Courker und Noonan pfuschten in meinen Ermittlungen herum und kamen mir in die Quere. Gloria und Dr. Hauser nahmen mir meinen Sohn weg, und ich war derjenige, der all diesen Idioten die Erlaubnis dazu gegeben hatte.

»Blödsinn«, sagte Jamie. »In Wirklichkeit bist du nur wegen Zachary deprimiert.« Ich hatte ihn unterwegs angerufen. Er war am Gehen: »Mittagessen mit irgend so 'nem Kunsthändler. Heiße Sache, El. Hör mal, hast du nichts Wichtigeres im Kopf als die Frage, ob Dr. Hauser dich mag?«

»Danke, Jamie. Wozu Freunde doch gut sind.«

Er lachte mich aus und legte auf, zu sehr in Eile, um sich auf den Schlagabtausch einzulassen. Ich entschied mich an diesem Punkt dafür, bei mir zu Hause vorbeizuschauen und den Hund auszuführen. Wenn mein bester Freund schon kein Mitgefühl zeigte, von Paradise würde ich es vielleicht bekommen – schließlich war ich ihr Herr und Meister. Und im Revier vermisste mich offenbar auch niemand. Dank der Hitzewelle hatte es reichlich neue Morde gegeben, jede Menge hübsche Gangschießereien und häusliche Gewalt.

Wozu brauchten sie mich? Sollte ich doch noch eine Weile den einsamen Cowboy spielen. Ich war keine gute Gesellschaft. Niemand hatte allzu viel dagegen, mich in Frieden zu lassen. Und außerdem arbeitete ich nun schon seit einem halben Jahr ohne Partner. Ich war allein mit meinem Schatten.

Ich tat mir ungeheuer Leid. Ich parkte im Parkverbot vor meinem Wohnhaus und schlurfte durch die feuchte Suppe an dem Kübel mit den Plastikazaleen vorbei ins Foyer des Hochhauses, das inzwischen mein Zuhause war.

Bobby, der Manager, winkte mir von seinem Schreibtisch aus zu. Er war ein schmächtiger, etwas weibischer junger Mann mit den Resten eines Südstaatenakzents und einem schmalen, altmodischen Schnurrbart. Er hatte hungrige Augen und hatte mir einmal mitgeteilt, dass er meinen Job aufregend fand. Ich versuchte, im Vorbeigehen höflich zu sein. Er versuchte mehr als das zu sein. Ich hatte das unbehagliche Gefühl, dass ich sein Held war.

»Gut, dass Sie da sind. Der Hund hat Radau gemacht, als Ihre Putzfrau da war.«

»Was?«

»Ich will damit nicht sagen, dass Sie ihn abschaffen müssen. Ich sag's Ihnen bloß.«

»Danke, Bobby. Wann ist sie denn gegangen?«

»Ich würde sagen, sie war so vor einer Stunde fertig.«

»Danke.«

Ich hatte keine Putzfrau, aber ich sah vorläufig keinen Grund, ihm das mitzuteilen. Sollte er doch glauben, dass ich befördert worden war. Und Dank sei Paradise, dass sie gebellt hatte.

Als ich die Tür aufschloss, begann sie von vorn. Ich hatte sie widerwillig, aber mit bewundernswerter Charakterstärke wieder in ihren Kasten gesperrt.

»Sie wird sich da sicherer fühlen«, hatte Dr. Winters mir versprochen. »Und deine Wohnung bleibt heil.«

Unter den gegebenen Umständen war es wohl der Eindringling gewesen, der sich sicherer gefühlt hatte. Und die Wohnung war nicht heil geblieben. Selbst wenn Bobby mich nicht gewarnt hätte, hätte ich gewusst, dass jemand in der Wohnung gewesen war. Myerling würde sagen, ich konnte die Energie noch spüren. Mein Bulle machte sich nie die Mühe, seine Reaktionen auf diese Weise zu beschreiben; er verließ sich nur schlagartig auf seine Instinkte. Mit oder ohne Hündchen, die Wohnung wirkte unheimlich, es gibt kein anderes Wort dafür. Und mein Bulle nutzte meine Magenwände als Trampolin.

»Zu dumm, dass du nicht reden kannst«, sagte ich, während ich mich mit Paradise balgte, ihr beizubringen versuchte, wie sie sich nicht benehmen sollte. Ich konnte den Eindringling spüren – als stände sie noch in der Tür. Sie? Aus irgendeinem Grund fiel es mir schwer, mir eine Frau beim Durchstöbern meiner Wohnung vorzustellen. Sollte ich Fingerabdrücke nehmen? Ja, wahrscheinlich.

Die Balkontür stand offen. Ich hatte mit gezogener Waffe einen schnellen Blick in alle Räume geworfen, alle zweieinhalb, aber die offene Tür hatte ich nicht bemerkt. Ein solcher Fehler hat schon manchen Polizisten umgebracht. Mein Eindringling war vielleicht noch da. Ich ging zur Tür hinüber. Auf dem winzigen Balkon pfiff nur der Wind, der die Seiten der Zeitung vom Vortag aufwirbelte, die ich nicht gekauft hatte. Ich bückte mich und hob sie auf, erwartete immer noch, der Eindringling würde plötzlich erscheinen, vielleicht sogar aus dem leeren Raum jenseits des Geländers, aber nein. Und es war nicht meine übliche Zeitung. Es war weder die *Trib* noch die *Sun-Times*, sondern der *Chicago Reader*, eine Alternativzeitung, und aufgeschlagen waren die Kleinanzeigen. Ich nahm die Zeitung mit hinein, schloss die Tür und holte mein Rüstzeug.

Wenn man sich allmählich nach oben arbeitet, sammelt man vielleicht Wissen, verliert aber Fähigkeiten. Ich stellte mich beim Spurensichern so dumm an – man hätte meinen können, ich versuchte, ein Baby zu wickeln – Talkum überall. Ich fand ein paar schöne Abdrücke auf der Toilettenspülung, einige weitere am Griff der Balkontür und ein paar an der obersten Kommodenschublade. Es gab noch mehr, aber man muss auch auswählen können. Ich nahm einen letzten Satz am Anrufbeantworter. Mein Eindringling hatte sich die Nachrichten angehört.

Ich schnallte einen alten Gürtel an einen weiteren alten Gürtel, legte dem Welpen einen dritten um den Hals und beschloss, dass es vorerst so gehen würde. Dann nahm ich die Zeitung des Eindringlings und schloss die Wohnungstür ab. Auf dem Weg ins Freie blieb ich bei Bobby stehen.

»Bobby?«

»Ah, Sie und der kleine Krachmacher.« Er wandte sich an den Hund. »Was für ein hübsches Mädchen du bist, ich wünschte, ich hätte deine Augen.«

»Ich habe keine Putzfrau, Bobby. Beschreibung?«
Bobbys Augen wurden rund und glänzend. Sein Ausdruck lag irgendwo zwischen aufgeregt und ungläubig.
»Wirklich. Heißt das, ich hab einen Einbruch mitgekriegt?«
»Vielleicht. Ich wusste gar nicht, dass Sie ihn mitgekriegt haben.«
»Nicht richtig, eigentlich, ich hab nur geklingelt, wegen dem Krach, und er hat geantwortet.«
»Er?«
»Mir machen die nichts vor. Sie hat gesagt, sie wäre die Putzfrau, aber wenn Sie mich fragen, das war überhaupt keine Frau. Ich erkenne eine Queen auf eine Meile Entfernung. Hab ich Sie jetzt schockiert, Detective?«
»Ja, Bobby, das haben Sie.«
Ich hatte gewusst, dass er über die Antwort entzückt sein würde. Er konnte es gar nicht erwarten, weitermachen zu dürfen. Paradise allerdings auch nicht; sie pinkelte still auf den Boden. Ich ließ zur Schadensbegrenzung die Zeitung fallen.
»Eine Brünette, ziemlich groß. Dynel-Perücke. Helle Augen, Linsen, würde ich sagen, blasslila. Gute Gabardine-Uniform, schöner als das, was man sonst so sieht, Gesundheitsschuhe.«
»Bobby, Sie haben Ihren Beruf verfehlt. Die meisten Zeugen sagen: ›Na ja, groß und irgendwie dünn …‹«
»Aber die war nicht zu übersehen, Detective. Das hatte Stil. Sogar mit der Perücke.«
Ich bedankte mich und trat die Flucht an, bevor er um seine Theke herumkommen und in Paradises Pfütze treten konnte.
»Oh, Detective?«

»Ja.«
»Behalten Sie die Wohnung?«
»Hab noch nicht drüber nachgedacht.«
»Oh. Also, wenn Sie sie aufgeben, ein Freund von mir sucht eine ...«
»Natürlich.« In der durchweichten Zeitung vor meinen Füßen war eine Kleinanzeige angestrichen. Ich bückte mich und hob sie auf. Es hörte sich an wie Werbung für einen Jungbrunnen.
»Genießen Sie Jugend und Vitalität. Fühlen Sie sich wieder jung. Rufen sie an: NEWLOVE.«
Es klang nach einem Kurbad – oder vielleicht auch nach einem männlichen Begleitservice. Was wichtiger war, es klang nach einem Hinweis.
»Detective?«
»Ja, Bobby?«
»Soll ich das Schloss auswechseln lassen? Ich weiß, Sie haben wahrscheinlich Erfahrung mit Morden und Einbrüchen ...«
»Lassen Sie's auswechseln, Bobby. Und behalten Sie die Schlüssel bei sich.«

34

Paradise genoss ihre erste Fahrt in einem Polizeiauto. Sie sah zum Seitenfenster hinaus und warf mir hin und wieder einen Blick zu, als wollte sie sagen: »Kannst du dir das vorstellen?« Ich konnte nicht.

Chicago ist eine hässliche Stadt, und ich hatte einen hässlichen Beruf. Es gibt Tage, an denen ich die Halsted Street nach Süden fahre und in unsere Sägezahnsilhouette vor dem See anschaue, und plötzlich verspüre ich ein Aufwallen von Bürgerstolz. Wenn ich die Wohngebiete mit ihren schmalen, bretterverkleideten Häusern und ihren hoflosen, fast baumlosen Straßen abgehe, denke ich allerdings häufiger, man hätte es besser machen können – und das stimmt auch. In San Francisco tragen die engen Straßen pastellfarbene Röcke. Rosa Häuser, türkisfarbene, gelbe, cremefarbene und puderblaue. San Francisco ist eine mädchenhafte Stadt oder war es jedenfalls mal. Sie flirtet mit dir. Warum nicht Chicago?

Weil Chicago eine Männerstadt ist, stellenweise von brutaler Hässlichkeit, Ocker-, Grün-, Grau- und Brauntöne. Zweckmäßig, vernünftig, stark, so maskulin wie eine Kaserne, männliche Grundausstattung. Das ist Chicago, eine grobe Stadt, in der genug Testosteron herumfliegt, um Sport zu einer Notwendigkeit werden zu lassen und nicht zu einem Zeitvertreib. All die aggressive Energie muss irgendwo hin. Besser ins Stadion damit als auf die Straße. Und so haben alle Bars gigantische Fernsehschirme, das Bier kommt in großen Männerkrügen, und man begrüßt sich mit Gebrüll: »Hey, Mann! Wie geht's? Was war mit den Bulls?«

Ich nahm ein Labyrinth von Nebenstraßen zum Revier und war erleichtert zu sehen, dass es in Chicago noch ein paar Fabriken gab, auch wenn sie inzwischen Tür an Tür mit Yuppieläden und Tierhandlungen lagen, in denen ein Kätzchen dreihundert Dollar kostete. Als ich ankam, war ich vielleicht nicht gerade erfrischt, aber immerhin nicht mehr wütend.

»Ich züchte eigene Polizeihunde«, erklärte ich dem Sergeant an der Theke. »Passen Sie einen Moment auf sie auf.« Ich verließ mich darauf, dass Paradise nicht gerade in den heiligen Hallen pinkeln würde.

»Sie ist hübsch.«

»Ach was. Sie ist ein Kampfhund, hundert Prozent Muskeln und Aggression.«

Paradise sah etwa so gefährlich aus wie Klopfer, ganz Augen und Füße.

»Ich werde die Polizeiarbeit aufgeben und Tiere ausbilden«, teilte ich dem Sergeant mit. »Die Erfolgsquote soll ungefähr gleich sein.« Paradise pinkelte still auf die geheiligten Dielen.

Der Sergeant war nicht erfreut.

Im Waschraum, wo ich Papierhandtücher holen wollte, traf ich Lynch mit dem Kopf im Waschbecken an. Er fuhr hoch und rammte den Wasserhahn.

»Scheiße. Sorry, Sir. Versuch nur, mich abzukühlen – Sie haben's sicher gehört, die Klimaanlage ist hin.«

Es war mir nicht aufgefallen.

»Wissen Sie das mit D'Amato?«
»Was ist mit ihm?«
»Steuergeschichten. Gomez hat mir gesagt, ich soll's Ihnen sagen.«
»Warum hat er's mir nicht gesagt?«
»Er hat mich erwischt. Dann war er tot, und ich hab's vergessen. Heute ist's mir eingefallen, weil gestern die *Die Unbestechlichen* im Fernsehen waren. Capone haben sie wegen einer Steuersache drangekriegt, wissen Sie noch?«
»Yeah. Wer zahlt schon gern Steuern.«
Lynch warf mir einen Seitenblick zu, um zu sehen, ob ich Witze machte. Ich machte keine. Mir tat jeder Mensch mit Steuerproblemen Leid, Mafioso oder nicht. Ich konnte mir vorstellen, warum mein Onkel Elliot so unwillig gewesen war, Capone wegen Steuerhinterziehung auszuheben. Wer hatte denn noch nie über seine Einkünfte gelogen, nur hier und da einmal? Sind Sie jetzt enttäuscht von mir? Ich glaube, unsere Regierung hat uns alle enttäuscht. Ich glaube, das ist der Grund dafür, warum wir dem Kaiser nur so ungern geben, was des Kaisers ist. Wir wissen genau, der Kaiser wird nur irgendwelche sinnlosen Programme damit finanzieren oder Waffen irgendwohin schicken, wo wir nichts verloren haben.
Big John D'Amato hatte also Steuerprobleme. Wahrscheinlich hatte die jeder. Chicagoer mehr als alle anderen. Vielleicht liegt es daran, dass man Steuern an den Bund zahlt, nicht den eigenen Staat. An Ort und Stelle gibt es kaum ein Problem, das wir Chicagoer nicht lösen können, auf die eine oder andere Art. Wenn John D'Amato Steuerprobleme hatte, für die es nicht einmal hier in Chicago eine Lösung gab, dann steckte er in ernsthaften Schwierigkeiten.

Es war halb vier. Zachary war mitten in seiner Sitzung, drei bis vier, zweimal pro Woche, keine Väter bitte. Nach meiner Begegnung mit Dr. Hauser hatte ich meine Zweifel, ob sie Zachary heilen konnte. Irgendwo hatte ich gelesen, dass Einfühlungsvermögen, auch Liebe genannt, die entscheidende Variable in der Therapie war. Wenn das der Fall war, hatte ich den Verdacht, dass Paradise hilfreicher sein würde als Dr. Hauser. Ich hatte Zach nichts von meiner neuen Erwerbung erzählt. Ich sparte sie mir als Überraschung auf, heute Abend im Park. Und jetzt hatte ich noch einen Anruf zu erledigen.

Der Bullenpferch war ruhig. Lynch rackerte sich ein paar Schreibtische weiter ab, aber seit Gomez tot war, kam mir mein Arbeitsplatz düster und bedrückend vor. Ich fing Lynchs Blick auf, signalisierte »Psst« und rief die Nummer von NEWLOVE aus der Anzeige an. Eine Stimme meldete sich; sie war samtig und weich. Androgyn, gedämpft und unheilvoll.

»Hallo«, sagte ich. »Ich rufe wegen der Anzeige an ...«

»Hallo, Detective! Wie nett, dass Sie sich melden. Herzlichen Glückwunsch.«

Ich gestikulierte hektisch zu Lynch hinüber, der wortlos abnahm.

»Glückwunsch zu was?«

»Ihren Fortschritten natürlich. Sie werden besser. Das war ein Hinweis.«

»Waren Sie in meiner Wohnung?«

»Vielleicht. Vielleicht auch nicht.«

»Warum eigentlich die ganze Mühe? Warum rufen Sie nicht einfach an und sagen, Sie wollen helfen?«

»Das verdirbt den Spass daran.«

»In meine Wohnung einzubrechen war ein Spass?«

»Natürlich! Eine Lektion war es außerdem. Ich wollte Ihnen zeigen, wie angreifbar Sie sind. Wie angreifbar gewisse andere Leute sind.«

Vom anderen Ende des Raums nickte Lynch heftig zu mir hin. Es war die Stimme, die er beschrieben hatte, der Anrufer mit dem Geheimkult.

»Haben Sie sich entschlossen, uns weiterzuhelfen?«

»Vielleicht. Vielleicht nicht.«

»Warum wollten Sie, dass ich Sie anrufe?«

»Um auf die andere Seite zu kommen, Detective.«

Ich spürte einen Schauer. Violet Winters hatte scherzhaft die gleichen Worte verwendet, als sie erklärt hatte, weshalb sie hinter mir her war. Ich fragte: »Violet? Bist du das?«

»Oh, sehr gut, Detective«, gackerte der Anrufer. »Verdächtigen Sie ein unschuldiges Opfer, wenn Ihnen niemand anderes einfällt.«

Lynch hielt ein Schild hoch. »Ein Mann«, hatte er daraufgeschrieben.

»Hören Sie mal«, sagte ich ins Telefon. »Sie können Ihre Andeutungen und Ihre kranken Ideen für sich behalten.«

»Was ist mit Ihrem Sohn, Detective?«

»Was soll mit ihm sein?«

»Er ist der Hinweis, nach dem Sie suchen.«

»Was meinen Sie damit?«

»Suchen Sie nach dem Verbrechen hinter dem Verbrechen, Detective.«

Damit war die Leitung tot. Lynch starrte mich an. Ich starrte ins Nichts. Mein Sohn wurde belästigt. Punkt eins. Kerle, die mit Kinderpornografie zu tun hatten, wurden umgebracht. Punkt zwei. So hatte ich es bisher betrachtet. Halten Sie mich jetzt ruhig für schwer von Begriff. Ich

war tatsächlich nicht darauf gekommen, dass zwischen Zachary und meinen ungeklärten Mordfällen ein Zusammenhang bestehen könnte.
Wie dumm muss man eigentlich sein, um den Sohn eines Polizisten mit hineinzuziehen? Wie dumm muss ein Polizist sein, um die Möglichkeit einfach nicht in Betracht zu ziehen?
Ziemlich dumm, hier wie da, lautet die Antwort, aber jetzt war ich klüger.

35

Nach beinahe fünfzig Jahren kann ich in aller Deutlichkeit sagen, dass ich Chicago hasse. Nein – ich sollte sagen, ich hasse das Chicago, das daraus geworden ist. Die Romantik ist dahin. Ich erinnere mich noch an den Geruch, aber ich vermisse die Schlachthöfe. Ich vermisse den Comiskey Park. Heute haben Angestellte die Arbeiter verdrängt, und wenn wir noch die Stadt der breiten Schultern sind, dann liegt es an den Fitnessklubs. Dieses Chicago verstehe ich nicht. Wozu braucht ein Typ aus dem Mittleren Westen einen BMW, um die LaSalle Street hinaufzufahren? Wozu braucht er die Designerklamotten? Okay, ich hasse dieses Chicago.

Das Wasser ist seine Rettung. Das Dekolleté aus hellem Sand, der Chicago River, der sich durch die Stadt schlängelt wie eine Kette aus chinesischer Jade, und Buckingham Fountain, die ihre Wasserlocken schüttelt.

Buckingham Fountain ist eine der Schönheiten von Chicago. Dreistufig wie eine Hochzeitstorte, festlich und frivol – sie ist so wie der Ring am Ohrläppchen eines Hafenarbeiters, ein bisschen zu viel Flitter für die Stadt. Mein Sohn war nicht der einzige Chicagoer, der den Brunnen liebte, aber er war der Chicagoer, an dem mir lag.

Ich nahm Zach an diesem Abend mit in den Park zu einem Ausflug mit Paradise und Salvation.

»Wow«, brachte Zachary heraus, als er Paradise das erste Mal sah. »Oh, wow. Dad, wow!«
Paradise selbst schien etwas Ähnliches zu denken. Sie wedelte so heftig mit dem Schwanz, dass die ganze hintere Hälfte ihres Körpers hin und her schwang wie ein offenes Gartentor. Zachary nahm ihre Leine und lief zum Wasser hinüber.
»Sei vorsichtig«, schrie ich hinterher.
»Hier gibt's keine Haie«, brüllte er zurück. Gut, ich war also ein alter Spielverderber – er zumindest hörte sich gut gelaunt an.
Als ich das große Cowgirl mit dem vertraut aussehenden Hund auf mich zukommen sah, begann auch ich, mich besser zu fühlen. Wenn es jemals eine Marlborofrau geben sollte, dann war es Violet Winters. Ich fragte mich, ob Cowgirls eine der üblicheren Männerphantasien waren. Vielleicht sollte man Plakate mit der Marlborofrau aufhängen. Als Dr. Winters ihren Oberschenkel neben meinem platzierte, kam Chicago mir mit einem Mal ganz erträglich vor.
»Was hat Dr. Hauser gesagt? Hat sie dir nach der Sitzung Bericht erstattet?« Ein viel versprechender Anfang. Ganz offensichtlich war Dr. Violet Winters als Dr. Violet Winters hier.
»Dr. Hauser sagt, die Sitzung ist erwartungsgemäß verlaufen … Bericht erstatten würde ich das nicht nennen.«
»Ich habe über Zach nachgedacht – du hast irgendwas von einer Zeichnung gesagt.«
»Nein, habe ich nicht.«
»Doch, natürlich. Du hast gesagt, du machst dir Sorgen wegen seiner Zeichnungen.«
»Ah. Anscheinend erzähle ich dir so ziemlich alles.«

»Ich höre gut zu, Elliot. Das gehört zu meinem Job.«
»Das hört sich nach Dr. Hauser an.«
»Sorry. Ich habe nur gedacht …«
»Tun wir doch alle. Hören Sie, Dr. Winters, mich brauchen Sie nicht zu therapieren.«
»Autsch. Tut mir Leid. Es interessiert mich eben.«
Dr. Winters blickte über die im Abendlicht leuchtende Grünfläche hin. Ihre Hüfte berührte immer noch meine, aber die Elektrizität war fort. Zachary war es, der sie beschäftigte.
»Er wirkt okay.« Das war ich; ich sprach das aus, was ich mir wünschte.
»Das ist das Beängstigende daran, nicht?« Geradewegs ins Solargeflecht.
»Wie meinst du das?«
»So kann man so tun, als wäre es nie passiert. Und so passiert es immer wieder. Die Kinder verkraften es oder wirken jedenfalls so, die Erwachsenen sind froh, dass es aus dem Weg ist. Genau so war es bei mir. Ich weiß nicht, wie es bei meinem Bruder war.«
Als sie nicht weitersprach, sondern völlig in das idyllische Bild des spielenden Kindes und der Hunde im Abendlicht versunken schien, stieß ich sie vorsichtig an.
»Dein Bruder?«
»Ich hatte einen Bruder, aber sie haben uns zu unterschiedlichen Pflegefamilien gegeben, und wir haben uns nie wieder gesehen. Es war, als hätte er nie existiert. Fairerweise muss man sagen, ich habe meinen Teil dazu getan. Ich hatte keine Erinnerung an ihn. Ich konnte mich nicht mal an meinen eigenen Namen erinnern, von seinem ganz zu schweigen.«
»Und dann?«

»War ich allem Anschein nach glücklich.«
Zach tobte auf dem Rasen herum; die Hunde sprangen ihm nach. Er sah so jung aus, so unschuldig und voller Hoffnung. Kein Wunder, dass so viele Eltern lieber vergessen.
»Ich war dreißig, bevor irgendwas davon zurückgekommen ist. Ich war dreiunddreißig, als ich mich wieder an einen Bruder erinnerte. Dann habe ich versucht, ihn mir vorzustellen. Wie er gewesen war.«
»Und?«
»Wahrscheinlich war alles falsch. Ich hatte meinen kleinen Bruder vor zwanzig Jahren zum letzten Mal gesehen, und er war damals schon älter, als wir es jetzt sind.«
»Was heißt das?«
»Ist dir jemals aufgefallen, wie alt Lasterhaftigkeit wirkt?«
Sie hatte natürlich Recht. Ich hatte es noch nie in Worte gefasst, aber die Worte, die sie verwendete, klangen richtig. Ich dachte an Chabrol, der in der Sonne starb, die jungen Stricher, die am Rand der Parks auf und ab paradierten – sie alle wirkten uralt. An einem Mordschauplatz einzutreffen, einem Junkie oder Trinker ins Gesicht zu sehen, den eingeübten Gang einer Hure zu beobachten – immer hatte man das Gefühl, etwas zu sehen, das älter war, als man ermessen konnte.
Anstand, Integrität – diese Dinge konnten dagegen brandneu wirken, als habe die Menschheit gerade eine neue Seite aufgeschlagen.
»Du glaubst also, Zachary könnte ein solches Geheimnis einfach weggeschlossen haben?«
»Das kommt vor. Ich hatte schon Patienten, die Opfer von Kulten gewesen waren. Da war ein Mann, der sich an nichts erinnern konnte, nicht ein einziges Detail aus sei-

ner Kindheit, aus seinen ersten zehn Jahren. Dann fing er an, von Folter zu träumen. Handschellen, Fußfesseln, Ketten, Peitschen, Rituale, die sich anhörten wie etwas aus dem Mittelalter. Er dachte, es wären symbolische Träume. Natürlich dachte er das; sein Vater war Psychologieprofessor an der Northwestern.«

»Also waren sie nicht symbolisch?«

»Es waren Erinnerungen.«

»Woher weißt du das?«

»In den meisten Fällen sind die Beweisstücke nicht mehr da. Die einzige Möglichkeit ist, sich selbst zu vertrauen. Aber ihm hat das nicht gereicht. Er hatte einen Traum, der immer wiederkam, von einem geheimen Raum. Einem Raum voller Folterinstrumente – es ist leicht, so etwas für symbolisch zu halten, nicht wahr? Aber er beschloss, den Traum wörtlich zu nehmen. Er fuhr zum Sommerhaus seiner Familie und fand den Raum. Er hat Fotos gemacht.«

»Jedes Bild erzählt eine Geschichte, oder? Ist es ihm besser gegangen?«

»Ja. Deshalb interessieren mich Zacharys Kritzeleien so. Wenn sie eine Erinnerung darstellen, muss er sie freisetzen. Du solltest ihn zum Zeichnen ermutigen.«

Ich hörte nicht zu oder wollte jedenfalls nicht zuhören. Zachary rollte lachend mit dem jungen Hund im Gras herum. Die Sonne vergoldete die Sägezahnsilhouette der Stadt. Dr. Winters Schenkel berührte meinen. Ich versuchte es mit etwas Reibung, in der Hoffnung auf Wärme. Violet Winters räusperte sich und zog ihr Bein fort. »Ich sagte, du könntest es mit Papier versuchen, vielleicht zeichnet er ja wieder etwas.«

»Er hat gezeichnet.«

»Findest du die Zeichnungen verstörend?«

»Das muss es wohl sein, Doktor. Zachs Zeichnungen verstören mich, und ich unterdrücke es. Wenn ich das nächste Mal dreiunddreißig bin, erinnere ich mich wieder dran.«

»Sarkasmus. Aus dem Griechischen. Fleisch schneiden oder zerreißen.«

»Du hörst dich an wie die Jesuiten, Dr. Winters. Tut mir Leid wegen des Tons.«

»Es ist sehr verständlich.« Sie tätschelte mein Bein, aber nicht etwa aus Interesse.

Ich fühlte mich wie ein Vierjähriger. Nicht die Rolle, die ich einer attraktiven Frau gegenüber am liebsten spiele. Jetzt klopfte sie mir auf die Schulter.

»Armer Elliot. War das so schwer? Ich habe gesehen, wie Inzestkinder Strichmännchen mit blutigen Schwertern gezeichnet haben. Man hätte meinen können, die Motive wären ihnen vorgegeben worden. Ein kleines Mädchen zeichnet sich selbst mit einem großen roten Fleck in der Mitte. Ihr Daddy hat auf dem Bild drei Beine, und eins davon hat einen Stachel am Ende. Ein Junge, der von seiner Mutter belästigt wird, zeichnet sie mit Zähnen zwischen den Beinen.«

»Okay.« Jetzt hatte sie es fertig gebracht, dass Zachs Gekritzel vergleichsweise harmlos klang.

Ich zog die Brieftasche heraus und fand den gelben Post-It-Zettel mit Zacharys Stern. Ihre Augen weiteten sich, genau wie bei Myerling.

»Harmloses kleines Ding«, sagte ich. Immerhin war es kein Mann mit einem blutigen Schwert.

»Von wegen. Hast du bei den Jesuiten eigentlich keine Klassiker gelesen?«

»Ovid, *tres Gallia*. Was hat das damit zu tun?«
»Wart's ab. Einerseits ist dies hier ein Pentagramm und damit ein wunderbares Symbol aus der Göttinnenreligion. Andererseits wird es viel von neuheidnischen Hedonisten verwendet.«
Ich muss völlig verständnislos ausgesehen haben.
»Sexkulte, Elliot.«
»Das scheint zur Zeit eine populäre Theorie zu sein. Myerling hat auch von so was geredet.«
»Dann solltest du vielleicht zuhören ... Salvation!« Dr. Winters stand auf, klatschte in die Hände, um die nötige Aufmerksamkeit zu erregen, und pfiff. »Paradise. Zach. Los, gehen wir. Es wird dunkel. Tut mir Leid, dass ich dir zuvorkomme, Elliot. Aber mir wird hier richtig mulmig.«
»Fantastisches Timing. Ich bekomme nämlich Hunger.«
Taylor Street ist ein altes italienisches Viertel, das sie für die Touristen aufgeputzt haben: Fähnchen an den Straßenlaternen, Parkservice. Die Restaurants sind immer noch gut, wenn man erst mal drin ist und sich an der Yuppiemeute vorbeigeboxt hat – »Schau mal, drei Sterne. Das soll super sein. Gehen wir da rein, Steve, bitte?«
Und Steve oder Stan oder Jeff, irgendein netter Junge, der sich große Mühe gibt, stellt sich in die Schlange und kocht vor sich hin, wenn die Leute aus der Nachbarschaft einfach an ihm vorbeigehen und Tische bekommen getreu der altbewährten Hackordnung – Italiener zuerst, dann alle anderen.
Für mich war Taylor Street gleichbedeutend mit langen Schlangen und Yuppies, obwohl die meisten Türsteher mich entweder kannten oder den Polizisten rochen und mich vorbeiließen. Dr. Winters, Zachary und ich be-

schlossen, in der Taylor Street zu essen. Salvation und Paradise beschlossen mitzukommen.

»Taylor Street«, sagte Dr. Winters. »Knoblauch vertreibt Vampire.«

Ich machte einen Gegenvorschlag. »Das Hub«, sagte ich.

»Noch besser.«

»Yeah, Dad. Das Hub. Das Hub.«

»Ich schließe mich den Männern an«, sagte Dr. Winters. »Ich war da noch nie.«

Das Hub, auch bekannt als Torano's, auch bekannt als Vernon Park Hub, lag in der Nähe der Taylor Street, gehörte aber nicht zu ihr – in jeder Hinsicht. Es war ein Männerrestaurant, geleitet von Tony, der es von seinem boxenden Vater übernommen hatte, und nach wie vor die Anlaufstelle des Viertels. Der Legende nach, und Chicagoer Legenden sind oft wahr, wurde die Pastasauce jeden Morgen von der Witwe des Mannes gemacht, der für Capone gekocht hatte.

»Capone-Sauce« nannte ich sie Jamie gegenüber, wenn auch nicht in der Öffentlichkeit. Tommy mochte mich nämlich, so weit er einen Polizisten und Amerikaner mögen konnte. Ungefähr einmal im Monat aßen Jamie und ich dort und bekamen jedes Mal einen guten Tisch – ich meines Jobs wegen, Jamie seines Jobs wegen. Immerhin war er ein Boxer gewesen – ein guter Boxer –, bevor er die Handschuhe mit dem Pinsel vertauscht hatte.

»Du warst noch nie im Hub?« Zachary starrte Dr. Winters verblüfft an.

»Ich hab immer gehört, man ist da drin nur sicher, wenn Sylvester Stallone am selben Tisch sitzt.«

»Wie meint sie das, Dad?«

»Sie meint, sie freut sich drauf, es auszuprobieren.«

Ich wusste, was sie meinte, oder glaubte es jedenfalls zu wissen. Sie meinte, dass sie groß, blond und schön war und dass sie zum Essen ausging, um zu essen, nicht um verschlungen zu werden. Das Hub war ein Laden, in dem sich eine Frau ohne Begleitung höchst unwohl fühlen konnte, ein Laden, in dem Blondinen jeder Form und Größe ihren brünetten Schwestern vorgezogen wurden. Entsprechend fielen die Kommentare aus, die sich die Typen über ihre Teller mit Calamari, Mostaccioli oder dem besten Huhn à la Vesuvio in ganz Chicago hinweg zufunkten.

»Elliot, Mann«, begrüßte mich Tony, während er mich ein-, zweimal spielerisch rammte wie ein Bulle. Er kurz, breit und kraftvoll – ein wuchtiger Mann.

»Die Familie gleich mitgebracht, was?« Tommy musterte Violet, Zachary und mich und zog seine Schlüsse. Ich hatte nichts dagegen. Ich vermisste es, eine Familie zu haben. Ich vermisste sogar Gloria, Zachs und meine unglückliche Familie.

Ich sah mich unter den Familien im Hub um – ein oder zwei Kinder, dunkler Mann, blonde Frau. Es war beinahe Standard. Alle Italiener hatten blonde Frauen, zumindest beim zweiten Mal, zumindest als Geliebte. Gegensätze ziehen sich an, vielleicht – obwohl ein hoher Prozentsatz dieser Blondinen mit Chemie nachgeholfen hatte.

Zachary stand da, die Faust in meiner Hand, und sah zu den Boxringfotos hinauf – schwarzweiße Prachtstücke, die Tommys Wände zierten. Da war Tommy als Junge mit erhobenen Fäusten. Und sein Dad als junger Mann, auf den Knien, neben ihm ein ansehnlicher Boxer – ein Hund diesmal. Das war mein Lieblingsbild. Zach mochte die Boxer wegen Jamie. Er wusste alles über Ali, die beiden

Sugar Rays und Big George Foreman. Meist hatten er und Tommy einen kleinen Schlagabtausch. Heute nicht. Zach blieb dicht neben mir. Keine spielerischen Schläge und Finten, diesmal nicht.

Im Park mit den Hunden hatte er völlig normal gewirkt. Jetzt war er wie weggetreten. Er hatte einen unsicheren, etwas glasigen Ausdruck im Gesicht. Den inneren Film nenne ich es. Man sieht das oft bei Verbrechensopfern. Man beobachtet sie, während sie sich den Film ansehen, irgendetwas wieder und wieder ablaufen lassen, als hofften sie, dass es diesmal gut ausgehen wird.

»Hey, Zach, sollen wir mal nach den Hunden sehen?«, schlug Violet vor. Wir hatten sie im Auto gelassen, und Tommys Mann hatte für meine Zivilstreife einen Ehrenplatz genau vor dem Restaurant gefunden. »Diese Typen können uns einen Tisch suchen, und wir schnappen inzwischen Luft.«

»Okay, aber kann Daddy mitkommen?«, fragte Zachary.

Mein Bulle wachte auf. War Zach einfach schüchtern, oder spürte er etwas, das er vergessen hatte? Dr. Winters war als Verdächtige in mein Leben getreten. War sie seither befördert (oder degradiert) worden? Ihr meinen Sohn anvertrauen? Ihre Referenzen sagten »Vertrauen Sie mir«. Aber auf Referenzen kann man sich nicht immer verlassen. Vielleicht war Zachary auch einfach loyal seiner Mutter gegenüber.

»Bleibt hier«, sagte ich. »Tommy besorgt uns gleich einen Tisch.«

Violet warf mir einen Blick zu, der unverkennbar sagte: Toll. Erst jetzt spürte sie etwas, das sie bemerkt hatte, seit wir hereingekommen waren: Sie stand im Zentrum des allgemeinen Interesses. Seitenblicke, gelegentlich sogar ein Zwinkern.

»Wenn es euch nichts ausmacht, ich gehe allein ein bisschen raus«, sagte sie und stelzte zur Tür.

Es war, als hätte man einen plötzlichen Blick in einen Raubtierkäfig geworfen. Ich erinnere mich an den Tag, an dem ein Zirkustiger im Loop ausgebrochen war. Die Polizisten halb Chicagos wurden gerufen, »um ihn lebend einzufangen«. Ein Bengaltiger, das Original, drei Meter lang, einszwanzig Schulterhöhe, kein nettes Maskottchen wie Tony der Tiger, der Cornflakes frisst und nicht Leute.

Wie das Glück es wollte, ich bekam den Job. Ich redete als Erstes mit dem Trainer. »Was ist der Trick dabei?«, fragte ich. Abgesehen von einem Kranz von Zahnspuren rings um eine Schulter hatte er zwanzig Jahre in der Arena mit ihnen überlebt. Und seine Antwort lautete: »Man vergisst nie, wer sie sind.«

Für Verdächtige galt das Gleiche, nur in höherem Maß.

Tommy hatte einen Tisch gefunden. Ich ging zur Tür und rief nach Violet. Sie unterhielt sich durch das geschlossene Autofenster mit den Hunden. Ich führte sie wieder hinein.

»Die frische Luft hab ich gebraucht«, erklärte sie.

»Schön, Sie hier zu sehen«, sagte Tommy zu Violet.

»Schön, hier zu sein«, sagte Violet, als sie an ihm vorbeiging.

»Na los«, sagte ich zu Zach. Tommy hielt mich zurück, eine große zerschrammte Hand auf meiner Schulter.

»Ich hoffe, ihr findet ihn. Ich hoffe, ihr findet den Deckskerl«, flüsterte er heiser. »Er hat den kleinen Johnny umgebracht.«

Er sprach ebenso mit sich selbst wie mit mir. Und natürlich sprach er über Johnny Vanilla.
Ich war zur Hälfte mit den Mostaccioli fertig, als Big John D'Amato hereinkam. Auch für ihn war es offenbar der Familienausflugstag, zumindest was seine Zweitfamilie anging, die seiner Geliebten Alice. Big John war ein untersetzter Mann von wuchtigem Bau. Alice war groß, goldblond und etwas überreif wie ein Wisconsin-Käse. Ihre zehnjährige Tochter ging zwischen ihnen – sie sahen aus wie eine perfekte Familie. Während er wie der Papst durch das Meer speisender Gäste schritt, nickte Big John mir zu, unmerklich beinahe außer für Tommy, der wie jeder gute Restaurantbesitzer die Augen überall hatte.
Violet hatte Zachary dazu angestiftet, auf dem papierenen Platzset zu malen. Er zeichnete einen Raketenmann in einem Cape, dazu ein Raketenschiff, und fügte dann beiläufig noch einen Himmel dazu, durch den sie fliegen konnten, großzügig bestückt mit kleinen umgedrehten satanischen Sternen.
Während Zach und Violet zeichneten, arbeitete ich mich langsam und methodisch durch mein Essen. »Mosta« und »ciolli«, das ist meine Art zu essen, ganz besonders im Hub, wo man sich fühlte wie bei Muttern.
»Er denkt auf die Art«, sagte Zach zu Violet. Ich stellte fest, dass er sie mochte. »Mom sagt, er kaut alles wieder. Wie eine Kuh.«
»Nahrung fürs Hirn?«, fragte Violet.
»So ungefähr.«
Ich dachte gerade, dass sich Johnny Vanillas unschöner Tod Big John jedenfalls nicht auf den Magen geschlagen hatte. So nahe sie sich auch gestanden haben mochten. Big John verschlang seine Wurst, die Mostaccioli und die

Sauce mit großem Appetit. Alice sah mit geradezu mütterlichem Stolz zu, als er den Salat des Hauses und zwei Portionen Huhn à la Vesuvio verzehrte. Und dann plötzlich begann Big John wie wild zu husten. Tommy machte einen Satz in seine Richtung und wurde fortgewinkt: Es würde vorbeigehen.

Ich hatte das Gefühl, den Grund für Big Johns Hustenanfall zu kennen. Jerry Delancey hatte gerade den Raum betreten. Delancey war ein blasser, dünner, rötlich blonder Mann von ungeheuer harmlosem Aussehen. Selbst die Augenbrauen schienen sich entschuldigen zu wollen; sie waren so hell, dass die Augen in seinem Gesicht zu treiben schienen, Scheiben in der Farbe der Murmeln, die ich als Kind gehabt hatte. Er trug einen hellbraunen Anzug und ein hellblaues Hemd, wässerig wie seine Augen.

Delancey war ein Selfmademann, der Traum jedes Slumlords. Weitestgehend charakterfrei, dafür gesegnet mit einer Vorliebe für Klatsch und einem raubtierhaften Gespür für Leute, die schwächer waren als er. Ganz gleich wie man mit ihm umging, er hatte nebenher immer noch etwas am Kochen. Delancey war ein Schakal, oder vielleicht eher ein Aasfresser, der an den Überresten der Beute anderer herumknabberte.

Big John hustete in seine Serviette, und ich winkte nach der Rechnung. Jerry Delanceys Kopf schwenkte über den Raum hin wie ein Maschinengewehr auf seiner Lafette. Ich wollte weg von hier.

Ich bin sicher, es gibt üblere Leute als Jerry Delancey. Ich kenne eine ganze Menge davon. Aber es gibt nicht viele, bei denen ich es so persönlich nehme. Es ist so. Ich habe Jerry ausgebildet. Ich habe ihn zu einem Polizisten gemacht, einem guten Polizisten – und dann hat er seinen eigenen Laden damit aufgemacht. Ich rede nicht von Schwarzarbeit nebenher. Viele Polizisten tun das. Ich rede von Habgier. Davon, immer auf beiden Seiten zu spielen.

Schon als Polizist war Delancey nie mit dem zufrieden gewesen, was man ihm zahlte, was er bekam. Er wollte immer noch mehr, so als gäbe es einen Kuchen zu verteilen, und alle anderen hätten größere Stücke bekommen. So war ich auch nicht überrascht, dass eine ganze Menge unserer Strategien plötzlich bekannt wurden, kurz nachdem er sich als Bodyguard selbstständig gemacht hatte. Abläufe und Verbindungen, die wir mit Mühe und harter Arbeit aufgedeckt hatten, änderten sich plötzlich. Jerry Delancey zahlte uns heim, dass wir seinen niedrigen Erwartungen gerecht geworden waren. Er wollte, dass wir dafür büßten, und ließ sich von jemand anderem für seine Insiderinformationen bezahlen. Ein richtiges Herzchen.

»Hi, Elliot«, grüßte mich Delancey, als ich mich an ihm vorbeidrückte. »Schon irgendwas Handfestes gefunden bei Johnny Vanilla?«

Ich schwöre, jede Gabel im Restaurant erstarrte.

»Dieses und jenes«, sagte ich vage.

»Eine von seinen Freundinnen, wenn du mich fragst«, bemerkte Delancey.

»Ich frage aber nicht, Jerry.«

»Und wir waren so gute Freunde.«

Ich scheuchte Violet und Zachary aus dem Restaurant.

»Wer war denn das?«, fragte Zachary. Violet hantierte mit ihrer Handtasche, die sich nicht schließen ließ.

»Können wir sie rauslassen?« Sie meinte die Hunde.

»Ich glaube ...« Aber sobald die Tür geöffnet war, kam Paradise mir zuvor, schoss an Zach vorbei, hockte sich hin und hinterließ eine große, prachtvolle Pfütze. Ich lachte. Dann bemerkte ich etwas an meinem Auto: einen langen, tiefen Kratzer von Kotflügel zu Kotflügel, die Sorte, die man mit Absicht macht, mit einem Schlüssel oder einem Taschenmesser.

»Danke fürs Aufpassen, Chef.« Ich war nicht in der Stimmung für so was. Ich baute mich genau vor dem jungen Kerl auf, der wahrscheinlich einer von Tommys Trainingspartnern war. Wirklich intelligent. »Tommy bezahlt euch Typen doch dafür, dass ihr auf die Autos aufpasst, oder wie?« Ich tippte ihm gegen die Brust. »Hat dich einer dafür bezahlt, dass du zwischendurch einschläfst?«

»Was ist los, Dad?«

»Dad hat zu tun, Zach, einen Moment.«

Und ich kochte auf einmal.

»Elliot?« Dr. Winters, die sich ein bisschen zu sehr wie die Stimme der Vernunft anhörte.

»Einen Moment.« (Dies zu Dr. Winters.) »Liegt es daran, weil es öffentliches Eigentum ist und nicht eine von diesen Yuppiekarossen? Ist es deswegen okay, den Lack zu zerkratzen, nur so zum Spaß?«

Tommys Mann begann im Gesicht etwas dunkler zu werden. Auf seiner Jacke stand sein Name: Joey. Er war fünfzehn Jahre jünger als ich, mindestens, und er bewegte sich auf den Fußballen wie ein Athlet – Tommys Trainingspartner, fiel mir wieder ein.

»Elliot, vielleicht sollten Zach und ich …«, begann Dr. Winters.

»Würdet ihr euch da raushalten?«

»Aber natürlich. Zach, komm mit.«

Dr. Winters nahm den erstaunten Zachary bei der Hand und marschierte mit ihm zurück zum Restaurant. Er

folgte ihr wie ein Lamm. Mein Sohn, die leichte Beute, das willige Opfer, der arme kleine Kerl.
Er war ein so leichtes Ziel. Hatte ich ihm nicht beigebracht, nicht mit Fremden zu reden? »Violet? Violet!«
Jetzt hatte sie mich abgelenkt. Verdammtes Weib. Verdammte Weiber.
»Sieh mal, Mann, was soll ich sagen? Tut mir Leid. Ich war's nicht. Wir haben heute einen Mann zu wenig. Wenn ich einen Wagen einparke und währenddessen kommt einer vorbei und macht das? Denken Sie mal nach. Wer war's?«
Recht hatte er: Jerry Delancey.
Ich fischte in der Tasche herum, fand einen Zwanziger und drückte ihn ihm in die Hand. Violet und Zach beobachteten uns, als wäre ich irrsinnig komisch.
»Kommt schon, ihr zwei.«
»Jawohl, Captain. Jawohl, Captain, Sir.« Violet salutierte.
Ich hatte große Lust, sie in den Hintern zu treten. Es geht doch nichts über eine Frau mit Humor.
Zachary balgte sich auf dem Rücksitz mit den Hunden, und ich parkte aus.
»Unser erster Krach. Zweifellos der erste von vielen«, bemerkte Violet mit großer Zufriedenheit.
»Sei dir da nicht so sicher. Zach, hör auf, die Hunde zu reizen.«
Ich fühlte mich selbst wie ein gereizter Hund. Jerry Delancey war der Auslöser gewesen, aber das ging etwa so tief wie der Kratzer auf meinem Auto. Einen Fall lösen zu wollen ist, als interessierte man sich für die falsche Frau. Es führt einen an der Nase herum, reizt einen, sorgt dafür, dass man keinen Schlaf mehr kriegt, macht falsche Hoffnungen, schießt Löcher ins Selbstwertgefühl und macht

einen zugleich noch an. Das klingt jetzt vielleicht sexistisch. Okay, erschießen Sie mich. Mord ist die ultimative Femme fatale.

Ich fuhr nach Norden in Richtung Halsted Street. Wir bekamen einen langen Sommerabend in Technicolor, der Luftverschmutzung sei Dank, die solche Sonnenuntergänge produzierte. Es gibt einen Abschnitt der Halsted, wo die Silhouette von Chicago beinahe gut aussieht. Immer, wenn ich einen in Chicago gedrehten Film sehe, warte ich auf diesen Blick, von Westen nach Osten, aber sie tun es nie, sie filmen immer vom See aus und bekommen das übliche Postkartenchicago.

»Wir setzen zuerst den Doktor ab«, sagte ich zu Zach.

»Dad, du bist ein richtiger Spaßverderber«, sagte Zach.

»Dad, du bist ein richtiger Spaßverderber«, wiederholte Dr. Winters wie ein Echo, während sie mir ein paar zusammengefaltete Papiere in die Hand schob. Ich stopfte sie in die Tasche. Zach war zu sehr mit Paradise beschäftigt, um die Transaktion zu bemerken. Ich wusste, was auf den Blättern war – Zachs Zeichnungen.

Ein Fall wie Nesbitt-Vanilla-Stoufley-Gomez – ich betrachtete sie inzwischen als einen einzigen Fall mit unterirdischen Verbindungen – bringt seine eigenen Bilder mit. Diesmal waren es nicht die Mordschauplätze, die mir unter die Haut gingen. Es waren die Bilder aus Nesbitts Akte.

Es ist eine komische Sache mit Bildern. Dinge, von denen man nicht einmal weiß, dass man sie bemerkt hat, bleiben einem im Gedächtnis – und was für Dinge. Nehmen Sie Nesbitts Akte. Eins der Bilder ging mir nach, ein kleiner Junge in einem Fruit-of-the-Loom-T-Shirt, man sah das Label. Fragen Sie mich bloß nicht, weshalb es gerade das war. Irgendein Psychoschmonzes mit Früchten und Unschuld vielleicht. Oder meine berühmte Jesuitenerziehung: Abraham und sein Sohn, die erste Frucht des Weinstocks, die unschuldigen Kindlein. Was es auch war, ich konnte nur noch an den armen kleinen Kerl denken. Ein Zehnjähriger, dem sie einen koketten, einladenden Blick über die Schulter beigebracht hatten. Vorzeitig sexualisiert nennen es die Psychologen.

Früher, als wir es noch Sitte nannten und nicht Sexualverbrechen, habe ich mal für die Abteilung gearbeitet. Als ich das erste Mal einen Teeniestricher sah, in einer Saftbar an der Belmont Avenue, konnte ich es nicht glauben. Der Junge war zwölf – vielleicht.

Wir hatten ein Auge auf die Saftbars, weil sie mit ihrer Atmosphäre von alkoholfreier Achtbarkeit die idealen Jagdgründe für Pädophile abgaben. Die Typen trafen dort auf die ahnungslosen Kids, die von ihren ahnungslosen Eltern hergeschickt worden waren, allesamt der Ansicht, dass es hier sicher und drogenfrei war – was nicht stimmte.

Pädophile und Sexualtäter jeden Schlags liebten die Saftbars. Sie sammelten sich wie Haie an frischem Fleisch. Die Kinder kamen aus den Vororten (Bandenkids wussten es besser und blieben fort) und drängten sich an der Bar, fühlten sich wagemutig und erwachsen und sicher zugleich. Es war schließlich nur eine Saftbar.

Das Kind, das niemals mit einem nach Alkohol riechenden Fremden geredet hätte, ließ sich ohne weiteres auf eine Unterhaltung mit dem Mann ein, der einen Bananenshake bestellte. Was war daran schon gefährlich? Und schon war das Gespann komplett, der nette Teenager aus der Vorstadt und der nette Mann aus der City.

Es sind die Augen. Man lernt den Ausdruck erkennen. Hungrige Augen nenne ich es. Wenn man einen Sexualstraftäter beobachtet, sieht man ihn mit den Augen essen. Jetzt hör aber auf, höre ich Sie sagen, alle Männer machen das. Wir alle sehen einem hübschen Gesicht und einem straffen Hintern nach. Vielleicht, aber das ist nicht dasselbe. Sie und ich sehen hin, der Sexualtäter speist. Die Psychologen sagen, es ist zwanghaft, und wenn man es einmal gesehen hat, glaubt man ihnen. Es wird einem ganz anders davon, und es erledigt alle liberalen Ideen, die man davor vielleicht noch hatte.
Ich weiß, die meisten Sexualtäter wurden als Kinder missbraucht, und ich weiß, die meisten Pädophilen stecken fest bei dem Alter, in dem es ihnen passiert ist. Na und? Sie können nicht anders – na und? Dass es zwanghaft ist, macht es nur furchterregender. Sie sollten die Typen sehen, wie sie versuchen, die Kinder nicht zu beobachten, nicht zu genau oder zu lang hinzusehen, nicht auszusehen wie das, was sie sind, Sexsüchtige, die sich an Fleisch und Fantasien hochziehen. Sie sollten sehen, wie sie einem Kind einen Bananenshake bestellen und allein davon schon erregt werden, von der Interaktion von Fantasie und Fleisch.
Die meisten Kinder sind unvorsichtig. Sie gehen mit dem netten Mann mit. Er gibt ihnen Geld oder Drogen oder das Gefühl, dass jemandem wirklich an ihnen liegt. Manche kommen zurückgekrochen, schockiert und plötzlich klüger. »Er wollte, er hat versucht, er hat es gemacht.« Nicht, dass sie es oft ihren Freunden erzählten. Andere werden abhängig von der »Freundschaft«, der Vaterfigur, die ihnen das Gefühl gibt, erwachsen zu sein.
Mir wird übel, wenn ich dran denke. Aber diese Typen

denken an nichts anderes. Ihre Augen sind wie Kameras, sie stehlen einen Schnappschuss hier und einen Schnappschuss da, geilen sich an Bildern auf.

Manchen Kindern gefällt es – das Geld, die Aufmerksamkeit. Irgendwer bringt sie früh auf den Geschmack, und sie machen von allein weiter. »Vorzeitig sexualisiert«. Es macht Ihnen Angst, wenn Sie es sehen. Wenn irgend so ein Kind Sie ins Auge fasst, Sie mustert, genau wie eine Frau. Wenn so ein Blick Sie das erste Mal abschätzt, merken Sie, wie Ihre Seele sich zu verkriechen versucht. Dieser Na-Süßer-Blick von einem Kind hat etwas so Altes und Wissendes; Sie haben das Gefühl, sich verbrannt zu haben.

Ich hasse Kinderschänder. Ich hasse das Gefühl von Abschaum, das sie mir vermitteln. Vielleicht sollte ich Mitgefühl haben oder wenigstens froh sein, dass ich nicht dazugehöre, aber irgendwas kommt mir dazwischen. Wie der Junge in dem Fruit-of-the-Loom-Shirt – ich kapier's einfach nicht. Die wollen *was*?

Was sie immer wollen, ist mehr. Lassen Sie einen Pädophilen auffliegen, und Sie finden ein Hamsterloch. Wenn sie kein wirkliches Kind haben, haben sie Bilder von Kindern, Hunderte davon. Manchmal lesen Sie es in der Zeitung. Polizei entdeckt Kinderporno-Archiv.

Kinderpornografie. Das Wort sagt überhaupt nichts aus. Nesbitts Bilder dagegen taten es. Dreckige Bilder. Schund. Wir verwenden die Worte, aber ich rede von einer Erfahrung. Nesbitts dreckige Bilder sorgten dafür, dass man selbst sich unsauber fühlte.

»Erde an Elliot. Irgendwer zu Hause?«

»Dad? Hallo? Sind wir noch da?«

Violet und Zach versuchten Aufmerksamkeit zu erregen.

Allem Anschein nach versuchten sie es schon seit einer ganzen Weile. Ich hatte die gesamte Halsted Street abgefahren, geradewegs an meiner Lieblingssilhouette vorbei, ohne irgendetwas zu sehen – oder zu hören … als die Bilder in meinem Kopf.

»Sorry. Ich war kurz beim Mittagessen.«

»Nein, Dad. Zum Abendessen.«

Wir lachten über Zachs kleinen Witz, und dann setzte ich ihn zu Hause ab; ihn zuerst, nicht Dr. Winters. Seine Zeichnungen brannten mir ein Loch in die Tasche, und ich wollte mit ihr über sie reden.

36

Als ich vor Glorias Haus parkte, war die Sonne bereits untergegangen, und ein leichter Regen sprenkelte die Windschutzscheibe. Ich scheuchte Zach den Gartenweg hinauf zu seiner Mutter ins Haus. Gloria und ich wechselten ein paar höfliche Phrasen, als träfen wir uns an der Berliner Mauer zum Agentenaustausch. Als ich wieder im Auto saß, war aus den Tropfen ein Wolkenbruch geworden, der wie ein Wasserfall herabrauschte.

»Wunderschön.« Violet grinste entzückt.

Das Auto wurde zu einem winzigen Unterseeboot auf Tauchstation. Der Wind blies so heftig, dass die Bäume sich krümmten und bogen wie Wasserpflanzen.

»Es ist fantastisch«, flüsterte Violet hingerissen.

»Okay.« Ich war triefnass, fühlte mich unbehaglich und war ganz und gar nicht hingerissen.

»Es erinnert mich an ...«

»An was?«

»An die Naturgewalten. Es macht alles so klar.«

Ich merkte, dass ich den Mund halten sollte, dass ich eventuell etwas erfahren würde. Dr. Winters griff unter das Armaturenbrett, wo ich Zacharys Kritzeleien verstaut hatte.

»Es sieht so harmlos aus«, sagte sie. Sie hatte Recht – das ganze Blatt war voll von fünfzackigen Sternen. »Es ist schwer zu glauben, was für eine Macht ein Symbol haben kann.«

»Wie meinst du das?«

»Denk nur an die Macht des Kreuzes. Oder des Hakenkreuzes.«

»Worauf willst du eigentlich raus?«, fragte ich.

»Der Stern ist offensichtlich ein solches Symbol für Zachary. Und vielleicht für andere Leute. Ich finde ihn unheimlich.«

»Mich hat ein Spinner angerufen und irgendwas von einem Geheimkult erzählt. Und Myerling hat eine Art Sexclub erwähnt. Ich fürchte, mir kommen beide Ideen ziemlich unwahrscheinlich vor – dir nicht?«

Ich fragte sie beinahe zufällig. Die Antwort, die sie gab, hatte ich nicht erwartet.

»Wie aufgeschlossen bist du, Elliot?«

»Ich will das Verbrechen aufklären. Ich will bestimmt nicht mit irgendwelchem Hokuspokus dazu gebracht werden, die Falschen zu verdächtigen.«

»Oh, Elliot. Du tust so, als wärst du ein Strohhalm im Wind. So beeinflussbar finde ich dich gar nicht.«

»Kommt auf den Einfluss an«, sagte ich. »Du hast doch gerade erst über den Wind geredet, über die Gewalt der Natur.« Und gerade in diesem Moment schleuderte der Wind einen großen Ast auf die Oberleitung. Funken stoben. Ich dachte an Stromausfälle und daran, dass die ganze Straße, in der Zach wohnte, in Flammen aufgehen könnte.

»Ich rufe die Elektrizitätswerke an«, sagte ich und warf den Motor an. Ich stellte das Auto vor einer Einkaufspassage ab und benutzte das Telefon neben einem Schuhgeschäft – dessen Schaufenster voller mit winzigen Sternen verzierter Tennisschuhe war.

Beim Elektrizitätswerk teilte man mir mit, ein Reparaturtrupp sei unterwegs.

Violet hatte nicht vor, sich ablenken zu lassen. Sie berührte meinen Arm, als ich den Gang wechselte. »Elliot, warum beschäftigt dich dieses Symbol so sehr?«

Etwas verlegen zog ich Zacharys Zeichnung auf dem Papierset aus der Tasche und legte sie auf das Armaturenbrett. Violet glättete das Blatt mit den Händen. Ihr Blick wirkte aufrichtig verstört.

»Das muss ziemlich hart für dich sein«, sagte sie. »Er ist so unschuldig. Es ist schwer vorzustellen. Als Vater sowieso. Aber als Polizist – du bist hin- und hergerissen, stimmt's?«

»Ich weiß nicht, wovon du redest«, fuhr ich sie an. »Mein Sohn wurde verletzt, belästigt, es ist erst ein paar Wochen her. Es kommt mir nur wie eine Ewigkeit vor. Und ich konnte das nicht aufklären – genauso wenig wie den Rest.«

Violet blieb immer noch am Ball.

»Wir haben von der Macht der Symbole gesprochen. Du hast dieses Symbol mal gesehen, stimmt's?«

Als sie es aussprach, sah ich es wieder vor mir, wie ich es seit zwanzig Jahren gesehen hatte: einen Ring aus Steinen mit einem Stern in der Mitte und drei tote Kinder.

»Das war ein alter Fall«, sagte ich schließlich. »Einer, den ich nicht gelöst habe. Ich war damals ein Neuling mit einer Theorie, die keiner hören wollte.«

»Das muss schwer gewesen sein – nicht ernst genommen zu werden.«

»Es hätte mich beinah die Karriere gekostet.«

»Das war aber nicht das Schwierige daran.«

»Spiel jetzt nicht die Therapeutin, Frau Doktor.«

»Ich versuche nur zu helfen.«
»Warum halten Frauen Reden immer für hilfreich?«
Sogar in meinen eigenen Ohren klang das nach einem Ausweichmanöver.
»Aber es ist wichtig. Vielleicht gibt es einen Zusammenhang.« Violet blieb hartnäckig. »Zacharys Zeichnung, deine Assoziationen ...«
»Ich will nicht, dass Zachary und meine Assoziationen in ein und demselben Satz erwähnt werden.«
Ich warf den Wagen an. »Jetzt reicht's mit dem Psychoblabla. Ich weiß, das ist ein bisschen abrupt ...«
»Du willst meiner Intuition nicht vertrauen, weil du Angst hast, deiner eigenen zu folgen.«
»Yeah. Du siehst ja, was sie mir genützt hat.«
»Das Dunkel macht dir Angst. Wegen des alten Verbrechens zweifelst du jetzt an dir. Es erinnert dich an einen viel jüngeren Mann – an einen Mann ohne die Stärken, die du jetzt hast.«
»Verschon mich, Doktor. So stark fühle ich mich nicht.« (Warum sagte ich ihr das eigentlich?)
»Nein. Aber du bist's. Und dein Sohn liebt dich, Detective. Du wirst ihn nicht im Stich lassen.« Ich spürte, wie etwas in mir zusammenzuckte und die Schultern straffte.
Ich fuhr sie durch den nachlassenden Sturm nach Hause. Wir schwiegen beide, und es war kein behagliches Schweigen. Ich wollte überhaupt nicht reden. Ich sah keine Verbindung zwischen Zacharys Zeichnung und dem Schauplatz im Wald, wo ich vor zwanzig Jahren zum ersten Mal das rituelle Pentagramm gesehen hatte. Und ich hielt es nicht für nötig, Violet Winters von den kopflosen Leichen unschuldiger Kinder zu erzählen. Es war hässlich genug, wenn nur ich mich daran erinnerte.

Ich setzte Violet ab, ermahnte sie, auf sich aufzupassen, und fuhr nachdenklich nach Hause. – Eins war sicher: Ich fürchtete mich vor der Dunkelheit, die diese Verbrechen heraufbeschworen. Ich fürchtete mich so sehr, dass ich vermied, Nachforschungen anzustellen, von denen ich wusste, dass ich sie anstellen sollte. Bei diesen Nachforschungen ging es um Oscar Gomez' spirituelle Überzeugungen. Wie sie auch aussahen, ich hoffte, dass zwei Dinge bei ihnen keine Rolle spielten: die Ziegen seiner Mutter und mein Sohn.

37

Oscar Gomez' Mutter Maria lebte mit ihren Ziegen und Hühnern in einem kleinen dunklen Haus in der Nähe der Western Avenue. Es erinnerte eher an eine Höhle als an ein Wohnhaus: flackernde Kerzen, religiöse Bilder, Madonnen in mehreren Größen, darunter eine prachtvolle Guadeloupe in den seidenen Gewändern einer Königin.

Einen königlichen Empfang bereitete mir Maria Gomez nicht. Wer hätte es ihr verübeln können? Ihr Sohn war an meiner Stelle ermordet worden, derselbe Sohn, der zuvor schon mit meiner Exfrau in Sünde gelebt hatte. Meinetwegen war ihr Oscar in der Hölle, im besten Fall im Fegefeuer; ihr Mutterherz war in einem so trostlosen Zustand wie ihr winziges weihrauchgeschwängertes Haus.

»Was wollen Sie?«, fragte Maria, während sie mich finster musterte.

»Ich will Oscar rächen«, erklärte ich. »Ich will seinen Mord aufklären und für Gerechtigkeit sorgen.« Maria bekreuzigte sich.

»Und wie geht es ihr?« Gemeint war offenbar Gloria.

»Sie ist sehr traurig.«

»Puta.«

»Bitte, Maria, nur ein paar Fragen. Um Oscars willen.«

»Bien venido.« Sie öffnete die Tür zu ihrem höllischen

kleinen Heiligtum und ließ mich ein. Ich bewunderte eingehend ihre Madonnenstatuen und Kerzen. Ich bekreuzigte mich sogar – zweimal.

»War Oscar auch gläubig? Diese Statuen sind sehr schön.«

»Oscar war ein guter Sohn.«

»Aber nicht gläubig?«

»Oscar war modern.« Maria spuckte das Wort geradezu aus.

Maria war natürlich nichts dergleichen. Weshalb sollte sie auch? Ich sah durch das Fenster in den Hof hinaus; er war voller Hütten und Verschläge, Kaninchen, Hühner und Ziegen.

»Ich sehe gerade, Sie halten Tiere, Maria. Hat Oscar Ihnen bei der Pflege geholfen? Das ist gute Arbeit an dem Verschlag da hinten.«

»Oscars.«

»Ist das eine Ziege? Die sieht man selten in der Stadt. Machen sie nicht viel Arbeit? Ich habe immer gehört ...«

»Das waren Oscars Ziegen.«

»Aha. Es war sehr großzügig von Ihnen, ihm zu erlauben, sie hier zu halten. Wofür hat er sie verwendet? Milch? Wolle? Geben sie überhaupt Wolle?«

»Sie waren seine Haustiere. Er hat sie geliebt.«

»Merkwürdig, all die Dinge, die man über einen Menschen nicht weiß. Werden Sie sie verkaufen?«

»Vielleicht. Oscar, er hat sie seinen Freunden geschenkt. Wer weiß?«

»Haben Sie seine Freunde gekannt?«

Maria sah mich drohend an.

»Maria, ich werde Ihnen eine unangenehme Frage stellen. Halten Sie es für möglich, dass Oscar mit schlechten Menschen zu tun hatte?«

»Muy malo«, spuckte Oscars Mutter. Sie bekreuzigte sich und schob mich zur Tür.

»Maria, vielen Dank.«

»Zum Teufel mit Ihnen.«

»Was?«

»Malo. Muy malo.« Und damit schlug sie die Tür zu.

Bingo. Schlechte Menschen. Ein Netz von schlechten Menschen, Oscar Gomez irgendwo mittendrin, bis zum Hals, trotz der Gebete seiner Mutter. Was für eine Art schlechter Menschen? So wie Johnny Vanilla? So wie die Leute, die im Park Kinder ermordeten? *Muy malo?*

Ich war im Zickzack durch die halbe Stadt gefahren, als mir klar wurde, dass ich mit Myerling sprechen musste. Ich rief ihn von meiner Lieblingstelefonzelle aus an. Er arbeitete noch und bat mich vorbeizukommen.

Harold ließ mich eine Viertelstunde warten, und als er schließlich herauskam, war er aschgrau und schweißgebadet. Wir sprachen in seinem Wartezimmer. Er ersparte mir die Leichen.

»Harold, du siehst furchtbar aus.«

»Manchmal ist es furchtbar.«

»Schlimmer Fall?«

»Ein Junge.«

»Bandenkrieg?«

»Colaflasche.«

»Kehle?«

»Afterblutung.«

»Herrgott. Ausreißer?«

»Aussteiger. Eins von Crutchers Heimen hatte ihn aufgenommen, aber sie sind nicht mit ihm fertig geworden.

Anscheinend ist er immer wieder auf der Straße gelandet. Er war – wie hast du es genannt? Vorzeitig sexualisiert. Hat wahrscheinlich auch ganz gut damit verdient ... Was ist bei den Fingerabdrücken aus deiner Wohnung rausgekommen?«

»Nichts.«

»Tu mir einen Gefallen. Nimm Abdrücke von der Colaflasche, ja?«

»Okay. Harold, du hattest Recht mit Gomez und den Ziegen. Er hielt sie bei seiner Mutter. Sie sagt, er hat sie Freunden geschenkt.«

»Tut mir Leid, Elliot.«

In diesem Augenblick kam es mir: Er meinte Zachary. Wenn Oscar sich mit schlechten Menschen eingelassen hatte, vielleicht mit schlechteren als Johnny Vanilla, dann hatte er möglicherweise mit denselben schlechten Menschen Kontakt, die meinen Sohn verletzt hatten.

»Er ist am Leben, Elliot. Er wird sich erholen. Anders als der arme kleine Kerl da drin.«

»Wie alt?«

»Zwölf, vielleicht. Vielleicht auch nicht. Bist du vorbeigekommen, um mir zu sagen, dass ich Recht hatte mit den Ziegen?« Er hob eine Augenbraue.

»Ich brauche dein Gedächtnis.«

»Ah. Na dann.«

Harold führte mich in sein Büro. Unter den wachsamen Blicken seiner Totems bat ich ihn, das Verbrechen zu beschreiben, an dem wir zwanzig Jahre zuvor gearbeitet hatten. Das Verbrechen, dessen Details mir jäh wieder einfielen, seit ich an diesen Morden arbeitete. Das Verbrechen, das ich nicht aufgeklärt und auch niemals wirklich vergessen hatte. Das Verbrechen, an das das Pentagramm mich erinnerte.

»Die Jungen in dem Park bei Marion.«

»Ah, ja. Enthauptet. Sexuell gefoltert. Es waren wie viele, drei?«

Die Erinnerung kam allmählich zurück, als Harold sprach. Der unwirkliche Anblick des blutdurchweichten Laubs unter den hohen strengen Bäumen. Der Zeremonialkreis mit dem sorgfältig gezeichneten Stern. Die Leichen, jeweils eine in drei der fünf Spitzen. Der leise Wind, der zu erzählen schien, was er gesehen hatte.

»Es waren mehr. Einer hat's geschafft. Zumindest haben wir ihn nie gefunden. Und einen haben wir verfolgt …«

»Das war deine Theorie, aber keiner wollte sie hören. Ich dachte damals, du hättest Recht. Du hast gesagt, es gäbe einen Zeugen, vielleicht sogar zwei. Eine Spur verlor sich, und eine führte zu einem Steilhang über einem Fluss.«

»Ich war damals jünger. Ein Niemand. Ein junger Hund. Ich habe den Schauplatz auf eine Art interpretiert, die anderen auf eine andere, und sie waren älter.«

»Ich weiß noch, keiner hat dir geglaubt«, wiederholte Harold. »Du warst fuchsteufelswild. Du hast sie alle als Amateure beschimpft.«

»Ich war der Amateur … Hätte ein Kind überleben können? Dieser Hang muss fünfzehn Meter über dem Wasser gelegen haben.«

»Ein Kind hätte überleben können. Worauf willst du jetzt raus, Elliot?«

»Bloß so ein Gefühl.«

Ich wollte Harold nicht von einer Intuition erzählen, die mich verfolgte, seit ich die Arbeit an diesem Fall aufgenommen hatte. Wenn ich an Psychoblabla glauben würde, ich meine, wenn –, hätte ich sagen können, dass ich die Wellenlänge von irgendjemandem aufschnappte, der an den Schauplatz des Mordes zurückkehrte.

38

Am nächsten Tag ging ich zum Essen ins Hub. Klatschbasen haben ihr Revier. Das ist es, was sie zuverlässig macht. Sie haben ein Territorium, einen Heimathafen für ihre obskuren Kenntnisse. Jerry Delancey aß im Hub – jeden Tag, oder fast jeden. Um eine gute Klatschbase zu sein, muss man ein Stammgast sein, zum Inventar gehören. Einem Stammgast wird die Neuigkeit des Tages zusammen mit dem Tagesmenü serviert.

»Schon gehört, Tullio hat jetzt ein eigenes Label.«

»Im Ernst. Der Typ ist gut. Wirklich gut.«

»Schon gehört, Angela Remo hat mit dem Buchhalter Schluss gemacht? Dem Jungen aus New York?«

»Recht hat sie.«

Ich nahm den Tisch neben Delanceys üblichem Platz. Er war nicht da, aber mir hätte Schlimmeres passieren können als Huhn à la Vesuvio, Mostaccioli und der Salat des Hauses.

»Wie geht's, Detective?«, fragte Trudy, meine Lieblingskellnerin. Sie war ein immer noch hübscher Rotschopf, der in den Jahren, die ich sie kannte, mit einer ganzen Reihe von unerfreulichen Männern ausgegangen war. Sie meinte »mit dem Fall Johnny«, und ich wusste es.

»Geht voran«, sagte ich.

»Das ist gut. Harter Job.«

»Er hat komisches Zeug getrieben«, sagte ich. Ich machte eine Tatsache daraus, keine Frage.
»Das hab ich auch gehört«, sagte Trudy. »Was soll's sein?«
»Irgendwie verdirbt es einem den Appetit, über kranken Sex zu reden, Trudy. Bestellen Sie für mich.«
»Also, ich mag das Vesuvio.«
»Gut. Das war eingeplant.«
»Muscheln?«
»Muscheln sind gut, aber ich glaube, ich nehme die Mostaccioli und den Salat des Hauses.«
»Sie haben dieses ganze Zeug gefunden?«
»Sie wissen, wie das ist, ein Mord lässt einem nicht viel Privatsphäre.«
»Die Mädchen haben immer gesagt, er war verdreht. Jemand hat gesagt, er stand auf Peitschen und Handschellen. Ich erinnere mich; Angela war das, bevor sie was mit dem Buchhalter anfing, mit dem sie jetzt Schluss gemacht hat. Netter Junge, aber er ist Jude.«
»Wundert mich, dass sie das mit Johnny weitererzählt hat.«
»Oh, sie hat's nicht mir erzählt. Jerry Delancey hat das gemacht. Der Typ, das ist eine richtige Klatschbase.«
»Trudy, Trudy. Sie gehen mit Delancey?«
»Er mag mich.«
»Jeder mag Sie. Was haben Sie eigentlich für ein Ding mit diesen Verlierern?«
»Vielleicht bleib ich gern solo, und sie liefern mir dafür eine Entschuldigung. Und überhaupt, ich gehe nicht mit ihm ins Bett. Wir gehen essen. Macht Spaß, auch mal anderswo zu essen.«
»Hey. Bin ich Ihr Gewissen?«

Trudy lachte und kniff mich in den Arm. Sie gab meine Bestellung weiter, und ich fiel über den Brotkorb her. Ich hatte bekommen, was ich gewollt hatte. Sogar ein abwesender Jerry Delancey hatte seinen Nutzen. Und mein Appetit war auch zurückgekommen.

Big John D'Amato hatte Steuerprobleme. Das überraschte mich. Es konnte eigentlich nur bedeuten, dass etwas mit seinem System von Schweigegeldern nicht stimmte. Mit einem guten Steuerberater sollte eigentlich niemand Steuerprobleme haben, schon gar nicht bei Geldern, die offiziell gar nicht existieren. Jemand hatte Big John verpfiffen; wäre es nicht so, hätte er keine Probleme.

War es Johnny Vanilla? Könnte er verrückt genug dafür gewesen sein? Ja, aber was hätte es auslösen können? Das war die Kernfrage. Ich fragte mich, ob die Antwort vielleicht schräger Sex war.

Als Trudy mit der Rechnung kam, gab ich ihr ein fürstliches Trinkgeld und fragte nach Angela Remos Adresse. Trudy blickte auf den Schein, sah mich an und zögerte.

»Es ist Trinkgeld, Trudy. Wir kennen uns – wie lange? Fünfzehn Jahre? Wenn's mir um die Information ginge, würde ich einfach fragen.« Trudy gab mir die Adresse.

»Sie wohnt immer noch da. Mit ihrer Mutter«, sagte sie.

»Da« war die obere Hälfte eines Zweifamilienhauses, fünf Blocks weiter westlich und zwei Blocks südlich, in einer Wohngegend, in der früher ausschließlich Italiener gelebt hatten und die nun zur Hälfte schwarz war. Ich klingelte und versuchte freundlich und vertrauenswürdig auszusehen.

Aber Angela Remo wollte nicht mit mir reden. Sie sah mich, dachte »Polizei« und lief die Treppe hinauf. Einen Augenblick später erschien ihre Mutter. Sie war eine klei-

ne, gedrungene Frau mit ausgeprägten Gesichtszügen. Angela habe mir nichts zu sagen, erklärte die Mutter. Ich begann stattdessen die Mutter, Rosanna Remo, zu bearbeiten. Sie war die Eigentümerin des Hauses, das den Charakter einer Festung hatte. Sie war eine ehrbare Bürgerin. Mit Leuten ihres Schlags kam ich gut aus.
»Hören Sie, Mrs. Remo, Ihre Tochter wird nicht verdächtigt. Sie ist ein unschuldiges Mädchen, das getäuscht wurde. Sie sollte mit mir reden. Es ist falsch, dass Ihre Tochter einfach so ausgenutzt werden kann. Sie hätten mit der ganzen Geschichte zu uns kommen sollen.«
Ich kann reizend sein. Ich kann kurz angebunden sein oder verständnisvoll oder was auch immer. Ich kann Sie dazu bringen, dass Sie mit mir reden wollen.
»Er war ein Monster«, spuckte Rosanna schließlich. »Was er mit ihr gemacht hat.« Ich nickte, als hätte ich die ganze Geschichte schon gehört.
»Sie sollte mit mir reden.«
»So viele Drogen. Sie wusste ihren eigenen Namen nicht mehr. Und die Fantasien. Ich danke Gott, dass sie zu einem Priester gegangen ist. Er hat ihr geholfen. Sie ist ein gutes Mädchen, aber ...«
»Sie brauchte spirituellen Schutz?«
»Er hat sie verhext, dieser Johnny. Ich schwöre es Ihnen. Ich hatte Angst um sie. Die blauen Flecken! Furchtbar. Sogar Sie, Detective, sogar Sie wollen es nicht wissen.«
»Aber ich will es wissen. Das ist mein Job.«
»Meine Tochter hat es vergessen. Sie sollten das auch tun.«
All das teilte mir Rosanna Remo über die Türkette hinweg mit.
»Sagen Sie ihr, sie soll mit mir reden.«

»Wie kann sie reden? Er hat Filme von ihr gemacht, sie betäubt, schmutzige Bilder geschossen, sie geschlagen ...«

»Ich bin froh, dass Sie mir das sagen, Rosanna.« Mist. Mein Bulle stöhnte.

»Was sagen?« Rosanna klappte zu wie eine Muschel.

»Sagen Sie Angela bitte, wenn sie es sich anders überlegt ...« Ich schob meine Karte durch den Türspalt.

»Sie wird nicht reden«, sagte Rosanna »Sie kann sich nicht mal erinnern.«

Ich bedankte mich bei Rosanna Remo für ihre Zeit. Ich spürte ihre schwarzen Sizilianeraugen, ihren Wunsch, ich möge nie zurückkommen, möge ihre Tochter in Frieden lassen. Genau das hatte ich auch vor. Irgendwann. Ich fuhr nach Norden und dachte dabei über das nach, was sie gesagt hatte.

Ich habe mich immer gefragt, was ein Vater empfindet, wenn seine Tochter zum Playmate des Monats gewählt wird. Wenn seine Mary oder Sarah ihre Schamlippen in Farbe und in Hochglanz vorzeigt, sich möglichst noch befingert. Zu wissen, dass die eigene Tochter das Bild ist, auf das sich die eigenen Kumpels einen runterholen – konnte man darauf mit väterlichem Stolz reagieren? Ich zumindest konnte es mir nicht recht vorstellen. Und ich hätte wetten können, dass Big John D'Amato ebenso empfand, obwohl Angela Remo nur seine Nichte war. Was Johnny Vanilla Angela angetan hatte, was er sie sich selbst hatte antun lassen – es waren kaum Dinge, die John D'Amato gutheißen würde.

»Hättest du nur die Finger von ihr gelassen.« Man konnte die Botschaft von Johnnys Tod durchaus so lesen. »Hättest du wenigstens sauber gemacht«, sagte der Penis im Waschbecken.

Ich würde es wahrscheinlich nie beweisen können, aber mir gefiel es, wie die Teile zusammenpassten. Es schien einen Sinn zu ergeben. Wie alle Polizisten spiele ich das Was-wäre-wenn-Spiel.
Was, wenn Johnny Vanilla die Kontrolle verloren hatte? Es klang ganz so, nach dem, was Trudy und Rosanna Remo gesagt hatten. Was, wenn er und Jack Nesbitt nicht einfach ein paar ausgefallene Vorlieben teilten, sondern eine Art Pornosucht? Wenn sie darauf abfuhren, einander aufzugeilen?
Sicher konnte ich mir bei alldem nicht sein, aber ich hatte meine Ahnungen. Und ich kam immer wieder an denselben Punkt zurück: dass es zwischen Nesbitt und Vanilla eine Verbindung gab, nicht nur über Sex, sondern auch über Geld.
Johnny verteilte Karten für Bulls-Spiele und vielleicht auch noch mehr. Wenn Gomez Gloria einen Diamanten von der Größe eines Eiswürfels kaufen konnte, spielte Vanilla hoch. Vielleicht hatte er die Kontrolle verloren. Vielleicht hatte er Jack Nesbitt um des Kicks wegen getötet. So was kommt vor – öfter, als normale Leute sich das vorstellen können.
Pornografie macht an. Gewaltpornos sind ein mächtiger Kick. Wenn Sie mir nicht glauben, gehen Sie mal in eine einschlägige Buchhandlung. Achten Sie auf die Trance, die leeren, toten Augen, die den inneren Film verfolgen, noch während sie Sie ansehen. Die totesten Augen gehören denen, die nach S&M fragen. Sex und Gewalt, die doppelte Ladung. Die Typen, die darauf stehen, sind so tief drin, dass sie den Weg nach draußen nicht mehr finden.
»Es ist ein bisschen zu weit gegangen«, hat mir ein Mann mal erklärt, während er mich ins Wohnzimmer führte.

Sein Liebhaber war tot, erwürgt, die Hände noch in Handschellen. »Es war unser Spiel. Es wird besser davon, wissen Sie? Es ist bloß zu weit gegangen. Ich hab gedacht, es macht ihm Spaß. Er ist gekommen wie verrückt.«
Was sagt man zu einem solchen Menschen? Wie vereinbart man seine Werte mit der bekannten Welt? Wenn es nur noch um den Kick geht, wie bringt man ihnen bei, wo sie inzwischen angekommen sind, wie weit sie abgesunken sind?
Ist es ein Wunder, dass Polizisten mit diesem Wissen selbst zwanghaft werden? Wir waschen uns zu oft die Hände, wir flüchten uns in gregorianische Gesänge oder neunhundert Liegestütze. Wir kontrollieren, was wir im Angesicht des Unkontrollierbaren noch kontrollieren können. Genau wie die Leute, die wir verhaften – wir haben unsere Gewohnheiten.
Auf dem Revier wartete eine interessante Nachricht auf mich. Ganz wie ich erwartet hatte, hatte Jerry Delancey das Bedürfnis verspürt, mich anzurufen. Ich hatte mich in seinen Jagdgründen herumgetrieben, und er wollte »bloß helfen, wenn möglich«. Sagte er.
»Komm schon, Jerry, Mildtätigkeit ist nicht deine Stärke. Du versuchst, dich abzusichern.«
»Und wenn's so wäre?«
»Dann sag's.«
»Ich dachte, du interessierst dich vielleicht für John D'Amato.«
»Was ist mit ihm?«
»Er hat Steuerprobleme.«
»Wir erledigen das am Telefon, damit du nicht in meiner Gesellschaft gesehen wirst, stimmt's?«
»Hör mal, Mayo. Was hab ich dir eigentlich getan?«

Ich antwortete nicht. Die Antwort war zu lang, und sie war mir peinlich.
»Mayo?«
»Was?«
»Nicht jeder bewirbt sich um einen Heiligenschein.«
»So weit war ich auch schon. Spuck's aus, Jerry. Was ist los mit Big John?«
»Vanilla hat ihn beschissen, und jetzt hat er ein Liquiditätsproblem.«
»Theorien sind billig, Jerry.«
»Erpressung kann ziemlich teuer werden.«
»Vanilla wurde erpresst?«
»Warm. Noch nicht heiß.«
»Hör auf. Das ist Mist.«
»Sagen wir einfach, Johnny hat ein paar dumme Fehler gemacht und schnell Geld gebraucht.«
»Tun wir doch alle, Jerry. Danke für den Tipp.«
Ich fragte mich, wer Delancey auf mich gehetzt hatte. Vielleicht war es Myerlings Poltergeist, der mich ablenken wollte. Ich hielt es durchaus für möglich, dass John D'Amato Johnny Vanilla umgebracht hatte, aber ich glaubte nicht, dass Vanilla versucht hatte, Big John zu erpressen. Johnny war vielleicht ein Idiot gewesen, aber kein lebensmüder Idiot.
Jemand wollte, dass ich mich auf Big John D'Amato konzentrierte und nicht auf andere. Dieser Jemand hatte mir zwei Nachrichten geschickt: Oscar Gomez mit der Neuigkeit von Big Johns Steuerproblemen und jetzt Jerry Delancey mit seinen Geschichten von Johnny als Erpresser. Wenn Sie mich fragen – was natürlich niemand tat –, es ging immer noch um Geld. Geld hatte Johnny Vanilla das Leben gekostet.

Ich räumte meinen Schreibtisch auf. Manchmal hilft mir das beim Denken. Ich dachte über Delanceys heiße Spur nach. Ergebnis? Ich glaubte ihm nicht. Es war ein Ablenkungsmanöver. Ich sollte glauben, D'Amato sei verantwortlich für Vanillas Tod und Vanilla sei verantwortlich für D'Amatos Steuerprobleme. Damit wäre der Mord nur ein Vergeltungsschlag gewesen, und das war mir zu einfach.

Vielleicht sollte ich drüber schlafen, dachte ich und ging nach Hause, um es zu versuchen.

39

In den Jahren meiner Ehe litt ich nicht unter Schlaflosigkeit; Gloria behauptete allerdings, ihre Schlafprobleme hätte sie mir zu verdanken. Ich schlief tief, wenn auch unruhig – etwas, das ich seither verlernt hatte. In meiner neuen Junggesellenwohnung verbrachte ich die Nächte oft auf meinem Kunstledersofa, lernte David Letterman und eine ganze Menge New Yorker Spinner kennen und betrachtete ein paar Stunden Schlaf als willkommene Erholung von den alten Spielfilmen, die im Nachtprogramm wiederholt wurden.

Diese Nacht würde ich schlafen, versprach ich mir selbst, aber zunächst wollte ich mir die Nachrichten auf dem Anrufbeantworter anhören. Gleich nachdem ich die Milch weggeschüttet hatte, die ich auf der Anrichte stehen gelassen hatte.

Auf dem Band war eine Nachricht von Richter Ricky Noonan. Wir redeten ziemlich viel, Ricky Noonan und ich. Die Nachricht war auf meinem privaten Apparat eingegangen, der Nummer, die ich für Notfälle reserviert hatte. Der Nummer, die genau drei Leute kannten: Gloria, Jamie und Zach.

Ich fragte mich, woher er die Nummer hatte. Andererseits wusste ich, er hatte seine Methoden.

»Elliot. Hier ist Richard Noonan. Bitte ruf mich an.«

Es war die Richterstimme. »Bitte ruf an« bedeutete RUF AN. SOFORT.
Er hatte eine Nummer hinterlassen. Ich wählte sie. Ich sprach meinen Namen aufs Band, und Ricky nahm ab.
Ricky Noonan hatte Delanceys Begabung dafür, immer mittendrin zu sein, aber nicht Delanceys Motive. Ricky Noonan – Richter Ricky Noonan und meiner Meinung nach ein guter Richter – mochte die Menschen tatsächlich. Sie interessierten ihn. Er hielt sie für faszinierend, unterhaltsam, im Grunde gut. Ricky Noonan war im Grunde ein guter Kerl; das war es, was er kannte und wonach er Ausschau hielt. Als Richter war er nicht nachsichtig, aber er strafte mit Bedauern. Weil er die Menschen mochte, mochten die Menschen ihn. Selbst Verbrecher mochten Ricky Noonan. John D'Amato mochte Ricky Noonan. Mochte ihn vielleicht ein bisschen zu sehr. Ich mochte Ricky Noonan auch ein bisschen zu sehr.
Ricky wollte mich treffen, irgendwo »privat, aber so, dass es nicht privat aussieht«, wenn ich wusste, was er meinte. Ich wusste genau, was er meinte. In aller Öffentlichkeit also, Scharen von Leuten ringsum, nichts zu verbergen.
Wir einigten uns auf ein Cubs-Match. Ich hasse Cubs-Matches. Wie so vieles in diesem neuen Chicago kommen sie mir vor wie etwas aus der Konserve. Baseball war früher einmal so etwas wie ein Nachmittag auf dem Land; heute war es dasselbe wie ein Nachmittag mit MTV.
Ricky Noonan und ich trafen uns am Clark and Addison Gate. Wir würden in der Sonne sitzen, in aller Öffentlichkeit, und er würde sagen, was er zu sagen hatte.
Ich war früh da. Händler brachten Fähnchen, T-Shirts, Mützen, Sonnenbrillen unter die Leute. Ohne Zach hat-

ten diese Dinge keinen Reiz für mich. Hier hatte Zach seinen »Blip« gehabt. Was? Ich sah eine große Blondine mit einem Pferdeschwanz, die von hinten aussah wie Dr. Winters – aber es stellte sich heraus, dass sie ein Junge war. Das war mein Blip. Was hatte Zachs Blip ausgelöst? Eine leuchtende Satinjacke? Ein T-Shirt? Es hätte alles sein können. Selbst eine ähnliche Farbkombination, hatte Dr. Hauser gesagt. Ungeheuer hilfreich.

»Toll hier, was?« Sollte das ein Witz sein? Ricky Noonan, die Stimmungskanone.

»Yeah. Toll.« Konversation war heute wohl meine Stärke.

Viele meiner Einstellungen sind atavistisch. Lassen Sie es mich anders ausdrücken – primitiv. Ich schiebe es auf das Kampf-oder-Flucht-Syndrom, das Adrenalin, an das sich der Körper eines Polizisten gewöhnt. Wir sind süchtig nach unserem Job, nach Dramatik, darauf konditioniert, das Leben in dramatischen Kategorien zu sehen: Leben oder Tod, jetzt oder nie, ich Tarzan, du Jane. Entweder oder, Schubladen, Wahlmöglichkeiten. Es ist in das Denken eines Polizisten eingebaut. Wir sind binäre Wesen: schuldig oder unschuldig, sicher oder gefährlich, Leben oder Tod.

Ich erzähle Ihnen das im Zusammenhang mit Ricky Noonan und dem Cubs-Match, weil die Normalität, wenn man auf Dramatik programmiert ist, ziemlich schwer zu verarbeiten sein kann. Ich reagiere nicht angemessen auf Normalität. Ich weiß eigentlich gar nicht, was das ist.

Beispiel: Weihnachtsabend. Ich werde zu Hause angerufen. Ich gehe los. Irgendein Irrer hat im Suff Frau und Sohn und Tochter erschossen. Er wollte sich selbst auch erschießen und hat es vermasselt. Jetzt ist er bewaffnet,

gefährlich, verletzt und redet Blödsinn. Ich erinnere mich noch an die billige Kiefernholztäfelung mit den Blutspritzern darauf. Ich nehme ihm die Waffe ab und kriege die Geschichte dazu: Ich war wohl ziemlich deprimiert. (Na so was.) Wir haben's nicht auf die Reihe gekriegt. Es ist Weihnachten. Es hat keine Geschenke gegeben, die Frau und die Kinder waren enttäuscht, und da … (Und da haben Sie sie umgebracht?)
Versuchen Sie mal, danach nach Hause zu gehen. Die Spielzeugeisenbahn und das Dreirad zu verpacken, Ihrer Frau für die Krawatte zu danken, die Sie nicht tragen werden, und für das Jahresabonnement von *National Geographic*. Sehen Sie zu, wie sie die Karte liest, auf der steht, dass Sie ihr eine Spülmaschine gekauft haben. Verfolgen Sie, wie sich ihre Augen mit Tränen füllen, wenn sie sich bei Ihnen bedankt, und Sie fühlen sich innerlich leer. Sie sehen Bilder. Die beiden Kinder unter dem kahlen Weihnachtsbaum. Die tote junge Frau, eine hübsche Brünette genau wie Ihre Frau. Versuchen Sie die Bilder loszuwerden, zurückzuklicken auf »normal«. Normal kann einem ziemlich merkwürdig vorkommen.
Und deshalb hasse ich Cubs-Matches. Sie gewinnen, sie verlieren, es ist mir egal. Ich will irgendwem den Kopf abreißen, weil – weil es einen wütend machen kann, Leute zerstückelt und verstümmelt zu sehen. Es kann einen wütend machen, wenn man Finger im Briefkasten findet, Leichen im Wohnzimmer, Leichen im Traum. Besonders wütend kann es einen machen, wenn man schweißtriefend mitten in einer Menge lauter, angetrunkener Fans sitzt, die von Inning zu Inning lauter werden.
»Hot Dog?« Ricky stellte sich in die Schlange. »Und Bier?«

»Warum nicht?«
Ich wurde den Gedanken an Dr. Winters und Zachary nicht los. Als sie gestern Abend aus dem Auto gestiegen war, hatte sie mir etwas in die Hand gedrückt. »Gute Nacht«, hatte sie gesagt, sich vorgebeugt, um mich auf die Wange zu küssen, und dazu geflüstert: »Du kannst sie ja Dr. Hauser zeigen.« Was sie mir gegeben hatte, waren noch mehr Zeichnungen, Sterne in Massen auf den Papierservietten, auf denen Zachary beim Essen herumgekritzelt hatte. Ich hatte sie noch in der Tasche.
»Was weißt du über Satanismus?«, fragte mich Richter Noonan.
»Dass die Nonnen ihn zum Angstmachen verwendet haben.«
»Ich mein's ernst.« Er meinte damit, dass er Angst hatte.
»Mach weiter.«
»Da ist irgendwas Merkwürdiges im Gang. Jemand setzt mich unter Druck. Ich mag es nicht, wenn man mich unter Druck setzt, und noch weniger, wenn ich nicht weiß, warum. Ich hab dir von Courkers Besuch erzählt?«
»Aber ja.«
»Wahrscheinlich hab ich einfach den schwarzen Peter weitergegeben.«
»Ich hab's auf politischen Ehrgeiz geschoben. Die Goldküste nicht verärgern und so weiter.«
»Na sicher. Politischen Ehrgeiz, wer hat den nicht.«
Das war's, was ich meinte. Keine heimlichen Machenschaften bei Ricky Noonan. Kein Schatten.
»Wenn ich mich recht erinnere, hat Courker sich wegen der Schlüssel Sorgen gemacht. Ich hab sie zurückgegeben. Was hat das mit Satanismus zu tun?«
»Vielleicht nichts. Wahrscheinlich nichts.«

Ringsum jubelten die Leute. Noonan und ich waren wie unaufmerksame Ministranten – verpassten das Stichwort, sprangen zu spät auf, setzten uns zu spät. Ich hoffte wirklich, dass niemand uns beobachtete.

»Aber? Komm schon, Ricky.«

»Aber ich habe das da mit der Post gekriegt.« Er gab mir etwas, das in ein Taschentuch gewickelt war. »Sieh's dir nicht hier an. Geh aufs Klo oder so.«

»Bin gleich wieder da.« Ich ging zur nächsten Toilette. Sie war leer. Ich nahm trotzdem eine Kabine.

Als ich das Taschentuch öffnete, war Gomez's Ring darin, oder Johnny Vanillas Ring, oder ein Ring genau wie der, der sie beide umgebracht hatte, jedenfalls Myerling und Robert Chabrol zufolge, der angeblich selbst daran starb. Matt golden, ziseliert: Zacharys umgedrehter Stern. Ich hätte ihn beinahe ins Klo gespült. Ich wollte ihn ganz bestimmt nicht in meiner Tasche haben, in unmittelbarer Nähe eines noch nicht fehlenden Penis. Ich wickelte ihn wieder ein und legte ihn in meine Brieftasche.

»Und?« Ricky Noonan aß seinen Hot Dog nicht; sein Bier stand unberührt neben ihm.

»Es ist ein Ring.«

»Ach wirklich. Ich weiß, was er bedeutet. Ich glaube, sie wissen es auch.«

»Sie?«

»Wer auch immer ihn mir geschickt hat.«

»Bloß aus Neugier, woher weißt du denn so viel über Kraftringe oder wie man das nennt?«

»Das kannst du auch auf die Politik schieben. Ein Freund von mir braucht ein gutes Thema für die Wiederwahl. Er dachte, Geheimkulte klingen gut.«

»Wohl wahr.«

»Und ich fuhr nach Las Vegas zu einer Konferenz über rituelle Misshandlungen.«
»Muss Spaß gemacht haben. Manche Leute würden sagen, Las Vegas ist eine rituelle Misshandlung.«
»Ich hab allerlei gelernt.«
»Zum Beispiel?«
»Was der Ring bedeutet. Was für Leute ihn tragen könnten.«
»Er gehörte Johnny Vanilla.«
»Das ist ein Witz.«
»Ich fürchte, nein.«
»Johnny Vanilla?« Er wurde bleich.
»Genau der.«
»Davon stand nichts in der Zeitung.«
»Die wussten nichts davon. Er fehlte. Ebenso wie ein Finger.«
Ricky Noonan wurde weiß. Die Cubs gewannen zur Abwechslung mal. Die Menge stand auf, die Welle lief durch, und Ricky Noonan sah seekrank aus.
»Irgendwas, das ich wissen sollte, Ricky?«
»Es war eine Morddrohung, stimmt's?«
»Ich fürchte, ja, Ricky. Oder Erpressung.«
»Warum hast du mich da reingezerrt, Elliot?«
»Ich wusste nicht, dass ich's tue. Ich wollte bloß deine Erlaubnis, mir Carson Stoufleys Schränke voll von Jack Nesbitts dreckigen Bildern anzusehen.«
»Irgendwas Rituelles dabei?«
»Woher soll ich das wissen? Worauf hätte ich denn achten sollen?«
»Fesselspiele, Sadomaso, die Zahl des Tiers.«
Ich verschluckte mich beinah an meinem Bier. Ricky Noonan und ich saßen an einem heißen Nachmittag im

fünften Inning, und er redete Zeug, das geradewegs aus der Nacht der lebenden Toten kam.

»Bitte?«

»Du weißt schon, sechs sechs sechs. Und das Zeichen auf dem Ring … Elliot, du kannst dir das gar nicht vorstellen.«

»Ich bin Polizist.«

»Du kannst dir's trotzdem nicht vorstellen. Die Ausreißer, die Kinder, die keiner will – die enden dort. Es gibt ein Netz. Ein ganzes System. Es ist … mehr, als du weißt, Elliot. Fürchterlicher, als du weißt.«

Ricky Noonan tat mir Leid. Er stand am Rand des Abgrunds und starrte nach unten.

»Was soll ich tun?«

»Besorg dir Schutz.«

»Großartig, Elliot. Jerry Delancey anheuern vielleicht?«

»Vielleicht eher spirituellen Schutz.«

»Vaterunser, Rosenkränze, die Sorte?« Er hörte sich verzweifelt an. Bedroht zu werden war eine Sache; schlimmer war, nicht zu wissen, warum.

»Das funktioniert, Ricky. Ruf mich an. Du hast meine Privatnummer.«

»Tut mir Leid. Ich hab wohl ein bisschen angegeben, wollte dir zeigen, dass ich die Beziehungen habe.«

»Kein Problem. Und wenn irgendwas los ist, ruf mich an.«

Ricky Noonan sah so unglücklich aus, dass ich erwog, ihm von Pater Bremner zu erzählen, einen Besuch vorzuschlagen. Dann beschloss ich, diese Information noch zurückzuhalten. Oft heißt Polizist sein einfach, zu wissen, was man wann sagt. Noonan von Johnny Vanilla und dem Ring zu erzählen war eine bewusste Entscheidung gewesen. Ich war zufrieden mit dem Ergebnis. Ich würde ihm nicht von Pater Bremner und meinem »spirituellen Beschützer« erzählen. Er sollte nicht glauben, ich fürchtete mich. Ich würde dagegen etwas anderes tun: Ich würde Pater Bremner anrufen und ihn bitten, Noonan in seine Gebete einzuschließen.

Als ich ging, saß Ricky Noonan schaudernd in der Sonne. Die Cubs gewannen.

40

Ich machte mich direkt auf den Weg zu Carson Stoufleys Haus. Ricky Noonan saß im hellen Sonnenlicht inmitten applaudierender Fans. Wenn man nicht gerade einen Scharfschützen erwartete, müsste er in Sicherheit sein – im Augenblick. Ich zweifelte nicht daran, dass das Todesurteil für Richter Noonan bereits gesprochen war. Genau wie er wusste ich nicht, warum. Ohne ein Warum war auch das Wann und Wo schwer zu erraten. Die Motive sind es, die Verbrechen verständlich machen. Hat man ein Motiv, hat man eine Spur. Deshalb sind Serienmörder ein solcher Albtraum – sie töten einfach gern.

Damit will ich nicht sagen, dass demjenigen, der Nesbitt, Vanilla, Stoufley und Gomez umgebracht hatte, seine Arbeit nicht gefiel. »Hier ist Johnny« in Revlonrot wies auf eine gewisse *joie de vivre* hin. Ich will damit nur sagen, dass ich die Verbindung zwischen den vier Morden im Motiv vermutete.

Ich hatte in Paaren gedacht. Ein Zusammenhang zwischen Nesbitt und Stoufley, ein Zusammenhang zwischen Vanilla und Gomez, der Mord an Vanilla ein Mafiamord, der Nesbitts Tod nachahmte. Nachahmungstäter nutzen ein spektakuläres Verbrechen, um in seinem Windschatten relativ ungestört ein weiteres zu verüben. Inzwischen glaubte ich nicht mehr an diese Theorie. Die

vier Morde hingen alle zusammen, und ich hatte den Schlüssel – im wahrsten Sinne des Wortes.
Ich weiß, ich hatte Ricky Noonan erzählt, dass Courker seine Schlüssel zurückbekommen hatte, und das hatte er auch – einen Satz davon jedenfalls. Ich hatte einen nagelneuen zweiten. Ganz koscher war das Vorgehen nicht, aber Ricky Noonan war mir gegenüber auch nicht aufrichtig gewesen. Ich ging noch einmal hin, weil mein Bulle es mir nahelegte. Wenn sie Ricky Noonan unter Druck setzten, hatte ich etwas übersehen.
Es war Spätnachmittag, als ich eintraf. Ein Mexikaner stutzte die Hecke des Nachbarhauses auf der einen Seite, und ich bemerkte den aufmerksamen Blick der blaublütigen, blauhaarigen Nachbarin rechts. Ich betrat Stoufleys Haus, als sie und ihr Bedlingtonterrier zu ihrem Abendspaziergang aufbrachen. Wir nickten einander mit wechselseitiger Neugier zu. Ich zog es tatsächlich vor, gesehen zu werden. Ich bezweifelte, dass die blaublütige Dame viel von praktizierenden Satanisten, Sexkulten oder Kulten im Allgemeinen hielt. Und ihr schafsgesichtiger Bedlington sah aus, als wäre er ihr zu lieb und teuer, um ein Opferlamm abzugeben.
Stoufleys Eingangshalle war klamm und kühl. Die Kakteen standen immer noch Wache, aber in der Luft hing ein schwacher Fäulnisgeruch, als wucherten die tropischen Pflanzen in der Stille und der Dunkelheit, als entstünde ein Dschungel unmittelbar neben dem Frühstückszimmer. Fast erwartete ich, Trommeln zu hören. Augenblick, Korrektur: Ich hörte Trommeln. Schwach, aber unverkennbar drang ein hämmernder Bass durch die Bodenbretter, wie die Schläge eines riesigen Herzens. Ich ging in die Hocke und legte die Hand an die Wand von Stouf-

leys Marmorfoyer. Ja, die Schwingungen waren echt; sie kamen enervierend und unmissverständlich, aus der Höhle unter meinen Füßen. Habe ich erwähnt, dass das Haus als leer galt? Das Haus galt als leer. Ich machte den Abgang.

Als ich in meinen Wagen stieg, den ich einen halben Block weiter an einem Hydranten geparkt hatte, bemerkte ich den Bedlington, der den Hydranten ebenfalls zu schätzen wusste.

Seine Besitzerin starrte mich an. Ich starrte zurück. Der kleine Hund bellte.

»Sie sind ein Freund von Carson?«, fragte die Besitzerin unvermittelt.

»Sind wir das nicht alle?«

Sie antwortete nicht.

»Sind wir das nicht alle?«, fragte ich hartnäckig. Der kleine Hund mochte das nicht. Er knurrte.

»Kaum«, antwortete sie. Ich entschied, dass ich sie mochte. Ich wollte mehr wissen.

»Detective Elliot Mayo, der Stolz Chicagos«, stellte ich mich vor.

»Polizei, meinen Sie?«

»Es ist ein Slogan.«

»Ich hasse Slogans.«

»Ehrlich gesagt, ich auch. Carson Stoufley haben Sie auch gehasst?«

»Verabscheut, verachtet und verunglimpft«, antwortete sie. »Drücke ich mich klar aus?«

Ihr Name war Isabelle Hubbard, von ihren Freunden, zu denen Carson Stoufley nicht zählte, »Izzy« genannt. Izzy besaß das Anwesen westlich von Stoufleys Haus, und sie und ihr Hund, Jaspar, willigten ein, sich von mir befragen

zu lassen. Ich ließ meinen Wagen an dem Hydranten stehen.
»Ich spreche in der Regel nicht mit Polizisten.«
»Ich weiß, was Sie meinen. Wir sind unerfreuliche Leute.«
»Aber diese ganze Geschichte macht mich wütend. Ich bin fuchsteufelswild.«
Izzy Hubbard sah nicht fuchsteufelswild aus. Sie sah aus wie achtzig und so kühl und gelassen wie Katharine Hepburn. Sie trug ein bedrucktes seidenes Hemdblusenkleid mit Blumenmuster, einen Ring mit Saphiren in dem gleichen tiefen Blau und Diamanten, und ihr Blut war vermutlich blauer als alles andere, zumindest für Chicago. Habe ich vorhin gesagt, dass sie blaues Haar hatte? In Wirklichkeit war es ein heller Fliederton. Ich weiß das, weil es genau zu den Blüten des riesigen Straußes passte, der auf dem Flügel stand.
»Meine Mutter liebt Flieder«, teilte ich ihr mit.
»Das sind Kunstblumen. Sehr gute Kunstblumen. Wir haben Juli. Und warum sollte es mich interessieren, was Ihre Mutter mag?«
Sie war ein richtiges Original, diese Izzy Hubbard. Normalerweise würde ich eine reiche Goldküstenwitwe mit Glacéhandschuhen anfassen – aber Boxhandschuhe schienen hier eher angebracht. Sie mochte es lebhaft und unverblümt? Ich kam ihr lebhaft und unverblümt. Ich hielt mich an die Regeln.
Finde raus, was sie essen, und fütter sie damit, lautete Elliots Ermittlungsregel Nummer acht. Sie galt für die Befragung von Zeugen und Verdächtigen und überhaupt für alle Gelegenheiten, bei denen ein Polizist etwas kostenlos wollte.

»Carson Stoufley war ein Päderast«, informierte Izzy Hubbard mich kurz und bündig.
»Tatsächlich.«
»Ein Päderast«, wiederholte sie.
»Ein Homosexueller mit Sicherheit«, stimmte ich zu.
»Das hätte jeder Idiot sehen können«, schnappte Izzy. »Ich rede nicht über Homosexualität. Päderastie, darüber rede ich.« Sie war wirklich wütend, und sie gefiel mir ungeheuer gut.
»Es war nicht schicklich?«, fragte ich sie herausfordernd.
»Schicklich? Wer schert sich um Schicklichkeit? Kleine Kinder beschlafen hat nichts mit Schicklichkeit zu tun. Aber mit Anstand.«
Eine Minute lang dachte ich, sie würde weinen, Tränen schierer Wut. Sie hatte keine Ahnung, wie einig ich mit ihr war.
»Es hat vor Jahren angefangen, aber damals war er selbst noch ein junger Mann – vergleichsweise.«
»Er wurde älter, sie wurden jünger?«
»So sah es aus. In Wirklichkeit war es wohl eher so, er wurde älter, und sie waren immer gleich alt. Nach Frederick habe ich keinen von ihnen wirklich gekannt. Er war der erste. So ein reizender Junge. Ich habe allen Ernstes geglaubt, er wäre Carsons Neffe. Können Sie sich vorstellen, dass man so dumm sein kann? Carson hatte im Lauf der Jahre ein paar Dutzend Neffen.«
»Sie wollten mir von Frederick erzählen.«
»Ich muss sagen, ich hatte ihn sehr gern. Zu gern. Ich habe diesen kleinen Jungen richtig geliebt, und später, als es mir klar wurde, hat es mich fast umgebracht. Wenn ich nur daran denke, dass er die ganze Zeit – als ich ihm Kla-

vierspielen beibrachte und er mir alles über Zuckergewinnung und Langusten –«

»Verzeihung?«

»Carson hat eine Geschichte erfunden. Der Junge sei aus der Provinz, irgendwo aus dem Süden, ein armer Verwandter. In die Stadt gekommen, weil seine Chancen hier besser wären. Was für ein Blödsinn! Es macht mich richtig wild. Natürlich sind nach Frederick noch andere gekommen. Dutzende, wie gesagt. Alle in dem Alter, in dem Frederick am Anfang gewesen war.«

»Sie haben eine Fixierung.«

»Ich weiß Bescheid. Ich weiß, dass sie angeblich selbst missbraucht worden sind – bei Carson bezweifle ich es –, und ich weiß, sie sind auf Jungen in dem Alter fixiert, in dem sie waren, als …«

»Als es ihnen selbst passiert ist.«

»Ich kann meine Sätze selbst beenden, Detective Elliot. Ich bin noch nicht senil, vielen Dank.«

»Warum haben Sie sich auf diese Unterhaltung eingelassen, Izzy?«

»Wahrscheinlich wollte ich seinen guten Namen in den Dreck ziehen.«

Sie gestattete sich ein Kichern. »Das wird es wohl sein. Seinen guten Namen in den Dreck ziehen und es ihm heimzahlen.«

»Was ist aus Frederick geworden?«

»Oh, was wird aus diesen Jungen? Sie machen so weiter. Das wissen Sie doch selbst.«

»Nicht immer.«

»Immer interessiert mich nicht, Detective Elliot. Mit Frederick war es jedenfalls so.«

»Das tut mir Leid.«

»Es tut Ihnen Leid?«, höhnte sie. »Warum sollte es Ihnen Leid tun? Sie arbeiten bei der Sitte, oder?«
»Genaugenommen –«
»Wollen Sie wohl still sein? Wahrscheinlich kennen Sie Frederick, wenn Sie bei der Sitte arbeiten.«
»Wieso das?«
»Als ich Frederick das letzte Mal gesehen habe, stand er an einer Bushaltestelle in der Wabash Street, in dieser Wohngegend, wohlgemerkt, mit hochhackigen Pumps und einer Perücke.«
»Und Sie sind sicher, dass es Frederick war?«
»Natürlich bin ich sicher. Er war wie ein Sohn für mich. Er war ...« Von ihren Gefühlen überwältigt und wütend, weil sie sich überwältigen ließ, brach sie ab. »Er war ein bezauberndes Kind, Detective«, schloss sie schließlich. »Ein bezauberndes, bezauberndes Kind.«
Ich verabschiedete mich und ließ Izzy Hubbard mit ihrem Kummer allein. Ich dachte an Dynel-Perücken. War es möglich, dass ihr Frederick jetzt meine Putzfrau war?
Die Fingerabdrücke waren zurückgekommen, und ich hatte Stoff zum Nachdenken. Bei der Untersuchung war nichts herausgekommen. Meine »Putzfrau« wäre einfach nur eine Putzfrau, hätte man meinen können.
Das Gleiche passierte, als wir uns die bei Johnny und Nesbitt genommenen Abdrücke noch einmal vornahmen. Aber ich hatte eine Art Ahnung.
Von Izzy Hubbard würde ich mehr nicht bekommen. Aber ich war lang genug Polizist, um zu wissen, wenn es nicht aufhört zu jucken, sollte ich kratzen.
Carson Stoufleys Archiv fiel in diese Kategorie. Ich war drei Schränke zusammen mit Courker durchgegangen und einen ohne Courker. An Courkers Schlüsselring hat-

te ich Gartentor, äußere Tür, innere Tür, Höhle, Archiv und Schränke abgehakt. Es gab noch einen Schlüssel. Natürlich konnte der zu einem Wochenendhaus in Wisconsin gehören, aber ich bezweifelte es.

Ich wollte noch einmal zu Stoufley, aber ich musste warten, bis es dunkel war. Ich hatte Zeit totzuschlagen und einen Hund auszuführen, also ging ich nach Hause.

Paradise war froh, mich zu sehen. Ich hatte ihr ein Zeitungslager in der Küche gemacht, und sie hatte sich die Zeit damit vertrieben, eine Skulptur aus dem Müll zu basteln. Als sie mich sah, pinkelte sie vor Freude.

»Und was zum Teufel ist das hier, Paradise?«

Sie legte den Kopf zur Seite: »Was hast denn du erwartet? Ich langweile mich zu Tode.«

Es war idiotisch, sie zu behalten, das wusste ich. Also redete ich mir ein, sie sei in Wirklichkeit Zachs Hund und ich behielte sie für ihn. Ich weiß nicht, wie es Ihnen geht, aber ich finde meine kleinen Selbsttäuschungen komisch. Ich bilde mir ein, ich durchschaue sie. Gloria würde Ihnen sagen, dass das nicht der Fall ist.

Paradise begann zu bellen. Braves Hundchen. Jemand an der Tür. Mit gezogener Waffe und vibrierenden Nerven öffnete ich – gerade rechtzeitig, um zu sehen, wie sich die Aufzugtür schloss. Ein großer Umschlag lag vor der Wohnungstür auf dem Boden.

Ich hielt ihn nicht für eine Briefbombe, aber es hätte genauso gut eine sein können. Das erste Foto zeigte Violet Winters, die aktuelle Violet Winters, in ihrer eigenen Wohnung, gefesselt, während jemand auf sie pinkelte. Ich würgte. Das zweite Bild war schlimmer, wenn Sie sich das vorstellen können. Das Foto war unscharf, aber es zeigte unverkennbar Zachary. Er war nackt.

Es warf mich um.
Draußen wurden die Straßen purpurn; es wurde dunkel. Ich hatte das Gefühl, es war schon dunkel. Mit einem Mal wusste ich wirklich, wie viel Angst Ricky Noonan hatte. Es war eine Sache – eine beängstigende Sache –, bedroht zu werden, wenn man den Grund kannte. Es war eine andere, viel beängstigendere, wenn man ihn nicht kannte.
»Haben Sie Feinde?«, hätte ich jetzt einen anderen Menschen gefragt. Meiner Erfahrung nach hat jeder Mensch ein paar. Vielleicht fallen sie einem nicht sofort ein, aber wenn man darüber nachdenkt.
Ich hatte viele Feinde. Männer, die ich ins Gefängnis gebracht hatte, Frauen, die ich zu Witwen gemacht hatte, verwaiste Kinder – alles ein Teil meiner Arbeit. Und dann hatte ich natürlich Gloria. Und Gomez, hätte ich gesagt, bevor sein Tod mich sentimental werden ließ.
Für einen Mann mit vielen Feinden war ich trotzdem nicht der Mann, mit dem man sich anlegte. Mein Job war es, zu dienen und zu beschützen. Mein Job zahlte in gleicher Münze zurück. Niemand nahm sich einen Polizisten vor.
Dann verstand ich. Es war eine Aufforderung zum Tanz. Die Fotos, die Hinweise, der Besuch in meiner Wohnung: alles Einladungen. Dies war persönlich gemeint. Mit einem Mal dachte ich wieder an Noonan, daran, dass ich nicht wollte, dass Ricky Noonan umkam. Sie können das ruhig Übertragung nennen. Sie hätten Recht damit. Es ist ein billiger, aber wirkungsvoller Trick. Polizisten machen sich Sorgen um andere Leute statt um sich selbst. Es gibt uns die Illusion der Unverwundbarkeit.
»Macht Ihre Arbeit Ihnen denn keine Angst?«
»Nein.«

»Was ist mit Ihrem Partner, machen Sie sich Sorgen um ihn?«

»Yeah. Yeah, ich mache mir Sorgen. Dauernd.«

Und so machte ich mir Sorgen um Ricky Noonan. Ich ging mit Paradise um den Block, kam zurück, setzte mich mit einer Cola aufs Sofa und rief Jamie an.

Aus irgendeinem Grund erzählte ich Jamie, dass ich noch einmal zu Stoufley gehen und dort herumschnüffeln würde.

»Aufsteiger«, lachte er.

Ich ließ ihn in seine Farbtöpfe kichern und legte auf. Paradise spielte mir das ungeliebte Kind vor, aber ich sperrte sie in ihren Kasten und machte mich auf in Richtung Goldküste.

Das nächste Gewitter braute sich zusammen. Ich konnte sehen, wie es um die Wolkenbänke flackerte, die über dem See standen. Noch regnete es nicht, aber das Licht war eindrucksvoll, und das leise Donnergrollen kam langsam näher.

Bei Carson Stoufley war es sehr ruhig. Ich ließ den Wagen an seinem Stammplatz neben dem Hydranten, ging die Straße entlang, als gehörte das Viertel mir, und schloss unverfroren die Haustür auf.

Ich habe gesagt, ich hätte eine Ahnung gehabt. Das war die Kurzversion. Ich habe Ahnungen, und später geht mir die Logik der Angelegenheit auf. Noonan wurde von irgendjemanden unter Druck gesetzt, jemandem, der etwas über Carson Stoufley wusste, etwas, das ich noch nicht wusste. Oder von dem ich nicht wusste, dass ich es wusste. Also musste ich zu Stoufley, sonst war die nächste Leiche vielleicht Ricky Noonan.

Die Tür öffnete sich mühelos. Der modrige Dschungelgeruch schlug mir entgegen. Etwas huschte über den Boden. Ich schaltete das Licht an. Etwas starrte mir entgegen: ein winziges menschliches Gesicht, oder doch beinahe. Es war ein junges Äffchen, und es war einsam und halb verhungert. Ich streckte den Arm aus. Es sprang an mir hoch, als sei ich Daddy. Ich fing es auf, und eine Welle von Dschungel kam mit. Der unheimliche Geruch – Affe, sonst nichts.

Ich hatte gehört, dass sie beißen, aber dieser klammerte nur. Ich versuchte, ihn – sie – abzusetzen, aber sie wollte nichts davon wissen. Sie klammerte sich an mich wie eine verängstigte Frau. »Rette mich, rette mich«, jammerte sie. Ich bin Polizist. Ich rette Leute. Irgendwer musste es ihr erzählt haben.

Die Wahrheit ist, das Äffchen beruhigte mich. Mein Instinkt teilte mir mit, dass das Haus leer war. Das Äffchen auch. Ich setzte es ab, und es klammerte sich an mein Bein.

»Na, okay, Baby.«

Ich machte mich auf zur Höhle. Kein Trommeln, das durch den Fußboden heraufdrang. Kein Gefühl, dass irgendetwas Lebendiges wartete, um sich auf mich zu stürzen.

Ich öffnete die Kellertür und wusste sofort, was dort unten wartete, war der Tod. Ich zog die Waffe, erwartete aber nicht, dass ich sie brauchen würde. Ich schaltete die elektrischen Kandelaber an, und der Tod starrte mir ins Gesicht. Ich musste nur die Schrift an der Wand lesen. »BYE BYE« stand da in roten Buchstaben. Die roten Buchstaben waren Blut. Das war schlimm genug. Aber daneben war ein Pentagramm gemalt.

Die Waffe in der Hand, das Äffchen am Bein, stieg ich die

gotische Treppe hinunter. Der Klang der Trommeln schien noch in dem Lagerfeuergeruch zu hängen, der hier herrschte. Jemand hatte sich hier mit einem richtigen Ritual amüsiert: Trommeln, Feuer, das volle Programm. Ich durchquerte den großen Raum, in dem ich inzwischen eine Art Tempel sah, und schloss die kleine Tür zum Archiv auf. Äffchen und ich gingen hinein. Der Boden war übersät mit Fotos. Manche davon waren mit Blut bespritzt.

Der vierte Schrank, der verschlossene Schrank, war aufgebrochen worden. Die Fotos schienen fort zu sein. Ich schichtete das Zeug auf dem Boden mit den Füßen um, fand Akte, mehr Akte, Fesselspiele, Paarungen, aber keinen abgetrennten Torso und keine Kinder.

Der unbenutzte Schlüssel an Carson Stoufleys Schlüsselring war klein und silbern. Er konnte nicht zu einer Tür gehören. Eine Schublade vielleicht oder eine Schatulle. Ich wollte schon gehen, als ich die Schublade sah.

Ich habe den Stahltisch erwähnt. Der Tisch hatte eine Schublade, die Sorte, in der man Geräte aufhebt, Folterwerkzeuge vielleicht. Der Schlüssel passte. Ich öffnete die Schublade. Sie war leer bis auf ein einzelnes Blatt Papier. »Ich hab sie gefunden, Carson«, stand da. Es war blasslila Leinenpapier. Ich nahm den Zettel mit.

Das Äffchen zerrte an meinem Kragen. Ich schloss die Schublade. Ich schloss sie ab, ging auf Zehenspitzen über den Berg pornographischer Fotos, schloss die Archivtür, schloss sie ab. Wir hatten Stoufleys Kopf in Nesbitts Atelier gefunden, er hatte ausgesehen wie Johannes der Täufer: das Heldenhaupt, verklebtes Haar, starrende Augen. Ich fand Stoufleys Körper in dem Kellerraum. Oder zumindest etwas, von dem ich annahm, dass es sein Körper war. Beim Gehen hatte ich einen Augenblick quer durch den Raum und genau in das schwarze Maul des überdimensionierten Kamins geblickt. An dem Drehspieß hing ein Körper. Schwarzgebrannt, fast bis zur Unkenntlichkeit verkohlt – aber nicht ganz.

41

Jamie empfing mich an der Tür, sein abgesägtes Schießgewehr und ein Glas in den Händen.

»Wir haben unerwarteten Besuch«, sagte er und nickte zu Violet Winters hin, die drei Meter hinter ihm stand. Er gab mir das Glas.

»Brauche ich das?«, fragte ich.

»Yeah. Vielleicht.«

»Mein Oberlicht war offen, als ich nach Hause kam«, sagte Violet. »Salvation war betäubt. Und das hier habe ich bekommen.« Sie gab mir einen Umschlag. Er sah aus wie der, den ich gefunden hatte. Ich ging zu einer Stehlampe hinüber und öffnete ihn. Noch eine Bildergalerie.

Wieder Violet, diesmal mit einem Pistolenlauf im Mund, und ich meine einen Pistolenlauf – das ist keine Metapher. Ihre Augen wirkten glasig, abwesend; es war nicht einmal zu erkennen, ob sie überhaupt bei Bewusstsein war.

Die Fotos zeigten beginnende Blutergüsse im Gesicht, obwohl die Spuren, wie in solchen Fällen üblich, am zweiten Tag schlimmer sein würden als am ersten. Ich dachte an das blaue Auge und das mysteriöse Besäufnis, an das Violet sich nicht erinnern konnte.

»Als Nächstes werde ich erpresst«, sagte Violet wie ein Echo auf meine eigenen Gedanken.

»Hast du sonst irgendwas gefunden? War irgendwas verschoben?«
»Das Telefon habe ich gefunden.«
»Und ihn hast du angerufen?« Ich war eifersüchtig.
»Sie war auf der Suche nach dir«, sagte Jamie. Er wirkte beinahe schuldbewusst. Wahrscheinlich hatte er mit ihr geflirtet, bevor ich kam.
»Hey. Sehe ich eifersüchtig aus?«
»Ja.« Violet kicherte. Jetzt war ich wirklich gereizt.
»Ich hab dir ein kleines Geschenk mitgebracht«, sagte ich. »Eigentlich wollte ich es Jamie geben, aber ich habe gerade entschieden, dass er keins verdient.«
»Aber ich hab doch gesagt, sie hat deinetwegen angerufen«, erinnerte Jamie.
»Bin gleich zurück«, sagte ich.
Ich ging hinaus zum Wagen, wo das Äffchen wartete. Ich wusste, ich hätte sie nicht mitbringen dürfen, aber die Alternativen waren, sie verhungern zu lassen oder mich selbst zu verpfeifen: Holt diesen Affen ab, damit ihr wisst, wo ich mich rumgetrieben habe.
»Ein Baby«, sagte Violet entzückt, als ich zurückkam. »Ein Rhesusbaby. Komm zu Mama, Liebling.«
»Wo hast du denn das her?«, fragte Jamie.
Ich warf ihm einen Blick zu: Halt den Mund. Frag nicht.
Das Äffchen kroch in Violets ausgestreckte Arme. Ich wünschte, ich könnte das Gleiche tun.
»Ich sollte dich in Schutzhaft nehmen«, sagte ich.
Jamie grölte. »Tolle Zeile, und ohne zu lachen.«
»Das hier ist ernst«, fuhr ich ihn an. Der große Schauspieler.
»Okay.« Jamie gab mir einen Stoß und begann, das Äffchen zu streicheln.

Wir spielten Komödie, um Frau Doktor zu beeindrucken, die aber nicht beeindruckt war.
»Hey, ihr zwei, es reicht.«
»Das gilt auch für dich«, sagte Jamie. Baby hatte entschieden, dass sie unwiderstehlich war, und war aus den Armen von Frau Doktor in seine gesprungen.
»Oh, Shit«, sagte er, unverkennbar entzückt. Er kraulte Babys Kopf. Es sah nach wahrer Liebe aus.
»Und du brauchst eine sichere Unterkunft«, sagte ich zu Violet. »Du und dein gefährlicher Wachhund.«
»Sie könnten beide zu mir kommen«, sagte Jamie. Ich hätte ihn umbringen können. Und ihm danken.
»Ich wäre sehr dankbar«, sagte Violet, eine Spur zu schnell für meinen Geschmack.
Was stimmt denn nicht mit meiner Wohnung?, hätte ich gern gefragt, aber die Antwort war zu offensichtlich: Dort wurde ein Mensch umgebracht. Also hielt ich den Mund und kochte vor mich hin.
»Er denkt grade darüber nach, ob das für mich sicher ist«, alberte Jamie.
»Oh, für dich ist es sicher«, gab Violet zurück. »Bei mir heißt es ja oder nein. In deinem Fall nein. Du bist Elliots Freund.«
»Ich bin Elliots Freund.« Jamie verwies sie auf ihren Platz. »Ich hab dich nicht angemacht, ich habe angeboten, dich zu beschützen. Für ihn. Und nimm diesen Scheißaffen zurück.«
»Ihr zwei seid urkomisch«, sagte ich liebevoll. Für den Augenblick glaubte ich, die Sache in der Hand zu haben.
Habe ich erwähnt, dass eine professionelle Stripperin für Jamie die Vorstellung von der idealen Frau ist? Als er

mich vor Violet gewarnt hatte, hatte er seine eigenen Maßstäbe angelegt.
»Ihr könnt beide aufhören zu gaffen.« Mit einem Mal war ihr Brustansatz interessant geworden. Das Äffchen tastete sie eifrig ab, offenbar auf der Suche nach einem kostenlosen Abendessen.
»Wir brauchen eine Flasche«, sagte Frau Doktor.
»Gin, Scotch, Tequila?« Jamie hatte eine Bar für Besucher.
»Eine Babyflasche.«
»Klar, kein Problem.«
»Improvisieren wir. Hast du Milch da?«
»Lasst euch was einfallen. Gebt ihm eine Banane wie im Film. Ich gehe arbeiten.«
»Elliot?« Violets Stimme klang sanft.
»Was, Dr. Winters?«
»Du siehst total erledigt aus.«
Sie hatte ja keine Ahnung.
Der Regen klatschte auf die Straße. Als ich nach Hause kam, hatte ich das Gefühl, ich hätte eine Stunde lang vollständig angezogen in der Sauna gesessen. Eigentlich wollte ich duschen und dann direkt ins Bett. Und dann bemerkte ich das Blinken des Anrufbeantworters.
Zachary hatte eine Nachricht hinterlassen: »Hi, Dad. Hier ist Zach. Bitte ruf zurück.« Es war viel zu spät, um heute noch anzurufen. Ich holte zusätzliches Zeitungspapier für Paradise; ich dachte nicht daran, sie im strömenden Regen auszuführen. Als Nächstes hörte ich Myerlings Nachricht ab. Es war Mitternacht, aber ich rief Myerling trotzdem zurück. Er hatte auf den Anruf gewartet.
»Heute Abend hab ich Chabrol reingekriegt«, sagte er.

»Gleich nachdem du weg warst. Er ist mit der Extrapost gekommen. Eine Nachricht für dich war auch dabei.«

»Passiert mir zur Zeit dauernd. Was für eine Nachricht?«

»Ich erzähl's dir bei Harry.«

»Du schläfst nie, stimmt's? Du willst bei diesem Wetter noch zu Harry?«

»Du schläfst ja auch nicht.«

»Danke, Harold.«

Wir machten aus, uns in einer Viertelstunde bei Harry zu treffen. Also um eins, und das in einem gefährlichen Teil der Stadt. Vielleicht dachte Myerling niemals an solche Dinge. Vielleicht war ihm der Tod so vertraut, dass er nicht mehr zählte. In letzter Zeit hatte er für mich zu zählen begonnen. Vielleicht hatte es etwas mit Violet Winters zu tun. Vielleicht auch damit, dass sich das Unglück meiner fünfzehn Jahre dauernden Ehe allmählich verflüchtigte. Vielleicht lag es auch daran, dass ich mich um Zach kümmern wollte. Plötzlich schien mir, dass es noch etwas anderes gab als meinen Job.

Als ich bei Harry auftauchte, verzog er das Gesicht. »Hey, Detective, es gießt. Ich wollte gerade dicht machen.«

»Sorry, Harry. Ich hab einem Freund versprochen, ihn hier zu treffen.«

»Was soll's, ich kann ja das Silber polieren«, sagte Harry.

Ich bewachte den Tisch am Fenster, als Myerling draußen aus dem Auto stieg. Er sah aus wie chemisch gereinigt. Er trug einen teuren, knochentrockenen Regenmantel und hatte einen großen, glänzenden, begräbnisschwarzen Schirm dabei. Mit ihm klopfte er an die Scheibe und winkte – ich sollte zu ihm hinauskommen. Ich schüttelte den Kopf, woraufhin er widerwillig hereinkam.

»Hey, mach das Ding zu. Regenschirme in Räumen bringen Unglück«, sagte Harry.
»Wir brauchen nicht lang«, versprach ich.
Myerling lehnte den Schirm an die Scheibe und setzte sich. »Es war nicht Aids«, sagte er.
»Was?«
»Chabrol. Es war nicht Aids.«
»Aber er war richtig ausgezehrt.«
»Das stimmt.«
»Gift?«
»Gewissermaßen.«
»Nicht schon wieder. Als Nächstes sagst du Voodoo oder Satanismus.«
»Verhungert.«
»Quatsch.«
»Wenn ich's dir sage.«
»Aber warum?«
»Das kannst du mir erklären.« Myerling gab mir einen Umschlag. »Detective Mayo.« Die Handschrift war dünn und krakelig – Chabrols, nahm ich an. Ich öffnete ihn. Ein einzelnes Blatt, ein einziger Satz: »Ich konnte die Dunkelheit nicht mehr ertragen«, stand da. Und zu allem Überfluss war darunter ein wackeliges Pentagramm gezeichnet.
Ich gab das Blatt an Myerling weiter.
»Was ist das?«, fragte er. »Ein Geständnis?«
»Vielleicht, aber von was?«
»Sag du's mir.«
Mein Bulle stieß mich an. Er forderte mich auf, Elliots Ermittlungsregel Nummer neun zu brechen: Erzähl keinem Menschen alles.
»Ich weiß nicht, ob ich das tun kann, Harold.«

»Ah.« Er wirkte nicht überrascht, nur resigniert. Er bat Harry um eine Tasse heißes Wasser, packte einen seiner Teebeutel aus und tauchte ihn ein – auf und ab, auf und ab, auf und ab.

Ich griff in die Tasche. Seit Noonan ihn mir gegeben hatte, trug ich Johnny Vanillas Ring mit mir herum. Ich legte ihn auf den Tisch, und Harold fuhr zurück, als sei er radioaktiv.

»Ich dachte, ich hätte dir gesagt, du sollst das Ding loswerden.«

»Hab ich auch getan. Ich hab ihn dem Asservatenraum zurückgegeben, und Richter Noonan hat ihn *mir* zurückgegeben. Er ist mit der Post gekommen. Noonan hat es für eine Drohung gehalten. Ich habe im Asservatenraum nachgefragt. Sie sind identisch.«

»Was hast du vor?«

»Was soll das heißen, Harold? Diese Scheißgeschichte aufzuklären.«

»Aber du hast einen Poltergeist.«

»Jetzt fang nicht wieder mit diesem Zeug an.«

»Überleg doch mal, Elliot. Du hast da etwas, das niemand sieht und das Dinge verschwinden und wieder auftauchen lässt. Ein Poltergeist treibt Unfug, lenkt die Leute ab, macht ihnen ein bisschen Angst, sonst nichts.«

»Soll das heißen, ich habe es mit einem Geist zu tun?«

»Nimm doch nicht alles so wörtlich.« Myerling tauchte seinen Teebeutel noch ein paar Mal ein.

»Trinkst du das irgendwann auch mal?«

»Wenn es so weit ist. Wer ist dein Poltergeist?«

Ich hätte ihn küssen können. Ich schoss so schnell von meinem Stuhl hoch, dass Harry zusammenfuhr.

»Ich liebe dich, Myerling. Ich rede mit irgendeinem Gerichtsmediziner über Todesursachen, und es kommt ›stumpfer Gegenstand‹ oder ›Erdrosseln‹. Ich rede mit dir und kriege negative Energie, Poltergeister, Kraftringe …«

»Tu doch nicht so unkompliziert«, gab Myerling zurück. »Glaubst du, ich weiß nichts von deinen kleinen Bündeln?«

Ich hatte tatsächlich geglaubt, er wüsste nichts von meinen kleinen Bündeln. Habe ich die schon erwähnt? Ein Spleen, den ich mir aus meiner Pfadfinderzeit bewahrt habe, meine Glücksbringer.

Auf der Heimfahrt fiel mir mein Versprechen wieder ein, ich würde mich um Chabrols Katzen kümmern. Morgen würde ich hingehen. Heute hatte ich vor, zum ersten Mal seit Wochen zu schlafen. Ich glaubte sogar daran, dass etwas daraus werden würde.

Zur Abwechslung hatte ich Recht.

42

Wenn man gut geschlafen hat, sieht die Welt manchmal völlig anders aus. Chicago lag vor meinem Fenster wie eine Lichterstadt. Der Fluss schimmerte wie eine silberne Schlange. Der geflügelte Merkur auf dem Sears-Roebuck-Gebäude war ein Glücksbote. Und ich war ein intelligenter Mann, ein Experte auf meinem Gebiet und im Begriff, den Fall aufzuklären. Ich spürte es. Ich würde es noch zu etwas bringen. Tatsächlich fand ich, als ich im Foyer meine Post abholte, zwei Zeitschriften und einen geprägten Umschlag aus schwerem cremigem Papier vor.

»Irgendwas Interessantes?«, fragte Bobby.

»Ich werde vornehm«, antwortete ich.

Bobby strahlte mich hinter seinem Schreibtisch an. Ich hatte ihm zwanzig Dollar gegeben für die Mühe, die er sich mit meinem Türschloss gemacht hatte, und jetzt waren wir so weit, dass es für den täglichen Schwatz reichte. Er war okay, hatte ich beschlossen.

»Was ist das?«, fragte er. »Ihre Einladung zur Oscarverleihung?«

»So was in der Art.«

Ich hatte nicht gewusst, dass unser neues Vertrauensverhältnis sich auch auf meine Post bezog.

»Ich hab einen Brieföffner da«, sagte er.

»Ich nehm das mit ins Büro.«

Aber im Auto hielt ich es nicht mehr aus. Ich wartete bis zur nächsten Ampel und riss den Umschlag auf. Ja, es war eine Einladung.

Im Namen des Doctors' Fund
für die Kinder Chicagos:
Dr. und Mrs. Malcolm Crutcher laden ein
zu einem Tag der Information und Inspiration.
Palmer House
9.00–17.00
Mittagessen inklusive.

Eine handgeschriebene Mitteilung von Crutcher lag bei:

»Tut mir Leid, das ist ziemlich kurzfristig. Dachte, Sie hätten vielleicht Interesse. Malcolm.«

Ich warf einen Blick auf das Datum. Ziemlich kurzfristig, wahrhaftig. Ich hatte noch genau zwanzig Minuten, wenn ich rechtzeitig im Palmer House sein wollte.
Ich nutzte jedes Polizistenprivileg einschließlich Lichthupe und Sirene, drehte eine Haarnadelkurve in der Mitte der Kreuzung von Clyburn, North und Halsted und donnerte zurück in Richtung Loop.
Das Palmer House war ein Überbleibsel aus Chicagos großen Tagen. Mit seiner Rundumvergoldung sah es aus wie ein römischer Palast. Oder ein Nobelbordell.
Im Foyer begrüßte ein handgeschriebenes Schild die Gäste des Doctors' Fund. Auf einer Seite befand sich ein Tisch, hinter dem drei teuer aussehende junge Frauen in geblümten Kleidern standen. Sie gaben Programme aus, strichen Namen von Listen ab, füllten Namenskärtchen

aus und lächelten strahlende – und künstliche – Willkommenslächeln.
»Ich habe schon eins von denen«, sagte ich zu einer blonden Frau, deren Kärtchen sie als Sharon auswies, und klopfte auf meine Marke. Sie lächelte nervös.
»Detective Mayo? Einen Augenblick …«
Sie blätterte, konsultierte ihre Kolleginnen, entschuldigte sich, ging zu einem kleineren Tisch hinüber und kehrte dann erleichtert und informiert zurück.
»Sie sind auf der Extraliste«, sagte sie.
»Was bedeutet das?«
»Eine Spende wird nicht erwartet.«
Zum ersten Mal bemerkte ich, dass die eintreffenden Gäste Schecks überreichten, wenn sie ihre Kärtchen in Empfang nahmen. Große Schecks.
»Ein wichtiger Anlass«, sagte ich zu Sharon.
»O ja. Ein sehr wichtiger Anlass.« Sie gab mir ein Ansteckkärtchen, die Tagesordnung, einen Stoß Material mit einem Band darum. Es hätte den ganzen Tag gedauert, das alles zu lesen. »Beeilen Sie sich«, sagte sie. »Sie sind an Tisch Nummer drei.« So wie sie es sagte, klang es wichtig.
Ich ließ mich von der Menge mitziehen – einer gut gekleideten, wohlhabenden Menge – und betrat einen eleganten Konferenzsaal. Tisch drei, einer von etwa sechzig, stand ziemlich weit vorn. Ich hatte ihn fast erreicht, als jemand meinen Namen rief.
»Elliot!«
Es war Dr. Winters, ganz elegante Professionalität, die mir von Tisch Nummer sechs aus zuwinkte. Crutcher brachte es offenbar fertig, Kirche und Staat zu trennen – seine Frau mochte für Violet Winters nichts übrig ha-

ben, aber eine geachtete Kollegin war sie nichtsdestoweniger.

»Dr. Winters.« Ich winkte ihr lässig zu, als sei es die natürlichste Sache der Welt, sie hier zu treffen.

Tisch Nummer drei war rund, hübsch dekoriert und mit einem riesigen Blumengesteck geziert. Er bot Platz für sechs.

»Ich bin Marnie Leader«, sagte die attraktive Schwarze rechts von mir. »Kinderhilfswerk.«

»Ich bin Norma Kottlisky«, stellte sich die Frau links vor. Sie war um die sechzig, hatte eine sanfte Stimme, rotes Haar und ein freundliches Lächeln. »Privatpraxis«, fügte sie hinzu.

»Du bist zu bescheiden, Norma«, schalt Marnie Leader. »Sie ist Expertin für Kindesmisshandlung, Inzest und häusliche Gewalt.«

»Das bin ich«, gab Dr. Kottlisky zu.

»Hört sich nach einem furchtbaren Job an«, sagte ich.

»Ja, genau wie Ihrer. Dr. Crutcher hat mir erzählt, dass Sie beim Morddezernat sind, aber ein besonderes Interesse an Kindern haben.«

»Ich habe einen Sohn, falls er das gemeint hat.«

»Wahrscheinlich meint er, Sie könnten uns helfen«, bemerkte Marnie.

»Wobei?«

»Wir haben uns zusammengetan, um Informationen und Ressourcen für notleidende Kinder besser koordinieren zu können.«

»Klingt gut.« Ich fragte mich immer noch, was ich hier eigentlich tat, aber Dr. Kottlisky hatte eine Antwort.

»Malcolm und ich haben darüber gesprochen, wie wichtig es ist, Kontakt zur Wirklichkeit zu halten. Es gibt so viele Hilfsorganisationen, die im Geld schwimmen und es völlig falsch ausgeben.«

»Das ist sicher wahr.« Ich erinnerte mich, irgendwo gelesen zu haben, dass nur ein Zehntel der typischen Spende tatsächlich dazu verwendet wurde, dem Empfänger zu helfen.

»Es geht los«, sagte Dr. Kottlisky.

Die nächsten sechs Stunden vergingen mit einem geradezu atemberaubenden Programm aus Vorträgen, Diskussionen und Broschüren. Zwischendurch erfuhr ich, dass Malcolm Crutcher nicht nur dem Doctors' Fund vorstand, sondern auch im Beirat eines Schutzhauses für misshandelte Kinder saß, sich für eine bessere medizinische Versorgung von Sozialfällen einsetzte und ein Viertel seiner Einkünfte wohltätigen Zwecken zukommen ließ.

»Er ist so inspirierend«, sagte Marnie Leader während einer Pause und nickte zu Malcolm Crutcher hinüber, der auf der anderen Seite des Raums einen Tisch mit hübschen Spenderinnen bezauberte.

»Ja, und er weiß es«, bemerkte Dr. Kottlisky trocken.

»Ihr Held ist er nicht?«, erkundigte ich mich.

»Ich glaube nicht an Helden«, sagte sie entschieden. »Und was treiben Sie hier – halten sich an Malcolms Programm wie ein Schaf?«

»Ja«, antwortete ich, während ich überlegte, wie viel ich ihr erzählen sollte. »Er hat meinen Sohn operiert und mir ein paar Ratschläge für seine Therapie gegeben.«

»Ratschläge? Ich halte Malcolm für einen sehr guten Chirurgen, aber ich wünschte, er würde auf seinem Feld bleiben und sich nicht auch noch auf meinem betätigen.«

»Was ist Ihr Feld?«

»Ich weiß nie so recht, wie ich es beschreiben soll. Spiri-

tuelles Heilen möchte ich sagen. Mein Ansatz ist viel holistischer als Malcolms. Ich halte nichts davon, eine Verletzung einfach zusammenzuflicken und so zu tun, als gäbe es keine emotionalen Narben.«
»Was für ein Ausdruck, emotionale Narben.«
»Er entspricht meinen Erfahrungen. Die Opfer sollten von innen heraus heilen dürfen, statt einfach alles zu verdrängen und irgendwie weiterzumachen.«
»Ich nehme nicht an, dass Sie Alice Hauser kennen?«
»O mein Gott. Sie wollen mir doch nicht erzählen ...«
»Also wirklich, Norma«, schalt Marnie. Sie hatte die Unterhaltung aufmerksam verfolgt.
»Wir vertreten ganz unterschiedliche Ansichten«, sagte Dr. Kottlisky schließlich. Ich hatte den Eindruck, dass sie viel mehr gesagt hätte, wenn Leader nicht am Tisch gesessen hätte.
Ich wechselte das Thema. »Wer hätte hier eigentlich noch sitzen sollen?«
»Ich glaube, Mrs. Crutcher und zwei wichtige Spenderinnen wurden erwartet. Vielleicht haben sie sich beim Einkaufen verspätet.«
Ich mochte Dr. Kottlisky, mochte ihren trockenen Humor und ihre Aufrichtigkeit.
»Ich glaube, ich drehe mal eine Runde«, sagte Marnie Leader.
Ich nickte höflich, aber insgeheim war ich erleichtert. Als Leader fort war, wandte sich Dr. Kottlisky sofort wieder an mich.
»Wo waren wir?«, fragte sie. »Wir sprachen von Ihrem Sohn?«
Ich war dankbar, dass sie den Anfang gemacht hatte. Ich erzählte ihr von Dr. Hausers Ansichten und Malcolm

Crutchers Überzeugung, dass eine Hypnose unnötigen Aufruhr mit sich bringen könnte.
»Ach, Unfug«, sagte sie. »Malcolm kehrt alles unter den Teppich. Chirurgen sind solche Primadonnen – wahrscheinlich vergessen sie, dass sie nicht Gott sind, wenn sie genug Wunder zu Stande gebracht haben. Man kann nicht alles mit einer Operation in Ordnung bringen, aber er gibt es nicht gern zu. Dabei ist die Erinnerungshypnose eine Art psychische Operation. Mit Hilfe der Hypnose holen wir Erinnerungen zurück, können sie sogar wieder durchleben – aber ohne Schmerzen. Wir können den Patienten so programmieren, dass er sie verfolgt wie einen Film. In der Psyche können wir eine Entlastung bewirken. Zumindest das.«
Ich war misstrauisch. Es klang zu gut, um wahr zu sein. Mehr wie esoterisches Wunschdenken als wie Wissenschaft. Ich sprach es aus.
»Das hat nichts mit Esoterik zu tun«, wies Dr. Kottlisky mich zurecht. »Hypnose ist eine alte Technik. Dr. Mesmer hat sie nur populär gemacht, nicht erfunden.«
»Für mich hört es sich an, als rieten Sie mir zu einer Gehirnwäsche bei Zachary.«
»In gewisser Weise ja. Es kann ein sehr reinigender Prozess sein. Aber ich bin nicht Zacharys Ärztin.«
»Okay. Ich darf es nicht vergessen und er auch nicht.«
»Ich sage nur, der erste Schritt ist Heilung. Das gilt für Sie beide. Und dann vergessen Sie. Sonst ist es kein Vergessen, sondern Verdrängung.«
»Gut, ich verstehe. Sie haben mich überzeugt.«
»War ich wirklich so aufdringlich?« Sie schenkte mir ein bezauberndes Lächeln. Ich sah Violet Winters auf unseren Tisch zukommen, und Dr. Kottlisky strahlte. »Ent-

schuldigen Sie mich«, sagte sie. »Eine alte Freundin ... Violet, du siehst wundervoll aus!«
Ich überließ die beiden Ärztinnen ihrer mädchenhaften Wiedersehensfreude, entschuldigte mich und ging hinaus in das goldverschnörkelte Foyer, um Dr. Hauser anzurufen. Ich würde darauf bestehen, dass sie eine Hypnose vornahm, und zwar in meiner Gegenwart. Sie wollte nichts davon hören.
»Ich würde außerdem gern eine zweite Ärztin hinzuziehen ...«
»Ich fürchte, das geht nicht.«
»Dr. Hauser, ich glaube, Sie verstehen nicht ganz. Zachary ist mein Sohn. Als Vater habe ich gewisse Rechte. Zudem steht sein Erlebnis vielleicht in Zusammenhang mit einem sehr üblen Verbrechen.«
»Kindesmissbrauch ist ein sehr schlimmes Verbrechen, Detective, auch wenn Sie vielleicht ...«
»Hören Sie, Doktor, ich will nicht, dass das zu einer Schlammschlacht wird ...«
»Ich fürchte, ich muss bei meiner Meinung bleiben. Hypnose ist bei der Behandlung Ihres Sohnes nicht vorgesehen. Und ich werde mich auf keine Machtkämpfe mit Ihnen einlassen, Detective Mayo.« Sie legte auf.
Sie fragte nicht, warum ich eine Hypnose wollte. Sie bot keine Zusammenarbeit an. Sie sagte Nein.
An Tisch Nummer drei war Dr. Kottlisky inzwischen dabei, sich durch eine große Portion Krabbencocktail zu arbeiten. Dr. Crutcher erschien und küsste sie auf die Wange. Sie winkte ihn lächelnd fort.
»Ich gehöre nicht zu Ihren Patientinnen, Malcolm, Sie brauchen nicht den Onkel Doktor zu spielen«, protestierte sie, errötete aber nichtsdestoweniger.

Crutcher wandte sich mir zu und begrüßte mich mit einem energischen Händeschütteln.
»Fantastisch, dass Sie hergekommen sind, Detective.«
»Fantastisch, dass Sie mich hergebeten haben. Sehr informativ.«
»Nächstes Jahr müssen wir Sie ans Pult stellen. Eine ordentliche Dosis Realität, nicht immer nur Theorie.«
»Apropos Realität, Malcolm, ich habe Detective Mayo gesagt, dass ich mir von einer Hypnose etwas verspreche.«
»Na hören Sie mal, Norma, lassen Sie die Finger davon. Zachary ist nicht Ihr Patient, und Sie wissen genau, dass ich Ihre Hypnose für Hokuspokus halte.«
Es klang freundlich, aber ich spürte die stählerne Entschlossenheit dahinter. Dr. Kottlisky merkte es ebenfalls, schüttelte es aber ab.
»Vielfalt ist die Würze des Lebens, Malcolm«, zog sie ihn auf, als seien ihre Meinungsverschiedenheiten bloße Geschmackssache. Crutcher nahm das Friedensangebot an.
»Wie wahr. Amüsieren Sie sich gut miteinander ... Autsch! Ich muss runter ins Foyer, der Fotograf von der *Trib* ist da.«
Damit verschwand er. Ich sah, wie er sich lächelnd einen Weg durch die Menge bahnte.
»Ein richtiger Gesellschaftslöwe, was?«, kommentierte ich.
»Ein richtiger Politiker«, verbesserte Dr. Kottlisky.
Ich sah, wie Dr. Violet Winters mir auf dem Weg zum Ausgang zuwinkte. Es war Dienstag, der Tag, an dem sie nachmittags operierte. Ich richtete mich auf einen informativen – und endlosen – Nachmittag ein.
Als er endlich vorbei war, nahm ich meinen Broschüren-

stoß, ging noch auf dem Revier vorbei und fuhr nach Hause. Ich hatte eine Entscheidung getroffen, was Zachs Behandlung anging, und wollte sie überschlafen.
Was ich auch tat.

43

Polizisten mögen Polizistenlokale – die Lokale, in denen man Polizisten mag. Schlechtes Essen, grässlicher Kaffee – wir nehmen alles hin, solange man nett zu uns ist. Die besten Polizistenlokale sind Pfannkuchenrestaurants oder griechische Restaurants. Fragen Sie mich bloß nicht, warum. Mein Lieblingslokal ist das Golden Angel. Meine Lieblingskellnerin dort ist Betsy: blond gebleichtes Haar, hundertzwanzig Kilo, mindestens. Betsy liebt mich, und nach all den Jahren kennt sie meine Gewohnheiten. Nach neun Stunden Schlaf und nachdem ich Paradises Hinterlassenschaften weggeputzt hatte, ging ich ins Golden Angel.

»Zwei Spiegeleier, zweimal Toast, Speck und Würstchen«, rief sie, als ich hereinkam. Ich bekam den besten Tisch.

»Hab ihn für Sie reserviert. Ich wusste, irgendwann haben Sie's raus.«

»Sie und Gott, Betsy, Sie und Gott.«

»Ich seh schon, Sie haben endlich geschlafen. Das ist ein gutes Zeichen. Müssen zur Abwechslung mal allein gewesen sein. Sie hätten mich anrufen sollen.«

Betsy brachte mir meinen Orangensaft und die *Tribune,* die jemand anderes liegen gelassen hatte. Ich warf einen Blick in den Sportteil, und dann erkannte ich Mal-

colm Crutcher, seine Frau Ilene und meine Tischpartnerin Marnie Leader, die mich aus dem Gesellschaftsteil anlächelten. Die Crutchers sahen attraktiv und engagiert aus. Marnie Leader wirkte stolz und glücklich.
»Sieht gut aus, der Typ«, sagte Betsy, als sie meine Kaffeetasse nachfüllte. »Und sie sieht aus wie, wie heißt sie doch gleich? Mrs. Trump.«
»Und Sie sehen besser aus als beide zusammen.«
Betsy und ich flirteten seit zwanzig Jahren. Nachdem ich wieder solo war, zog sie mich mit meinem wilden Liebesleben auf. Egal was wir behaupten, die meisten Polizisten haben ein furchtbares Liebesleben.
»Rein und wieder raus wie ein Einbrecher.«
»Hey, bin ich ein Mordschauplatz?«
»Suchst du nach Waffen, oder soll das ein Vorspiel sein?«
Es gibt noch ein paar Hundert mehr davon, und erzählt werden sie von den Mädchen auf der Straße. Eine Menge Polizisten haben etwas mit Prostituierten gehabt, aber seit Aids ist das anders geworden.
Manche Polizisten trinken. Manche probieren es mit Rauschgift. Bei anderen sind es die Mädchen. Die Mädchen sprechen, wovon sie reden, wenn sie von Polizisten reden.
Kein Wunder, dass Polizisten flirten. Manchmal kommen wir zu nichts anderem. Ich erzählte Betsy, dass sie besser aussah als ihre halbwüchsige Tochter, was stimmte. Und Betsy erzählte mir, wie froh sie war, dass meine neue Freundin mir einen Urlaub gönnte.
»Welche neue Freundin?«
»Rotes Kleid, rote Stilettos, klingelt's jetzt?«
Habe ich erwähnt, dass Polizisten klatschen? Wir reden, als hinge unser Leben davon ab, und manchmal tut es das

vielleicht auch. Der Straßenklatsch hatte mir also eine neue Freundin beschert.

»Und, stimmt's?«, fragte Betsy, als sie die Eier brachte.

»Das mit dem roten Kleid? Yeah.«

»Aber Sie treffen sich mit ihr?«

»Sie steht unter Verdacht, Betsy.«

»Solang sie's nicht war. War sie's?«

»Kann ich noch Orangensaft haben?«

»Mist. Und ich dachte, Sie sind in der Drüber-reden-Phase.«

»Die kommt schon noch. Im Gegensatz zu meinem Orangensaft.«

»Ja, Boss.«

Was bei Betsy die Drüber-reden-Phase hieß, war der abschließende Teil einer Ermittlung. Die meisten Ermittlungen sehen aus wie Knochen.

Am Anfang gibt es den dicken ausladenden Teil; man sammelt Information, man redet mit aller Welt. Danach kommt der lange, dürre Mittelteil des Knochens. Man denkt nach. Man will überhaupt nicht reden. Man grübelt. Man ist … unausstehlich, was Gloria mir häufig vorwarf.

Dritter Teil, man hat eine Theorie, vielleicht sogar einen Plan, man stellt Fallen, versucht die Leute dazu zu bringen, dass sie hineintappen. Jetzt hat das Gerede einen Zweck. Man fischt immer noch im Trüben, aber gleichzeitig produziert man möglichst viel Rauch.

Betsy kam mit meinem Saft. Gut, wir würden also reden. Allerdings würde ich das Thema vorgeben.

»Wissen Sie, was wirklich komisch ist, Betsy?«

»Was?«

»Ich vermisse Gomez.«

»Im Ernst. Ich hab gedacht, als er sich mit Ihrer Frau einließ …«
»Meiner Exfrau.«
»Ja, jetzt schon, aber als es anfing, hab ich den kleinen Mistkerl gehasst.«
»Und Sie vermissen ihn gar nicht?«
»Er war komisch.«
»Ja, Humor hatte er.«
»Nein. Er war komisch.«
»Ich weiß, was Sie meinen.«
»So? Ich meine, die Art, wie er mit Frauen umging. Und dieses religiöse Zeug. Seine Freunde, hat er immer gesagt, aber ich glaube, er hatte es mit diesem Voodoomist. Die sieben Mächte oder die zwölf Mächte oder irgend so was. Ich weiß, sie sind wie Heilige oder so, aber …«
»Yeah. Bisschen merkwürdig, was?«
»Genau wie Chabrol. Aber den vermisse ich wirklich. Das mit den Heiligen hat er mir erzählt, nicht Gomez.«
»Wie wär's mit der Rechnung?« Ich sah auf die Uhr, tat so, als sei ich spät dran.
Man sollte immer gehen, wenn man etwas erfahren hat, bevor sie merken, dass man die Angelschnur ausgeworfen hat. Bei Betsy hatte ich es wahrscheinlich etwas zu deutlich gemacht. Aber eine gute Kellnerin hat einen Blick für Menschen, genau wie ein guter Polizist. Ich hatte wissen wollen, ob sie etwas bemerkt hatte, das mir entgangen war. Und sie war auf die gleichen Dinge gekommen wie ich: schräger Sex und schräge Religion.
Oscar Gomez – und/oder seine Freunde – praktizierte also Voudun, einen Mischmasch aus afrikanischen Traditionen und Katholizismus. Ich würde es Voodoo nennen, aber das Wort beschwört alle möglichen Schreckens-

bilder herauf. In Wirklichkeit gehören zu der Religion Aspekte der Freimaurerei und der Kabbala, der Metaphysik und der Theosophie. Und Tieropfer – aber das gilt schließlich auch für den Judaismus. Was waren schon ein paar Hühner und Ziegen unter Freunden?

Das hing wohl von den Freunden ab.

44

Ich fragte vom Golden Angel aus meinen Anrufbeantworter ab und rief Ricky Noonan an, der dringend um einen Rückruf gebeten hatte. Er erzählte von lauter kleinen Unfällen, Elektroschocks, wann immer er einen Lichtschalter berührte, plötzlich versagenden Automotoren, Rauschen im Telefon.

»Ist das normal?«

»Klingt nicht normal.« Ich erzählte ihm nicht, dass derlei bei Voudun-Opfern oft passierte.

»Dachte ich mir.«

»Was willst du jetzt tun?«

»Was du mir vorschlägst.«

Er hatte Angst, und er wirkte aufgeschlossener als sonst. Ich erzählte ihm von Pater Bremner.

»Ich kann dich fahren«, sagte ich. »Wir reden im Auto.«

»Ich fahre lieber selbst. Entspanne mich ein bisschen dabei.«

»Ich beschreibe dir den Weg. Wir treffen uns um neun dort, außer du hörst noch von mir.«

Ich beschrieb den Weg – zweimal, um ganz sicher zu gehen. Und ich gab ihm Bremners Nummer für den Fall, dass er sich verfuhr.

Armer Ricky. Er stand wirklich unter Strom. Pater Bremner dagegen war völlig gelassen. Man hätte meinen können, er hätte mit meinem Anruf gerechnet. Wahrscheinlich stimmte das sogar. Ich erzählte ihm von Rickys kleinen Unfällen. Pater Bremner sagte, er erwarte uns beide am selben Abend, um neun, wenn es mir recht wäre.

Ich bemerkte die Übereinstimmung.

Wie die meisten Polizisten interessiere ich mich für außersinnliche Wahrnehmungen. Wie die meisten Polizisten gebe ich es nicht gern zu. (Mein Bulle ist eine Form von außersinnlicher Wahrnehmung oder zumindest von Intuition.) Wir sprechen es nicht laut aus, aber der sechste Sinn rettet uns das Leben. Er ist das komische Gefühl, das uns sagt »Geh nicht durch diese Tür« oder »Der hat eine Waffe«. Es ist eine Kombination aus Insiderwissen und Instinkt. Ich höre mich an wie Myerling, wenn ich drüber rede. Sehen Sie's mir nach.

Es gibt zwei Sorten: Senden und Empfangen. Wenn ich meinem Bullen zuhöre, empfange ich. Sie können es Ahnungen nennen, aber es sind Nachrichten.

Wenn ich bei einem Fall das dritte Stadium erreicht habe, verwende ich die andere Sorte. Ich sende. Beschreiben lässt sich das am ehesten noch mit einem indianischen Ritual. Sie verkleiden sich als das Tier, das sie erlegen wollen. Sie umwerben es in der Geisterwelt, rufen es, laden es zur Jagd ein, versprechen ihm einen ehrenvollen Tod. Es klingt albern, aber ich weiß, wovon sie reden. Ich mache das Gleiche bei Mördern.

Damit will ich nicht sagen, dass ich mir Hörner aufsetze – das hat Gomez für mich erledigt. Ich bemale mich nicht, trage kein Bärenfell, hüpfe nicht herum. Aber ich sammle Gegenstände und stelle eine Art Bündel zusammen. Sie können das ruhig seltsam finden – es *ist* seltsam –, aber es funktioniert. Ich hatte noch ein paar Dinge zu erledigen, und dann würde ich mit meinem Bündel anfangen.

Zunächst brachte ich Dr. Hausers Sekretärin Fotokopien von Zachs Zeichnungen mit einem Zettel, auf dem stand: »Was sagen Sie dazu?« Dann fuhr ich zu Chabrols Wohnung. Ich stieg hinauf in den dritten Stock, fand den Wohnungsschlüssel unter dem Fußabtreter, und eine Katze schlug mit den Klauen nach mir. Der große graue Perser. Die Katze war vielleicht völlig ausgehungert. Die Wohnung war vielleicht verwüstet. Irgendwelche Leute von der Straße lebten jetzt vielleicht dort. Vielleicht war die Wohnung sogar leer. Ich wusste nicht, was ich erwartet hatte, aber es war nicht das, was ich fand, als ich die Tür öffnete – Schönheit.

Jemand hatte die Wände von Chabrols Wohnung bemalt. Sie leuchteten in tropischen Farben. Auf dem mittleren Bild kam Chabrol in den Himmel. Wie nicht anders zu erwarten, sah der Himmel aus wie eine Karibikinsel. Chabrol trat durch ein girlandengeschmücktes Tor ein. Er trug ein langes weißes Gewand, und neben ihm ging ein weißer Hund. Ja, es war das Bild aus meinem Traum.

Das Gemälde erschreckte mich nicht, obwohl es das vielleicht hätte tun sollen. Stattdessen fühlte ich mich auf seltsame Art getröstet, als wachte Chabrol oder irgendjemand sonst über mich, irgendeine Macht.

»Hallo, Miez-miez-miez.« Neben der Tür stand ein großer Tragekasten mit Anweisungen. »Links, Meme, rechts, Blue.« Ich las den Zettel.

»Sie gehören zusammen«, stand da in Chabrols dünner zittriger Schrift. »Meme ist verwöhnt und mag am liebsten Hühnerleber. Blue ist unkompliziert. Sie lassen Möbel in Frieden und sind geimpft. Danke.«

Die Katzen ließen sich einfacher fangen und verstauen, als ich erwartet hatte. Dann sah ich mich um und traf meine Wahl.

Unter einem Fenster, das nach Osten auf den See hinausging, hatte Chabrol einen kleinen Altar angelegt. Ich nenne es einen Altar, obwohl Sie vielleicht nur eine Sammlung von Kleinkram gesehen hätten. Ich nahm einen Brocken Quarz, eine blaue Feder und einen Kerzenhalter. Und das Stück chinesische Seide, auf dem sie angeordnet waren. Dann nickte ich Chabrol zu, dem Chabrol, der über mir schwebte wie der auferstandene Christus, nahm die Katzen und ging. Ich stellte mein Bündel zusammen.

Als Nächstes fuhr ich zu einer okkulten Buchhandlung. Ein schäbiger kleiner Laden, aber er hatte, was ich brauchte. Für 29,95 Dollar erstand ich ein Zeremonialmesser mit einem »Rubin« im Heft. Außerdem ein schwarzes T-Shirt mit einem Ziegenkopf darauf und ein abscheuliches, in gotischer Schrift gedrucktes kleines Buch über Hexerei.

Ich kam der Sache näher, ich merkte es. Um einen Killer zu fangen, muss man selbst wie einer denken. Deshalb werden Polizisten seltsam. Sie müssen zumindest im Geist die Grenze zu einer fürchterlichen Unterwelt überschreiten. Wenn ich es in Worte zu fassen versuche, klingt es vage, aber ich betrachte das, was ich tue, als das Aussenden einer besonderen Art von Botschaft. Und es lockt den Killer zu mir.

Vielleicht kann nur ein anderer Polizist das verstehen. Oder ein Jäger. Oder ein Killer. Oder eine verliebte Frau. Man stellt eine Falle. Man verschickt eine Einladung und lässt sie verlockend erscheinen. Man bittet zum Tanz.

Als Nächstes brauchte ich eine Erotikbuchhandlung. Ich entschied mich für die an der South Halsted mit den bei-

den auf die Fassade gemalten großbusigen Mädchen. Die Mädchen waren nur eine Einladung; vor allem handelte der Laden mit anonymem schwulem Sex. Ich wusste genau, was ich dort wollte, und es war nicht das Übliche; die Frage war, ob ich es bekommen würde. Ich habe es schon erwähnt, ich sehe aus wie ein Bulle vom Morddezernat. Das war okay. Nur, konnte ich aussehen wie ein perverser Bulle vom Morddezernat?
Der Typ am Tresen registrierte den Polizisten in dem Augenblick, in dem ich zur Tür hereinkam. Die Männer, die blätternd um die Regale und umeinander herumstrichen, erstarrten. Bulle-Bulle-Bulle blinkte das Signal. In manchen Läden gibt es tatsächlich ein Blinklicht. Hier war es das Tapp-Tapp-Tapp, das der Typ auf seinen Kassentisch trommelte. Ich ging wieder, ohne etwas erreicht zu haben – oder jedenfalls glaubte ich das, bis ich beim Hinausgehen mit einem anderen Kunden zusammenstieß. Er ließ seine Papiertüte fallen und rannte, als wären Dämonen hinter ihm her. Vielleicht waren sie es ja.
Ich hob die Tüte auf, klemmte sie mir unter den Arm und kehrte schleunigst zu meinem Wagen zurück, den ich zwei Blocks entfernt geparkt hatte. Drinnen, bei verschlossenen Türen, sah ich mir die Erwerbung an. Ich hatte mich nicht geirrt.
Kinder, ein kommerziell hergestellter deutscher Porno mit einem Aufkleber, der ihn als Aufklärungsfilm auswies. Und ein paar einschlägige Fotos. Sie hätten Spucktüten dazulegen sollen.
Die Katzen begannen zu miauen, als ich da im Auto saß mit den dreckigen Bildern im Schoß. Eine von ihnen zumindest. Der Perser, Meme, hatte ein winziges klägliches Stimmchen. Blue schien der schweigsame Typ zu sein.

Ich hätte sie gleich ins Tierheim bringen sollen, aber ich hatte Chabrol mein Wort gegeben, und so machte ich mich auf den Weg zu Jamie.
Ein Hund, ein Affe, zwei Katzen. Zwei Hunde, wenn man Salvation mitzählte. »Treib's nicht zu weit«, sagte Jamie, als er die Tür öffnete. »Wenn du wissen willst, ob Frau Doktor da ist, Frau Doktor ist im Krankenhaus. Der Hund und der Affe sind hier. Jetzt nimm diese Katzen und verschwinde. Treib's nicht zu weit.«
Ich wandte ihm sorgfältig den Rücken zu, während ich den Kasten absetzte und begann, ihn zu öffnen.
»Der Laden hier ist ein Zoo.«
»Du hast drum gebeten. Außerdem bringen Affen Glück.«
»Na sicher. Kobras auch.«
»Ich hab's einem Toten versprochen. Ich bin abergläubisch.«
»Du hast einem Toten was versprochen? Mir seine Katzen zu geben?«
»Ein Zuhause für sie zu finden.«
»Das hier ist aber keins.«
»Doch, natürlich. Tattooed Zoo. Ein Zoo ist ein Zuhause für Tiere.«
»Mach noch mehr Mist, und ich werde selbst zum Tier. Deine Freundin, ihr Köter, zwei Katzen, ein Affe. Wem gehört der Affe überhaupt?«
»Du willst's nicht wissen. Dir wahrscheinlich. Hier sind die Katzen. Meme und Blue. Meme mag Hühnerleber. Blue ist unproblematisch. Ihr müsstet euch verstehen.«
Ich ging zurück zum Auto. Das Auto war fort. Die Rücklichter verschwanden drei Blocks entfernt genau unter der Hochbahn, der die Innenstadt von Chicago den Spitznamen »The Loop« verdankt.

Kein Mensch stiehlt ein Polizeiauto. Niemand außer einem Verrückten oder einem Teenager. Ich hatte den Wagen nicht abgeschlossen, als ich die Katzen ins Haus getragen hatte.

Ich glaubte nicht, dass es ein Teenager war. Ich hatte meinen Killer zum Tanz aufgefordert, ihn gerufen, und er hatte die Einladung schneller angenommen, als ich erwartet hatte. Er hatte gewartet.

Ich hämmerte an Jamies Tür.

»Bist du das?«

»Yeah.«

»Ich hab dich nicht wegfahren hören. Hat er dein Auto?«

Jamie lachte.

»Unter anderem.« Ich dachte an das Bündel, das ich zusammengestellt hatte. Vielleicht würde er darin eine Hommage erkennen. Vielleicht – ich hatte eine plötzliche Eingebung und setzte mich in Trab.

»Hey«, schrie Jamie hinter mir her. »Hey. Pass auf.«

Ich hörte einen Zug kommen. Nur drei Blocks. Jetzt rannte ich. Nicht gerade wie der Wind. Ich schaffte es bis zu der Ecke, und da stand meine Zivilstreife. Ich wandte mich nach rechts und stürmte zur Treppe.

Ich war nicht so schnell, wie ich hätte sein sollen.

Als ich oben auf dem Bahnsteig ankam, fuhr der Zug gerade an. Die Türen waren zu. Ich stand da, keuchte und starrte dem viereckigen Rückfenster des Wagens nach. Jemand winkte mir zu – eine große dünne Person mit Cubs-Jacke und Kappe. Ich trottete die Treppe wieder hinunter zu meinem Auto.

Meine Zivilstreife roch wie Katzenpisse – das war mein erster Gedanke. Ein dünner, süßer Geruch, für den ich zuerst Blue und Meme verantwortlich machte, bis meine

Nase präziser wurde. Ich kannte diesen Geruch. Ich wusste, dass ich ihn kannte. Das Auto war in Ordnung. Das Bündel war noch da. Nichts fehlte, und etwas war dazu gekommen: dieser Geruch. Herrgott, es machte mich verrückt. Woher kannte ich den Geruch?

Ich machte mich wieder auf den Weg; ich war spät dran für Ricky Noonan und Pater Bremner. Ich dachte daran, anzurufen, beschloss aber, nicht noch mehr Zeit zu verschwenden. Ich schaltete den Polizeifunk aus und das Radio ein und fand LOOP-FM. Der Sendeleiter hat bei Musik den gleichen Geschmack wie ich: Von Sinatra bis Rock spielt er nur erstklassiges Material.

Und Volltreffer. Zum Beispiel die Righteous Brothers. Für mich lässt sich die Welt aufteilen in Leute, die sie lieben, und Leute, die nicht zählen. Ich weiß nicht, wie es bei Ihnen ist, aber ich mache Zeitreisen mit Musik. Ich war wieder in der achten Klasse und in Bridgette Hannerhattys Haus. Bridgette war meine allererste Liebe. Das erste Mädchen, das ich je abgetastet habe. Das erste Mädchen, mit dem ich getanzt habe. Langsame Nummern – was haben denn Sie erwartet? Im Partykeller bei irgendeinem Bekannten. Freitagabend, alle Lichter abgedunkelt, die Hände auf Bridgettes Hintern, das Gesicht an ihrem Hals vergraben – Heaven Scent. Das war das Parfum, das Bridgette Hannerhatty trug – ich hatte es ihr geschenkt, daher wusste ich es –, und es war ein grässliches, süßes, wirklich übles Zeug. So grässlich, so süß, so übel, dass ich noch zwanzig Jahre später mit absoluter Sicherheit wusste, es war Heaven Scent, das in meinem Auto zum Himmel stank.

Warum sollte irgendwer heute noch dieses Parfum tragen? Warum machte dieselbe Person mit meinem Auto

eine Spritztour? Es sah langsam aus, als würde es sich um etwas Persönliches handeln. Wenn ich den Killer umwarb, umwarb der Killer in gewisser Weise mich.
Ich hatte Zeit, um mir all das zu überlegen. Es war Freitagabend, und die Straße war verstopft von Baustellen und Urlaubern auf dem Weg in die Wisconsin Dells. Ich erreichte das Exerzitienhaus mit einer Stunde Verspätung. Der Himmel konnte warten, und ich hoffte, dass das auch für Pater Bremner galt.

45

Pater Bremner öffnete. Es war nach zehn Uhr.
»Na. Immerhin einer von Ihnen ist da«, grüßte mich Bremner.
»Ricky ist nicht aufgetaucht?«
»Nein. Hatte er meine Nummer?«
»Nummer, Adresse, genug Details, um eine Raumkapsel zu starten.«
»Ah.«
Ich wartete darauf, dass Pater Bremner mir erklärte, was Rickys Nichterscheinen bedeutete. Mittlerweile betrachtete ich ihn offenbar als eine Art Zenmeister.
»Ich hab Ihnen ein paar Brownies aufgehoben«, sagte er stattdessen.
Er führte mich in eine Küche, auf die das Hilton stolz gewesen wäre. Ich muss etwas überrascht ausgesehen haben.
»An manchen Wochenenden sind hier zweihundert Leute«, erklärte er nachsichtig.
Ich konzentrierte mich auf die Brownies und versuchte, vorläufig nicht darüber nachzudenken, warum Ricky Noonan nicht hier war.
Wir gingen in die Bibliothek, wo ein Feuer flackerte; mitten im Juli roch es nach Weihnachten.
»Es ist so tröstlich«, sagte Pater Bremner. »Auf irgendei-

ner primitiven Ebene spricht es zu uns. Wir brauchen Symbole, um uns sicher fühlen zu können, nicht wahr?«

»Ich stelle Päckchen zusammen, um Mörder zu fangen«, sagte ich. Ich erzählte ihm von der Feder, der Kerze, dem rubinäugigen Dolch, der Seide. »Klingt das jetzt merkwürdig genug? ... Was meinen Sie, wo Ricky ist?«

»Wir werden über Ihren Freund noch früh genug Bescheid wissen. Sie haben mir von den Päckchen erzählt. Es ist ein Ritual, natürlich. Es verändert das Bewusstsein. Genau wie die Messe. Genau wie die schwarze Messe übrigens. Wie ist das Brownie?«

»Gut.«

Mir war unbehaglich zumute. Ich setzte die Teile zusammen, aber nicht schnell genug. Sowohl mein Päckchen als auch mein Puzzle; ich konnte es beinahe schon sehen, aber noch nicht ganz. Und ich hatte keine großen Hoffnungen für Ricky Noonan.

»Sie haben von Ritualen gesprochen, Elliot.«

»Ich nenne es nicht gern so. Ich glaube, es ist eher ... das heißt, ich würde es als ...« Wo steckte Ricky Noonan?

»Machen Sie weiter. Wir können an den Entscheidungen Ihres Freundes nichts ändern. Erzählen Sie mir mehr über Ihre Rituale. Rituale interessieren mich – das wird Sie wohl kaum überraschen.«

Also sprach ich darüber, wie es war, wie ein Killer zu denken. Ich erzählte ihm von meinem Traum, meinem Hund und Chabrols Wandgemälde. Von dem fehlenden Ring, dessen Klon überall auftauchte. Davon, dass ich niemanden gut genug beschützen konnte. Schließlich redete ich von Furcht. Wo zum Teufel war Ricky Noonan?

»Natürlich fürchten Sie sich. Deshalb ja das Ritual. Wie gesagt, es verändert das Bewusstsein. Es gibt Ihnen die

Möglichkeit zu handeln. Wahrscheinlich gibt es noch andere Gründe für Rituale, aber meist geht es um unsere Angst. Kennen Sie die Definition des Glaubens? Angst, die ihre Gebete gesprochen hat. Ihr Ritual ist ein Gebet.«
Ich erzählte, wie die Opfer von Serienmördern – diejenigen, die das Glück hatten, entkommen zu sein – den leeren Ausdruck des Angreifers beschrieben. Worte wie »weg«, »nicht da«.
»Ich weiß, wohin sie gehen«, erzählte ich Pater Bremner. »Wenn sie nicht da sind.«
»Natürlich. Das ist ein Teil der Bürde Ihres Berufs. Wie bei einem Exorzisten.«
»Als ob man in einen Schacht fällt – so komme jedenfalls ich hin. Aber es ist kein Ort, eher eine Dimension.«
»Was die Aborigines die Traumzeit nennen.«
»Und diesmal will ich nicht gehen.«
»Natürlich nicht. Aber Sie werden, und Sie werden sie wissen lassen, dass Sie keine Angst haben.«
»Wie soll ich das machen, wenn sie Ricky Noonan bedrohen? Wenn ich mir Sorgen um Zach mache?«
»Der Junge kann ja zu uns kommen.«
Ich fühlte mich zehn Jahre jünger. Tausend Pfund leichter.
»Nennen Sie's einen Urlaub. Ich könnte ihm das Angeln beibringen. Übrigens, zu wem beten Sie?«
Er wartete meine Antwort nicht ab. »Wir stellen uns Heilige immer so fern vor. Kommen Sie, ich zeige Ihnen meine … Sie sind doch fertig mit Ihrem Brownie, oder?«
Er führte mich einen hallenden Gang entlang zu seinem Arbeitszimmer. Es war ein freundlicher und bescheidener Raum, weniger herrschaftlich als die Bibliothek. Dort

öffnete er eine Schreibtischschublade und nahm etwas heraus, das wie ein Bündel Sammelkarten aussah.
»Meine Heiligen. Ein paar kennen Sie. St. Jude für Polizisten und hoffnungslose Fälle. Margaret von Schottland, weil sie Spitäler gegründet hat und weil die Geschichte so gut ist – die schiffbrüchige ungarische Prinzessin, die vom König aus dem Meer gefischt wird. Sie war ebenso sehr sein Premierminister wie seine Frau. Ah, da ist ja Dr. Connelly.«
Bremner zeigte mir ein Foto, das er auf ein Pappkärtchen geklebt hatte.
»Ein Freund von mir, wunderbarer Arzt. Ich bete zu ihm, wenn ein Kranker einen Rat von mir will.«
»Sie meinen, Sie haben Freunde als Heilige?«
»Meist machen sie sich gleich ans Werk. Ein paar davon glauben, ich habe noch etwas gut bei ihnen.«
Es hatte etwas Beruhigendes, dem alten Priester zuzuhören. Sein spirituelles Leben war so vernünftig, so beiläufig.
»Wer könnte Ihnen bei diesem Fall helfen?«, fragte er jetzt. Ich wusste die Antwort sofort: Gomez und Chabrol. Beide beteten zu den Orishas, den Vorfahren. Am Ende warteten sie schon auf den Anruf.
»Ich kenne ein paar«, sagte ich.
»Sehen Sie, wir sind nicht allein. Manchmal ist es in ihrem eigenen Interesse, uns zu helfen.« Er grinste dem Bild seines Freundes Dr. Connelly zu, bevor er seine Heiligen wieder in die Schublade legte. Jemand klopfte an die Tür, und ein junger blonder Priester streckte den Kopf ins Zimmer.
»Ein Anruf für Sie, Pater.«
»Danke. Das dürfte jetzt wohl Ihr Freund sein.« Er öffnete

einen Aktenschrank, nahm ein Telefon heraus und schloss es an. »Ich meditiere hier, deshalb stelle ich das Telefon ab«, erklärte er, während er abnahm. »Hallo?« Er nickte mir zu. »Ich verstehe. Ja, er ist hier.«

Ich nahm den Hörer. Es war Ricky Noonan.

»Wo steckst du? Hast du dich verfahren?«

Ich glaubte ein leises Sausen im Hintergrund zu hören, wie Wind. Ich sah, wie Pater Bremner seine Schublade öffnete und die Heiligen herausnahm. Ich hatte das Gefühl, dass er betete.

»Hast du dich verfahren, Ricky?«

»Vielleicht.«

»Soll ich dir den Weg sagen?«

Mein Plan war gewesen, Ricky mit Pater Bremner zusammenzubringen, ihn erst zu beruhigen und dann zu löchern. Ricky Noonan wusste Dinge, die ich wissen musste.

»Ich glaube, ich komme doch nicht. Was kann er schon tun? Mir sagen, ich soll Novenas beten?«

»Wo steckst du?«

»Ungefähr fünf Meilen entfernt. Ich habe ein blödes Gefühl. Ich glaube, ich fahre zurück in die Stadt.«

»Ricky, wo bist du?«

»Dieser Picknickplatz an der Straße. An einem Wald.«

»Wir holen dich ab, Ricky.«

»Lasst das lieber bleiben.« Die Stimme klang mit einem Mal anders, nicht wie die von Ricky.

»Ricky?«

»Ist er fort?«, fragte Pater Bremner. »Ich fürchte, wir haben ihn verloren.«

»Ich hab ihm gesagt, wir holen ihn ab. Können wir das tun?«

»Wir können's versuchen.« Pater Bremner nahm eine alte Lederjacke von einem Haken an der Tür. Wir nahmen meine Zivilstreife. Mit heulender Sirene schoss ich den Kiesweg hinunter und auf die Schnellstraße hinaus. Fünf Meter gerade Straße im Licht des Vollmonds. »Halt durch, Ricky«, betete ich.

»Es ist wie beim Fischen«, unterbrach Pater Bremner den Gedankengang. »Wenn man für jemanden betet, spürt man die Seele wie einen großen glänzenden Fisch. Man wirft die Schnur aus, mit der göttlichen Gnade als Köder, und man merkt, wie sie überlegen. Der Haken Gottes sieht in ihren Augen tödlich aus. Sie überlegen, und dann schrecken sie zurück. Man merkt es, wenn sie das tun. Sie entscheiden sich anders und schwimmen fort.«

Ich wusste, wovon er sprach. Ich hatte es in Rickys Stimme gehört. Ich kannte es von den Anrufen her, die wir manchmal im Revier bekamen. Der Mann auf dem Fenstersims, der Mann mit der Pistole. Feuerwehrleute erzählen davon. Man ist da, man hat sie beinahe schon erreicht, und dann lassen sie einfach los.

»Sie wissen, wo er ist?«

»Ja.«

Ich wusste es sogar sehr genau. Ein Rastplatz am Waldrand. Ich hatte davon geträumt. Nein – Myerling hatte davon geträumt. Davon, wie ich durch den Wald rannte. Ich hatte die Stelle auf der Hinfahrt sogar gesehen. Hohe Bäume, windgepeitschtes Gras.

Ich bog in den Rastplatz ein, erleichtert, Rickys Auto dort stehen zu sehen. Sechs Meter weiter lag das Telefon. Ich zog die Waffe. Kofferraum und Fahrertür von Rickys Wagen standen offen. Das Auto war auf beiden Seiten zerkratzt und eingedellt.

Ein schmaler Kiesweg führte in den Wald. Ich sah, wie Bremner sich bekreuzigte. Ich setzte mich in Trab. Ich kannte Ricky Noonan seit dem Kindergarten, ich würde ihn nicht im Stich lassen.

Der Wald war fast taghell. Der Vollmond schüttete Licht herab wie eine Fontäne. Selbst unter den Bäumen war der Boden silbern. Ich erwähne es, weil alles langsamer und klarer zu werden schien, während ich rannte. Ich hörte, wie sich rechts von mir etwas bewegte, etwas Großes. Ein Hirsch – ich wusste es, ohne es zu sehen. Ricky war vor mir. Ich hörte seinen hämmernden Herzschlag so deutlich wie meinen eigenen. Sie war sinnlos, diese Flucht in den Wald. Er musste verzweifelt gewesen sein.

Wumm.

Es hörte sich an wie ein Schuss. Ich rannte weiter. Vor mir rechts lag eine Lichtung, die Sorte, die Pfadfinder lieben. Eine steinerne Feuerstelle, ein paar Picknicktische und ringsum ein Kreis von Bäumen, alles unter diesem Mond.

Ricky Noonan, oder was Ricky Noonan gewesen war, lag in der Mitte des Kreises. Die Waffe lag zwei Schritte entfernt. Es war eine Hinrichtung, daran hatte ich keinen Zweifel. Durch seine eigene Hand oder die eines anderen. War es wichtig? Sie hatten ihn umgebracht. Er lag mit dem Gesicht nach unten.

»Es tut mir Leid. Ich weiß, er war Ihr Freund.«

Ich fuhr herum, die Waffe in der Hand. Wie hatte es der alte Priester so schnell hierher geschafft? Bremner ging sofort zu der Leiche, kniete nieder, bekreuzigte sich und begann zu beten. Wir waren zwei Fachleute, die ihre Arbeit taten. Er bereitete Ricky auf das Jenseits vor, nur eben etwas spät.

Etwas bewegte sich im Wald. Diesmal war es kein Hirsch. Etwas hatte uns beobachtet. Jemand.

»Das hättest du nicht tun dürfen«, brüllte ich. »Das hättest du nicht tun dürfen, verdammt sollst du sein.«

Was ich hörte, war Gelächter. Ich wusste, wie albern es war, aber ich stürzte los in den Wald, in die Richtung, aus der das Geräusch gekommen war.

Unterholz, Dickicht, Brombeeren, Wurzeln – ich stieß mich, fiel hin, brach durch das Gestrüpp. Eine Viertelmeile weit oder weiter, bis ich innehielt. Der Wald lag hinter mir, ein hässlicher kleiner Sumpf vor mir. Ricky Noonan war tot. Ich konnte es nicht mehr ändern. Ich machte mich auf den Rückweg.

Als ich die Lichtung erreichte, war Pater Bremner fertig mit seinen Gebeten. Er saß still neben Rickys Leiche. In der Nähe blinkte etwas. Ich wusste, es war der verdammte Ring. Ich kniete nieder und fischte das Feuerzeug aus der Tasche. Es war der Ring.

»Ein umgedrehtes Pentagramm«, sagte Pater Bremner, ohne auch nur hinzusehen.

Ricky hatte sich, allein oder mit Hilfe anderer, das Gesicht weggeblasen. Ich legte eine Hand auf seinen Rücken und verabschiedete mich von ihm. Beim Aufstehen trat ich auf den verdammten Ring.

Ich verwendete Rickys Telefon, um den Mord zu melden. Ich nannte es einen Mord. Sie konnten es nennen, wie sie wollten. Pater Bremner und ich saßen in meinem Wagen und warteten auf den Sheriff. Dies war nicht mehr mein Gebiet.

»Ich habe gefürchtet, dass das passieren würde«, sagte ich zu Pater Bremner. »Deswegen wollte ich, dass er mit Ihnen spricht. Ich dachte, Sie könnten ihn vielleicht …«

»Zurückholen?«

Genau das hatte ich gehofft. Ich hielt Ricky Noonan nicht für einen schlechten Menschen. Ein verängstigter Mann, ein habgieriger Mann vielleicht – aber waren wir das nicht alle auf die eine oder andere Art?

Meine Theorie war, dass Ricky Noonan etwas geduldet hatte oder weggesehen hatte oder etwas hatte geschehen lassen und es ihm entglitten war. Ich glaubte, dass es mit Politik zu tun hatte, und für ihn war es vermutlich Politik gewesen. Der arme Kerl.

Die Polizei erschien mit Pauken und Trompeten. Sirene, Licht, volles Programm. Sie müssen sich gelangweilt haben. Der Sheriff war ein großer birnenförmiger Typ mit feindseligem Gehabe.

»Ich kann's nicht leiden, wenn ihr Stadtbullen uns eure Schweinereien hier rausbringt«, sagte er, als wir ihm Rickys Leiche zeigten.

»Ich auch nicht. Ihr seid immer so hilfsbereit.«

Wir würden nicht gerade Freunde werden.

»Sie haben am Telefon gesagt, Sie kennen den Mann?«

»Seit dem Kindergarten. Jetzt ist er Richter Ricky Noonan.«

»Scheiße. Einen Richter haben Sie uns angeschleppt?«

»Ich habe Ihnen gar nichts angeschleppt. Ricky hat das ganz allein erledigt. Wir haben nicht geholfen.«

»Wir?«

Ich deutete zu Pater Bremner in seiner Bomberjacke hinüber.

»Der Pater und ich waren im Exerzitienhaus, als er uns anrief.«

»Ist das wahr, Pater?«

»Genau, wie er gesagt hat.«

Warum nannte er mich eigentlich nicht gleich einen Lügner?
»Und Sie sagen, es war Selbstmord?«
Wir standen neben der Leiche. Der Sheriff beugte sich hinunter und drehte sie um. Er fuhr zurück.
»Wo ist sein Schwanz, habt ihr Jungs den?«
Armer Ricky. Ich hoffe, das Gesicht war zuerst dran.
»Hier draußen kastrieren wir eigentlich bloß Tiere. Ihr Stadttypen seid perverse Schweine, Verzeihung, Pater.«
Im Licht der Scheinwerfer – drei Streifenwagen, ein Krankenwagen – konnte ich den Namen des Kerls lesen. Luntz. Er und seine Leute inspizierten als nächstes den Schauplatz und zertrampelten alle Spuren, über die sie zuvor nicht gefahren waren.
»Sehen Sie mal.« Ein junger Polizist hatte den Ring gefunden. Seine Fingerabdrücke waren nun überall.
»Was ist das?«, fragte Luntz. Er durchsuchte Rickys blutige Taschen.
»Beweismaterial, du Trottel.« Ich sagte es leise, aber Luntz hörte es in aller Deutlichkeit.
»Wir brauchen Sie beide wohl nicht«, sagte er.
»Wir würden wirklich gern …«
»Hey! Ich hab eine Cubs-Mütze gefunden.« Der junge Polizist kroch in den Büschen herum, wo ich das Geräusch gehört hatte.
»Hat nichts damit zu tun«, schnappte Luntz.
Der Neuling sah enttäuscht aus und warf die Kappe zur Seite. Ich sah, wie Pater Bremner sich bückte und sie aufhob. Er gab mir ein Zeichen mit erhobenem Daumen; es sah aus wie ein Segen.
Danach stellten wir uns daneben und ließen die Landburschen arbeiten. Als sie fertig waren, war der Mond zu ei-

ner flachen, verblassenden Scheibe geworden. Ich fuhr Pater Bremner zurück zum Exerzitienhaus. Er wollte Zachary mit zum Fischen nehmen. Ich kehrte in die Stadt zurück, um meine Angel auszuwerfen.

46

Paradise hatte die Zeitungen zerfetzt und auf den Boden gepinkelt, und auf dem Anrufbeantworter war eine gereizte Mitteilung von Jamie: »Frau Doktor hat Zeit für dich. Ruf an.« Stattdessen nahm ich Paradise und fuhr zu Jamie hinüber.

Es war sieben Uhr morgens, als ich klingelte, das Ende eines normalen Arbeitstages für Jamie und der Anfang eines solchen für Frau Doktor. Warum also nicht auf ein Glas oder einen Kaffee vorbeigehen? Jamie machte auf; er trug seine Malerklamotten, und Baby saß auf seiner Schulter.

»Du hast wirklich ein Händchen beim Aussuchen. Dr. Nervensäge rastet allmählich aus. Der Affe auch, aber der mag mich wenigstens.« Er rief über die Schulter: »Für dich, Liebling.«

»Was?« Violet trug ihre Jeans und Cowboystiefel und sah fantastisch aus. Sie lächelte mir zu und starrte Jamie wütend an.

»Hi.«

»Du siehst furchtbar aus, Elliot. Schläfst du eigentlich nie? Isst du?« Sie taxierte mich wie ein Pferd.

»Bist du meine Mutter?«

»Nein. Nicht mal deine Exfrau. Sie ruft dauernd an. Sie und Jamie schütten einander das Herz aus.«

»Ja, das auch noch«, sagte Jamie. »Sie telefoniert ziemlich viel.«

»Wie geht es Zach?«

»Gut, sagt sie, aber sie klingt ziemlich fertig.«

»Natürlich ist sie fertig, sie war in das kleine Arschloch verliebt.« Das war Dr. Winters.

»Du hast Oscar doch gar nicht gekannt«, sagte ich.

»Ich lerne ziemlich schnell. Zwei Minuten haben gereicht. Ich muss mit dir reden.« Sie zog mich am Arm.

»Genug Konversation. Frau Doktor hat jetzt Zeit für dich«, sagte Jamie.

»Fick dich ins Knie, Mr. Starkünstler.«

»Süße Violet, was für ein Mundwerk.« Mir kam der Gedanke, dass Jamie sein Glück bei ihr versucht haben könnte, bester Freund hin, bester Freund her.

»Violet, sei nett zu ihm. Er ist unser Gastgeber.«

»Nicht meine Vorstellung von einem.« Violet kochte.

»Könnt ihr zwei euch eigentlich nicht vertragen?«

»Ich könnte schon, aber Violet hier ist eine giftige …«

»Du bist ein sexistisches Schwein.«

»Na und.«

»Was ist eigentlich los?«

»Er hat mich gefragt, ob ich ihm Modell stehe. Kannst du dir das vorstellen?«

»Natürlich. Du bist eine schöne Frau.« Ich erlaubte mir eine Dosis Männerfreundschaft auf Violets Kosten. Ich hatte nicht vor, einer Frau wegen meine Freundschaft mit Jamie zu opfern, schon gar nicht wegen einer solchen Frau: hochnäsig, schwierig und jetzt auch noch wütend.

»Leck mich am Arsch, Elliot«, sagte sie.

»Ricky Noonan ist tot«, sagte ich zu Jamie.

»Jesus Christus, Scheiße. Ricky Noonan?«

»Ich wollte mit ihm reden. Stattdessen hat er sich umgebracht, oder jemand hat ihn umgebracht. Der Wagen war auf beiden Seiten eingedellt, als ob sie Autoscooter mit ihm gespielt hätten.«

»Und das passiert so einem netten Kerl.«

Wir drehten uns beide nach ihr um.

»Du hast Ricky Noonan gekannt?«

»Na ja. Gewissermaßen.«

»Das klingt, als hättet ihr gebumst, und es wäre nicht toll gewesen«, sagte Jamie.

»Stimmt. Wir haben, und es war nicht toll. War's bei dir besser?«

Ich erwartete fast, dass Jamie sie schlagen würde.

»Komm«, sagte ich zu Violet, »bevor das hier unangenehm wird.« Ich schob sie zur Tür hinaus.

»Was ist mit den Hunden?«

»Behalt sie, wir kommen bald wieder.«

»Scheiße, nein. Behalt du sie, Elliot, und die da auch.« Damit warf er beide Hunde zur Tür hinaus, gefolgt von einer Handtasche und einem Matchbeutel, von denen ich annahm, dass sie Violet gehörten.

»Gehen wir mit den beiden in den Park«, sagte sie unbeeindruckt.

Im Park ließen wir die Hunde laufen, und ich nahm mir Violet vor.

»Das war Mist, was du da über Ricky Noonan gesagt hast.«

»Ach ja?«

Ich zögerte kaum. »Ich hab ihn gekannt, seit er fünf war. Er ist ein netter Kerl. Ein wunderbarer Kerl.«

»Hast du ihn jemals gebumst?«

»Was ist eigentlich los, Doktor? Kannst du an nichts anderes denken als daran, wer es wem besorgt?«
»Manchmal nicht.« Zu meiner Überraschung füllten sich ihre Augen mit Tränen. »Er war nach allen Seiten offen, das ist alles. Hast du das nicht gewusst?«
Sie meinte es ernst.
»Nein, habe ich nicht. Herrgott, er war Richter.« Sogar in meinen eigenen Ohren hörte ich mich naiv an.
»Und damit automatisch keusch und hetero? Hör auf, Elliot.«
»Ich habe ihn nur schon so lange gekannt ...«
Und er hatte nie geheiratet. Ich hatte ihn für einen dieser irischen Junggesellen gehalten, denen an ihrer Freiheit und ihren wechselnden Frauenbekanntschaften zu viel liegt.
»Mach dir nichts draus, Elliot. Ich bin auch nicht drauf gekommen, und normalerweise habe ich einen Blick für so was.«
»Ihr habt also wirklich ...«
»Tu nicht so, als wäre ich die Große Hure Babylon. Du hast doch selbst gesagt, was für ein netter Kerl er war.«
»Wie lang?«, fragte ich unglücklich.
»Hörst du auf damit? Wir sind eine Weile miteinander ausgegangen. Dann habe ich's rausgefunden. Ich war der Meinung, er hätte es mir sagen sollen.«
»Wegen Aids, meinst du.«
»Ja, unter anderem. Aber wie gesagt, es war nicht toll. Ich glaube, er hat mich einfach nicht attraktiv gefunden.«
»Tut mir Leid. Ich bin ein Trottel.«
»Ein eifersüchtiger Trottel?«
»Yeah. Wahrscheinlich.«
»Auweia.«

Sie hatte die Hand in meine geschoben, eine schlanke feinknochige Hand, kaum größer als Zacharys. Mir schwoll die Brust vor Beschützerstolz. Unter anderem. Und dann musste sie mich *das* fragen.

»Hast du dir die Zeichnungen angesehen?«

»Ich hab sie Dr. Hauser gegeben. Die mir sämtliche Vorurteile bestätigt hat. *Humorlos* reicht da nicht aus.«

»Sie ist eine gute Therapeutin. Konservativ vielleicht, aber gut.«

»Herrgott. Gibt es Leute, die du nicht kennst?«

»Warum sollte ich sie nicht kennen? Wir sind beide Ärztinnen, beide auf Kinder spezialisiert, arbeiten am selben Krankenhaus.«

»Okay.«

»Du machst dir Sorgen um Zachary, stimmt's?«

»Natürlich mach ich mir Sorgen. Wer weiß, was mit ihm passiert ist. Die Hauser will keine Hypnose vornehmen, und am Ende finden wir's nie raus. Er war aufgerissen. Blutig. So bekommt man Aids, richtig? Wenn ich den Scheißkerl finde, der ihm das angetan hat, ich schwöre bei Gott ...«

»Du brüllst.« Das war untertrieben.

»Scheiße, ja, ich brülle, Doktor. Du würdest auch brüllen, wenn es dir passieren würde!«

»Es ist mir passiert, Elliot. Wahrscheinlich habe ich gebrüllt.« Ihre Stimme war leise und gleichmäßig.

»Es tut mir Leid ... Du erinnerst dich nicht?« Ich fragte auch für Zachary.

»Nein. Nicht richtig. Es ist nicht wie eine normale Erinnerung. Man fragt sich nur, man hat ein komisches Gefühl. Man glaubt, vielleicht bildet man sich etwas ein. Man hat Hinweise auf ein mögliches Verbrechen. Aber die Erinnerung fehlt. Die eigenen Reaktionen sind die Erinnerung.«

»Wie ein Mordschauplatz ohne Leiche.«

»Aber der Körper erinnert sich, ob ich es nun kann oder nicht. Fass mich zu fest an, und ich beiße und wehre mich. Tu mir aus Versehen weh, und am Ende macht es mich an. Und wenn es absolut perfekt war, bin ich plötzlich nicht mehr da. Ich schwirre unter der Decke herum, eine außerkörperliche Erfahrung. Ja, und ich habe diese Blips. Kleine Schnipsel. Klingt komisch, oder?«

»Ich weiß, was Blips sind. Mein Sohn hat die auch.«

Dann hielten wir einander in den Armen. Wir küssten uns. Ich konnte Violet Winters lange küssen. Wie damals an der Highschool. Der Kuss, der nicht mehr aufhört.

Und dann bemerkte ich es. Ihre Haut roch schwach, ganz schwach nur, nach Heaven Scent. Ich machte mich los. Sollte sie es doch für Berufsethos halten.

»Sorry. Ich wollte nicht so … verhungert rüberkommen«, sagte sie.

»Schon okay.«

»Ich bin zum Totlachen, stimmt's?«

»Es ist in Ordnung«, sagte ich.

Es war mehr als einfach nur in Ordnung gewesen, sie zu küssen.

47

Ich hatte nicht damit gerechnet, dass ich Zach ohne weiteres bei Gloria abholen konnte, aber sie hatte keinerlei Einwände. Ich hätte auch sagen können »Hey, ich nehme ihn einfach ganz zu mir, okay?«, und sie hätte zugestimmt.

»Mach nur, Elliot, es ist gut für ihn. Ich bin noch nicht wieder ganz ... da.« Gloria hörte sich an, als redete sie unter Wasser.

»Nimmst du irgendwas? Manchmal ist das, was sie dir gegen den Kummer geben, schlimmer als der Kummer.« Selbst in meinen eigenen Ohren hörte ich mich eine Spur bevormundend an. Doktor Mayo.

»Trauer. Darauf bin ich, Elliot. Tut mir Leid, wenn dich das stört.« Ich hörte, dass sie sich aufzuregen begann.

»Es stört mich nicht, Gloria.«

»Okay.«

»Sieh mal, es tut mir Leid, dass du Oscar verloren hast. Es tut mir Leid, dass wir alle ihn verloren haben. Kann ich Zach in drei Stunden abholen?«

»Sicher.« Sie legte auf.

Ich rief als Nächstes Glorias Schwester Theresa an. Sie war immerhin froh, von mir zu hören. Wir verabredeten uns im Ann Sather's, einem schwedischen Restaurant am Belmont, wo es fantastische Zimtbrötchen gab. Die Atmo-

sphäre war freundlich und heimelig, und ich war der Ansicht, wir würden beides brauchen können.
Dort angekommen, bestellte ich Zimtbrötchen und Kaffee für zwei. Theresa erschien wenig später. Ihre überschwängliche Begrüßung konnte ihre Besorgnis nicht verbergen. Sie trug leuchtend bunte guatemaltekische Baumwollstoffe, und das dunkle Haar ringelte sich um ihr Gesicht; sie sah aus wie eine freiere, glücklichere Version von Gloria.
Theresa war fünf Jahre jünger als Gloria, aber sie hätte auch ihre Mutter sein können. Ich mochte sie und hatte immer das Gefühl gehabt, dass sie sich sehr bemühte, mich zu mögen, trotz der Probleme in meiner Ehe.
»Ich mache mir Sorgen um Gloria«, erklärte ich über Brötchen und Kaffee. »Sie hört sich völlig fertig an.«
»Es muss ein richtiger Schlag gewesen sein. Wenn ich sie besuche, kann sie gar nicht still sitzen.«
»Wahrscheinlich ist sie ziemlich wütend.«
»Ja, sicher, aber da ist noch irgendwas …« Theresa suchte nach Worten. »Ich weiß nicht, vielleicht Schuldgefühle wegen der Trennung. Irgend so was. Ich habe das Gefühl, sie ist mir gegenüber seit Monaten nicht aufrichtig gewesen.«
»Hat Gloria dir nicht erzählt, dass Zach belästigt wurde?«
»Was?«
»Mehrmals vielleicht.«
»O mein Gott.« Theresa hämmerte ein Brötchen mit der Gabel zu Krümeln. »Wann hast du das rausgefunden?«
»An dem Abend, bevor die korrektive Operation fällig war. Oscar ist mit den Neuigkeiten vorbeigekommen.«
»Das ist ja komisch. Wieso Oscar?«
»Hab ich auch gedacht …«

Ich glaube, der nächste Gedanke kam uns beiden zugleich.
»Es sei denn …«
»Du glaubst doch nicht …«
»Er wollte sicherstellen …«
»Dass er unschuldig wirkt?«
»O Gott. Das würde einiges erklären, oder? Vielleicht will Gloria nicht, dass wir es wissen. Oder sie will es selbst nicht wissen.« Ich tätschelte Theresas Hand. Ihre Hand zitterte.
»Ich denke nur gerade, was für ein Albtraum. Rauszufinden, dass dein Kind missbraucht wird und dass der Mann, den du liebst – tut mir leid, Elliot – derjenige ist, der es tut. Kein Wunder, dass sie es nicht gesehen hat. Wer würde so etwas glauben wollen?«
»Ich bringe Zach für ein paar Tage aufs Land. Ich dachte, vielleicht kannst du dich ein bisschen um sie kümmern …«
»Wenn sie mich lässt.«
»Habt ihr gestritten?«
»Eigentlich nicht. Aber ich habe Oscar nicht gemocht.«
»Dann sind wir zu zweit. Obwohl er mich am Schluss nicht mehr so gestört hat. Ich hatte den Eindruck, ihm liegt wirklich an Zach. Herrgott, ich kann nicht mal dran denken …«
Theresa war sehr still geworden.
»Ich hab nur gerade gedacht, in all den Jahren bei der Familienberatung habe ich niemals einen Angehörigen eines Sextäters getroffen, der wirklich glauben konnte, der Mensch, den er liebt, wäre zu so etwas fähig.«
Jetzt waren es meine Hände, die zitterten. Ich bestellte mehr Kaffee und versuchte herauszufinden, wie ich die

Möglichkeit einschätzte, Oscar könnte ein Kinderschänder gewesen sein. Ich hatte das Gefühl, es könnte so gewesen sein.

»Meinst du, Gloria hat ein Alkoholproblem?«, fragte Theresa jetzt.

»Vielleicht auch ein Tablettenproblem.«

»Meinst du?« Sie war zusammengezuckt, wirkte aber nicht weiter überrascht.

»Ja.«

Theresa rührte in ihrem Kaffee.

»Ich wohl auch. Ich hab's auf die Situation geschoben, ich hab's Depression genannt, aber vielleicht war sie mir gegenüber auch einfach nur vorsichtig.«

»Wir müssen einen Plan machen«, sagte ich. »Sobald Zach aus dem Weg ist.«

»Ich kümmere mich um sie. Mach dir nicht so viele Sorgen.«

Als ich ging, starrte Theresa in ihre Kaffeetasse. Ich hatte das Gefühl, mir sei irgendetwas entgangen, das sie mir hatte sagen wollen. Aber jetzt war ich spät dran, und so kümmerte ich mich nicht weiter darum. Zach kam mit seiner Cubs-Mütze auf dem Kopf zur Tür herausgeschossen, hüpfte die Treppe herunter und begrüßte mich unbeschwert. Er schleppte einen Matchsack mit Kleidung.

»Hi, Dad, wie geht's?«

»Hey, lass dich mal sehen. Sieht gut aus.«

Ich wusste nicht, ob ich mich darüber freuen sollte, dass Zach die Mütze trug, die ich ihm geschenkt hatte. Seit ich mit Violet Winters über ihre Erinnerungen gesprochen hatte, hatte ich mir seine jüngsten Reaktionen durch den Kopf gehen lassen. War die Baseballmütze ein Hinweis?

Die einzige Reaktion, die ich gesehen hatte, war sein plötzliches Innehalten auf der Straße gewesen. Stellte er mit der Mütze etwas nach? Oder mochte er einfach Daddys Geschenk?
Ich warf den Matchsack auf den Rücksitz, als Gloria im Morgenmantel die Treppe vor dem Bungalow heruntergerannt kam. Sie war und ist eine hübsche Frau – aber in diesem Augenblick war sie es nicht. Ihr dunkles Haar war wirr und glanzlos, ihre wunderschönen dunklen Augen hatten Ringe. Sie hatte eine Zahnbürste in der Hand – Zachs Zahnbürste, wie sich herausstellte.
»Sorg dafür, dass er sich die Zähne putzt.«
»Mom!« Zach konnte es nicht erwarten, endlich wegzukommen. »Mom, ich werde cool sein.«
Ich musste grinsen. Er verwendete Straßenausdrücke, um seine Mutter zu reizen, und ich verstand ihn völlig.
Wir fuhren nach Norden. »Wie ist er eigentlich, Dad?«, fragte Zach.
»Wer?«
»Dieser Priester.«
»Wie Obi-Wan Kenobi. Merlin. So eine Art Zauberer.«
»Aber du hast gesagt, ich bin das einzige Kind da?«
»So eine Art Sommerlager nur für dich. Er will dir das Fischen beibringen.«
»Wirklich? Wie in *Der weiße Hai?*«
Gloria hatte ihm das Video besorgt. Wahrscheinlich würde er jetzt nie mehr schwimmen lernen.
Ich wäre gern bei Zachs Urlaub auf dem Land dabei gewesen. Aber das Wichtigste war, dass er sich in Sicherheit befand. Ich konnte meine Arbeit tun, ohne mir Sorgen um ihn machen zu müssen.
Auf Dr. Winters' Vorschlag hin hatten wir einen Aidstest

machen lassen, als Zachary im Krankenhaus gewesen war.

»Sie wollen es wissen, Elliot.«

»Will ich? Okay, ich will.«

Der Test fiel negativ aus – danke, Christus, Maria und Joseph – aber wir würden ihn in einem halben Jahr wiederholen.

»Was hältst du von Dr. Hauser?«, fragte ich, als wir auf die Schnellstraße hinausfuhren. Wir würden sehr bald an Ricky Noonans Wald vorbeikommen.

»Die ist okay. Wie lang muss ich noch da hin?«

»Bis es dir besser geht.«

»Mir geht's schon besser. Es tut nicht mehr weh. Ich kann rennen und alles. Komisch, dass ich mir da so wehgetan habe.«

»Komisch, aber so was passiert schon mal.«

Wie Dr. Hauser und Violet es beschrieben hatten. Zach hörte sich an, als hätte er auf der bewussten Ebene keine Ahnung, was mit ihm geschehen war.

»Ist der See da drüben?« Es war unheimlich; er zeigte genau zu dem Wald hinüber, wo Ricky Noonan gestorben war.

»Nein, das ist bloß ein Sumpf.«

»Ich hasse Sümpfe. Oscar und ich haben *Das Ding aus dem Sumpf* gesehen. Das war eklig.«

»Ich wette, du vermisst ihn.«

Zach musterte mich argwöhnisch, als vermutete er eine Falle, weil wir über Oscar sprachen. Dann sah ich, wie sich in einem Augenwinkel eine Träne bildete.

»Das ist schon okay. Ich vermisse ihn auch.« Ich griff nach Zachs Hand.

»Dad? Dad, das ist grässlich.« Er schnüffelte jetzt, es war

beinahe schon ein Schluchzen. Ich fuhr auf den nächsten Parkplatz.

»Reden wir einfach ein bisschen.«

»Ich kann nicht … reden … Daddy … kann nicht …«

»Zach, es gibt nichts, das du mir nicht erzählen könntest. Ich bin dein Daddy.«

»Oscar war wie ein Daddy, und sie haben ihn umgebracht. Es ist meine Schuld. Es ist meine Schuld. Ich hab's nicht gewollt, Daddy. Ich hab Oscar nicht umbringen wollen.«

Ich nahm ihn in die Arme. Er war so leicht und zerbrechlich wie ein Vogel.

»Du hast ihn nicht umgebracht, Liebling. Das war nicht deine Schuld. Das war niemandes Schuld.«

»Nein. Mommy sagt, wenn ich anders gewesen wäre, wäre Oscar noch da.«

»Das hat deine Mutter nicht gemeint, Zach.«

»Doch. Sie hat gesagt, Oscar hat mir helfen wollen, als sie ihn weggeblasen haben.«

Ich wusste nicht, wo ich anfangen sollte. Seine Schuld? Weggeblasen?

»Deine Mommy ist ziemlich verstört. Wenn die Leute verstört sind, sagen sie Dinge, die sie nicht meinen.«

»Sie hat's gemeint. Sie hat gesagt, sie wünschte sich, dass sie dich umgebracht hätten. Sie sagt, sie haben's versucht.«

Aus den Schluchzern wurde ein Weinkrampf. Er konnte kaum genug Luft holen. Ich hielt ihn an meiner Brust und strich ihm übers Haar. Mir ging auf, dass dies etwas Neues war. Er konnte zu mir kommen; ich würde für ihn da sein.

Es war seit langem nicht mehr so gewesen, ich musste es

mir eingestehen. Ich war in meiner Ehe unglücklich gewesen, auf der Hut vor seiner Mutter und ihrer Unzufriedenheit, hatte sie vermieden, hatte mich und meine Liebe in meiner Arbeit vergraben. Jetzt wusste ich, die Arbeit war keine Entschuldigung dafür, ein Kind im Stich zu lassen. Ein guter Polizist nimmt sich Verbrechen mit nach Hause, redet beim Abendessen von ihnen. Der gute Polizist kann ein schlechter Vater sein. Ich sage das nicht gern, aber ich weiß, dass es wahr ist.

Jetzt weinte mein Sohn um Oscar Gomez. Kein guter Polizist, aber vielleicht ein guter Vater. Gloria war dieser Ansicht. Ich wollte es immer noch glauben. Ich sagte meinem Sohn, es sei ganz in Ordnung, uns beide zu lieben.

»Es tut mir Leid wegen Oscar«, sagte ich.

»Dad? Ist Oscar im Himmel?«

»Natürlich. Warum sollte er nicht im Himmel sein?«

Es war keine echte Frage. Ich erwartete keine Antwort darauf.

»Ich hätte nicht gedacht, dass Leute, die so was tun, in den Himmel kommen.«

»Leute, die ...?«

Ich musste vorsichtig sein. Ein guter Polizist weiß, wie man die Leute zum Reden bringt. Man macht es ihnen einfach; man ist interessiert und hört zu. Man entwickelt einen Instinkt dafür: wann man nachfragen, wann man sich zurückhalten muss. Es ist eine Gabe, wenn man es kann. Ich konnte es offenbar nicht, jedenfalls nicht bei meinem eigenen Sohn.

»Ach, nichts«, sagte Zach jetzt.

»Okay, aber es war so eine interessante Frage, wer in den Himmel kommt und wer nicht. Was einen daran hindern könnte.«

»Du sollst keine anderen Götter neben mir haben«, zitierte Zach.
»Ich weiß! Irgendwas habt ihr in der Sonntagsschule also doch gelernt. Ich fand es immer grässlich, dass es am Sonntag war. Warum konnten sie eigentlich keine Montagsschule daraus machen?« Ich versuchte es mit Humor. Vielleicht redete er jetzt weiter.
»Oscar hat andere Götter gehabt. Ich hab's gesehen.«
»Gesehen?«
Ich wirkte viel zu interessiert.
»Ist ja auch egal. Ich weiß sowieso nicht mehr viel.« Zach spürte die Falle. Es war seine Geschichte, und er würde sie erzählen, wenn er so weit war – wenn er sich noch erinnerte.
»Fahren wir weiter. Geht's dir jetzt besser?« Ich zerzauste ihm das Haar, legte den Rückwärtsgang ein und wäre beinahe mit dem Auto des Sheriffs zusammengestoßen, das eben in den Parkplatz einbog.
Ein großer birnenförmiger Officer mit Bullenbeißergesicht stieg aus.
»Kenne ich Sie?«, fragte er.
Ja, er kannte mich. Wir hatten uns neben Ricky Noonans Leiche kennen gelernt.
»Wir haben uns neulich unterhalten.« Ich signalisierte: Ruhe, Kind.
»Scheußliche Schweinerei. Irgendwer sagte, er sei ein Freund von Ihnen gewesen.«
»Was, Daddy?« Zach begann, sich für die Sache zu interessieren, und ich versuchte nicht zu gereizt darauf zu reagieren, dass der Trottel in Hörweite eines Kindes von Mord redete.
»Ist das da Ihr Junge?«

»Yeah. Zach, das ist Officer« – es fiel mir noch rechtzeitig ein – »Officer Luntz, ein Freund von mir.«
»Tut mir Leid, aber wir haben diesen Anruf gekriegt. Ein Typ und ein kleiner Junge. Die kommen scharenweise her, Sie wissen schon, was ich meine.«
»Wer die, Daddy?«
»Ich glaube, ich weiß, wovon Sie reden.«
»Eine alte Dame hat uns benachrichtigt. Ich wollte bloß sichergehen, dass Sie den Kleinen nicht, Sie wissen schon ...«
An diesem Punkt wurde es mir zu viel.
»Ich glaube, Sie machen jetzt lieber, dass Sie wegkommen«, sagte ich. Ruhig.
Officer Luntz stutzte.
»Sie reden in Gegenwart meines Sohnes.«
»Sie doch auch, Arschloch.« Luntz schlug mit der flachen Hand auf meinen Wagen. Ich stand kurz vor der Explosion, aber Zach zog mich am Ärmel.
»Lass uns gehen, Daddy.«
Wir gingen. Ich parkte vor dem Exerzitienhaus mit dem gleichen Gefühl der Erleichterung, das ein Pony-Express-Reiter beim Anblick der nächsten Station empfunden haben mochte.
Pater Bremner begrüßte uns mit Brownies und Milch. Zach hätte einen lang vermissten Großvater vor sich haben können. Ich blieb eine Viertelstunde und verabschiedete mich dann. Ich fühlte mich viel besser, als ich in die Stadt zurückfuhr.
Ein abnehmender Mond stand am Himmel. Die Straße war gerade. Ich sammelte mich, während ich fuhr. Ich kenne Leute, die behaupten, Auto zu fahren wäre besser als Meditation. Ich sage, Auto zu fahren *ist* Meditation,

wir sind Amerikaner, und der Highway ist die letzte Grenze. Als ich mich auf der geraden dunklen Straße dem Wald näherte, hatte ich das Gefühl, die Dunkelheit bewege sich auf mich zu. Gerade als ich die letzten Bäume hinter mir ließ, tauchte neben mir ein Hirsch auf. Er kam aus dem Wald geflogen wie ein Sagenwesen, so groß und so stark, dass es unwirklich schien. Er hielt Schritt mit mir, jagte am Straßenrand neben dem Auto her, ohne zu überholen oder zurückzufallen – ein Besucher. Myerling oder Pater Bremner hätten es vielleicht ein Zeichen genannt. Ich sah auf den Tacho. Fünfundvierzig Meilen. War es möglich?
Als ich den Freeway erreichte, bog der Hirsch ab, zurück zu dem Wald, aus dem er gekommen war. Ich war froh, dass er fort war. Ich fuhr nach Süden, zurück in die Stadt, wo die Geschöpfe der Nacht nur zwei Beine hatten.

48

Alle hatten sie ein Motiv für den Mord an Nesbitt. Niemand mochte ihn. Lynch, Daley und Chaworski verfolgten die vorliegenden Spuren. Sie sprachen mit den Nachbarn, den Kunden, den Freunden. Alle Welt war sich einig: Jack Nesbitt war ein widerlicher Kerl.

Und die anderen Toten?

Alle Welt mit Ausnahme von Isabelle Hubbard mochte und bewunderte Carson Stoufley. Das Gleiche galt für Ricky Noonan. Das Gleiche galt sogar für Oscar Gomez. Man hätte meinen können, wir sammelten Zeugnisse für den Eintritt ins Paradies. Sogar Johnny Vanilla – ja, seinen Frauen gegenüber benahm er sich wie ein Schwein, aber im Großen und Ganzen fanden die Leute, er sei in Ordnung. Mir kam der Gedanke, dass es vielleicht nur die grausigen Begleitumstände waren – sie alle waren zu nett gewesen, um auf diese Art umzukommen. Sie konnten doch nicht alle jedermanns Liebling gewesen sein.

Oscar Gomez zum Beispiel. Ein möglicher Kinderschänder, mit Sicherheit sexbesessen. Gloria trauerte um ihn wie eine liebende Ehefrau. Selbst Zachary benahm sich mit Glorias Unterstützung, als habe er persönlich den Stiefvater des Jahres umgebracht.

Im Aufzug zu meiner Wohnung dachte ich darüber nach.

Mein Instinkt sagte mir, dass jemand all diese Leute gekannt hatte. Nur, wer war dieser Jemand?
Auf dem Anrufbeantworter fand ich eine lange, wirre Mitteilung von Gloria. Ein kleines, schwankendes Stimmchen, das wieder und wieder versicherte, wie sehr sie ihn vermisste. Was für ein wunderbarer Mensch er gewesen war, ganz gleich was Zachary sagt …
Ganz gleich, was Zachary sagt?
Ich spulte die Mitteilung zurück, um ganz sicherzugehen. Was für ein wunderbarer Mensch er doch gewesen war, »ganz gleich, was Zachary sagt«.
Ich spürte, wie sich unter mir eine Falltür öffnete. Adieu, Verleugnung. Hallo, Übelkeit. Meine Spekulationen, die ich gegenüber Theresa geäußert hatte, sahen auf einmal fürchterlich nach Tatsachen aus.
Ich legte frische Zeitungen für den Hund auf den Boden und stürzte zur Tür hinaus. Ich brauchte für den Weg zu unserem ehemals gemeinsamen Haus viel weniger Zeit, als ich damals zum Scheidungsgericht gebraucht hatte. Eine Viertelstunde von Tür zu Tür. Ich hätte Gomez umbringen können, aber er war schon tot. Als ich zur Tür hereinkam, sah es so aus, als hätte jemand Gloria getötet.
Das Haus war ein Trümmerhaufen, umgeworfene Lampen und Blumentöpfe, zerbrochene Bilder, Scherben auf dem Teppich. Gloria, die mit dem Gesicht nach unten in der Wüstenei lag.
»Gloria. Gloria.« Ich kniete neben ihr und schüttelte sie. Sie war warm. Sie atmete. Danke, Gott. »Gloria, wach auf.« Erst nichts, dann ein Stöhnen. Sie war betrunken.
Kummer kann jeden Menschen zum Wrack machen. Bei Gloria hatte er es sehr gründlich getan. Verfilztes Haar, zerknitterte Kleidung, geschwollene Augen, kein Make-

up – das ganze Programm. Ihre Haut hatte die Farbe von Champignoncremesuppe. Sie konnte die Augen nicht auf mein Gesicht gerichtet halten, und in der Flasche, die neben ihr lag, war einmal Gin gewesen.

»Armer Oscar«, sagte sie irgendwann. Sie meinte damit »Arme Gloria ohne ihren Oscar«.

»Komm schon, Gloria, steh auf.«

»Ich – will – nicht.«

»Ist mir egal, Gloria. Eine schöne kalte Dusche.«

»Du bist so gemein. Du warst schon immer gemein.«

»Unter die Dusche, okay?«

Ich zerrte und bugsierte sie den Flur entlang.

»Ich zieh mich nicht für dich aus.«

Ich schob sie in die Dusche, stellte den Regler auf kalt. Sie rutschte an der Wand nach unten. Gut so, es war sicherer.

»Ich mache Kaffee.«

Als ich aus dem Bad ging, bemerkte ich ihre Pillen. Gloria mochte ihre Pillen etwas zu sehr, aber wer war ich schon, sie zu kritisieren? Vielleicht war es wirklich ganz normal, Valium zu nehmen, wie sie behauptete.

Ich spülte das Valium in die Toilette.

In der Küche fand ich ein Paket von dem schwarzen Jetbenzin-Espresso, den Mexikaner so lieben, und machte Gloria eine Kanne davon. Ich spülte sogar das Geschirr ab; nicht weil ich nett sein wollte, sondern weil ich dabei gut nachdenken konnte.

Gomez hatte mir einen hübschen Vortrag darüber gehalten, wie sehr er Kinder mochte. Wie sehr er Zach mochte. Ich konnte nicht glauben, dass er ein Kinderschänder war. Ich konnte es nicht glauben, konnte den Gedanken einfach nicht ertragen. Aber Theresa hatte Recht. Wenn

Gomez der Kinderschänder war, passten viele Dinge plötzlich zusammen. Glorias Bemerkungen, dass Zach vielleicht mitgemacht hatte. Zachs Schuldgefühle wegen Gomez' Tod. Wenn er belästigt worden war, wünschte er dem kleinen Dreckskerl wahrscheinlich den Tod. Wenn Gomez derjenige war, war Zachs »Blip« Einbildung? Jetzt wollte ich die Hypnose. Ich musste es wissen.

Dr. Hauser hatte gesagt, dass sie die Hypnose für unnötig und unangebracht hielt. Aber was bedeutete unangebracht? Dass es nicht funktionieren würde? Dass es nicht helfen würde? Dass Zach damit nicht zurechtkommen würde? Dass sie es nicht konnte? Ich würde es auch ohne sie tun, wenn es meinem Sohn half.

Gloria kam in die Küche. Sie trug einen meiner alten Bademäntel.

»Ich hab ihn aufgehoben«, sagte sie verlegen.

Ich fasste das als Manipulation auf. Sie war gerade nüchtern genug, um zu intrigieren.

»Trink einen Kaffee.« Ich reichte ihr eine Tasse.

»Oscars Kaffee«, sagte sie, während sie einen Schluck nahm. Sie war kurz davor, wieder zu weinen.

»Was hast du mit deinem Anruf gemeint?«

»Oscar war ein guter Mann. Er hat Zachary geliebt. Er hätte Zachary niemals wehgetan. Niemals.«

»Ganz gleich, was Zachary sagt?«

»Ja.«

»Warum sollte Zachary irgendwas sagen?«

»Spiel nicht den Ermittler bei mir, Elliot.«

»Dann sei aufrichtig mit mir, Gloria.«

»Du verdrehst alles. Du versuchst doch nur, mir wehzutun. Oscar hat mich geliebt. Er hat Zachary geliebt ...« Ich hatte den Eindruck, dass Gloria sich genau das schon vie-

le Male erzählt hatte. Es war wie ein Mantra für sie. Mir kam ein Gedanke.
»Ich bin sicher, dass Oscar dich geliebt hat«, sagte ich. Ich brauchte eine andere Taktik. »Du bist eine liebenswerte Frau. Ich habe mir einfach Sorgen gemacht wegen deines Anrufs. Du klangst so verwirrt. Jetzt komm, richte dich ein bisschen her, und ich lade dich zum Essen ein. Irgendwas Nettes.«
Gloria strahlte auf wie ein kleines Mädchen. Sie liebte Überraschungen und Geschenke, und meine Ehe wäre viel harmonischer verlaufen, wenn ich öfter daran gedacht hätte.
Ich lud sie zu Chez Robert ein. Ich hasse französisches Essen. Sie liebt es. Über den Escargots, dem Poisson en Croute und den Erdbeeren bekam ich die Geschichte aus ihr heraus. Ich weiß, es fiel ihr schwer, sie mir zu erzählen. Sie hatte in Oscar ihren Märchenprinzen sehen wollen, nicht einen schwierigen oder unvollkommenen Mann.
Ja, Oscar war aufbrausend.
Ja, er brüllte.
Ja, manchmal schlug er sogar zu. Mehrfach, genau genommen.
Ja, Oscar liebte Zachary.
Ja, Oscar las ihm sogar abends vor.
Nein, Oscar würde so etwas niemals tun. Er liebte Kinder.
»Dr. Hauser hat gesagt, man könnte eine hypnotische Regression vornehmen«, sagte ich. »Dann wüssten wir es. Ich sage nicht, dass Oscar so etwas tun würde. Aber vielleicht hatte er komische Freunde, oder ...«
»Dr. Hauser hat mir gesagt, sie ist dagegen«, sagte Gloria. »Ich hab ihr gesagt, als Zachs Mutter, dass ich mir nicht sicher bin, ob ich ihm das zumuten will.«

»Ich weiß, was du meinst«, sagte ich wahrheitsgemäß. »Als sein Dad will ich es ihm ersparen. Als Polizist will ich wissen, was er weiß – vor allem jetzt ... Ich glaube, wir schulden es auch Oscar.«

Sie biss an. »Wie meinst du das?«

»Sie waren hinter Oscar her an dem Abend. Nicht hinter mir. Ich könnte mir vorstellen, dass Zachary weiß, wer Oscar umgebracht hat. Du hast mir doch gesagt, Zacharys Bär war die ganze Zeit da, unter dem Bett. Gloria, hör zu. Oscar ist in meine Wohnung gegangen, um sich mit jemandem zu treffen. Es war eine Falle. Der Mörder war jemand, den er kannte, jemand, den Zachary vielleicht auch getroffen hat.«

»O mein Gott.« Gloria sah entsetzt aus. »Wer hätte denn meinen Oscar umbringen wollen? Er war so ...«

»Ich hätte gern deine Hilfe, wenn ich versuche, es rauszufinden. Auch wenn es Hypnose bedeutet.«

Gloria nickte. Ich verlangte die Rechnung.

Die Geschichte, die ich Gloria erzählt hatte, war ein Täuschungsmanöver – das gebe ich zu. Aber sie hätte sogar wahr sein können. Vielleicht kannte Oscar seinen Mörder wirklich. Vielleicht *hatte* er sich mit ihm getroffen. Vielleicht hätte ich das Opfer sein sollen, und es hatte eine Meinungsverschiedenheit zwischen ihnen gegeben.

Gloria und ich waren uns einig, eine hypnotische Regression durchführen zu lassen, Dr. Hauser hin oder her. Vielleicht erwies sich so Oscars Schuld an dem einen Verbrechen, das mich wirklich interessierte. Wenn nicht, bestand immer noch die Möglichkeit, dass es half, einen Mordfall aufzuklären.

Und wenn man Dr. Kottlisky glauben durfte, könnte es meinen Sohn heilen.

49

Dr. Winters war als Verdächtige in mein Leben getreten, hatte sich zu einer Verdächtigen mit einem Motiv entwickelt – Rache, das beste Motiv überhaupt – und war dann unvermittelt zu einem Erpressungsopfer geworden, blaue Flecken, rufschädigende Fotos und alles. Auf der Grundlage meiner Zweifel schützte ich sie. Immerhin galt sie als unschuldig. Entweder sie war es, oder ich schützte eine Verbrecherin.

Ich war nicht gerade glücklich mit der Situation, und Dr. Winters leistete mir Gesellschaft dabei. Es fehlte an Klarheit. Vor allem wenn man die Baseballjacke aus Satin mit einbezog, die Dr. Winters über ihrem gefährlichen roten Kleid trug. Als ich das letzte Mal eine solche Jacke gesehen hatte, hatte ihr Eigentümer mir aus dem Rückfenster eines Zuges zugewinkt. Jeder Polizist kann Ihnen bestätigen, der schlimmste Teil kommt, wenn Sie genug Teile beieinander haben, das Bild aber immer noch nicht erkennen. An genau diesem Punkt war ich. Und dann tauchte sie mit dieser Jacke auf.

»Eins will ich wissen«, sagte ich, während ich ihr die Tür zu Jacky und Johnny's aufhielt. »Woher hast du diese Jacke?«

»Gefällt sie dir? Ich finde sie hip.« Wir steuerten auf die hinteren Tische zu.

»Wie gesagt, woher?« Wir suchten uns die dunkelste Ecke. Gut zum Flirten, aber unsere Stimmung war nicht danach. Violet sah, dass ich es ernst meinte, und ich sah, dass ich sie in die Ecke getrieben hatte.
Man merkt es selbst dann, wenn sie sehr gut sind. Sie war gut.
»Ich hab sie von ... ich weiß es nicht mehr.« Wir bestellten doppelten Scotch, um den Kellner loszuwerden.
»Das ist Blödsinn, Violet.« Sie sah mir gerade ins Gesicht. Wie ich gesagt habe, sie war gut.
»Na sicher«, sagte sie. »Soll ich jetzt gestehen, dass sie einem von meinen Freunden gehört hat?« Die Getränke kamen, und sie prostete mir zu.
Stattdessen ging ich ihr an die Kehle.
»Einem Freund, der Leute umbringt?«
Violet wurde weiß – oder jedenfalls blass. Sie deckte jemanden, und die Jacke gehörte ihm.
»Ich dachte, du vertraust mir«, sagte sie.
»Ich muss wissen, wen du schützt, Violet. Ich muss wissen, warum du mir von diesem Zug aus zugewinkt hast, warum du alles Menschenmögliche tust, um mich an der Aufklärung dieser Morde zu hindern. Ich muss deine Geschichte hören.«
»Dann hast du mich also hergebracht, um zu sehen, ob du ein Geständnis aus mir rauskriegst? Ich weiß eine ganze Menge über Mord, Elliot. Aber ich weiß nicht, wovon du redest. Und die Jacke? Ich hab sie gefunden, okay? Sie war in meinem Flurschrank. Jemand muss sie nach einer Party da vergessen haben. Warum, ist es deine?«
Wir saßen in einer Ecke, so weit wie möglich von der Stelle entfernt, an der wir Johnny gefunden hatten – nicht, dass sein Tod dem Geschäft geschadet hätte. Sie erinnern

sich, wir sind in Chicago. Mordschauplätze sind hier Sehenswürdigkeiten.

»Ich glaube, sie gehört meinem Killer.«

»Ich glaube, du drehst durch. Machst mich fertig wegen einer Jacke. Herrgott, Elliot, alle Frauen haben eine irrationale Schwäche für irgendein Kleidungsstück. Alle Leute. Was ist mit Männern und ihren schäbigen alten Mützen?«

»Wessen Jacke?«

»Fick dich ins Knie, Elliot. Das spart uns beiden eine Menge Zeit und Mühe.«

Violets Stimme war leise und gefährlich. Sie war wütend auf mich, sie schoss zurück, und sie traf nicht ein einziges Mal daneben. Sie mochte in die Enge getrieben sein, aber sie kämpfte. Und sie suchte sich die richtigen Waffen aus.

»Ich bin Ärztin, Elliot. Kinderärztin. Meine Spezialität sind Misshandlungen. Das heißt Prügel, Verbrennungen, Verstümmelungen, korrektive Operationen nach Missbrauch. Das heißt, ich habe viele Kinder gesehen, die so gelitten haben wie Zach. Aufgerissen, verletzt. Du hast ganz recht, Elliot, bei so was denkt man an Mord. Und weißt du was? Man verliert die Geduld mit den Behörden, dem ganzen System, das nicht funktioniert, mit dir, Elliot, weil du nicht dafür sorgst, dass es aufhört. Dazu braucht man eine Waffe.«

»Mach weiter.«

»Diese Arschlöcher, deren Mörder du unbedingt finden willst? Deine Opfer? Deine kostbaren Opfer, Jack, Carson, Johnny, wie heißt er doch gleich, Oscar, Ricky – das sind deine Mörder. Sie haben's verdient. Das weißt du genau. Du weißt es doch, oder?«

»Mach weiter. Raus damit.«

»Du willst wissen, wer der Killer ist, ich hab's dir gerade gesagt. Ich decke niemanden. Ich verschweige dir nichts. Ich sage dir einfach nur, dass die Scheißkerle es samt und sonders verdient haben.«

Mein Bulle duckte sich und hörte zu. Da war etwas, etwas Dunkles, aber es war nicht das, was sie mir zu verkaufen versuchte. Ich zog einen weiteren Faden.

»Wessen Jacke?«

»Hör auf damit, okay? Ich hab's dir gesagt. Ich weiß es nicht.« Sie zeigte ihr Dekolleté, aber selbst das half nicht.

»Wessen Jacke, Violet?«

»Sie gehört mir. Ich hab sie gehabt, seit ich ein Mädchen war.«

»Violet, es ist wirklich ganz einfach. Entweder du sagst es mir, oder ich buchte dich ein. Jetzt.«

»Du weißt, dass ich's nicht war.«

»Dann sag mir, wer es war.«

Ich bluffte, aber das wusste sie nicht. Ich wandte Elliots Ermittlungsregel Nummer zehn an: Tu, was nötig ist. Nötig war in diesem Augenblick, das Restaurant zu verlassen. Ich zahlte die Getränke, steckte Violet in ihre Jacke und schob sie zur Tür hinaus.

»Komm«, sagte ich, »wir machen eine Spritztour.«

»Zu einem Fremden ins Auto?«, witzelte sie.

Ich wusste genau, was ich tun würde, und ich wusste, dass es unethisch war. Es war mies und unfair, ich würde mich später schlecht fühlen, aber ich tat es trotzdem – vielleicht würde es funktionieren.

Während sie nervös Konversation machte, fuhr ich die Halsted Street hinauf und bog in eine der verlassenen Fabrikstraßen ab. Kein Mensch ist nachts hier unterwegs.

Ich stellte den Wagen in einer engen Passage ab und zog Violet aus dem Auto.
»Ich möchte dir etwas zeigen«, sagte ich. »Komm.«
Ich zerrte sie um das Auto herum zum Kofferraum und öffnete den Deckel. Ich wickelte die Seide ab, in die ich meine Killerausrüstung eingeschlagen hatte. Ich nahm das Zeremonialmesser heraus. Ich wollte sie erschrecken, gründlich erschrecken. Es funktionierte. Als ich ihr den Ring zeigte, begann sie zu stammeln.
»Wo hast du das gesehen? Woher kennst du das, Violet?«, wollte ich wissen.
Sie versuchte, sich loszumachen, aber ich hielt sie fest.
»Wo hast du das gesehen?«, wiederholte ich.
Ihre Augen wurden rund und weiß. Ich dachte, sie würde ohnmächtig werden. Sie sackte zusammen, sank auf den scherbenübersäten Betonboden und flehte: »Nicht, nicht.«
Ich hatte erwartet, dass sie schockiert sein würde, aber nicht dies. Sie rollte sich zusammen und wimmerte. »Nicht. Bitte, tut mir nicht weh. Bitte, tut Freddy nicht weh. Bitte. Bitte.«
Sie war so hilflos wie ein Kind. Sie *war* ein Kind. Sie starrte mich mit aufgerissenen Augen an, eine Hand vor dem Mund. Sie biss sich in die Faust, wie Kinder es tun, wenn sie nicht weinen wollen. Ich verstand. Sie war nicht mein Killer. Sie war ein Opfer.
»Was hast du gesehen, Liebling? Was haben sie dir getan?« Ich sprach mit dem Kind, zu dem sie geworden war. Ich nahm sie in die Arme. Ich wiegte sie hin und her. »Du kannst es mir sagen. Du kannst es mir sagen, Liebling. Du bist in Sicherheit«, gurrte ich. Ich kam mir vor wie ein Schwein.

»Sie haben mich geschnitten«, schluchzte sie. Sie zog das Kleid hoch und zeigte mir eine Narbe am Oberschenkel. »Und Freddy. Sie haben ihn schlimm geschnitten, richtig schlimm.«
»Wo ist Freddy, Liebling? Wo ist er?«
»Sie haben ihn weggebracht.« Sie wiegte sich vor und zurück, vor und zurück. »Sie haben meinem Bruder wehgetan. Sie haben ihm wehgetan.«
Sie schluchzte; sie rang nach Atem. Ich versuchte, sie zu beruhigen und zurückzuholen.
»Wo haben sie das getan, Liebling?«
Aber sie war nicht ansprechbar. Wir saßen über eine Stunde lang in meiner Zivilstreife. Zwei Blocks ostwärts funkelte und brüllte die Stadtautobahn. Ein paar Blocks westwärts glitt schweigend der Chicago River vorbei. Wir saßen im Niemandsland und warteten darauf, dass Violet wieder zu sich kam. Irgendwann wurden die Schluchzer zu Keuchen. Dann zu tiefen Atemzügen. Ich hielt sie in den Armen und wartete.
»Sie erzählen dir immer, du bist ein Überlebender, kein Opfer«, sagte sie schließlich. »Ich sage das den Leuten selbst. Bei den meisten funktioniert es wahrscheinlich. Es gibt ihnen Hoffnung.«
»Bist du keine Überlebende? Du kommst mir vor wie eine – Ärztin, Spezialistin …«
»Manchmal habe ich das Gefühl, ich bin einfach eine gute Erfindung. Ein System von Anpassungsmechanismen. Ich hatte mich damit abgefunden, bevor ich dich getroffen habe, Elliot.«
»Wie meinst du das?«
»Ich meine – ich meine, mir liegt an dir. Ich bin nicht mehr so betäubt. Und es tut weh.«

Sie sah unglücklich und wunderschön aus, das Gesicht eine Maske von Kummer und Hoffnung. Es machte mir Angst, diese Mischung zu sehen. Sie sah der Liebe zu ähnlich. Ich hatte sie selbst empfunden.

»Machen wir, dass wir wegkommen«, sagte ich. »Ich muss arbeiten.«

Meine Gedanken überschlugen sich. Violet Winters hatte einen Bruder namens Freddy. Freddy Irgendwas. Carson Stoufley hatte einen Jungen dieses Namens im Haus gehabt. War es Violets Bruder, nach dem ich suchte? Ja, wenn er existierte.

»Violet?« Ich wollte vorsichtig sein. »Ich muss dich etwas ziemlich Schlimmes fragen. Bist du dir sicher – gibt es einen Freddy?«

Sie antwortete nicht. Ich fürchtete, ich hätte sie in den Abgrund zurückgestoßen, aber es war etwas anderes – Wut –, das sie am Sprechen hinderte. Als sie schließlich antwortete, sprach sie wie aus großer und kontrollierter Entfernung.

»Es gibt einen Freddy«, sagte sie. »Und er ist nicht ich.« Ihre Stimme war leise und rau und zitterte vor unterdrückter Wut.

»Glaubst du, mir wäre der Gedanke nicht gekommen? Glaubst du, ich hätte nicht gewusst, dass ich es sein könnte? Glaubst du, ich weiß nicht über das Bewusstsein Bescheid? Wie es Geheimnisse bewahrt? Wie es Trennwände baut, Dinge vor sich selbst versteckt? Was glaubst du, warum ich seit Jahren mit missbrauchten Kindern arbeite? Ich tu es, weil ich eins davon war. Ich weiß, was das Bewusstsein alles verstecken kann. Ja, es könnte einen Freddy verstecken. Ich habe Kinder gekannt, die so furchtbar misshandelt worden sind, dass sie andere Kin-

der mit sich herumtragen, die ihnen die Schmerzen abnehmen.«
»Multiple Persönlichkeiten?«
»Ja.«
»Aber du bist keine?«
»Nein. Ich bin nur kompliziert. Macht es das einfacher?«
Ich fuhr sie zu Jamie. Ich hatte ihn überredet, sie wieder aufzunehmen. Ich wartete, bis sie sicher im Haus war.

50

Man nennt es Wiederholungszwang. Jemand hat es ihnen angetan; sie tun es wieder und wieder. Sie tun es, um das Ergebnis zu ändern oder weil sie an dieser Stelle feststecken. Auf jeden Fall tun und tun sie es, weil es ihnen angetan wurde. Wiederholung … Zwang. Man muss es tun, man will es tun, man tut es, ob man will oder nicht.

Opfer werden zu Tätern, die Opfer hervorbringen, die zu Tätern werden. So entschuldigt die Therapeutenwelt sexuelle Störungen vor Gericht.

Ich verstehe, was sie meinen. Ich weiß, es soll uns zu Mitgefühl bewegen, und wahrscheinlich tut es das auch – und? Das ehemalige Opfer ist nun ein Täter, und was er weitergibt, sind Entsetzen und Schmerz. Ich weiß, ich höre mich reaktionär an, kalt und gefühllos. Ich weiß das. Aber ich weiß auch, dass der Kreislauf irgendwo unterbrochen werden muss, und dieser Teil der Angelegenheit ist mein Job.

Ich betrat die Eden-Buchhandlung um elf Uhr abends, zur Hauptgeschäftszeit also. Ich wusste nicht genau, wonach ich suchte, aber ich wusste, ich würde es finden. Ein halbes Dutzend Männer war im Laden, als ich hereinkam. Ich ging geradewegs zum Tresen und kam zur Sache. Der Typ dahinter war dünn, nervös und blond;

seit unserer letzten Begegnung hatte er die Haarfarbe gewechselt.
»Hi«, sagte ich. »Ich brauche ein paar ziemlich spezielle Informationen.«
»Ja?« Er musterte mich.
»Ihr Name ist?«
»Henry ... Henrietta. Was wir haben, steht im Regal.«
»Was können Sie für mich tun ... Henrietta?«
»Woran hatten Sie denn gedacht?«
»Ganz ehrlich?« Ich beugte mich vor. »Ich bin Polizist, ich habe ein paar Kinderpornos von einem Ihrer Stammkunden, und ich möchte Ihre Hilfe, und zwar jetzt.«
Henry/Henrietta keuchte. Es war ein aufgeregtes kleines Keuchen, bei dem sich mir der Magen umdrehte. Ich begann ärgerlich zu werden, aber mein Bulle zischte: »Langsam. Langsam.«
»Sie glauben doch nicht ...«
»Sparen Sie sich's. Doch. Ich weiß es sogar.« Ich öffnete den Umschlag mit den Sodomiefotos, die der Kunde vor Henrys Geschäft fallen gelassen hatte.
»Die können Sie überall gefunden haben.«
»Vielleicht beantworten Sie mir ein paar Fragen.«
»Fragen?«
Henry spielte den Dummkopf so gut, wie ich eine Ballerina gespielt hätte.
»Das ist keine neue Vokabel, Henry.«
»Okay, ja, es ist bloß ...«
Während wir uns unterhielten, bewegten sich die Kunden allmählich zur Tür. Einer nach dem anderen schlüpfte hinaus, bis auf einen muskulösen jungen Mann, der sich in der Ecke hinter dem letzten Bücherregal vor und zurück wiegte. Geschlossene Augen, dem Nirwana ganz

nah – so kurz vor dem Ziel ließ er sich nicht von irgendeinem Polizisten stören.
»Henry? Sie helfen mir, und wir machen Ihren Laden nicht dicht.«
»Ihr Schweine.«
»Ich suche jemanden namens Fred.«
»Oh, ich auch. Obwohl ich auch einen John nehmen würde.«
Ich lachte nicht; ich fächerte nur die Fotos auf.
»Okay, okay. Wie sieht er aus?«
»Weiß ich nicht.«
»Wie heißt er mit Nachnamen?«
»Weiß ich auch nicht.«
»Wenn ich Ihnen helfe, Ihr kleines Rätsel löse, zeigen Sie mich nicht an?«
»Er hat mit diesem Zeug zu tun.« Ich blätterte in den Kinderpornobildern. »Wer ist es, Henry?«
Ich hängte die Frage zum Trocknen an den Tresen, drehte mich um und beobachtete das Gesicht des Mannes, als er die Ziellinie erreichte. Es ist ein komisches Gefühl, einem anderen Mann beim Höhepunkt zuzusehen. Im Film ist es immer das Mädchen. In meinem Schlafzimmer war es immer das Mädchen gewesen. Der Kerl in einer Ecke der Eden-Buchhandlung war meine erste visuelle Begegnung mit dem sexuellen Höhepunkt eines anderen Mannes. Es sah albern aus – er verzog das Gesicht, als versuchte er den Deckel von einem Einmachglas zu bekommen.
Henry polierte seine Theke. Ich machte keine Konversation.
»Fred?«, fragte er nach ungefähr zehn Jahren.
»Fred.« Ich wartete.
»Vielleicht kenn ich ihn. Es gibt da einen Typ.«

»Gut.«
»Sie wollen ihn sehen?«
Ich antwortete nicht. Sollte Henry doch das Reden erledigen. Und er tat es. Er kam hinter seiner Theke hervor und ging zu einem Videoständer hinüber. Eden hatte mindestens tausend Videos, alle hübsch bunt verpackt: Mädchen mit scheinwerfergroßen Brüsten, posierende, grimassierende junge Männer. Henry ging auf die Knie und zog mehrere Videos aus der untersten Reihe. Die Titelbilder waren altmodisch, die Schrift hätte zu einem B-Film der Fünfziger gehören können. Er staubte sie ab und lächelte liebevoll, bevor er mir drei Bänder gab.
»Da, bitte ... Freddy. Freddy Fury«, stellte er zufrieden vor. »Armer Freddy. Heute will ihn keiner mehr sehen. Und er war lange Zeit der Größte, der größte Renner überhaupt.«
Ich sah mir die Bänder an. Und sah noch mal hin.
»Er ist was Besonderes, stimmt's?« Henry ging zu seiner Verkaufsmasche über. »Hat als Jungstar angefangen und es bis ganz oben geschafft. Ein großer Star. Etwas ganz, ganz Besonderes.«
Ohne Frage. Posierend mit Grimasse auf einem Video, posierend mit Augenaufschlag auf dem anderen: Freddy war Dr. Violet Winters mit Penis.
»Was macht er heutzutage?«
»Oh ... er ist im Ruhestand.«
»Ruhestand?«
»Key West, glaube ich. Vielleicht Miami. Nein, Key West hab ich gehört. Wo Schwuchteln die letzten Jahre verbringen. Er war ein großer Künstler, hat immer wieder etwas Neues gebracht. Immer. Ich hab ihn bewundert.«
»Wie viel?« Ich tippte auf den Stapel Videos.

»Für Sie? ... Sie werden wirklich nicht mehr viel gefragt.« Henry schob die Bänder in eine Papiertüte, auf der in roten Buchstaben EDEN stand. Er griff nach den Kinderfotos.
»Die behalte ich.«
»Ich dachte, wir haben eine Abmachung.«
»Haben wir. Ich behalte sie.«
»Du Dreckskerl.« Henry zischte das letzte Wort. Der Mann in der Ecke, der gerade den Reissverschluss hochzog, sah interessiert zu mir herüber.
Ich nahm die Videos mit nach Hause. Ich goss mir einen großen Scotch ein und wies Paradise an, nicht hinzusehen. Ich sagte mir selbst, dass es um Anthropologie ging, nicht um irgendeine perverse kleine Fantasie von Violet als Mann.
Die ersten zwei Minuten von *Stud Love* waren noch nicht vorbei, als Freddy Fury sich die Hosen auszog. Er deutete, schau her. Ich schaute hin. Sein Penis entging mir, aber die Augen, die lockenden Augen waren Violets Augen.
Ich schaltete das Band ab.
Ich glaube, wir unterschätzen den Pornofaktor. Ich weiß es, und ich weiß auch, warum. Pornografie in irgendeiner Form hat ihren Platz im Leben jedes Menschen. In der Vergangenheit jedes Menschen gibt es ein Pin-up, das es ihm angetan hat. Vielleicht waren Sie einsam in dem Sommer, in dem Sie siebzehn wurden, und haben sich tausendmal einen auf Miss Juli runtergeholt. Sie mögen Miss Juli. Sie würden sie auf der Straße erkennen. Sie haben einen »Typ«, und er sieht aus wie Miss Juli. Vielleicht treffen Sie sich mit einem Mädchen, das den gleichen Pferdeschwanz hat. Das ist doch ganz unschuldig, oder?

Ja und nein. Es ist immerhin ein Schritt vom Foto zum lebenden Mädchen. Nehmen wir jetzt ein bisschen Gewalt dazu. Sagen wir, Miss Juli sah verängstigt aus. Es war nicht *Playboy* oder *Penthouse*, sondern irgendein anderer Porno, vielleicht *True Detective,* und sie ist gefesselt und verängstigt und zum Anbeißen. Jetzt kennen Sie nicht nur Ihren Typ, sondern wissen auch, was Sie mit ihr machen wollen: ihr den Schreck ihres Lebens einjagen und über ihrem Gesicht kommen. Erst tun Sie's in Ihrem Kopf, dann tun Sie's in Ihrem Bett. Auch das ist ein Schritt.

Läden wie Eden Books kennen manche ihrer Kunden seit Jahrzehnten. Sie kommen als ängstlicher, faszinierter Junge und entwickeln sich weiter. Sie treffen Gleichgesinnte, treffen ihre Sucht, wollen mehr und mehr davon.

Mit Pornografie ist es wie mit einer kriminellen Karriere. Geschmack an etwas wird zu einem Appetit auf mehr. »Ein paar harmlose Fesselspielchen« werden mit der Zeit zu Snuff-Filmen. Die Leute denken, ich mache Witze, weil sie es glauben wollen. Der redet nicht über mich, sagen sie, und vielleicht tue ich's auch nicht. Vielleicht aber doch.

Ich habe es gesehen. Etwas sehr Dunkles geschieht da, und es wird mit der Zeit immer dunkler. Sie wollen nicht von Miss Juli tagträumen. Sie wollen es mit ihr machen. Auf eine bestimmte Art. Notfalls mit Gewalt. Sie denken ständig daran.

Es ist ein Auslösemechanismus, ein Ritual, wie Pater Bremner sagen würde. Sexualforscher sagen das Gleiche. Sie sehen es als Sucht und als Ebenen des Suchtverhaltens. Die Ebenen werden immer dunkler.

Wenn ich einen Sexualstraftäter verhafte, weiß ich, dass ich ihn mitten in seiner Laufbahn erwische. Mit allen

Schritten, die er bisher tat, ist er durchgekommen; er wird weitermachen, wenn er aus dem Gefängnis kommt.

Ich vermute, dass wir alle das Potenzial zu einer solchen Sucht in uns tragen. Ich weiß noch, dass ich stundenlang von Jane Barkins weißem BH-Träger geträumt habe, als ich dreizehn Jahre alt war und sie, das hübscheste Mädchen unserer Straße, in Salvatores Pizzeria jobbte. Wenn ich von einem BH-Träger besessen sein kann – und es gibt Männer, die das können –, wie ist es dann mit schwarzer Spitze, schwarzem Leder, blauen Flecken?

Als ich Jack Nesbitts Schubladen geöffnet hatte, war mir klar gewesen, was ich vor mir sah. Und die Negative fehlten, weil jemand sie verwendete, sich aufgeilte an der Schnittstelle zwischen Jack Nesbitts Begabung und seinen Obsessionen. Und dabei vielleicht auch sehr reich wurde.

Bevor Stoufley umkam, hatte ich geglaubt, er sei es gewesen. Jetzt war ich der Meinung, dass er nur ein Einzelfall war. Mir begann klar zu werden, dass die Morde beinahe Nebensache waren. So fürchterlich sie waren, sie führten mich weiter, hin zu etwas, das noch dunkler war. Die Morde waren nichts als eine Reihe schauriger Hinweise.

51

Mein Cousin Charles kam in einem abgewetzten karierten Bademantel an die Tür. So viel zu dem Thema schwule Männer und Eleganz.

»Ich bin's. Dein Cousin.«

»Das weiß ich, Elliot. Steuerprobleme?«

Cousin Charles lebt in einem Ziegelbungalow ähnlich dem, den ich Gloria überlassen hatte. Ich habe meinen von meinen Leuten geerbt. Er seinen von seinen.

»Kaffee?«

»Ich denke schon.«

»Es ist guter Kaffee, Elliot. Nicht alles ist ein Verbrechen.«

Mein Cousin Charles hat mir elf Monate voraus, die er einsetzt, als wären es elf Jahre. Sein Selbstbild ist »älter und weiser«, nicht nur mir gegenüber. Dazu kommt genug obskures Steuerberaterwissen, um Uncle Sam ständig um sein Geld zu bringen. Deshalb und seines freundlichen Wesens wegen war Charles der Liebling der Familie gewesen, bevor Aids ein Thema war.

»Tut mir Leid wegen des Ärgers, den ich an Thanksgiving bei Tante Fran gemacht habe, Elliot. Ich hab's nur so satt, wenn sie meinetwegen das Besteck abkochen.«

»Sie sind alt, Charles, sie wissen's nicht besser.«

»Lesen die eigentlich nicht? Sorry, Elliot. Es ist nicht wegen dir. Zwanzig Jahre lang tun sie so, als wäre ich nicht schwul, dann kommt Aids, und jetzt darf ich nicht mehr zum Essen vorbeikommen.«

»Scheiß drauf, Charles. Wenn du sie reden hörst, sind Gloria und ich auch nicht geschieden. Du weißt doch, wie sie sind.«

Wir saßen mittlerweile an Charles' Küchentisch in einer heimeligen Küche mit rotweiß karierten Vorhängen. Charles machte wirklich guten Kaffee.

»Eier?«

»Warum nicht? Es ist Mitternacht. Tut mir Leid wegen des Timings.«

»Elliot, du warst noch nie sehr rücksichtsvoll. Rührei mit Schnittlauch?«

»Warum nicht?«

Ich ließ mich bemuttern. Er konnte das sehr gut, und ich wusste es zu schätzen.

»Ich nehme an, du willst irgendeinen Rat?«

»Ich bin wegen der Eier gekommen.«

»Und ich gehe mit Marilyn Monroe aus.«

»Okay. Lass mich nachdenken ...«

Es war mir wie eine gute Idee vorgekommen, mit Cousin Charles über Fred Fury zu sprechen – theoretisch. In der Praxis schien es mir nun ziemlich undurchführbar zu sein. Cousin Charles wirkte so zimperlich wie unsere Tante Fran; es war unwahrscheinlich, dass er sich als Experte für schwule Pornografie erweisen würde. Er machte mir gegenüber aus seinen sexuellen Neigungen kein Geheimnis, aber alles Nähere war immer angenehm vage geblieben.

»Ich werd's dir leichter machen«, sagte Charles unvermittelt, während er mit großem Nachdruck Eier auf-

schlug. »Ich hab gesehen, dass du eine Eden-Tüte dabeihast. Du wirst doch kein Spätentwickler sein?«
»Kaum.«
»Nein. Hätte mich auch gewundert.«
»Du kennst den Laden also?«
»Elliot, alle Welt kennt das Eden. Was ist in der Tüte?«
Ich schüttete die Videos auf den Tisch. Charles wischte sich die Hände ab und drehte sich um.
»Sieh mal an«, sagte er liebevoll. »Fred Fury.«
»Du kennst ihn?« Albernerweise war ich schockiert.
»Jeder kennt Fred Fury, jeder ab einem bestimmten Alter. Er war einer der ersten wirklichen Stars – und noch dazu aus Chicago! Früher hat man ihn in den Bars an der Clark Street gesehen. Er hatte eine ungeheure Ausstrahlung, das kannst du dir nicht vorstellen. Er hat praktisch im Dunkeln geleuchtet. Sie sagen, alle großen Stars haben das. George Hurrell hat mal gesagt, es ist irgendwas mit der Haut – Marilyn soll diesen feinen Flaum überall gehabt haben, an dem sich das Licht – oh, deine Eier.«
Ich glaube, mir muss der Mund offen gestanden haben. Diese Seite hatte ich an Cousin Charles noch nie gesehen. Er sprach über Fred Fury wie ein Teenager, der einen Sportstar anschwärmt.
»Ich habe noch einen Umschlag, Charles.«
»Was soll das eigentlich?« Charles verquirlte die Eier, während ich die Kinderpornofotos auf den Tisch legte.
»O mein Gott. Tu sie weg, Elliot. Ich hasse solches Zeug.« Charles' Stimme war in die Tonlage meiner Tante Fran hinaufgeschossen. Er war wirklich und aufrichtig entsetzt.
»Tut mir Leid, Charles.«
»Wie kannst du dir das ansehen? Es ist fürchterlich.

Fürchterlich. Entschuldige.« Er wischte sich die Augen und bekam prompt einen Hustenanfall. Als Kind hatte er Asthma gehabt und war natürlich als Schwächling verspottet worden. »Sensibel« hatte meine Mutter ihn immer genannt, womit alles Sexuelle elegant umgangen wurde; aber sensibel war er tatsächlich.

»Ich weiß, manche Leute mögen das, aber es bricht mir das Herz«, sagte er jetzt. »Ich sage mir immer, es geht mich nichts an, und das tut es auch nicht, aber ...«

»Was hat Fred Fury mit diesem Zeug zu tun?«, fragte ich. »Es ist wichtig, Charles. Sonst würde ich dich nicht fragen. Auf der Straße kann ich solche Sachen nicht fragen, das ist zu auffällig.«

»Moment.« Charles war mit der Bratpfanne beschäftigt. »Ich erinnere mich an etwas.«

Ich ließ ihn kochen und schob die Fotos hin und her, nur um mir den Appetit zu verderben. Die meisten davon waren körnig und sachlich. Ein billig getäfelter Raum, ein Junge, ein Mann. Drei der Bilder fielen aus dem Rahmen. Sie waren künstlerisch ausgeleuchtet und sowohl erotisch als auch zutiefst verstörend. Der Junge auf diesen Fotos wirkte hingegeben und geradezu verklärt, als sei es eine heilige Pflicht, es in Nahaufnahme jemandem mit dem Mund zu besorgen, als sei er von Geburt an dazu auserwählt.

Charles servierte mir die Eier und warf einen Blick auf den Stoß.

»Aber das ist es doch«, sagte er. »Das sind seine Sachen, so wie das aussieht.«

»Wie meinst du das?«

»Er war ein wirklicher Künstler«, sagte Charles. Henrys Worte.

»Ich dachte, du hasst dieses Zeug.«
»Tu ich auch, Elliot. Mit den Kindern – ich ertrage es einfach nicht. Aber der Stil von Freddys Arbeiten – es war immer auf seine Art romantisch – vor der Kamera und dahinter.« Charles drehte eine Videohülle um und zeigte mir den Schriftzug auf der Rückseite: Fury Films.
Fred Fury war vom Darsteller zum Autor, Regisseur, Produzenten aufgestiegen. Er war vom Opfer zum Täter geworden. War er auch zum Mörder geworden?
»Danke, Charles. Die Eier sind fantastisch.«
Mein Cousin sah mich wortlos an. Mir brauchte er nicht zu sagen, wie angreifbar er sich fühlte, wie viel Mut er gerade bewiesen hatte. Warum?
»Es tut mir Leid wegen Zachary.«
Darum also.
»Danke, Charles. Mir auch.«
»Hast du Spuren?«
»Nichts Aussichtsreiches – außer dem hier vielleicht.« Ich klopfte auf den Stoß Videos.
»Elliot?«
»Mhm?« Ich wartete, während Charles sich die Worte zurechtlegte.
»Ich hab gehört, Freddy war HIV-positiv.«
»Ah.« Ich wartete wieder.
»Jetzt heißt es, es ist Aids.«
Ich spürte, wie sich mir der Magen umdrehte, obwohl Zachs Test negativ ausgefallen war. Jetzt glaubte ich, dass Fury mit den Verbrechen zu tun hatte und damit auch mit Zachary.
»Wo kann ich ihn finden? Wenn du das wüsstest, wäre ich wirklich glücklich.«
Charles sah mich an, als hätte ich ihn gerade gebeten, sich

die Pulsadern aufzuschneiden. Sich vor einen Zug zu werfen. Vielleicht hatte ich es getan.
»Ich kenne ihn seit fünfundzwanzig Jahren. Ich bin sein Steuerberater«, sagte er schließlich. »Ich finde ihn.«

52

Aus meinem Papierkrieg auf dem Revier war ein Rückzugsgefecht geworden. Der Stoß von Mitteilungen, der dort wartete, hätte eine Matratze bedeckt. Lynch hatte die Presse übernommen, und man sah es ihm an. Nach zwei Wochen war aus dem ursprünglichen Eifer Zynismus geworden, und die Ringe unter seinen Augen begannen auszusehen, als hätte er sich geprügelt.

»Gehen Sie schlafen, Junge.«

»Diese Journalisten sind ein Albtraum?«

Armer Ricky Noonan. Mord oder Selbstmord, dies waren nicht die Schlagzeilen, die er sich gewünscht hätte: »Richter fällt Satanistenzirkel zum Opfer.«

»Wieso, macht Sie jemand zur Schnecke?«

»Ich wusste bloß nicht, dass Richter Noonan so ein Volksheld war.«

Wenn Sie glauben, ein Prominentenmord ist übel, dann stellen Sie sich zweimal das Theater vor, wenn es ein Richter ist. Es hat etwas mit den Assoziationen der Leute zu tun – ein Richter ist ein Archetyp, eine Vaterfigur. Und Ricky Noonan hatte den Ruf gehabt, ein guter, unbestechlicher Richter zu sein.

»Glauben Sie bloß nicht alles, was Sie jetzt über ihn lesen. Er war ein guter Mann und ein guter Richter, aber Plato war er nicht.«

»Dieser Kolumnist hat angerufen ...«
»Gehen Sie schlafen. Ich kümmere mich drum.«
Ich rief den großen Mann an. Ich erzählte ihm, ich bräuchte ein Ablenkungsmanöver, um meine Arbeit tun zu können. Ich sagte ihm, er sollte Polizist sein; die Theorien, die er Lynch erzählt hatte, seien so dicht an der Wahrheit. Und Gott sei Dank schluckte er es.
Habe ich erwähnt, dass in seiner Theorie Carson Stoufley und eine eifersüchtige Geliebte eine Rolle spielten?
Journalisten. Bestimmt ist im Himmel eine eigene Abteilung für sie reserviert. Ungefähr so groß wie eine Briefmarke.
Ich hatte kaum aufgelegt, als das Telefon wieder klingelte. Myerling.
»Treffen wir uns bei Harry.«
»Komm schon, Harold, nimm das Telefon«, zog ich ihn auf. »Wir sind altmodisch hier. Was kannst du mir schon erzählen wollen, das ich mit eigenen Augen sehen müsste?«
»Elliot? Treffen wir uns bei Harry, okay? Sherlock Holmes hatte kein Telefon.«
Holmes war Myerlings Held und wurde nur bei feierlichen Gelegenheiten herangezogen.
»Okay.«
Ich legte auf und sagte Lynch, er würde auf das Schläfchen verzichten müssen, auf das er sich gerade freute.
»Jawohl, Sir.«
»Lynch?«
»Jawohl, Sir?«
»Verwenden Sie meinen Namen, ich bin nicht Ihr Daddy.«
»Jawohl, Sir. Elliot. Sir, okay.«

Ich gab es auf. Ich war alt genug, sein Vater zu sein. Ich fühlte mich alt genug, um mein eigener zu sein.
Harold Myerling hatte einen Köder besorgt: Shake, Zwiebelringe, Pommes, Cheeseburger. Alles für mich. Harold und der Köder warteten an dem üblichen Platz am Fenster. Hinter der Theke war Harry am Saubermachen. Trotz der Namensgleichheit hatten Harry und Harold sich nie besonders gemocht. Harry nahm Harold seine affektierten Teebeutel und seine zwanghafte Reinlichkeit übel. Harold graute vor dem, was Harrys Essen im Körper anrichtete. Und ich war der nette Kerl dazwischen.
»Hi, Harry, bist du unseretwegen noch da?« Harry grunzte und deutete mit einer Kopfbewegung auf Harold. »Hi, Harold.« Ich nickte zu dem Essen hin. »Und wenn ich zu spät gekommen wäre?«
»Dann hätte die Selbstmordausrüstung hier mir gehört.«
»Sehr witzig – stimmt's, Harry?«
Harry tat so, als hörte er nicht zu, aber wenn er nicht zuhörte, bin ich Königin Elizabeth. Myerling tunkte seinen Kräuterteebeutel ein wie ein mechanisches Spielzeug.
»Ich hatte einen Traum«, sagte er.
»Martin Luther King auch. Du weißt ja, was es ihm gebracht hat.«
Myerling tunkte den Teebeutel noch ein paar Mal ein.
»Okay, erzähl's mir.«
»Ich hab von Richter Noonan geträumt. Er hatte Röntgenaugen.«
Ich wartete auf den Rest. Myerling tunkte seinen Teebeutel ein.
»Und?«
»Ich dachte, ich erzähl's dir lieber.«
»Das ist alles? Das war schon der ganze Traum?«

»Wir sind bei der Beerdigung. Sie lassen den Sarg runter, aber sogar durch den Sargdeckel sehe ich die Augen noch. Wie in einem alten Film.«
Mein Bulle boxte mich in die Magenwand. Okay, sagte ich zu ihm, ich tu's ja, ich höre ja zu.
»Fertig?« Myerling nickte zu den abwesenden Zwiebelringen, den verschwundenen Pommes, dem Burger und dem Shake hin, die in der Zwischenzeit den Weg in meinen Magen gefunden hatten.
»Yeah, ich bin fertig.«
»Ich auch.«
Ich bedankte mich bei Harry, und wir gingen hinaus, wo meine Zivilstreife ein Pläuschchen mit Myerlings Dienstwagen hielt.
»Was meinst du, was es bedeutet?«, wollte Myerling wissen.
»Kein Knoblauch vorm Schlafengehen.«
»Komisch, dass du von Knoblauch sprichst. Knoblauch gegen Vampire. Wie in dem alten Film, Nosferatu, die brennenden Augen? Röntgenaugen wie in einem alten Film.«
»Ja, das hast du schon gesagt.«
»Okay. Läster du nur, Elliot. Ich frag dich auch nicht, ob du die Bäder nimmst.«
Harry beobachtete uns durchs Fenster. Ich beschloss, es zu Ende zu bringen.
»Du hast mich wegen der glühenden Augen angerufen?«
»Nicht glühend, durchdringend.«
Durchdringend?
Myerling und ich kamen gleichzeitig darauf. Durchdringende Augen. Pornofilme!
Ich machte mich auf den Heimweg in der Gewissheit,

dass mir eine schlaflose Nacht bevorstand. Und dann kam mir eine letzte Idee.

»Gehen wir mit den Hunden in den Park«, schlug ich Dr. Winters von einer Telefonkabine an der Division aus vor.

»Es ist mitten in der Nacht, Elliot. Jamie schnarcht schon.«

»Woher weißt du, dass er schnarcht?«

»Nur keine Aufregung. Er ist nebenan. Anhören tut es sich nicht so.«

»Du willst damit also sagen, du liebst mich nicht.«

»Ich will damit sagen, dass ich morgen um sechs operieren muss. Eine Scheidenreparatur. Sie ist drei.«

»Danke für die Details, Violet. Sag mal, mochte Ricky Noonan Filme?«

»Merkwürdige Fragen stellst du. Ich weiß nicht. Moment – doch. Er hatte ungefähr eine Million alte Filme auf Video. Er ließ beim Sex gern einen laufen.«

»Noch mal danke für die Details. Träum süß.«

»Das war's?«

»Yeah. Ich glaube schon.«

»Elliot, hast du irgendwas genommen? Du hörst dich high an.«

»Nein. Bloß was gefunden. Reservier mir einen Tanz, ja?«

Ich legte auf. Gesegnet sei Harold Myerling.

Ich fragte mich, wer ihm von Ricky Noonans Röntgenaugen erzählt hatte. Ein Traum, hatte er gesagt. Ich erinnerte mich, wie Harold mir im Vollrausch einmal erzählt hatte, er spreche mit Geistern. Ricky Noonan war ein guter Katholik; vielleicht hatte Harold mit ihm gesprochen, und er hatte gestanden.

53

Um neun Uhr morgens, nach etwa drei Stunden Schlaf, fand ich mich bei Staatsanwalt Peter Abramson ein. Es würde ein schwieriges Manöver werden. Ich wollte Ricky Noonans Tod als Mord untersuchen, und ich konnte mir nicht vorstellen, dass es leicht sein würde, ihm das schmackhaft zu machen. Alle Welt glaubte an einen Selbstmord. Selbst Myerling bestätigte, dass der Winkel und das Einschussloch nach einem Selbstmord aussahen.

Ich persönlich zweifelte nicht daran, dass Ricky Noonan durch Selbstmord gestorben war – nur war ich davon überzeugt, dass man ihn dazu getrieben hatte. Ricky hätte sich von demjenigen fernhalten sollen, den er zu decken glaubte. Wäre er noch am Leben gewesen, hätte ich ihm genau das gesagt. Stattdessen sprach ich mit Peter Abramson.

Wir redeten in seinem schicken Büro mit dem Ledersofa, den modernen Kunstdrucken und dem gut gefälschten Orientteppich. Das Büro war eine Startrampe für einen jungen Mann auf dem Weg nach oben. Ich sage, wir redeten, aber in Wirklichkeit redete ich, während Abramson das Kreuzworträtsel der *New York Times* vom Sonntag löste.

»Richter Noonan hat nicht einfach Schluss gemacht. Er

war nicht chronisch depressiv. Er wurde bedroht. Ich will seine Wohnung durchsuchen.«

»Was wollen Sie damit sagen, Detective Mayo? Ich dachte, der Selbstmord wäre erwiesen.«

»Ist er. Aber ich will wissen, warum.«

»Wir psychoanalysieren hier aber nicht. Wir ermitteln.« Abramson war unverkennbar stolz auf die Antwort.

»Ich habe Grund zu der Annahme, dass es einen Zusammenhang zwischen Richter Noonan und den Morden an Jack Nesbitt, Carson Stoufley, Johnny Vanilla und Oscar Gomez gibt«, fuhr ich fort.

»Wirklich?« Der Ton war höflich und ungläubig. Abramsons Blick dagegen sagte: Idiot.

»Nein, in Wirklichkeit versuche ich, Sie wie einen Trottel dastehen zu lassen, damit Sie nie gewählt werden. Herrgott, Abramson, was ich Ihnen anbiete, könnte Ihre Karriere sichern.«

Es war kein Geheimnis, dass Abramson – genau wie Ricky Noonan – politische Ambitionen hatte. Ich wusste das von Noonan selbst. Jetzt legte Abramson seinen Terrierkopf schief und überlegte, inwiefern ich seinen Ambitionen dienen konnte.

»Sie meinen das ernst; es gibt da einen Zusammenhang?«

»Ja.«

»Richter Waldo wird es nicht erlauben.«

»Er wird, wenn Sie ihn nett fragen. Noonan war sein Freund. Sagen Sie ihm, Sie wollen nicht, dass Noonans guter Name in den Dreck gezogen wird.«

»Ah … Mal sehen, was ich tun kann.«

»Wenn Sie Rickys Namen rein waschen, sind Sie ein Held. Und die Zeitungen brauchen ihre Geschichte. Ein Freundschaftsdienst ist eine schöne Geschichte.«

Abramson brauchte etwa eine Millisekunde, bevor er anbiss. Ich wusste, vor seinem inneren Auge standen Schlagzeilen und Wähler. Ich wusste auch, Rickys Namen rein zu waschen oder Abramsons kostbare Karriere zu fördern war so ziemlich das Letzte, was meine Arbeit bewirken würde. Manchmal sagt man, was man sagen muss.

»Sie sind sich da sicher?«

»Ziemlich.«

Ich wusste, er würde Richter Waldo überreden, den Namen seines Freundes rein zu waschen. Sollte er doch glauben, er würde ein Held sein und Ricky Noonan würde sein Vehikel zu Ruhm und Ehre werden. Meine Zielsetzung war eine andere. Ich glaubte, dass Noonans Tod mit Johnny Vanillas Tod zu tun hatte. Ich glaubte, dass ich mit Richter Waldos Durchsuchungsbefehl herausfinden würde, inwiefern. Und ich glaubte nicht, dass Ricky danach gut dastehen würde. Habe ich Staatsanwalt Abramson belogen? Sie können drauf wetten. Eine Täuschung im Interesse einer wichtigeren Sache als seiner kleinen politischen Karriere.

In meinen Augen entwickelten sich die Dinge sehr gut. Ich hatte meinen Durchsuchungsbefehl. Mein Sohn war in Sicherheit. Mein Cousin Charles würde sich schuldig machen und mir die Adresse meines Hauptverdächtigen beschaffen. Ja, allmählich war die Auflösung in greifbarer Nähe.

Ich parkte den Wagen neben dem Pflanzkübel vor der Tür. Ich war schon fast am Aufzug, als mir auffiel, dass Bobby nicht an seinem Posten war. Ich fand ihn hinter seiner Rezeptionstheke, bewusstlos, einen Bluterguss über der rechten Augenbraue. Ich beugte mich über ihn; er atmete.

Während ich da hinter der Theke kniete, hörte ich das Zischen der Aufzugstür. Bleib unten, sagte mein Bulle.

Ich blieb unten, horchte auf das Tapp, Tapp, Tapp hoher Absätze, das quiekende Sauggeräusch, mit dem sich die Haustür öffnete, das Tapp, Tapp, Tapp von Absätzen, die die Stufen vor dem Haus hinunterklapperten. Als ich den Kopf über die Theke hob, sah ich, wie eine hoch gewachsene Rothaarige in ein Taxi stieg.

Vor meinen Füßen bewegte sich Bobby.

»Wie geht's?«, fragte ich. Offensichtlich schlecht.

»Detective Mayo? Sind Sie okay?« Atemlose Besorgnis.

»Ich? Was ist mit Ihnen?«

»Ach, geht schon. Dienst ist Dienst.«

»Was ist passiert?«

»Ich hab das Auto gehört. Ich bin raus ins Foyer. Sie kommt reingestürmt ...«

»Sie?«

»... und fragt nach Ihnen. Ich sage natürlich nein, wie Sie's gesagt haben, und sie schlägt mich zusammen.«

»Danke, Bobby. Kümmern Sie sich um den Bluterguss.«

Ich nahm den Aufzug hinauf zu meiner Wohnung. Die Tür stand offen. Ich zog die Waffe und ging hinein.

Rational kann ich Ihnen sagen, der Luftzug kam von der offenen Balkontür. Aber es fühlte sich an, als hätte ich den Kühlraum einer Metzgerei betreten. Trotz der Sommerhitze erschien mir die Wohnung kalt, feucht und tot.

Paradise begann zu winseln. An einer Wand fand ich eine Nachricht, in hingeschmierten rotbraunen Buchstaben: EINER NACH DEM ANDEREN stand dort. Ich machte mich auf die Suche nach Leichen.

Allmählich begann ich mir selbst wie eine Mordwaffe

vorzukommen. Ich war dankbar, dass Zach außer Reichweite war

O Gott. Der Anrufbeantworter. Was, wenn er angerufen hatte? Die Nachrichten auf dem Band waren wie eine Liste aller Leute, an denen mir lag: Gloria, Jamie, Violet, mein Cousin Charles.

Und wie ich befürchtet hatte, Zachary hatte angerufen. »Es ist toll hier, Dad. Pater Bremner und ich haben eine Riesenforelle gefangen.«

Auch Cousin Charles hatte eine Nachricht hinterlassen. »Sieh im Versteck nach«, hatte er gesagt. Was zum Teufel sollte das heißen? Was für ein Versteck?

Weiter vorn auf dem Band waren alte Nachrichten von Gloria, Jamie und Violet. Einer nach dem anderen hatte sich bei mir gemeldet. Und alle waren jetzt mögliche Zielscheiben. Ich hörte ein Geräusch hinter mir und fuhr herum, die Waffe in der Hand.

»Heiliges Kanonenrohr.« Bobby stand in der Tür und starrte auf die verschmierte Wand. »Ist das Blut?«

»Oder eine gute Imitation.«

»O mein Gott.« Er hörte sich an, als wäre der Schauplatz eines Verbrechens etwas, das er sich um nichts in der Welt hätte entgehen lassen. Ich sah die Dinge etwas anders.

Ich fragte mich, ob der Besucher mich absichtlich verfehlt hatte. Ja, entschied ich.

»Bobby, ich hole die Jungs vom Revier. Warten Sie hier auf sie, okay?«

»Brauche ich eine Waffe?«

»Nein, das glaube ich nicht.« Er sah enttäuscht aus. »Sie werden welche mitbringen«, fügte ich hinzu.

Ich rief Lynch an und sagte ihm, er solle gleich herkommen. »Und nehmt Abdrücke von meinem Anrufbeantworter«, wies ich ihn an. »Unser Killer hat mir einen Besuch abgestattet.« Das Telefon in meinem Lieblingssupermarkt funktionierte nicht. Ich rief Pater Bremner von der Amocotankstelle in der Ohio Street aus an.

»Hören Sie, ich glaube, Sie und Zach sind in Gefahr. Lassen Sie ihn nicht aus den Augen.«

»Und was ist mit Ihnen, Elliot?«

»Um mich geht es nicht. Danke.«

Pater Bremners Frage kam mir beinahe albern vor. Meine eigene Sicherheit war mir nicht wichtig. Es ging um Zachary, Pater Bremner, Jamie, Violet und Gloria und jetzt auch um meinen Cousin Charles.

Gloria. Sie war die wehrloseste von allen. Und wenn sie Zachary finden wollten, würden sie zu ihr gehen. Ich musste ihnen zuvorkommen.

Die Strecke von der Tankstelle bis zu meinem alten Bungalow war der weiteste Weg, den ich jemals zurückgelegt hatte; und ich fuhr ihn sehr schnell. Mit quietschenden Reifen kam ich am Bungalow an und hatte die Klingel gedrückt, bevor der Motor zum Stillstand gekommen war.

»Ja, ja, wer ist das denn?«

Ich war erleichtert, Glorias alkoholisierte Stimme zu hören.

»Ich bin's, Gloria, Elliot.«

»Geh weg.«

»Lass mich rein, Gloria! Du bist hier nicht sicher.«

Ich hörte den Riegel kratzen und die Kette rasseln. Gloria sah aus, wie sie vielleicht in zwanzig Jahren hätte aussehen dürfen.

»Was ist los, Elliot? Was willst du?«

»Ich möchte, dass du einen kleinen Urlaub machst.«

»Ich mache grade Urlaub, Elliot. Merkst du das nicht? Du und Theresa, ihr müsst euch überall einmischen. Sie hättest du heiraten sollen.«

Gloria trug ein aufwendiges Chiffonnegligé über einem kurzen Nachthemdchen. Oscars Geschmack, nicht meiner. Sie hatte getrunken und trank immer noch; der Gingeruch ihres Atems stach wie Leimdunst.

»Mach dir was zu trinken, Elliot, es ist noch ein Tropfen da.«

Gloria ließ den Gin in ihrem Glas kreisen.

»Ich packe dir eine Tasche, Gloria. Du verreist.«

Ich ging hinauf in unser ehemaliges Schlafzimmer. Ich hätte direkt vom Boden packen können, beschränkte mich aber auf die Überreste in den Schubladen. Ich kannte die Leiterin der Haymarket-Frauenmission: Roxy Sue war eine minderjährige Stricherin gewesen, die ich vor zehn Jahren von der Straße geholt und zu einer Entziehungskur überredet hatte. Sie hatte es geschafft, war auf die Universität gegangen und hatte eine Ausbildung als Psychologin gemacht. Ich hatte ihr hin und wieder unter die Arme gegriffen; jetzt konnte sie Gloria helfen.

»Zieh das hier an.« Ich gab Gloria ein geblümtes Hängekleid, das sie getragen hatte, als sie Zach erwartete.

»Wohin gehen wir?«

»Zum Arzt.«

»Da war ich schon mit Zach. Ich brauche keine Therapie, Elliot.«

Ich zog Gloria das Hängekleid über den Kopf und über das Nachthemd. Sie taumelte gegen mich und rieb ihre Brüste an mir. Eine Welle von Zärtlichkeit, nicht von Verlangen, stieg in mir auf. Arme Gloria; sie tat, was sie konnte.

»Halt mich fest, Elliot.«
»Richten wir dich erst ein bisschen her.« Ich glättete den Stoff, strich ihr das Haar zurück.
»Netter Elliot. Ich weiß noch …«
Ich schaffte Gloria, ihr Glas und ihren Koffer zur Tür hinaus, die Stufen hinunter und ins Auto.
»Schnall dich an.«
»Schnall du mich an, Elliot.«
Ich schloss den Gurt.
»Ich vermisse ihn, Elliot. Ich vermisse meinen Oscar.«
»Ich weiß, Liebling. Halt dein Glas fest.«
Ich war am Haymarket, bevor Gloria mit ihrem Gin fertig war. Sie fragte nicht, wohin wir fuhren, und ich sagte es ihr nicht. Ich wollte einfach, dass sie in Sicherheit war.
»Zach hat den Doktor nicht gemocht«, sagte Gloria, als wir die Mission erreichten. »Oscar hat gesagt, er wäre wunderbar, aber Zach hat ihn nicht gemocht.«
»Dr. Hauser?«
»Oh, die war okay. Der andere.«
»Meinst du Dr. Winters – die, die mit mir im Krankenhaus war?«
»Nein, die hat er gemocht. Aber du magst sie auch, stimmt's?«
»Welcher Arzt dann, Gloria?«
Aber Gloria hatte zu weinen begonnen und antwortete nicht mehr. Ich brachte sie in aller Eile in die Mission. Ich musste Cousin Charles warnen.
Von der nächsten Telefonzelle aus rief ich ihn an. Er ging nicht als Telefon, und auch der Anrufbeantworter meldete sich nicht. Ich versuchte es bei Jamie. Bei ihm lief die Maschine, wie üblich, wenn er arbeitete. Ich wusste nicht, ob er oder Violet zu Hause waren.

Ladys first, dachte ich und machte mich auf den Weg zu Jamie. Ich wollte sicherstellen, dass eine gewisse Violet in Sicherheit war. Dann würde ich zu Charles fahren.

54

So ein Zufall!« Violet Winters öffnete die Tür. Heute war Cowgirl-Tag.

»Wo ist Jamie? Alles in Ordnung mit dir?«

»Bestens. Es ist nett, mal wieder allein zu sein. Er hat mir seine Waffe dagelassen und ist verschwunden – Ich glaube, er will sich flachlegen lassen.« Sie winkte mich herein. Salvation bellte nicht.

»Ist das ein dienstlicher Besuch? Nein, erzähl's mir nicht.«

Dr. Winters ließ sich auf Jamies Ledersofa fallen. Es sah genau aus wie mein Kunstledersofa, aber es roch angenehm. Sie auch. Ich plumpste neben sie, neben eine duftende Schulter.

»Was ist das für ein Parfum?«

»Kein Parfum. Jasminöl.«

»Sehr exotisch.«

»Bin ich ja auch.«

Sie rieb ihr jeansbekleidetes Bein an meinem Schenkel. Sie war staksig und verspielt wie ein Teenager. Es machte mich ärgerlich. Wusste sie eigentlich nicht, dass sie in Gefahr war? Andererseits, ich war es schließlich auch. Ich begann mit dem Frage-Antwort-Spiel.

»Was hast du als Mädchen getragen?«

»Kleider.« Sie stieß mich in die Rippen. »Und du?«

»Komm schon. Parfum. *Evening in Paris*? *White Shoulders*?«

»Nah. Viel zu edel. *Heaven Scent.* Hat gerochen wie Katzenpisse. Wunderbar, wenn man sich beschissen fühlen wollte.«

»Machst du das oft? Parfum tragen, damit du dich beschissen fühlen kannst?«

»Ich hab's während meiner Therapie eine Weile gemacht. Es war ganz unbewusst, bis meine Therapeutin mich drauf hingewiesen hat. Wahrscheinlich wollte ich mich an meinen Bruder erinnern.«

»Erzähl mir nicht, dass er das auch genommen hat.«

»Wir haben uns gern verkleidet, die Rollen getauscht. Er hat sich mein Parfum geliehen, meine Sachen angezogen. Und ich hab seine Baseballjacke getragen und Kaugummi gekaut.«

»Ganz die amerikanische Durchschnittsfamilie.«

»Ich weiß, jetzt hört es sich krank an, aber wir waren doch Kinder. Wir haben Verkleiden gespielt, das ist alles.« Violet sah wehmütig aus.

»Ich hole uns was zu trinken.« Ich stand auf.

»Ist das zu viel für dich, Elliot?«

Es war zu viel. Ich ging zu Jamies Bar und goss mir einen Scotch ein.

»Als ich Anfang dreißig war, ist dann alles auseinander gefallen. Da haben diese Träume angefangen.«

»Träume?« Ich wollte es gar nicht wissen.

»Männer in Weiß mit Kapuzen. Geister oder Ku-Klux-Klan. Zu viele Horrorfilme. Oder zu viel über Bürgerrechte gelesen. Jedenfalls hatte ich panische Angst vor ihnen. Ich wollte keinen Sex mehr. Und dann wollte ich plötzlich wie verrückt, mit den falschen Leuten. Ich hatte Angst, ich würde mir wehtun. Ich habe mir wehgetan.«

»Mach weiter.« Nicht, dass ich es hören wollte.

»Ich bin in den falschen Betten gelandet und wusste nicht, warum. Ungefähr da habe ich Ricky Noonan kennen gelernt. Ich denke wirklich nicht gern an ihn.«

»Hör auf. Er war ein netter Kerl. Ein bisschen zu ehrgeizig vielleicht, aber ein netter Kerl.«

»Deine Version. Es gibt da Dinge, die willst du nicht wissen. Und irgendwer, Ricky selbst zum Beispiel, hätte es mir sagen sollen.«

»Dass er ein bisschen von beidem war?«

»Das und den Rest.«

»Welchen Rest?«

»Es ist eine Wellenlänge, eine Dunkelheit. Ich hab sie in ihm gespürt und er in mir. Wir haben rumgespielt damit. Man könnte sagen, Ricky und ich waren Spiegel füreinander, und was ich gesehen habe, hat mir Angst gemacht. Ich wusste nicht, wie weit wir gehen würden. Also habe ich mir helfen lassen.«

»War das die Therapie?«

»Das volle Programm. Drei Jahre Hölle. Danach hatte ich einen Namen für mein Problem und ein Spezialgebiet, missbrauchte Kinder. Seither geht es, immerhin bin ich funktionsfähig. Und dann musst du daherkommen und mich daran erinnern, dass es einen Unterschied gibt zwischen funktionsfähig und glücklich. Obwohl du im Moment ja nicht gerade ein leuchtendes Vorbild bist.«

Damit ging Violet Winters zu Jamies Bar hinüber, öffnete eine Flasche Perrier und schüttete sich den Inhalt in aller Ruhe über den Kopf.

»Was zum Teufel machst du da?«

»Kühlwasser.«
»Du überschwemmst Jamies Fußboden.«
»Der kann's brauchen. Jamie steckt bis zu den Knien in der Scheiße.«
»Was soll das heißen?«
»Er ist mit irgendeinem Groupie unterwegs, das ihm ein Liebesbriefchen geschrieben hat. Wenn du mich fragst: Was er treibt, ist ziemlich krank. Er hat einen ganzen Stoß *True-Detective*-Heftchen unter dem Sofa versteckt. Dein Freund Jamie sollte unter Verdacht stehen, nicht ich.«
»Hör mal zu«, sagte ich. »Es gibt ein paar Dinge, von denen du die Finger lassen solltest. Jamie ist mein Freund. Mein bester Freund.«
»Wusstest du, dass er einen ganzen Stoß von dem Zeug hat?«
»Was zum …«
»Du hast keine Ahnung, was er treibt, stimmt's? Ich meine, sieh dir doch nur seine Bilder an. Wenn das nicht nach Gewalt aussieht, dann weiß ich nicht, wie du's beschreiben würdest.«
Ich musste zugeben, dass sie Recht hatte. Die Bilder waren gewalttätig; aber bedeutete das, dass Jamie in der Lage war, Männer umzubringen, zu verstümmeln, zu kastrieren? War in der Jugendhaft etwas passiert, das seine Sexualität verdreht und verdorben hatte?
»Er kannte alle Opfer«, sagte Violet. »Und er kennt auch Zachary.«
»Was hat Zachary damit zu tun?«
»Sag du's mir. Zachary malt umgedrehte Pentagramme, die gleichen, die wir bei Ricky Noonan gefunden haben, bei Gomez …«

»Jamie hab ich nie Pentagramme zeichnen sehen«, sagte ich, als sei das der Punkt.
»Jamie strotzt nicht gerade vor geistiger Gesundheit. Weißt du, wo er heute Abend steckt? Er ist mit so einer nuttigen Rothaarigen unterwegs.«
Ich glaubte zu wissen, wer die nuttige Rothaarige war.
Und genau dann klingelte jemand. Ich schaffte es mit gezogener Waffe rechtzeitig zur Tür, um Jamie auf seinen eigenen Teppich bluten zu lassen.
»Die Schlampe hat mich geschnitten«, sagte er, bevor er umkippte.
Dr. Winters stieß mich zur Seite und erteilte uns beiden Befehle: »Lieg still, rede nicht, ruf die 911 an.« Wir gehorchten.
»Hilf mir, ihm die Hose auszuziehen.«
»Die Hose?«
»Mach schon!«
Mein Freund Jamie Hackett hatte beinahe die Hoden verloren. Dr. Winters hielt die klaffende Unterbauchwunde mit der linken Hand zusammen und den aufgeschlitzten Hodensack mit der rechten. »Das kriegen wir hin«, sagte sie zu Jamie. »Das wird schon wieder.«
»Versprochen?« Jamie war grau im Gesicht.
»Versprochen, du Mistkerl. Du hast Glück, dass du so fett bist.«
»Yeah. Ich bin ein Sumoringer«, sagte Jamie und wurde ohnmächtig.
»Das ist der Schock«, erklärte Dr. Winters.
Der Krankenwagen gellte die Straße entlang. Ich ging hinaus und stellte fest, dass Jamies Auto voller Blut war.
Zum Teufel mit dem Arschloch, das wurde zu persönlich.

Mit Wut in der Kehle half ich den Sanitätern, Jamie im Auto zu verstauen, und versprach ihm, in ein paar Stunden vorbeizuschauen.
»Ich gehe mit ihm«, sagte Dr. Winters, aber ich packte sie am Arm, zu hart.
»Nein. Du kommst mit mir.«
»Wohin?«
»Wir gehen dieser Sauerei auf den Grund.«
Wenn es einem ungefährlich vorkommt, sich mit einer Verdächtigen zusammenzutun, dann weiß man, man befindet sich auf gefährlichem Boden.

55

Für Cousin Charles' Haus brauchte ich keinen Durchsuchungsbefehl: Ich hatte eine Einladung. Ich brauchte nur den Schlüssel, den er in einem Abflussrohr an der Hintertür versteckte.

»Ich gehe zuerst rein«, sagte ich zu Violet. »Er könnte da drin sein.«

Trotz seines Kleidungsstils war Charles ein Freund gepflegter Häuslichkeit. Als ich die Hintertür öffnete, schlug mir der Duft von Zitronenölpolitur und Putzmittel entgegen. Ich roch keinerlei Ärger.

»Das ist dein Cousin?«, fragte Violet, als wir die Küche durchquerten. »Du hast mir nie erzählt, dass du einen schwulen Cousin hast.«

»Warum sollte ich? Es gibt viel Interessanteres von Charles zu erzählen als seine sexuellen Vorlieben.«

»Sein Rezept für Zitronenrührkuchen?«

»Dass er seit Stunden verschwunden ist, vielleicht seit Tagen.«

»Sollte ich hoffen, dass wir ihn hier finden?«

»Nein.«

»Weil er unter Verdacht steht oder weil er ein Opfer ist?«

»Lass mich einfach arbeiten, ja?«

»Elliot? Ich mache jetzt Kaffee.«

»Was für eine nette kleine Frau.«

Ich warf einen Blick in die bescheidene Essecke, verbrachte zehn Minuten im Wohnzimmer und ging dann in Charles' Schlafzimmer: Ahornholzmöbel und zwei nebeneinander stehende Betten des Typs, den man in alten Filmen sieht. Nichts hier erinnerte an Sex welcher Sorte auch immer. Ich sah unters Bett, in die Schubladen und den Schrank. Nichts. Das Gleiche galt für das Gästezimmer.

»Kaffee ist fertig!« Violet spielte Hausfrau.

»Bin gleich da.«

Violet erschien mit einem Kaffeebecher für mich. Ich stand in Charles' Flur, besorgt und zugleich erleichtert darüber, dass ich ihn nicht gefunden hatte. Violet kam mit ihrem eigenen Becher zurück.

»Was versteckt er da hinter der Kommode?«, fragte sie.

Die Kommode war aus Eiche und mit drei Schubladen, einem Spiegel und einem Hutständer ausgestattet. Man konnte hier beim Weggehen den Schal knoten und beim Hereinkommen die Post sortieren. Ein wuchtiges Stück, das die kleine Tür des Abstellraums unter der Treppe verdeckte.

Natürlich – das Versteck!

Wie hatte ich das vergessen können? Charles und ich hatten als Kinder hier gespielt. Es war das perfekte Versteck: anderthalb Meter tief, drei Meter lang. Wir hatten sogar in unseren Schlafsäcken hier übernachtet und so getan, als sei es eine Höhle in Montana.

Ich ging die Schubladen durch – zusammengelegte Haushaltswäsche – und schob die Kommode dann zur Seite. Ich musste mich tief bücken, um das Versteck zu betreten, und stellte überrascht fest, dass ich noch genau wusste, wo der Lichtschalter war. Noch überraschter war ich, als das Licht anging. Da stand ein alter Koffer, flach und niedrig, olivgrün. Frederick Furys Name stand auf dem Deckel. Ich öffnete ihn.

Frederick Fury war ein ordentlicher Mensch, sogar was seine Obsessionen anging. Direkt hinter seinen Steuerordnern fanden sich Hunderte sorgfältig abgehefteter Bilder eines bestimmten sexuellen Akts. Ich blätterte sie rasch durch und stellte sinkenden Herzens fest, dass sie immer weiter in die Finsternis führten. Was hatte es mit dem Bösen auf sich, fragte ich mich, dass es einen Mann dazu bringen konnte, sich solcher Erniedrigung auszusetzen und sie von anderen zu fordern?

Ich wollte den Koffer gerade schließen, als mir auffiel, dass der Deckel innen ringsum mit solidem Band verstärkt war. Es war ein alter Koffer, aber nichtsdestoweniger … Ich holte das Taschenmesser heraus und kratzte an einer Ecke.

Das halbe Dutzend Fotos war alt und vergilbt. Wenn man es nicht besser wusste, sahen die ersten paar ungefähr so bedrohlich aus wie Bilder einer schlechten Laienaufführung von *Julius Caesar*. Fünf in Togen gekleidete Kinder lächelten in die Kamera. Hinter ihnen stand ein Halbkreis von Erwachsenen in Togen und Kapuzen. Danach kam blanker Horror: ein Bild von drei abgetrennten Köpfen, eins von drei kopflosen Körpern, ein drittes, auf dem sich ein »Nachwuchstalent« an oralem Sex versuchte. Das Talent war Freddy und seine Begabung hatte ihm möglicherweise das Leben gerettet. Das fünfte Kind war Violet.

Ich nahm die Fotos und schaltete das Licht aus.

»Was ist los?«, fragte Violet. »Du siehst ziemlich verstört aus.«

Ich schob sie zur Seite, schob die Kommode wieder an ihren Platz. Ich war verstört.
»Warum antwortest du nicht? Ich habe gedacht, dein Cousin wäre da drin.«
»Ich auch. Wo ist der Kaffee?«
»Da.« Sie streckte mir den Becher hin. »Darf ich sehen, was du da gefunden hast?«
»Nein!« Ein regelrechtes Bellen.
»Du brauchst mich nicht anzubrüllen. Ich kapier's schon: Ich bin die brave Begleiterin.«
»Gut.« Ich starrte sie drohend an.
»Als deine brave Begleiterin würde ich vorschlagen, dass wir unseren Kaffee in der gemütlichen Küche trinken.«
Brav, wahrhaftig. Ich folgte ihr ergeben in die Küche. Sie manövrierte uns in Charles' Frühstücksecke und tätschelte mir den Arm.
»Trink aus«, sagte sie.
»Ich bin am Verhungern«, erklärte ich. Wie üblich reagierte ich auf die Schlächterei mit Heißhunger.
»Soll ich?« Violet stand auf.
»Nein, Doktor«, knurrte ich, »ich bin ganz der neue Mann. Ich finde mich in Küchen zurecht.«
Und so kam es, dass ich in Charles' Kühlschrank nach Sandwichmaterial suchte und die Fotos auf dem Tisch liegen ließ.
»O mein Gott«, hörte ich sie flüstern.
»Sieh nicht hin!«, warnte ich, während ich versuchte, die Fotos wegzuziehen, aber es war zu spät. Violet wiegte sich vor und zurück, die Arme eng um den Körper geschlungen.
»Ich erinnere mich. Ich erinnere mich«, sagte sie. Auf der blassen Haut standen Schweißperlen.

»Woran erinnerst du dich?«

Violets Augen waren dunkel und flach, starrten an mir vorbei, an der Gegenwart vorbei.

Ihre Hände zitterten. Sie waren feucht, dann nass. Ich hielt sie fest, während das Zittern durch ihren ganzen Körper lief.

»Was ist los, Liebling? Sag's mir.«

Das Zittern wurde heftiger. Sie konnte nicht antworten.

»Was ist los, Liebling? Du kannst es mir sagen. Es ist schon gut. Was hast du gesehen?«

Sie antwortete nicht. Sie sagte überhaupt nichts. Mindestens fünf Minuten lang hielt ich ihre Hände und wartete. Auf was, das wusste ich selbst nicht. Sie kam zurück zu mir. Ich beobachtete sie aufmerksam, beobachtete ihr Gesicht, bis sie den Blick erwiderte, bis sie wieder hinter ihren Augen angekommen war, der innere Film vorbei war.

»Darf ich dich festhalten?«, fragte ich.

Violet kroch in meine Arme, und dann kamen die Schluchzer. Sie hielten sehr, sehr lang an. Sie hatten Jahre darauf gewartet, an die Oberfläche zu kommen.

56

Es heißt posttraumatisches Stresssyndrom. Violet hatte es im großen Stil. Sie ballte die Faust in meiner Hand, genau wie Zachary es tat. Ihre Körpersprache war zu der eines jungen heranwachsenden Mädchens geworden; ihr Gang war staksig und unsicher.

»Ich weiß nicht, wie ich dich zurückholen soll, Violet«, sagte ich zu ihr.

»Ich bin doch hier«, protestierte sie, aber sie war es nicht.

Ich bin Polizist. Die Hälfte meines Jobs ist, Verbrechen aufzuklären, aber die andere, wichtigere Hälfte ist es, Leute zu beschützen. Ich hatte das Gefühl, Violet Winters im Stich zu lassen.

»Violet? Gibt es jemanden, den ich anrufen könnte? Deine Therapeutin?«

»Du kennst sie schon. Dr. Kottlisky. Wahrscheinlich könntest du sie holen.«

»Versuchen wir's bei Harold.«

Ich fuhr sie hin. Harold Myerling empfing uns ohne jede Überraschung. Ich begann daran zu glauben, dass an seinen und Pater Bremners Bemerkungen über ein spirituelles Netz etwas dran sein könnte.

»Sie hat eine Art Flashback«, erklärte ich. Er führte uns in sein Büro, wo die Wände mit afrikanischen Masken, Kraftsymbolen und seinen diversen Urkunden ge-

schmückt waren. Er setzte Violet in einen Stuhl mit harter Lehne und klatschte dreimal kräftig in die Hände. Sie schien es kaum zu hören.
»Abrakadabra?«, fragte ich etwas lahm.
»Wesenheiten«, antwortete Myerling. »Gedankenformen. Sie hassen das.«
»Du meinst Erinnerungen, richtig? Keine Geister.«
»Zünd das an, ja?« Myerling ignorierte die Frage und wies auf ein kleines Bündel graugrüner Zweige, die auf dem Schreibtisch lagen. Ich hielt ein Streichholz daran, und sie fingen Feuer. Ich schwenkte sie, wie Myerling es mir zeigte, um den schweren öligen Rauch zu verbreiten. Myerling hielt Violet ein Fläschchen mit scharf duftendem Öl unter die Nase.
»Umpf!« Sie fuhr zurück, und ihre Augen wurden zum ersten Mal klar. »Was ist das?«
»Eisenkraut«, sagte Myerling. »Jetzt halten Sie die hier und atmen Sie langsam. Ein und aus. Ein und aus.«
Er reichte Violet zwei Steinkugeln, eine klar, eine dunkel. Sie nahm eine in jede Hand, wie Justitia. Myerling hüllte sie als Nächstes in ein leuchtend goldenes Seidentuch. Es sah aus wie ein schief gewickelter Sari.
»Wie fühlen Sie sich?«, fragte er, während er neben ihrem Ohr mit den Fingern schnalzte.
»Besser. Die schwarze Kugel hier wird aber ziemlich schwer.« Violet streckte ihm die Kugel hin, und Myerling nahm sie ihr ab.
»Das ist gut. Sie absorbiert negative Energie. Und wie fühlen Sie sich jetzt?«
»Als ob ich ein Gespenst gesehen hätte«, sagte sie leise. »Ich war richtig weg. Völlig weg.«
»Das kann ich bezeugen«, sagte ich. »Willkommen in

der Realität.« Ich kam mir vor wie ein oberflächlicher Idiot.

»Elliot.« Violet griff nach meiner Hand und lächelte zu mir auf. Ihre Augen waren klar. Ich war unendlich erleichtert; ich hätte es verstanden, wenn sie mich gehasst hätte.

»Meine Vergangenheit ist nicht deine Schuld, Elliot. Sagen Sie ihm das, Mr. Myerling.«

Es wäre leicht gewesen, sie daran glauben zu lassen. Ich hätte es selbst gern geglaubt, aber es war nicht die Wahrheit.

»Manches davon schon, Violet.« Sie sah mir rasch ins Gesicht. »Deine Erinnerungen und mein Leben überschneiden sich an einer Stelle … Harold, ich möchte mit ihr über das Verbrechen im Park reden.«

»Es ist riskant.«

»Violet, ich würde gern Dr. Kottlisky anrufen. Vielleicht brauchen wir sie hier.«

»Du kannst sie anrufen, Elliot. Ich weiß, dass ich noch mal dorthin zurück muss.«

Sie nahm beim zweiten Klingeln ab. »Hallo. Dr. Kottlisky.« Sie hatte eine singende Stimme, die zu einer guten Fee gepasst hätte.

»Dr. Kottlisky, hier spricht Detective Mayo. Wir saßen bei einer Veranstaltung neulich am selben Tisch.«

»Aber natürlich, Detective. Wie nett, dass Sie sich melden.«

»Ich bin hier mit einer ehemaligen Patientin von Ihnen, Violet Winters; wir befinden uns beim Gerichtsmediziner …«

»O mein Gott …«

»Nein, nein. Es geht ihr gut. Das heißt, es geht ihr nicht gut. Das heißt, ich glaube, wir brauchen Sie …«

»Lassen Sie mich mit ihr reden«, unterbrach Dr. Kottlisky. Ich gab das Telefon an Violet weiter.

»Doktor? Die Träume sind wieder da. Ich glaube, jetzt bin ich so weit. Können Sie kommen? Bitte?«

Violet gab mir das Telefon zurück, und ich beschrieb Dr. Kottlisky den Weg zur Leichenhalle. Sie würde für die Fahrt mindestens eine halbe Stunde brauchen. Wir warteten.

»Violet, ich würde dich nicht darum bitten, wenn ich nicht glaubte, dass du den Schlüssel hast.«

»Ich weiß das, Elliot ... Was hast du vorhin eigentlich gemeint?«

»Harold und ich waren dort, alle beide. Sie haben uns zu Hilfe geholt, aber sie ließen uns nicht helfen. Dabei hätten wir dich finden können. Ich habe es gewusst ... ich habe es gewusst ... all die Jahre ...«

»Lassen Sie mich erklären«, unterbrach Harold. »Elliot hat immer gesagt, es wären fünf Kinder gewesen. Und über zwei von ihnen wussten wir nichts.«

»Es ist nicht deine Schuld, Elliot. Sagen Sie ihm das, Harold. Und sagen Sie diesen Wesenheiten, sie sollen verdammt noch mal weg bleiben.«

»Bleibt verdammt noch mal weg, Wesenheiten.«

Bildete ich es mir ein, oder wurde es im Zimmer tatsächlich heller?

Ich bildete es mir nicht ein. An Harold lag es allerdings auch nicht.

»Ah, die Sonne kommt durch«, sagte Violet. »Wenn ihr mich ein paar Minuten allein lassen könntet – nur bis Dr. Kottlisky hier ist. Ich möchte mich vorbereiten.«

»Ich würde lieber bei dir bleiben«, sagte ich.

»Mir geht's gut. Ich will nur einen Moment meine Ruhe

haben. Mach dir keine Sorgen. Und jetzt geht einfach, okay?«

Harold und ich ließen Violet im Büro, mit den Masken und den Schutzsymbolen allein.

Ich hatte ein paar Fragen an Harold. Wir verzogen uns in den kleinen Raum, in dem er seine Chemikalien aufbewahrte, und ich gab ihm die Fotos, die ich bei Charles gefunden hatte. Ich fragte mich, ob Charles den Koffer jemals selbst geöffnet hatte. Ich hoffe, dass er den Inhalt nicht kannte.

Harold reichte mir eine offene Bibel und wies mich auf den vierzigsten Psalm hin.

Ich harrte des Herrn,
und er neigte sich zu mir und hörte mein
Schreien
und zog mich aus der grausamen Grube und aus
dem Schlamm
und stellte meine Füße auf einen Fels, dass ich
gewiss treten kann.

Ich las von der Grube und der Rettung durch Gott, während Harold Freddys Fotos auf dem Schreibtisch ausbreitete und durch ein Vergrößerungsglas studierte.

»Die Ringe«, sagte er. »Ich hatte Recht.«

Ich ging zu ihm hinüber. Ich fühlte mich ruhiger, wenn auch nicht besser.

»Da.« Harold trat zur Seite. »Ein Kult. Wie vermutet.«

Als ich durch die Lupe sah, entdeckte ich die Ringe an den Händen der togabekleideten Männer. »Hey, Harold«, sagte ich. »Noonan, Vanilla, Nesbitt, Stoufley – einer fehlt noch. Und ein Ring für jeden. Aber wer ist der letzte Mann? Wir haben doch fünf identische Ringe.«

»Nein. Sie haben nur gleich ausgesehen. Einer hat sich anders angefühlt. Einer, der erste, war ein Kraftring. Der Mann, der jetzt noch fehlt, ist der Anführer, und er hat dieses Bild gemacht.«

»Und *das* ist also ein spiritueller Führer?«

»Ach, Elliot. Nach all diesen Jahren unterschätzt du es immer noch. Der Mann, nach dem du suchst, hat eine Begründung. Er sieht Gutes in dem Bösen, das er tut. Wirkliche Schurken halten sich nicht für schlecht, Elliot. Sie glauben daran, dass sie Gutes tun. Und in ihrer verkehrten Welt stimmt es sogar. Der Mann, nach dem du suchst, hält sich für einen Heiligen.«

»Harold, du fängst schon wieder mit diesem Blödsinn an. Ein Ring hat sich anders angefühlt. Was soll ich denn damit anfangen? Ich brauche Tatsachen, keine Gefühle.«

»Es ist nicht bloß Theorie oder Aberglaube, weißt du. Wenn ich über solche Dinge rede, rede ich von Erfahrungen, nicht von etwas, das ich mir vorstelle.«

»Gott helfe uns«, sagte ich. Es war nicht fromm gemeint.

»Oh, das wird er auch.«

»Gut, ich werde ihn nämlich brauchen. Wenn Dr. Kottlisky es erlaubt, gehen wir noch einmal in diese Grube zurück.«

Von draußen hörten wir ein Knirschen auf dem Kies. Harold sah zum Fenster hinaus. »Sie ist da«, sagte er. »Sie ist wunderschön.« Ich starrte ihn überrascht an. Seit dem Tod seiner Frau Ruth vor zehn Jahren hatte ich niemals gehört, dass er Interesse an einer Frau geäußert hätte. Ja, wahrscheinlich war Dr. Kottlisky schön. Sie war eine zierliche, elegante Frau mit weichem, üppigem rotbraunem Haar – aber ich achtete auf ihre Stärke, nicht auf ihre Schönheit. Für Harold waren sie vielleicht ein und dasselbe. Für mich war Dr. Kottlisky ein Mitglied eines Rettungsteams.

»Bring die Bibel mit«, sagte Harold zu mir. Wir empfingen Dr. Kottlisky an der Tür zur Leichenhalle.

»Hallo, Detective. Hallo … wo ist sie denn?«

»Sie wartet drinnen«, erklärte ich. »Sie hat gesagt, sie wollte allein sein, um sich drauf vorzubereiten.«

»Gehen wir. Das Mädchen ist schon so lang allein. Ich bin froh, dass sie jetzt Verbündete hat.«

Mir fiel auf, dass Dr. Kottlisky sich so ausdrückte wie Harold, dass auch sie uns als eine Art Kreuzfahrer zu sehen schien. Sie warf einen raschen Blick auf die Bibel.

»Gute Idee«, sagte sie.

»Ein bisschen spiritueller Schutz«, murmelte Harold. Die Augen der beiden trafen sich. Ein Blick des Erkennens ging zwischen ihnen hin und her. Hier? dachte ich. Jetzt? So selbstverständlich, als hätte sie ihn schon immer gekannt, schob Dr. Kottlisky ihren Arm unter Harolds Arm, und wir gingen mit ihr hinein. Violet lag zusammengerollt auf dem Sofa und schlief. Sie erinnerte mich an ein Kind, an die Art, wie Kinder manchmal einschlafen, um ihrer Furcht aus dem Weg zu gehen. Ich griff nach ihr und schüttelte sie vorsichtig.

»Aufwachen, Doktor.«

Violets Lider flatterten. »Gehen wir?«

»Wohin?«, fragte Dr. Kottlisky zurück.

»Zurück zu … ich weiß es nicht, aber ich bin so weit.«

»In die Grube«, sagte Harold leise.

Violet rieb sich die Augen, setzte sich auf und sah von Harold zu Dr. Kottlisky und wieder zurück.

»Hallo, Liebes«, sagte Dr. Kottlisky. »Wie fühlst du dich?«
»Bereit«, sagte Violet. »Du hattest Recht damit, dass wir noch nicht ganz fertig waren.«
»Jeder Mensch hat sein eigenes Vorgehen«, erklärte die Therapeutin.
»Was sollen wir tun?«, fragte ich sie.
»Wir bilden einen Kreis. Violet, wir machen es so, wie wir es immer gemacht haben. Ich zähle rückwärts. Du wirst den Kontakt zu mir und zu deinem erwachsenen Selbst und zu deinen Verbündeten hier nie verlieren. Du bist vollkommen sicher und geschützt. Du brauchst nicht allein dorthin zurückzukehren.«
Bei dem Wort »dorthin« spürte ich ein Hämmern in der Brust. Ich hatte Angst vor dem, was wir unternehmen würden.
»Doktor?«, unterbrach ich. »Da ist etwas, das Sie vielleicht wissen sollten. Ich war auch dort. Nicht als es passiert ist, aber kurz danach.«
»In Ordnung. Gut. Ich bin froh, dass Sie es mir erzählt haben.« Dr. Kottlisky warf Harold einen überraschten Blick zu. »Und Sie? Sie waren auch da, oder?« Nennen Sie's Eingebung.
»Ich war auch da«, sagte Harold. »Wir waren junge Männer damals.«
»Na, dann ... Wir haben uns zu einem Zweck zusammengefunden. Wie interessant, dass man für dies einen Kreis braucht ... Sollen wir anfangen?«
Wir folgten Dr. Kottliskys Anweisungen und stellten uns um Violets Sofa auf wie ein Kreis von Wachtposten. Ich zuckte zusammen, als mir das Bild bewusst wurde. Das Ritual damals hatte ebenfalls in einem Kreis stattgefun-

den. Ich stellte fest, dass es etwas gab, das ich sagen musste.

»Ich liebe diese Frau«, sagte ich. »Ich muss wissen, dass das, was wir hier tun, ungefährlich ist. Ich muss wissen, dass sie sich erholen wird.«

Violet unterbrach mich. »Ich bin eine Überlebende, weißt du noch?« Sie streckte den Arm aus und drückte mir die Hand.

»Sie erholt sich«, versicherte mir Dr. Kottlisky. »Zurückzukehren ist ein Teil des Heilungsprozesses.«

»Ist das jetzt eine Erinnerungshypnose?«, fragte ich. Ich wollte sicherstellen, dass wir über dieselbe Sache sprachen.

»Das ist eine mögliche Bezeichnung. Ich nenne es eine Reise.«

»Ich bin so weit«, sagte ich. Harold war dabei, Kerzen anzuzünden.

Dr. Kottlisky nahm Violets Hand, sagte ihr, sie solle sich auf dem Sofa ausstrecken, und deckte sie mit einer Decke zu.

»Ich zähle rückwärts«, sagte sie. »Wir beginnen hier, wo du im Augenblick bist, warm und sicher, siebenunddreißig Jahre alt. Wir nehmen diese Sicherheit mit, wir umgeben und schützen dich, wenn ich dir jetzt sage, du sollst die Augen schließen und dir eine Treppe vorstellen. Sie hat eine Stufe für jedes Jahr deines Lebens. Während ich zähle, steigst du die Treppe hinunter. Du gehst zurück, langsam und sicher. Siebenunddreißig ... Du bewegst dich nach unten. Sechsunddreißig ... Du wirst jünger. Fünfunddreißig ...«

Ich versuchte, Harolds Blick aufzufangen, aber er konzentrierte sich auf Violet. Bin ich eigentlich der einzige hier, der Angst hat?, dachte ich. Woher nehmen sie nur dieses Vertrauen? Ein dunkler Durchgang, eine Treppe, auf der irgendwo ein Mörder wartete – die Gefahren meines Berufs waren nichts gegen dies hier. Plötzlich erinnerte ich mich an das Gewicht der Bibel und die Worte des Psalms. Ich spürte, wie ein Gefühl der Entschlossenheit mich überkam. Ja, auch ich war bereit.

»Neunzehn ... achtzehn ... Du bist vollkommen sicher. Wir gehen zurück ...«

»Oh!« Es war ein Keuchen, ein scharfer Atemzug von Violet. Wir fuhren zusammen. Violets Atemzüge wurden rascher.

»Du bist in Sicherheit ... Wir sind bei dir ... Du kannst nicken, wenn du bereit bist weiterzumachen.«

Violet nickte.

»Siebzehn ... sechzehn ... fünfzehn ...« Violet drehte den Kopf hin und her; ich glaubte eine Träne über eine Wange rinnen zu sehen.

»Vierzehn ... Du bist in Sicherheit. Wir sind bei dir. Wir gehen zurück in den Park ... Du bist dreizehn ... zwölf ...«

»Ich sehe es.« Bei den Worten überlief es mich kalt.

»Was siehst du?«

»Einen Park.«

»Bist du schon dort?«

»Nein. Ich packe. Jack nimmt uns mit. Wir machen einen Film, sagt er. In einem Park. Wir kriegen Kostüme. Ich mag Kostüme. Wir werden Stars sein, sagt er ...«

Violets Stimme war jung und klar, die Stimme eines Kindes. Die Verwandlung war unheimlich und vollkommen. Vor unseren Augen wurden ihre Stimme und ihr Verhalten jünger und jünger. Ein kleines Mädchen.

»Mom will, dass wir gehen. Sie ist aufgeregt. Ich habe ei-

nen eigenen Koffer und einen rosa Fön. Ich weiß nicht, warum.«
»Und dein Bruder?« Dr. Kottliskys Stimme klang sanft und sehr ruhig.
»Freddy will zu Hause bleiben. Er kann Jack nicht leiden, und die anderen mag er auch nicht, aber sie geben ihm Geld.«
»Welche anderen?«
»Jacks Freunde. Seine Spielgefährten, sagt er.«
»Wer sind sie?«
»Die Namen dürfen wir nicht wissen. Es ist ein geheimer Klub, sagt Jack. Deswegen haben sie diese besonderen Ringe. Hübsche Ringe mit Sternen drauf.«
Ein Schaudern lief über meinen Rücken. Ich kannte die Ringe, und ich kannte auch die Sterne: die umgekehrten Pentagramme, die Zachary zeichnete. Ich wusste, was Violet beschrieb, und ich wusste, dass auch mein eigener Sohn Opfer eines Kults geworden war, zwanzig Jahre später.
»Onkel Jack hat Freddy gesagt, wir machen einen Film. Sie wollen alle einen Film machen, besonders Jack und der Anführer.«
»Der Anführer? Ist Jack nicht der Anführer?«
»O nein. Nicht Jack.«
»Mach weiter, Liebes. Du hast uns von dem Film erzählt.«
Violet nickte, die Augen geschlossen, die Hände zu Fäusten geballt. »Wir haben Kostüme, hübsche weiße Kleider. Sie haben auch welche. Lange weiße Kleider mit Kapuzen dran. Wir haben kleine … oh! Oh! Sie wollen, dass wir zusehen! Sie haben eine Ziege. Es ist eine ganz junge Ziege. Schwarz und weiß und grau. O nein!«

Violet begann, sich hin- und herzuwerfen und den Kopf zu schütteln; Tränen quollen unter ihren zusammengepressten Lidern hervor. »Sie bringen sie um!«, schluchzte sie. »Und die Hühner! Zwei Hühner! O nein! Wir müssen zusehen … wir müssen noch mehr ansehen!«
Plötzlich erstarrte sie. Ich sah, wie ihre Augen sich unter den Lidern bewegten.
»Was ansehen?«
»Wir müssen ansehen, wie sie den anderen Kindern wehtun. Sie schneiden. Sie schneiden sie!«
»Sie schneiden sie?«
»Ja!«
»Weißt du, wo du bist? Wohin sie euch gebracht haben?«
»In den Wald. Sie haben uns in den Wald gebracht. Wir sollen uns in diesen Kreis legen. Sie haben ein Messer, ein böses Messer, so gewellt, wie eine Schlange!«
»Es ist gut, Liebes«, versicherte Dr. Kottlisky. »Du bist in Sicherheit.«
»Ich bin nicht in Sicherheit. Ich habe mich verirrt. Es ist kalt. Ich kann Freddy nicht finden … ich habe mich verirrt. Ich weiß nicht, wo ich bin …«
Violet begann zu schluchzen.
»Sie haben gesagt, es ist ein Film. Sie haben gesagt, es würde Spaß machen. Wir würden Kostüme haben und andere Kinder zum Spielen.«
»War es ein Film? Violet, habt ihr einen Film gemacht?«, fragte ich drängend.
»Ja … nein … ich weiß nicht. Ich bin weggerannt, aber sie haben Freddy behalten. Ich konnte ihn nicht mitnehmen. Sie haben ihn mitgenommen …«
»Wer?«

»Onkel Carson.«
»Wer noch?«
»Onkel Jack. Die ganzen Männer.«
»Wo war deine Mommy?«
»Sie war krank. Sie konnte nicht für uns sorgen. Sie hat uns weggegeben ...« Violet würgte.
»Du bist in Sicherheit. Du bist in Sicherheit«, sagte Dr. Kottlisky. »Du kannst dich erinnern. Du kannst es uns erzählen.«
Aber Violet schwieg. Sie lag da wie erstarrt mit Ausnahme der Tränen, die ihr in zwei ununterbrochenen Strömen über die Wangen liefen. Sie verfolgte den inneren Film, das wusste ich. Aber was sah sie?
»Mach weiter, Liebes«, drängte Dr. Kottlisky. »Was siehst du?«
Violet runzelte die Stirn vor Konzentration. »Sie lassen Freddy die Kamera halten. Sie sagen, er darf, wenn er sie anfasst.«
»Wenn er sie wo anfasst?«
»An ihren Pipis. Der Anführer mag Freddy. Mich mag er nicht.«
»Konntest du deswegen fortlaufen?«
»Vielleicht.«
»Läufst du fort, Violet?«
»Vielleicht.«
»Und Freddy?«
»Nein. Er fasst sie an, und dann lassen sie ihn die Kamera halten. Es ist jetzt ganz sicher für ihn, sagen sie. Aber für mich nicht. Sie machen irgendwas mit der Kamera. Sie lassen etwas fallen. Ich renne. Ich renne weg. Ich renne und renne.«
»Du hast ganz Recht wegzurennen, Violet.«

»Sie bringen sie um! Sie bringen sie um!«, schrie Violet plötzlich. Ihre Stimme war schrill vor Entsetzen. »Lauf! Lauf, Freddy!« Violet rang nach Luft und schluchzte wild.
Ich gab Dr. Kottlisky ein Zeichen, sie sollte aufhören. Schluss! Dr. Kottlisky schüttelte den Kopf.
»Es geht dir gut, Violet«, sagte sie. »Du bist in Sicherheit. Wir sind bei dir ... Wo bist du jetzt?«
Violet antwortete nicht. Sie blieb so lange stumm, dass ich zu glauben begann, wir hätten sie verloren. Dann sprach sie.
»Ich bin weggelaufen«, sagte sie ausdruckslos. »Ich habe Freddy verlassen. Ich habe meinen Bruder dort gelassen.«
»Du hattest Recht wegzulaufen, Violet. Freddy ist absichtlich geblieben. Das war für ihn sicherer. Ihr habt beide das getan, was für euch am sichersten war. Freddy hatte Recht, dazubleiben, und du hattest Recht, fortzulaufen. Verstehst du das? Ihr habt einander nicht verlassen. Ihr habt euch gerettet.«
Ich sah, wie Violets hochgezogene Schultern sich zu senken begannen. Sie schien sich mit dem Gedanken vertraut zu machen.
»Du musstest weglaufen. Er musste bleiben«, wiederholte Dr. Kottlisky fest. »Ihr habt beide das getan, was euch am sichersten vorkam. Es gibt keine Schuld. Es gibt keine Schuld mehr, Violet. Ihr wart beide klug. Ihr habt beide überlebt. Nur auf unterschiedliche Art ...«
Violets angespannte Züge wurden weicher. Langsam stahl sich ein Lächeln über ihr Gesicht. Vielleicht würde sie die Erfahrungen mit Hilfe von Dr. Kottliskys Suggestionen wirklich aufarbeiten können.
»Ich werde dich jetzt wieder nach vorn holen ... Ich

möchte, dass du weitergehst zum nächsten wichtigen Zeitpunkt ... Wo bist du jetzt, Violet?«
»Ich bin unten am Fluss. Sie sehen mich ... Mir ist kalt.«
»Sagst du ihnen, wer du bist? Was mit dir passiert ist?«
»Nein. Ich kann mich nicht erinnern. Ich kann mich nicht erinnern ...«
Sie konnte sich nicht daran erinnern, verängstigt und blutend durch den Wald gerannt zu sein. Aber ich erinnerte mich an die Spuren, daran, wie sie mich zu einem Steilhang über einem kleinen Fluss geführt hatten, wie ich gewusst hatte, dass das Kind gesprungen war.
Violet begann wieder, leise zu schluchzen.
»Alles in Ordnung?«, fragte ich.
Violet schüttelte den Kopf. Nein.
»Das menschliche Bewusstsein ist sehr stark«, sagte Dr. Kottlisky zu ihr. »Es hat dich beschützt.«
Langsam und behutsam machte Dr. Kottlisky sich daran, sie zurückzuholen. Unter unseren Blicken begann Violets Gesicht wieder den vertrauten erwachsenen Ausdruck anzunehmen, wach und vorsichtig. Ihre Lider flatterten. Sie war wieder bei uns, eine erwachsene Frau mit einer vollständigen Erinnerung.
»Ich habe mich an das Messer und diese Ringe nicht erinnert. Oder an diese Tiere, die Hühner und die Ziege. Ich habe mich nicht an Freddy erinnert.«
Violet Winters hatte sich an ihren Namen erinnert, drei Monate nachdem man sie zerschlagen, blutend und fast nackt am Flussufer gefunden hatte. Sie war aus einer Höhe von über fünfzehn Metern in den Fluss gesprungen, der tief genug gewesen war, um sie abzufangen, und schnell genug, um sie davonzutragen, während sie sich ans Ufer kämpfte.

Drei Jahre später hatte sie sich an ihren Bruder und seinen Namen erinnert. Ihre neuen Eltern hatten ihr gesagt, dass es keine Möglichkeit gab, ihn zu finden, und die verbleibenden Erinnerungen traten in den Hintergrund, als ihr Leben sich entfaltete.
Das war es, was sie uns erzählte, während wir in Harolds Büro saßen. Ich wollte die Geschichte sachlich aufnehmen wie ein guter Polizist, aber es war schwer. Nein, es war unmöglich.
Ich wusste etwas, das sie nicht wusste: dass ihr Bruder Fred Fury war, wahrscheinlich der Mörder, den ich suchte, wahrscheinlich der Mann, der meinen Sohn missbraucht hatte. Ich wollte den Dreckskerl finden und umbringen. Harold und Dr. Kottlisky wussten das. Ich spürte, wie sie in Gedanken versuchten, mich zur Nachsicht zu bewegen.
»Elliot, ich habe meinen Bruder gesehen«, sagte Violet ehrfürchtig.
»Vermisst du ihn?«, fragte ich schließlich.
»Den Freddy, an den ich mich erinnere, gibt es nicht mehr«, sagte sie. »Es ist Jahre her, seit er verschwunden ist.«
»Und er hat dich nie gefunden?« Ich dachte an ihre Satinjacke; ich fragte mich immer noch, ob sie ihn versteckte.
»Es ist merkwürdig. Man könnte sagen, er hat mich gefunden. Und dabei habe ich mich so gut versteckt.«
Ich fragte sie, was sie damit meinte.
»Erzähl ihm die Geschichte«, sagte Dr. Kottlisky. »Es ist eine Erfolgsgeschichte, weißt du. Letzten Endes.«
Also erzählte sie uns von ihren drei Pflegefamilien und davon, wie sie schließlich adoptiert worden war.
»Man könnte sagen, ich hatte Glück. Ich war außerdem

hübsch, intelligent und vorzeigbar, was meine Chancen natürlich verbessert hat. Ich war so dankbar, ich nahm mir vor, das perfekte Kind zu sein. Ich hatte nur gute Noten. Habe nie widersprochen. Ich wollte, dass sie mich behalten, und sie haben's getan. Ich war bei den Besten am College und habe den besten medizinischen Abschluss meines Jahrgangs gemacht. Kurz gesagt, ich war so gut wie perfekt. Und dann fing alles an, auseinander zu fallen. Ich hatte Träume – Erinnerungen sollte man es wohl nennen –, ich konnte nicht mehr schlafen. Ich dachte, ich drehe durch.«

»Und so haben wir uns kennen gelernt«, warf Dr. Kottlisky ein.

»Du hast Wunder bewirkt«, sagte Violet.

»Unsinn. Du hast gearbeitet wie verrückt ...«

»Aber erinnert habe ich mich nicht an alles. Erst heute ... Habe ich mich an alles erinnert?«

»Ich glaube, du hast dich an alles erinnert, an das du dich erinnern musst. Das Bewusstsein ist ein guter Arzt, Violet. Vertrau ihm. Es war gute Arbeit heute. Du warst sehr tapfer.«

»Aber bin ich jetzt fertig?«

»Niemand ist jemals fertig, Liebes. Aber ja, ich glaube, das Schlimmste hast du hinter dir.«

»Und was passiert als Nächstes?«, fragte Violet mich.

»Vielleicht wäre es besser, wenn du bei Dr. Kottlisky ...«, begann ich.

»Im Gegenteil«, unterbrach die Therapeutin. »Ihre Arbeit mit mir hat sie getan. Violet ist kein empfindliches Blümchen. Sie gehört in ihr Leben. Zu Ihnen, so wie es aussieht, Detective.«

»Aber ich muss arbeiten ...«

»Wir beide haben zu arbeiten«, beharrte Violet. »Zachary ist missbraucht worden, aber ich schließlich auch. Wir lösen meinen Fall genau wie deinen, Elliot.«
Ich warf einen Blick auf Dr. Kottlisky. Sie nickte.
Ich bedankte mich bei ihr und ließ sie und Harold allein. Ich hatte das Gefühl, dass die beiden jahrelange Gespräche vor sich hatten. Als ich Violet in mein Auto setzte, wirkte sie zerbrechlich, aber schon stärker.
»Wohin gehen wir eigentlich?«, fragte sie.
»In Harolds Träume«, antwortete ich. »Er hat von Ricky Noonans Röntgenaugen geträumt.«
An der nächsten Tankstelle rief ich Peter Abramson an und fragte nach meinem Durchsuchungsbefehl. Alles in Ordnung. Gut. Dann rief ich den Starkolumnisten der *Trib* an, einen alten Bekannten, und versprach ihm die Story seines Lebens, wenn er mir sein Material über die Morde im Park vor zwanzig Jahren heraussuchte. Wenn ich umkam, wollte ich, dass jemand die Sache weiterverfolgte.
Und dann fuhren wir zu Ricky Noonan.
Ich zeigte meine Marke vor, um in Rickys Wohnung gelassen zu werden. Mr. Don Curry, der Hausverwalter, zog sich mit besorgtem Gesicht zurück. Nach dem Durchsuchungsbefehl fragte er gar nicht.
»Wonach suchen wir?«, wollte Violet wissen.
»Röntgenaugen. Myerling sagt, Ricky weiß etwas, das er vor anderen versteckt. Nur für seine eigenen Augen bestimmt. Wo würde Ricky Noonan etwas verstecken, das so fürchterlich ist, dass er lieber stirbt, als es zu verraten?«
»Wie stabil ist dein Magen, Elliot?«
»Warum?«

Violet ging geradewegs in Rickys Schlafzimmer, geradewegs zu einer schönen Ebenholzkommode, dritte Schublade rechts.

»Da.« Sie warf mir ein Stück Männerwäsche aus schwarzem Leder zu, komplett mit Ketten und einer Öffnung an der entscheidenden Stelle. »Ich hab da mal nach einem Taschentuch gesucht.«

»Ich wette, Ricky hat fast in die Hosen gemacht, als du das entdeckt hast. Was hat er gesagt?« Armer Ricky Noonan.

»Ein blöder Witz, ein Geschenk von einem ehemaligen Mandanten. Irgendwas musste er ja sagen.«

Mein Bulle stieß mich an: Weißt du noch? Weißt du noch was? Dann fiel es mir ein. Johnny Vanilla, Mr. Sexprotz, hatte zu Rickys Klienten gehört. Ricky hatte ihn bei der Scheidung von Esther vertreten. Und gut vertreten.

»Vielleicht findest du noch was. Ich schau mir die Bibliothek an«, sagte ich zu Violet.

»Das Fernsehzimmer meinst du. Ricky hat nie gelesen. Er hat sich bloß nächtelang dort verkrochen und Videos angesehen, sogar, wenn ich da war.«

Mit einem Mal hatte ich das Gefühl, zu wissen, nach was ich suchte.

Ricky Noonans Bibliothek sah genau so aus, wie man sich die Bibliothek eines Richters vorstellte. Ein Aquarium, Audubondrucke an den Wänden, ein riesiger Globus. Auf den Regalen standen Reihen von glänzenden, ledergebundenen Fachbüchern, eine Reihe Erstausgaben, eine weitere Reihe von gebundenen Kriminalromanen, die Sorte, die bessere Buchclubs vertreiben.

Ich zog spontan eins davon heraus. Etwas klapperte. Das Buch war kein Buch, sondern eine geschickt verkleidete Videokassette.

»Was hast du gefunden?« Violet stand auf der Schwelle.
Ich nahm ein zweites Buch vom Regal. Dasselbe. Ich griff nach Truman Capotes *Kaltblütig.* Wieder ein Video.
»Keine Ahnung. Irgendwelche Filme.«
»Ich zeig's dir.«
Violet schob einen der Drucke zur Seite. Dahinter erschien ein in die Wand eingelassener Fernseher mit einem Videorecorder.
»Schauen wir mal.« Sie nahm mir die Kassette aus der Hand und schob das Band in das Gerät.
Ende der Siebziger tauchte in New York und Los Angeles etwas auf, das man »Snuff-Filme« nannte. Angeboten wurden sie zutreffenderweise als »cinéma vérité«. Es handelte sich um Filme, in denen Frauen vor laufender Kamera gefoltert und ermordet wurden. Die meisten davon kamen aus Südamerika, manche auch aus Deutschland und Holland.
Was Ricky hinter den weinroten Lederbänden versteckt hatte, war von ungeheurer Kaltblütigkeit. Violet und ich sahen entsetzt zu.
»Die bringen sie wahrhaftig um«, sagte Violet.
Die Türklingel summte. Ich schaltete das Gerät aus und ging zur Sprechanlage.
»Ja?«
»Sind Sie fertig da oben?« Mr. Curry hörte sich außerordentlich unbehaglich an.
»Fast.«
»Ich würde gern abschließen.«
»Zehn Minuten noch«, sagte ich.
In der Bibliothek hatte Violet inzwischen einen weiteren Film gefunden. »Hier«, sagte sie. »*Das zauberhafte Land.* Ricky sagte immer, es sei sein Lieblingsfilm. Seine Auto-

biografie nannte er ihn. Er sagte, irgendwann sehen wir ihn uns zusammen an. Und dann kam dieses hässliche kleine Kichern – ich wette … Glaubst du, Richter halten sich für so was wie Zauberer? Ich meine, die langen Gewänder und …«

Wir lachten beide; doch dann sahen wir gebannt auf den Bildschirm. Und dann würgte ich.

»Herr im Himmel«, sagte Violet.

Auf dem Bildschirm schritten drei togabekleidete kleine Jungen mit Weidenzweigen in der Hand und Kronen aus vergoldeten Blättern auf dem Kopf feierlich durch einen Torbogen aus Bäumen. Die Togen waren an der Seite offen; von Zeit zu Zeit sah man Fleisch aufleuchten.

»Du solltest dir das nicht ansehen«, sagte ich. »Wirklich nicht.«

Ich wusste, was es war. Sie wusste es auch.

Violet zeigte auf den Bildschirm. Jetzt gingen dort zwei weitere Kinder, ein Junge und ein Mädchen: leuchtend blond, unschuldig wie Weihnachtsengel. Violet und ihr Bruder.

»Mach es aus«, sagte sie. »Mach, dass es aufhört.« Sie zitterte.

Ich hielt das Band an. Violet vergrub das Gesicht in den Händen. Sie wiegte sich vor und zurück und zitterte. Dann begann sie leise zu schluchzen. Ich strich ihr über den Rücken und schob Ricky Noonans Video unter mein Hemd.

»Ich hätte nicht gedacht, dass es wirklich einen Film gibt«, sagte sie. »Ich habe gedacht, sie haben uns das nur erzählt. Wie habe ich es nur geschafft, da rauszukommen?«

»Du warst das Mädchen«, sagte ich leise. »Vielleicht waren sie an dir nicht ganz so interessiert. Und vielleicht bist du da nicht wirklich rausgekommen.«

Die Sprechanlage summte wieder. Ich fragte mich, wer den Manager bezahlte und wie viel er für jede Minute verlor, die wir noch blieben.

»Wir gehen jetzt, Violet«, sagte ich, nahm ihren Arm und führte sie zur Tür. Sie war etwas unsicher auf den Beinen.

Unten im Foyer hatte Don Curry den Telefonhörer in der Hand, bevor wir noch die Drehtür hinter uns hatten. Mir kam der Gedanke, dass es sowohl klug als auch dumm gewesen war, Ricky Noonans Wohnung einen Besuch abzustatten. Wer auch immer Don Currys Anruf entgegennahm – wahrscheinlich derselbe Mann, den Noonan hatte decken wollen –, würde jetzt wissen, dass wir dort waren.

57

Als ich mit Violet Winters in die Nacht hinausging, teilte ich ihr mit, dass ich sie nun in Schutzhaft genommen hatte – ganz gleich, wie es aussehen mochte.

»Ich bin eine Geisel?«

»So etwas Ähnliches.«

»Wie romantisch. Ich würde gern in meiner Wohnung vorbeisehen. Ich könnte ein paar frische Sachen brauchen, und ich will die Blumen gießen.«

Ich nahm die Tüte mit den Fred-Fury-Filmen vom Beifahrersitz.

»Vielleicht solltest du mir einfach sagen, was du weißt. Lass mich doch helfen.«

»Du hast schon geholfen.«

»Du wirst schon wieder gönnerhaft.«

»Okay. Schuldig.«

»Dann sag's mir doch.«

»Ich kann dir nichts sagen, das ich nicht weiß. Was ich weiß, oder zumindest vermute, ist dies: Wer es auch war, der dich und deinen Bruder misshandelt hat, er tut es vielleicht jetzt noch mit anderen Kindern. Und ich glaube, dass Opfer manchmal zu Tätern werden.«

»Du Arschloch.«

»Warum bist du jetzt wütend?«

»Du denkst, ich könnte immer noch eine multiple Persönlichkeit sein und Männern den Schwanz abhacken. Dir zum Beispiel.«

»Möglich ist es.«

»Danke. Möglich ist ein Atomkrieg auch.«

»Der würde mich auch genauso stören.«

Das brachte sie immerhin zum Lachen. Mich auch.

Vor ihrem Appartementhaus stiegen wir aus, ich nahm die Tüte mit den Filmen, und wir gingen an dem schlafenden Dobermann und den starrenden Überwachungskameras vorbei zum Aufzug. Der Wachmann war nirgends zu sehen.

»Versuchen Sie nicht, mich zu verführen, Doktor.«

»Gib dir nicht so viel Mühe, nicht verführt zu werden, Elliot. Das ist auch eine Art von Verführung.«

Sie gab ihren siebenstelligen Code ein. Herrgott, sie war hübsch, vor allem wenn sie lachte und ihr helles, helles Haar schüttelte.

»Ich erinnere mich«, sagte Violet, während sie die Wohnungstür aufschloss. »Ich habe hier mal gewohnt. O mein Gott, Elliot, sieh mal!«

Ich sah es. Ein postergroßes Foto von Violet beim Blasen war an die Wand geheftet. Ich konnte kaum hinsehen. Andererseits konnte ich nicht nicht hinsehen. Auf dem Foto wirkte Violet benommen, aber nicht vor Lust. Sie schien kaum bei Bewusstsein zu sein. Ich fragte mich, was für eine Droge sie verwendet hatten.

Violet rannte ins Bad. Ich hörte, wie sie würgte. Ich hätte mich am liebsten auch übergeben. Die Toilettenspülung ging, und dann erschien sie wieder: bleich in mehreren Schattierungen. »Ich erinnere mich absolut nicht. Wie konnten sie mir das antun? Das ist doch wie Nekrophilie.«

»Es tut mir Leid.«
Sie kämpfte mit den Tränen.
»Was ist gegen ein bisschen Erpressung schon zu sagen? Jetzt wissen wir wenigstens, was es mit deinen Blackouts auf sich hat. Du hast niemanden umgebracht. Du hast ihnen einfach nur einen geblasen. Das ist alles.«
Das warf sie um. Sie begann zu lachen, wirklich zu lachen – sie krümmte sich vor Lachen. Ich hatte sie niemals lachen hören. Es war ein schönes Geräusch.
»Du bist okay, Elliot«, brachte sie zwischen den Lachkrämpfen heraus.
»Du auch.« Ich griff nach ihr und nahm sie freundschaftlich in den Arm, und sie wandte sich zu mir und begann mich zu küssen, scherzhafte kleine Küsse zunächst, und dann wurde es ernst.
Ich hatte die Hand in ihrem Kreuz, und ihr nach hinten gebogener Körper fühlte sich so an, wie es im Film immer aussieht. Das war es nun. Das war echte Romantik. Violet Winters unter einem überdimensionalen Blowjob zu küssen war so neu und aufregend wie eine Schülerliebe. Ich wirbelte Violet Winters weg von dem Poster, trat mir die Schuhe von den Füßen und sank mitten im Wohnzimmer auf den Teppich. Ich verschwendete keinen Gedanken an meinen Killer. Ich dachte nicht einmal an Verbrechen. Was zählte, war ihr Schlüsselbein und die Art, wie meine Küsse mich zu ihrer Brust führten.

Ich glaube an starken Kaffee, Liebe auf den ersten Blick und die zweite Chance. Bei Violet Winters bekam ich alle drei. Ich wachte mitten auf einem Perserteppich auf, und neben mir stand ein Becher Kaffee; nur von Violet war nichts zu sehen. Meine Brieftasche war offen, die Marke lag daneben, und der Inhalt meiner Taschen war auf dem Parkettboden verstreut. Ich hatte das Gefühl, ich hätte in einer Lotterie gespielt, in der der Preis mein Herz war.

»Violet?«

Keine Antwort.

»Violet?« Vielleicht führte sie Salvation aus.

»Vielleicht sollten Sie lieber mit mir reden.«

Ich fuhr herum, und ein Mann trat ins Zimmer. Ich sage ein Mann, aber zuerst sah ich Violet Winters in Männerkleidung. Er/sie kam langsam näher, die Waffe in der Hand. Er/sie war dünn und sah todkrank aus.

»In Ihrem Notizbuch steht, dass Sie mir einen Besuch abstatten wollten. Sie haben lang genug gebraucht, Detective. Ich habe Sie erwartet, seit Sie bei Eden Books waren. Ich bin Freddy Fury. Violets Bruder. Und Sie sind nicht Sherlock Holmes.«

»Wo ist Violet?«

»In Sicherheit.«

»Wenn Sie ihr etwas antun.«

»Werden Sie was? Meinen Sie nicht, Sie haben schon genug angerichtet, Detective? Sie auf dem Boden zu bumsen wie irgendeine verdammte Hure.« Ganz der brüderliche Beschützer.

»So war das aber nicht«, sagte ich.

»Trinken Sie Ihren Kaffee.«

Ich wollte sagen, du Dreckskerl, hast du meinen Sohn gebumst, meinen Freund Ricky Noonan umgebracht, deine eigene Schwester erpresst? Wenn ja, verdienst du zu sterben.

Ich sagte es. Was zum Teufel.

Freddy Fury lachte mich aus. »Ich sehe schon, warum sie Sie mag«, erklärte er. »Ich könnte Sie selbst mögen.«

Er sagte es in einem derart lasziven Ton, dass ich zurückfuhr. Freddy lachte.
»Ein bisschen homophob, was? Keine Sorge, ich habe nicht in Ihren Kaffee gespuckt.«
»Aids?«
»Was sonst? Ich bin ein Pornofilmer. Safer Sex war meinem Publikum einfach nicht erotisch genug.«
»Eine Frage der Ästhetik.«
»So sehe ich es jedenfalls.«
»Sieht Ihnen ähnlich. Oh, und danke für die vielen kleinen Hinweise. Hübsches Briefpapier.« Mein Sarkasmus überraschte mich selbst.
»Ihres. Wir haben es besorgt, als sie vierzehn war.«
»Was Sie da in der Hand haben, ist eine Waffe. Warum sparen wir uns die Einleitung nicht einfach? Sie bringen mich um, schneiden mir den Schwanz ab und schicken irgendwem ein Kärtchen. Entweder das, oder Sie schießen Ihren verdammten Schädel in kleine Stückchen.«
»Aber, aber.« Freddy lachte schon wieder, ein Anfall, der schnell zu keuchendem Husten wurde. Ich zog ein Taschentuch heraus.
»Der Gentleman ist also noch nicht ganz tot? Zu schade, dass ich's fast bin.«
Er wies auf den Esszimmertisch: ein Stuhl für mich, einer für ihn selbst. Wir setzten uns; der schwarze Lack der Tischplatte verbreitete zwischen uns einen teuren Glanz.
»Jetzt machen wir also Konversation?« Ich dachte nur an die Risswunde im Körper meines Sohnes.
»Fragen Sie Ihren Sohn nach mir, wenn es das ist, weshalb Sie mich umbringen wollen«, sagte Freddy.
»Würde ich ja, aber er erinnert sich an nichts.«
»Hören Sie auf, Detective. Meine Schwester ist Ärztin.

Lassen Sie ihn hypnotisieren, wenn Sie's wissen wollen.«

»Ich weiß nicht, ob ich will, dass er es weiß.«

»Merkwürdig, wie die Leute mit solchen Dingen umgehen, was? Meine Schwester hat alles vergessen. Ich habe mich an alles erinnert.«

»Mit Genuss wahrscheinlich.«

Ich provozierte Freddy und wusste nicht einmal, warum. Er hatte eine Walther PBK, die auf mich gerichtet war, und ich versuchte ihn dazu zu bringen, dass er mich erschoss. Vielleicht wollte ich es einfach zu Ende bringen.

»Sie hätten uns eine Menge Zeit sparen können, wenn Sie Ihre Schwester einfach gebeten hätten, mich vorzustellen.«

»Sie sind ein unerfreulicher Mensch, Detective Mayo. Sie glauben, meine Schwester belügt Sie. Meine Schwester belügt nur sich selbst. Wenn sie sagt, dass sie mich nicht kennt, dann glaubt sie daran. Sie weiß nicht, dass sie mich kennt, wenn Sie verstehen, was ich meine.«

»Ich habe den Faden verloren.«

»Sie auch. Aber ich habe sie wiedergefunden, und sie ist in all den Jahren nie dahinter gekommen. Ich ziehe mich an wie sie. Ich rede wie sie. Ich gehe wie sie, und sie weiß nicht mal, dass ich existiere. In den letzten fünfzehn Jahren hatte ich einen Schlüssel zu jeder ihrer Wohnungen.«

»Wenn Sie einen Schlüssel haben, wieso brechen Sie dann durchs Oberlicht ein?«

»Primitiv. Das war nicht ich. Das war jemand, der mich nachahmt und es nicht wirklich kann. Jemand, der mir genauso Angst machen will wie Ihnen. Und uns alle zu verwirren versucht.«

»Wo ist Ihre Schwester jetzt?«

»Schläft in ihrem Schlafzimmer den Schlaf der Gerechten, genau wie Sie's getan haben.« Mein Magen schlug einen langsamen Purzelbaum.

»Gas?«

»Ich fürchte ja. Wissen Sie, wie lang man auf Betäubungsmitteln kommen kann?«

»Ich kann's mir vorstellen.«

»Und ich weiß es noch. Ich habe ein interessantes Leben gehabt. Deshalb will ich auch, dass Sie mich umbringen.«

Ich verschüttete Kaffee auf die glatte schwarze Tischplatte. Ich sah Freddy ins Gesicht. Er meinte es ernst.

»Ich kann Sie nicht umbringen, Freddy.«

»Natürlich können Sie. Hier. Nehmen Sie die Waffe.« Freddy schob die Walther PBK über den Tisch. Ich griff danach, aber er war schneller.

»Sie hätten es sowieso nicht getan. Noch nicht. Sie sind viel zu interessiert daran, Ihre Verbrechen aufzuklären. Aber Sie sind langsam, Detective. Mir läuft die Zeit davon. Überlegen Sie doch mal. Sie wissen, ich bin es nicht, der Violet erpresst – oder Richard Noonan, Gott schütze ihn.«

»Was ist mit meinem Cousin Charles? Ihr größter Fan, wie sich herausgestellt hat. Er ist verschwunden.«

»So? Er ruft mich nicht zurück. Ich hätte gedacht, er erzählt Ihnen von mir. Blut ist dicker als Freundschaft – oder unerwiderte Liebe. Ich hätte gedacht, er gibt Ihnen die Ordner, beschleunigt das Ganze ein bisschen.«

»Es steht mir nicht frei …«

Freddy legte den Kopf zur Seite und lachte sein schreckliches keuchendes Lachen.

»Sie finden es schon noch raus, Detective. Deshalb habe

ich Sie ausgesucht. Ich wollte jemanden, der das Verbrechen hinter den Verbrechen aufklärt.«

»Warum sagen Sie's mir nicht einfach? Ich könnte etwas Hilfe brauchen.«

»Das verdirbt den Spaß.«

»Geben Sie mir ein Stück. Eins.«

»Also gut. Eins.«

»Johnny Vanilla?«

»Hat nichts mit mir zu tun. Ein Imitator.«

»Ich dachte es mir!«, triumphierte ich.

Freddy gefiel das Spiel. Es gefiel ihm, dass ich mitspielte.

»Geben Sie mir noch ein Stück. Eine Frage noch«, sagte ich.

»Okay. Aber Sie dürfen mich nichts fragen, das Sie schon wissen. Es muss etwas sein, das nur ich weiß.«

Ich wollte ihn fragen ... Dann wurde mir klar, dass es im Grunde nur eine Frage gab.

»... Sind Sie fertig?«

Freddy drückte ab – aber nicht mit der Waffe. Die linke Hand mit dem Behälter schoss nach vorn, und das Gas quoll mir ins Gesicht, bevor ich ausweichen konnte. Ich fiel vom Stuhl, die Hände ins Gesicht gekrallt.

»Sorry«, sagte Freddy, »aber ich will Sie nicht erschießen.«

Ich konnte nichts sehen, aber ich wusste, dass er fort war. Ich hörte die Wohnungstür zufallen.

Hat man Ihnen jemals Gas ins Gesicht gesprüht? Die Fingernägel ausgerissen zu bekommen ist möglicherweise noch schlimmer. Ich taumelte in die Küche, drehte den Hahn auf, hielt mir selbst die Augen auf und ließ Wasser direkt über die Augäpfel laufen. Nach fünf Minuten war ich nicht mehr völlig blind. Die Augen waren blutrot,

aber mir ging es merklich besser – und Violet Winters stand benommen in der Tür.
»Wir hatten gerade Besuch«, erklärte ich. »Ein Bekannter von dir.«
Sie schwankte etwas. »Ich fühle mich so schummerig.«
»Gas«, sagte ich.
»Gas?« Sie fiel gegen den Türrahmen. Ich musste es ihr sagen, sie musste es erfahren.
»Dein Bruder war hier. Er hat dafür gesorgt, dass du lang genug schläfst, dass er mit mir reden konnte.«
»Mein Bruder?«, wiederholte sie. »Mein Bruder?«
Bringen wir's hinter uns, dachte ich. Ich nahm die Tüte mit den Filmen und ging zum Videorecorder hinüber.
»Ein Fred Fury Film«, sagte der Vorspann des ersten Films.
»Nie von ihm gehört«, bemerkte Violet.
Ich erwog noch, den Film anzuhalten, aber bevor ich es tun konnte, erschien Freddys Gesicht auf dem Bildschirm. Violet starrte in ungläubigem Entsetzen auf den Fernseher. Freddy trug Frauenkleider, *war* eine Frau, eine sehr überzeugende. »Das bin ich. Er ist … ich«, flüsterte Violet. »Das ist mein Kleid, oder …«
Sie beugte sich vor, fasziniert und verängstigt. »Mein Bruder?« Jetzt war sie auf der anderen Seite des Zimmers, unmittelbar vor dem Gerät. Ich drückte auf den Ausknopf. Violet fuhr herum.
»Ich will das sehen.«
»Wir haben keine Zeit.«
»Das ist mein Bruder. Was macht er?«
»Bringt Leute wahrscheinlich um.« Ich nahm die Kassette aus dem Gerät. »Alle, die mit dem Verbrechen im Park zu tun haben.«

»Warum bin dann ich in Gefahr? Mich wird er doch nicht umbringen wollen.«

»Ich glaube nicht, dass dein Bruder der einzige Mörder ist. Wir wissen immer noch nicht, wer der Anführer war. Und ich glaube, er ist genauso entschlossen, Freddy aufzuhalten, wie Freddy entschlossen ist, ihn aufzuhalten. Du bist Freddys Achillesferse. Und deshalb bist du in Gefahr.«

»Ich glaube, du vergisst da etwas. Ich glaube, Zachary ist deine Achillesferse.«

»Ich habe es nicht vergessen. Wir gehen jetzt zu ihm.«

58

Ich fuhr so schnell ich konnte Richtung Norden. Violet saß schweigend neben mir, bleich wie der Neumond. Wie sie es wohl empfand, dass ihr Bruder am Leben war – und auf diese Weise?

»Elliot? Das war mein Kleid in diesem Film.«

»Was willst du damit sagen?«

»Dieser Mann – mein Bruder – sah absichtlich so aus wie ich. In der Reinigung sagten sie, es sei verloren gegangen. Ich glaube nicht, dass das stimmt.«

»Ich auch nicht. Aber Zufälle gibt es immer.«

»Wie verrückt bin ich, Elliot?«

Ich streckte den Arm aus und nahm eine ihrer Hände. Sie war eiskalt. Jamie war im Krankenhaus. Unsere Wohnungen wurden geöffnet wie Konservendosen, wann immer jemandem danach war. Kein Wunder, dass sie Angst hatte.

»Du bist nicht verrückt, Violet.« Ich drückte ihre Hand und ließ sie los.

»Ich glaube schon. Vielleicht.« Sie nahm meine Hand wieder in ihre. Die Nägel gruben sich in meine Handfläche.

»Als diese Morde angefangen haben – ich hatte Angst, ich könnte es gewesen sein. Ich wusste genau, auf irgendeiner Ebene hätte ich es tun wollen. Ich hatte ein

Motiv bei Jack und bei Johnny, und ich habe mich gefragt ...«
»Ich auch, Violet. Wir nennen euch Verdächtige, weil wir einen Verdacht haben.«
»Aber ich habe es wirklich gedacht, Elliot. Ich bin meinen Kalender durchgegangen, ich wollte genau wissen, wo ich in jeder Minute gewesen bin. Ich habe meine Sekretärin fast verrückt gemacht.«
»Du hättest auch mich fragen können. Mir fehlte nur dieser eine Abend.«
»Johnny Vanilla.«
Ihre Stimme war so ausdruckslos, dass ich am liebsten gegen den nächsten Baum gefahren wäre. Wenn dies ein Geständnis war, trug sie es vor wie eine Herausforderung.
»Irgendwas, das du mir nicht erzählt hast? Dass du ihn umgebracht hast zum Beispiel?«
»Wir haben uns auf einen Drink getroffen. An diesem Abend.«
»Ich dachte, du hasst ihn.«
»Ich habe ihn gehasst. Es war Erpressung. Er wollte sich dafür rächen, dass ich in seinem Liebesleben herumgepfuscht, ihm sein Lieblingsopfer weggenommen habe.«
»Hast du gezahlt?«
»Das Schicksal ist mir dazwischengekommen. Er wurde umgebracht.«
»Von dir?«
»Ich hatte Angst, ich wäre es gewesen.«
»Komm schon, Violet, an eine Kleinigkeit wie einen Mord würdest du dich doch erinnern.«
»Da bin ich mir nicht so sicher. Das Bewusstsein ist sehr stark, sagt Dr. Kottlisky. Ich frage mich, ob es verbergen könnte, dass ich eine Mörderin bin.«

Die Frage hing zwischen uns in der Luft. Wir wussten beide, die Antwort war ja und nein.
»Ich hatte einen Grund, ihn umzubringen«, sagte Violet. Tatsachen waren Tatsachen.
»Hat er dich sonst irgendwie drangekriegt? Abgesehen von dem Erpressungsversuch, meine ich?«
»Gebumst hat er mich.«
Das erwischte mich kalt. Ich war eifersüchtig. Mir war übel. Ich war sehr, sehr wütend. Ich zählte bis zehn, bevor ich antwortete.
»Ich dachte, du hättest nie etwas mit ihm gehabt. Ich dachte, du hättest etwas von Abschaum gesagt.«
»Er war Abschaum.«
Ich bog in die lange Straße ab, an der Ricky Noonan gestorben war. Violet hielt meine Hand immer noch fest. Ihre Nägel ruinierten meine Handfläche.
»Er hat mich vergewaltigt.«
»Was?«
»Er hat mich vergewaltigt. Ich habe eine Gruppe für misshandelte Frauen geleitet. Eine von den Frauen war seinetwegen dort. Er war ziemlich sauer, als sie seine Spielchen nicht mehr mitgemacht hat. Ich habe ein halbes Jahr gebraucht, dann hatte ich sie so weit, dass sie sich scheiden ließ … Vergiss den Teil, okay?«
»Esther?«
»Elliot, ich kann nicht. Schweigepflicht.«
»Du hast Recht. Mach weiter.«
»Und eines Abends komme ich aus dem Krankenhaus, und jemand packt mich von hinten, verbindet mir die Augen, schlägt mich, vergewaltigt mich. Ich weiß, dass er es war. Er trug diesen Ring.«
Ich glaubte zu wissen, was für einen Ring sie meinte.

»Du hast ihn nicht angezeigt?«

»Damals ging ich mit Ricky Noonan aus. Ich habe es ihm erzählt. Er hat gesagt, es würde meine Karriere ruinieren und zu nichts führen. Und eine Menge Leute könnten solche Ringe haben.«

»Und du hast ihm geglaubt?«

»Ricky war Richter, Elliot. Und ein anständiger Kerl – dachte ich damals.« Sie brach ab und starrte zum Fenster hinaus. »Bei Johnny Vanilla könnte ich der Mörder gewesen sein. Und vergiss das blaue Auge nicht, die Fotos, die ganze Schweinerei. Wo war ich, Elliot? Bin ich wirklich nach Hause gefahren, habe einen Scotch mit Schlafmittel drin getrunken und bin eingeschlafen? Ich hoffe es.«

»Ich habe das alles nicht vergessen, Violet.«

Ich verstand, wie sie auf den Gedanken gekommen war, sie könnte Johnny Vanilla umgebracht haben. Ich glaubte es nur nicht. Entweder war das ein instinktives Gespür für die Wahrheit oder solide Verleugnung.

»Ich möchte, dass du mir einen Gefallen tust«, sagte ich.

»Du vertraust mir?«

»Ja, sonst würde ich nicht fragen. Ich möchte, dass du meinen Sohn hypnotisierst. Das kannst du, oder?«

Violet starrte zum Fenster hinaus, bevor sie antwortete.

»Ich könnte es tun. Ich habe es schon getan. Aber für dich könnte es sehr schwer werden.«

»Zach mag dich. Er würde sich sicher fühlen.«

»Und du wirst vielleicht den Boten umbringen wollen, wenn wir etwas Fürchterliches finden.«

»Was sollen wir sonst finden? Mein Sohn ist vergewaltigt worden, und dein Bruder ist der Hauptverdächtige.«

»Was ich damit meine, Elliot, ist Folgendes: Ich will nicht riskieren, dich zu verlieren. So eine Erinnerungshypnose kann brutal sein. Du hast es bei mir gesehen. Wenn es vorbei ist, willst du vielleicht nie wieder etwas mit mir zu tun haben, weil du weißt, dass ich es weiß.«

»Ich muss an Zachary denken«, sagte ich. »Im Augenblick sind wir zweitrangig. Vielleicht weiß Zachary, wer der Anführer ist. Und dieses Wissen könnte ihn umbringen. Du musst mir helfen.«

»Dann helfe ich dir.«

Unvermittelt bemerkte ich die Scheinwerfer, die sich von hinten näherten. Verdammt. Kaum dass ich sie gesehen hatte, wurden sie dunkel. Ich trat aufs Gas.

»Sieh nach, ob du angeschnallt bist.«

»Elliot?«

»Jetzt!«

Das Auto hinter uns rammte uns zuerst, schob sich in unser Heck und versuchte, uns abzudrängen. Ich kämpfte um die Herrschaft über das Steuer, und es gelang mir, den Wagen auf der Straße zu halten. Ich beschleunigte weiter, statt zu bremsen. Ich würde nicht tun, was Ricky Noonan getan hatte: langsamer werden und statt Sicherheit den sicheren Tod finden.

»Vielleicht sollten wir …«

Das zweite Auto kam direkt auf uns zu, die Scheinwerfer aufgeblendet, auf unserer Spur. Ich ging das Risiko ein, auf meiner Spur zu bleiben. Sollten sie den Randstreifen nehmen oder es auf einen Frontalzusammenstoß ankommen lassen. Sie wollten uns umbringen, so oder so. Das andere Auto schwenkte ab. Das Rücklicht erwischte ich noch, bevor sie im Graben landeten.

»Wer ist das?«, fragte Violet.

»Die Leute, die Johnny Vanilla umgebracht haben. Die Leute, die nicht wollen, dass wir es zu ihnen oder zu

meinem Sohn schaffen, der vielleicht weiß, wer sie sind.«
»Mein Bruder?«
»Nein. Der, hinter dem dein Bruder her ist. Der Anführer.«
Freddy konnte keine zwei Autos auf einmal fahren. Ich hatte es mit Killern zu tun, Plural. Ich jagte den einen; der andere war hinter mir. Das Verbrechen hinter den Verbrechen, hatte Freddy gesagt.
Eine Meile entfernt bog die Zufahrt zum Exerzitienhaus nach rechts ab. Ich schaltete die Lichter aus und jagte auf sie zu. Die Mondsichel half nicht. Die Straße war schmal und dunkel. Violet begann halblaut zu beten.
Die Abzweigung lag unmittelbar vor mir, und das erste Auto holte wieder auf. Als ich abbog, hörte ich einen Schuss. Im gleichen Augenblick stürmte ein riesiger Hirsch auf die Straße. Ich hörte den dumpfen Aufprall und dann das Krachen.

59

Der Wagen war kaum zum Stehen gekommen, als das Licht über der Tür des Exerzitienhauses anging und Pater Bremner die Tür öffnete. Er winkte uns rasch ins Innere. Einen entsetzlichen Augenblick lang fragte ich mich, ob er einer von ihnen sein könnte. Weshalb wusste er Bescheid?

»Elliot.« Er sah mir ins Gesicht. »Sie sind sicher hier. Kommen Sie rein.«

Pater Bremner verriegelte die Tür hinter uns. Ich war froh zu sehen, dass er sich nicht nur auf spirituellen Schutz verließ. Die Dinge können sich plötzlich mit unheimlicher Geschwindigkeit entwickeln – jeder altgediente Polizist könnte es Ihnen bestätigen.

Was man im Fernsehen sieht, ist Action. Räuber und Gendarm, Verfolgungsjagden, Schießereien. Die Wahrheit ist, achtundneunzig Prozent bestehen in Papierarbeit, frustrierendem Zeug, Telefonaten, Recherchen. Eine Ermittlung ist eine langsame, mühsame Angelegenheit. Die schlimmsten ziehen sich über Jahre hin. Fakten werden gesammelt, und mit ihnen kommen die Fehler. Fehler werden entdeckt, neue Fakten tauchen auf, und eines Tages wird das Tempo schneller, und plötzlich hat die Ermittlung eine Eigendynamik gewonnen. Die Teile fallen an ihren Platz; die Zahnräder beginnen sich zu drehen.

Ich versuche, diesen Prozess zu beschleunigen. Das tue ich, wenn ich mich in den Schacht fallen lasse.
Ich hatte nach Freddy Fury gerufen, und er hatte mir geantwortet. Inzwischen wusste ich, was ich damals nicht gewusst hatte: Freddy war mein Killer, aber was er tat, waren eher Hinrichtungen als Morde. Er übte Gerechtigkeit, seine Version von Gerechtigkeit, für begangene Verbrechen. Und diese Verbrechen waren der Grund für die Geschwindigkeit, mit der die Dinge sich plötzlich entwickelten.
»Sie haben gebetet?«, sagte Violet zu Pater Bremner.
Er nickte milde. Der Hirsch war eine eindrucksvolle Antwort gewesen, dachte ich. Er lächelte Violet an wie eine verlorene Tochter.
»Pater Bremner, Violet Winters, Violet, Pater Bremner.«
»Folgt mir«, sagte Pater Bremner. »Wir setzen uns ans Feuer und halten Kriegsrat. Gut, dass Zach und ich Brownies gemacht haben.«
Er führte uns in die behagliche alte Bibliothek mit ihrem Kaminfeuer, vor dem auf einem großen runden Kniekissen vier Platzdeckchen mit Brownies und Milch angeordnet waren.
»Fehlt da nicht jemand?«, fragte Violet.
»Er kommt schon noch. Ich habe ihm gesagt, er soll im Schlafanzug herunterkommen.«
Ich nahm mir einen Stuhl neben Violet und überließ Pater Bremner seinen üblichen Platz, von dem aus er nachdenklich ins Feuer starrte.
»Wir haben früher immer Milch und Kekse für den Weihnachtsmann hingestellt«, sagte Violet.
»Und ich, kriege ich keine?« Zachary stand in der Tür, rieb sich die Augen und grinste. »Hi, Dad«, sagte er.

»Ich wusste doch, für irgendwen müssen die hier stehen«, zog Pater Bremner ihn auf. Zach kam zu mir, um mich zu umarmen, und boxte den alten Priester im Vorbeigehen freundschaftlich in den Arm.

»Hi, Kiddo.«

»Hi, Pater. Hi, Dad.«

»Hi, Zachary.«

Das war Violet.

»Erinnerst du dich an Dr. Winters, Zachary? Ihr habt euch im Krankenhaus getroffen.«

»Klar. Sie sind die Dame, die aussieht wie mein Schutzengel.«

»Aha«, sagte Violet.

Pater Bremner lehnte sich gelassen zurück. Wir anderen erledigten die Begrüßungen und vertilgten die Brownies. Ich bemerkte, dass Pater Bremner eine kleine Bibel neben seinem Stuhl liegen hatte, dazu ein großes Kruzifix und drei Ampullen mit Öl, die Sorte, die man für die Letzte Ölung verwendet. Er wirkte wachsam und gelassen. Ich hatte den Eindruck, dass er auf ein Stichwort wartete, und wenn es kam, würde er beginnen.

Das Feuer im Kamin duckte sich und wich zurück. Pater Bremner griff nach seiner Bibel. Das Feuer sprang auf und brüllte. Zacharys Gesichtsausdruck war entschlossen. Er starrte stirnrunzelnd in die Flammen.

»Du machst mir keine Angst«, sagte er. »Ich weiß, wer du bist, und du machst mir keine Angst mehr.«

»Wer ist es, Zachary?«, fragte Violet. Ich wollte unterbrechen, aber Pater Bremner wies mich mit einer Handbewegung an, den Mund zu halten. Dies war nicht mein Drama, und Violet und er waren ausgebildet für das, was sie taten. Nennen Sie's Hypnose, nennen Sie's Exorzismus, wir würden die Dämonen austreiben und die Geschichte hören, die mein Sohn zu erzählen hatte.

»Zachary, ich werde dir helfen«, sagte Violet. »Ich möchte, dass du dich zurücklehnst und die Augen schließt. Du bist vollkommen sicher hier, Zachary. Dein Vater ist hier und ich bin hier und Pater Bremner ist hier, und wir sind hier, weil es für dich sicher ist, dich zu erinnern. Du kannst dich zurücklehnen und die Augen schließen.«

Mein Sohn sah von einem zum anderen. Wir nickten bestätigend. Zachary lehnte sich zurück und schloss die Augen.

»Ich zähle jetzt von zehn bis eins, Zachary, und ich möchte, dass du dir dabei vorstellst, du stehst in einem Aufzug. Der Aufzug trägt dich langsam und sicher abwärts an einen warmen, sicheren Ort mit einem großen bequemen Sessel, wo du dich in Sicherheit ausruhen und erinnern kannst. Bist du so weit?«

Zachary nickte.

»Gut. Dann fangen wir jetzt an. Zehn, wir betreten den Aufzug. Neun, wir bewegen uns langsam nach unten. Acht, wir sinken tiefer ...«

Während Violet Zachary in Trance versetzte, spürte ich, wie mich selbst Ruhe überkam. Der Ausdruck »spirituelles Heilen« fiel mir ein. Meinen Sohn zu heilen war das Ziel, das wir verfolgten.

»Drei ... jetzt sind wir fast unten. Da kannst den Sessel schon sehen ... Zwei ...«

Zachary sah ruhig und friedlich aus wie ein Engel. Dafür allein war ich schon dankbar.

»Du setzt dich jetzt in deinen Sessel, Zachary. Es ist der sicherste, bequemste Sessel, den es gibt. Du bist hier sicher genug, um dich zu erinnern, Zachary, um dich daran zu erinnern, was dir passiert ist. Du wirst alles sehen und uns davon erzählen ... es kann dir nicht mehr wehtun.«

Violet verströmte eine Aura von Zuversicht und Vertrauen, die mich nach dem, was sie selbst durchgemacht hatte, mit Bewunderung erfüllte.

»Bist du so weit, Zachary?«, fragte sie.

»Ich bin so weit«, antwortete mein Sohn.

Ich war es, der nicht so weit war. Ich war es, der Hilfe brauchte. Ich spürte, wie Wut durch mich hindurchzuckte, als ich das Engelsgesicht meines Sohnes sah. Welches Schwein konnte ein Kind verletzen? Fred Fury? Oscar? Ich hätte sie beide umbringen können in diesem Augenblick.

»Vater unser im Himmel, vergib uns unsere Schuld, wie auch wir vergeben ....« Pater Bremner betete fast unhörbar. Ich hoffte, dass er für mich betete.

»Wir wissen, dass du ein schlimmes Geheimnis mit dir herumträgst, Zach. Du kannst es uns erzählen. Niemand wird wütend auf dich sein.«

Das Feuer flackerte und prasselte. Waren es nur meine katholischen Assoziationen? Feuer – Teufel – Dämon – Hölle? Was wir taten, kam mir vor wie ein Exorzismus.

»Oscar hat komisches Zeug mit mir gemacht«, sagte Zach leise. Ich konnte ihn kaum verstehen. Das Tosen in meinen Ohren übertönte alles.

»Was für Zeug?«, fragte Violet.

»Er war albern. Er hat mich gebadet. Er hat Bilder gemacht.«

»Er hat Bilder gemacht? Warum hat er Bilder gemacht?«

»Er hat gesagt, es ist für Mommy, aber ...«

»Hast du ihm nicht geglaubt, Zachary?«

»Nein … eigentlich nicht. Er war mein Freund. Er hat mich überallhin mitgenommen. Wir haben Spaß gehabt.«

»Hat er dir Geld gegeben für die Bilder?«

»Nein. Aber er hat mir einen Haufen Sachen gegeben. Teddybären und Baseballzeug und ein Basketballnetz. Und Eintrittskarten hat er auch besorgt.«

»Du hast ihn also die Bilder machen lassen, weil du die Spiele sehen wolltest und weil du Sachen bekommen hast?« Violet hörte sich neugierig an.

»Ja. Er hat gesagt, Daddy würde nicht mit mir hingehen.«

Ich umklammerte die Armlehnen meines Stuhls und hielt den Mund. Ich hielt den Mund, obwohl ich am liebsten geschrien hätte. »Nein, Junge, NEIN. Ich hätte mir Zeit genommen, wirklich …«

Violet warf mir einen mitfühlenden Blick zu.

»Hat er deinen Penis angefasst, Zachary? Hat Oscar dich da angefasst?«

»Nein.«

»Bist du sicher, Zachary?«

»Nein. Oscar hat mich da nicht angefasst … Sein Freund, der hat.«

»Welcher Freund, Zachary? Weißt du, wie er heißt?«

»Er war Oscars Freund. Der große Mann.«

»Ich möchte, dass du dich erinnerst, Zachary.«

»Erst haben sie mir komisches Zeug zu trinken gegeben.«

»Was für komisches Zeug, Zach?«

»Wie Kool-Aid, aber mit einer richtigen Kirsche drin. Zwei Kirschen. Eine für jeden von ihnen, haben sie gesagt. Sie war richtig hübsch. Sie hatte rote Haare, aber mein Engel hat gesagt, vielleicht war das eine Perücke.«

»Was ist dann passiert? Wo hat er dich angefasst?«

»Da unten.«
»An deinem Penis, Zachary?«
»Dahinter. An meinem Pipi und hinter meinem Pipi.«
»Hat er dir wehgetan, Zachary?«
»Der große Mann hat mir wehgetan. Sie haben mich auf den Tisch gelegt, und dann haben sie mir wehgetan, aber mein Engel hat gesagt, sie sollen aufhören.«
»Wo ist das passiert?«
»Da, wo die Musik ist. Sie haben mir wehgetan, aber mein Engel hat mich weggebracht.«
»Dein Engel? Du hast einen Engel, Zachary?«
»Ja.« Zachary lächelte. »Freddy. Er hat ihnen gesagt, sie sollen aufhören, und dann hat er mich weggebracht. Sie waren ziemlich wütend. Oscar auch.«
»War Oscar da, Zachary?«
»Ja.«
»Waren diese Leute Oscars Freunde?« Violets Tonfall war sanft und neugierig.
»Ja. Aber er hatte Angst vor ihnen.«
»Waren sie Freunde von deinem Engel?«
»Ja. Aber er war wütend auf sie, und sie waren wütend auf ihn.«
»Warum waren sie wütend auf ihn?«
»Er hat gesagt, er hilft ihnen nicht mehr.«
»Bei was, Zachary?«
»Du weißt schon. Bilder von kleinen Jungen machen.«
»Gibt es noch etwas, das du uns gern erzählen würdest, Zachary?«
»Ja. Oscar hat mir auch wehgetan. Er hat mich da angefasst.«
»Hast du Oscar gehasst, Zachary? Es wäre ganz in Ordnung, wenn du Oscar hasst, weil er dir wehgetan hat.«

»Ich habe Oscar nicht gehasst, aber Freddy schon. Freddy ist mein Engel. Er hat gesagt, es ist schlecht, was Oscar macht. Er hat gesagt, schlechte Männer haben es mit ihm gemacht, als er ein kleiner Junge war, und es hat ihn selbst schlecht gemacht.«

»Hat er dir erzählt, was er Schlechtes getan hat?«

»Er hat gesagt, er hat Leuten Schlechtes angetan. Dann ist er krank geworden davon und gestorben und zurückgekommen und war mein Engel.«

»Das hat er dir gesagt?«

»Ja.«

»Wie hat dein Engel ausgesehen, Zachary? Hatte er große Flügel?«

»Nee.«

»Hatte er ein langes weißes Kleid an?«

»Er hatte eine Baseballjacke an.«

»Und wie hat er ausgesehen?« Violet war allzu ruhig.

»Wie du. Genau wie du. Aber er ist ein Mann.« Violet zuckte zusammen.

»Warum nennst du ihn einen Engel? Woher weißt du das, wenn er keine Flügel hat?«

»Weil er mich gerettet hat. Er hat eine Baseballjacke an, aber er hat mir erzählt, dass er mein Engel ist.« Es klang stolz.

»Zachary, wo war deine Mommy, als das passiert ist? War sie nicht da?« Jetzt stellte Violet meine Frage.

»Sie hat getrunken«, sagte Zachary leise. »Seit Daddy weggegangen ist, trinkt sie jeden Tag.«

Violet warf mir einen Blick zu. Innerlich brüllte ich.

»Zachary, es ist Zeit zurückzukommen ... Du wirst dich viel, viel besser fühlen, weil du uns dein Geheimnis verraten hast. Du wirst aufwachen und deine Brownies essen, und dann wirst du dich richtig ausschlafen. Ich werde jetzt von zehn bis eins zählen …«

Violet begann, Zachary in die Wirklichkeit zurückzuholen. Ich wartete, bis seine Lider zu flattern begannen. Er atmete schnell und tief und sah eine Spur verwirrt aus. Ich sagte ihm, ich sei stolz auf ihn. Er wirkte schläfrig und zufrieden. Er griff nach einem Brownie und begann zu kauen.

»Daddy kommt morgen zurück«, sagte ich. »Iss deine Brownies und geh schlafen. Morgen gehen wir angeln.«

»Ich zeige dir und deinem Vater die besten Plätze«, versprach Pater Bremner. Er winkte mich fort – er würde für Zachary sorgen. Violet legte mir die Hand auf den Arm und führte mich hinaus auf den Gang. Ich schloss die Tür der Bibliothek hinter uns.

»Wir haben Glück gehabt«, sagte Violet. »Manchmal ist es viel schwieriger.«

»Können wir uns auf das verlassen, was er gesagt hat?«

»Ich glaube, ja. Ich habe versucht, ihm nicht allzu viel zu suggerieren. Erinnerungen können falsch sein, aber sie können auch nur zu wahr sein. Ich glaube, was wir jetzt haben, ist die Wahrheit, und es ist so gut wie vollständig.«

»Ich weiß jetzt, nach wem ich suche«, sagte ich. »Malcolm Crutcher. Er kommt an so viele Kinder heran, wie er will. Alle Welt schätzt ihn. Da, wo die Musik ist – das ist sein Haus. Er wohnt am Ravinia-Musikpark.«

Violet taumelte. Ich fing sie auf und lehnte sie an die Wand. »Jesus Christus. Mir wird übel.«

»Was ist los?«

»Ich habe Patienten an ihn überwiesen. Wir alle. Sein Ruf war untadelig. Ich hätte wissen sollen …«

»Woher hättest du es wissen können? Er hat alle Welt getäuscht. Er hat mich getäuscht. Der große Kinderfreund und Philanthrop. Sitzt im Beirat sämtlicher sozialer Einrichtungen. Der Heilige, dem die Eltern vertrauen. Wahrscheinlich hat er sich selbst erzählt, dass er den Kindern einen Gefallen tut. Ein paar Besuche im Art Institute und drei Mahlzeiten am Tag, ist das nicht ein bisschen Sex wert?«

Violet holte tief und konzentriert Atem. Sie sah aus, als würde sie ohnmächtig werden.

»Alles in Ordnung?«

»Alles in Ordnung«, versicherte sie. Ich streichelte ihre Wange.

Die Tür zur Bibliothek öffnete sich. Pater Bremner trat in den Gang hinaus. »Er schläft«, flüsterte er.

»Es wird Zeit für mich«, sagte ich.

Pater Bremner verschwand wieder in der Bibliothek.

Violet berührte meinen Arm. »Versprich mir, dass du heil zurückkommst.«

»Ich komme zurück«, versprach ich. Bremner kam wieder in den Gang heraus, die Ampullen mit Öl in der Hand.

»Bleiben Sie bei dem Kind, das wird Sie trösten«, sagte er zu Violet. Er selbst begleitete mich bis zur Tür.

»Ich möchte, dass Sie eine Waffe haben«, sagte ich zu ihm.

»Ich habe meinen Schutz. Unter anderem eine Waffe.«

»Passen Sie auf sie auf. Und seien Sie vorsichtig.«

»Passen Sie auf sich selbst auf, mein Sohn«, unterbrach er mich. Ich streckte die Hand schon nach dem Riegel aus, aber er hielt mich zurück.

»Einen Augenblick«, sagte er, während er das Siegel auf einer der Ampullen zerbrach.

Ich wartete ungeduldig, als er mir mit einem Tropfen Öl ein Kreuz auf die Stirn zeichnete.

»Gott sei mit dir.«

»Danke. Danke.« Ich schob den Riegel zurück, stieß die schwere Tür auf und ging zu meinem Auto.

60

Es war eine Fahrt von dreißig Minuten – weniger, wenn ich sie nicht überlebte. Ich war nicht das eigentliche Problem, und Malcolm Crutcher musste es inzwischen wissen. Ich betete darum, dass mir nichts dazwischenkommen würde – keine Sheriffs, keine unfallflüchtigen Hirsche, keine Zwischenfälle, welcher Art auch immer. Ich wollte selbst der Zwischenfall sein. Ich wollte das Schwein umbringen, und ich wollte, dass er wusste, wer ihn umbrachte.

Die Teile des Puzzles lagen an ihrem Platz. Das Verbrechen hinter den Verbrechen war ein Kinderpornoring. Freddy war der Renegat. Einen nach dem anderen schaltete er jetzt die Männer aus, die ihn in dieses Leben hineingeführt hatten. Aber was war mit Oscar? Ah, ja. Freddy war wütend auf ihn gewesen. Und was war mit Johnny Vanilla?

»Hat nichts mit mir zu tun«, hatte Freddy gesagt.

Natürlich: aber mit Malcolm und Ilene. Und sie hofften, es Freddy oder Big John D'Amato in die Schuhe schieben zu können. Genau wie in der Welt der Restaurants hatte Johnny aufsteigen wollen. Er war gierig. Malcolm und Ilene zogen es vor, dass die Dinge blieben, wie sie waren. Und »Hier ist Johnny« war sein letzter Vorhang gewesen. Es passte zusammen – mit einer einzigen Ausnahme. Wie brachten sie es fertig, Freddys blutige Vorgehensweise zu verfolgen und nicht zu wissen, dass er vor ihnen nicht Halt machen würde? Welche Sicherheit hatten sie? Natürlich! Violet. Sie hatten sie verdächtig erscheinen lassen, um mich abzulenken, und sie ließen sie leben, weil sie Freddys einzige verwundbare Stelle war. Wenn er sie bedrohte, würden sie sie erpressen – oder Schlimmeres. Jetzt hatte ich Violet, und die Crutchers waren in Gefahr. Freddy würde sie finden, bevor sie ihn finden konnten.

Der Himmel war zartrosa, als ich Highland Park erreichte. Ich fuhr ins Raviniaviertel hinauf in die Wohngegend, wo Musik in der Luft trieb wie ein Begleitkonzert für die leuchtenden Träume und finsteren Geheimnisse ihrer Bewohner.

Die Musik schwieg, als ich im Morgengrauen Dr. Crutchers Auffahrt erreichte. Ein Flutlicht beleuchtete den Platz vor dem Haus, und in einem der Schlafzimmerfenster brannte Licht – eine Schaltanlage, nahm ich an.

Ich zog die Waffe und stieg aus. Ich wollte am Haus vorbei nach hinten gehen, als ich bemerkte, dass die vordere Tür einen Spalt weit offen stand. Ich schlüpfte hinter eine Ligusterhecke. Die Tür schwang weiter auf. Crutcher taumelte auf mich zu. Ich trat ins Freie.

»Detective! Sie sind ein bisschen spät dran …«

»Du Schwein.« Ich spannte den Hahn. »Unschuldige Kinder …«

»Aber ich habe sie gerettet«, sagte er und stürzte aufs Gesicht. Er war sehr, sehr tot. Ein schmaler gewellter Kris steckte in seinem Rücken. Fred Fury war mir zuvorgekommen.

Der Schutzengel meines Sohnes trat aus der Tür, gekleidet in eine schneeweiße Toga, die Cubs-Jacke über dem einen Arm, in der anderen Hand hielt er seine Walther PBK. Ich hätte abdrücken können, aber das war Violets Bruder. So dünn und krank er auch aussah, der Ausdruck auf Freddy Furys verwüstetem Gesicht war der eines Racheengels.

»Und seine Frau?«, fragte ich.

»Oh, sie habe ich mir zuerst vorgenommen.« Dr. Malcolm Crutcher und seine Frau waren mit einer Befriedigung hingerichtet worden, die ich nur erahnen konnte.

»Das ist für Sie«, sagte Freddy und warf mir die Satinjacke zu. »Auch wenn Sie's vielleicht nicht glauben, sie bringt Glück. Gehen Sie mit Ihrem Jungen zu ein paar Spielen. Und kümmern Sie sich um meine Schwester, okay?«

»Sie …«, begann ich, aber er unterbrach mich mit einer Geste der Hand, in der er die Waffe hielt.

»Ich komme mit, aber erst hören Sie mir zu.« Freddy hatte ein gutes Argument in der Hand. Es war ein Remis, wenn ich ihn nicht erschießen wollte. Er winkte mich zu einer dekorativen weißen Gartenbank. »Entspannen Sie sich. Ich tu's auch.«

Damit setzte er sich auf die Bank gegenüber, die Waffe immer noch in der Hand. Zwischen uns lag ein kleines ovales Beet in üppiger Blüte.

»Hübsch, nicht?«, fragte Freddy. Ich muss sagen, er wirkte ganz wie ein Mann, der seinen Frieden gefunden hatte.

»Hübsch«, stimmte ich zu.

»Genau wie die Kinder«, sagte er. »So hübsch, so unschuldig, so sauber und schön. Vielleicht war das der Reiz. Nicht, dass es drauf ankäme. Was ich getan habe, war pervers.«

»Machen Sie weiter.«
»Ich bin froh, dass Sie Katholik sind, Detective. Sie wissen, was eine Beichte ist.«
»Ich weiß, was Schuld ist.«
»Ah. Das ist eine ganz andere Sache.«
»Was wollen Sie sagen, Freddy? Dass Sie nicht verantwortlich sind?«
»Bitte, Detective. Ich bin sogar sehr verantwortlich. Ich habe im Alleingang einen Pornoring ausgeschaltet, dem meiner Berechnung nach fünfhundert Kinder zum Opfer gefallen sind. Fünfhundertdrei, um genau zu sein.«
»Herrgott.« Freddys Waffe war auf mich gerichtet, und meine eigene Hand zitterte.
»Fünfhundertdrei zwischen sieben und siebzehn, verteilt auf zwanzig Jahre und siebzehn Bundesstaaten. Muss ich dazusagen, dass Millionen von Dollar geflossen sind?«
»Wie war das möglich?« Ich glaubte ihm die Zahlen.
»Na ja, meistens haben sie sie betäubt. Das hat es sicher einfacher gemacht.«
»Aber wenn sie wieder bei ihren Eltern waren …«
»Der Trick war ja gerade, Kinder ohne Eltern auszusuchen, oder solche mit Eltern, denen es egal war. Nehmen Sie unsere Mutter. Hat Violet Ihnen erzählt, dass unsere Mutter eine drogensüchtige Stricherin war? Vielleicht ist das zu hart. Sagen wir ein nettes Mädchen aus der Provinz mit zwei Kindern und chronischem Geldmangel. Unsere Mutter war froh, uns los zu sein.«
»Das tut mir Leid.«
»Ich trag's ihr nicht nach, Detective. Ich glaube, ich habe hinreichend klar gemacht, wem ich die Schuld gebe. Crutchers Kinderheime waren voller Kinder mit genau solchen Müttern. Was hatte das bisschen Sex schon zu

bedeuten, wenn man Sicherheit und ein warmes Bett dafür kriegte? Das hat Crutcher immer gesagt. Ich bin sicher, er dachte, er tut meiner Schwester und mir einen Gefallen. Nur ist es dann aus dem Ruder gelaufen, und sie ist weggerannt. Ich hatte zu viel Angst. Und jetzt wissen Sie auch, warum.«

»Crutcher war also immer der Anführer?«

»Er war der Kopf. Nesbitt war der Schwanz. Unserer Mutter hat er gesagt, er gibt uns Kunstunterricht, wenn wir ihm Modell stehen. Brüderlein und Schwesterlein. Vielleicht hat er ihr auch Geld gegeben. Sie könnten meine Schwester fragen.«

»Ich weiß nicht, ob sie sich erinnert.«

»Nein. Wahrscheinlich nicht.« Freddy wirkte wehmütig. »Darum habe ich sie immer beneidet. Als ich sie gefunden hatte, habe ich's nicht fertig gebracht, alles wieder aufzustören. Wissen Sie, wie schwer es für ein Kind ist, ein anderes Kind in einer Pflegefamilie zu finden? Ich habe Jahre gebraucht.«

»Das tut mir Leid.«

»Sie sagen das dauernd, Detective. Es ist nicht Ihre Schuld. Ich würde sagen, Sie sind ein ganz guter Polizist. Ihr Sohn findet das jedenfalls. Sogar Oscar dachte das. Ich hab's nicht glauben können, als er mit Ihrem Jungen ankam.«

»Oscar hat also ...«

»Crutcher wollte sichergehen, und deshalb brauchte er einen Polizisten. Wen hätten wir denn fragen sollen, Sie? Außerdem hatte Oscar seine Vorlieben, wie Sie ja vielleicht wissen. Johnny konnte ihn beeinflussen.«

»Bestechen, meinen Sie.«

»Genau. Was für ein kleiner Heuchler. Er und seine Inselreligion; ein Kick wie alles andere, mehr war es nicht für ihn. Oder die Bremsen haben versagt. Das hat Robert jedenfalls geglaubt. Ganz ehrlich, ich glaube nicht, dass Oscar Ihren Sohn da reinziehen wollte. Und ganz ehrlich, es ist mir auch egal. Er hat's getan. Genau wie Johnny Vanilla: er wusste einfach nicht, wo er hätte aufhören sollen.«

»Ich dachte, das mit Johnny waren Sie nicht.«

»Ich war's auch nicht. Johnny hat sich selbst erledigt. Er war einfach zu gierig.«

»Das dachte ich mir.«

»Malcolm hat entschieden, dass er auf ihn verzichten kann. Er hat auch John D'Amato überzeugt. Wie, das weiß ich nicht.«

»Angela Remo ist D'Amatos Nichte. Vanilla hat seine Spielchen mit ihr getrieben.«

»Das wusste ich nicht. Kein Wunder, dass er Malcolm erlaubt hat, Johnny zu erledigen.«

Dieser Informationaustausch bekam eine entspannte Note.

»Was wollen Sie noch wissen?«, fragte Freddy.

»Mein Cousin Charles?«

»Wusste nichts, hatte aber seine Vermutungen. Ich habe eine Adresse für Sie: 615 Roscoe, das Penthouse. Es ist alles in Ordnung und wartet auf Sie. Ihr Cousin hat mich geliebt, Detective. Deshalb habe ich ihm gesagt, er soll aus der Stadt verschwinden. Crutcher hätte ihn umgebracht … Noch was?«

»Warum haben Sie aufgehört? Wenn es ein solcher Zwang ist, wie haben Sie das fertig gebracht?«

»Gute Frage. Vielleicht war es die Diagnose. Vielleicht auch, dass ich mich am Ende wirklich verliebt habe – in

einen anständigen Menschen meine ich. Vielleicht waren es seine Gebete. Sein Opfer. Er für sie, hat er gesagt.«
»Chabrol ...« Ich dachte an die Sanftmut des Mannes, die Schönheit seiner Wandgemälde, die Schönheit sogar seines Todes.
»Er war ein guter Mensch«, sagte Freddy.
»Ja, das habe ich auch gespürt.«
»Ich bin froh, dass Sie's gemerkt haben. ›Meine Dunkelheit‹ hat er's genannt. Ich habe Zwang gesagt, er hat Dunkelheit gesagt. Er fing an, für mich zu beten. Und ich bin gerettet worden. Oder so etwas.«
»Oder so etwas würde ich sagen. Sie haben Menschen umgebracht, Freddy.«
»Es waren keine Menschen mehr. Ich betrachte es als Sicherheitsverwahrung. Sie wollten nicht aufhören, also habe ich dafür gesorgt, dass sie aufhören.«
Er unterbrach sich und sah mir direkt ins Gesicht. »Sie haben verlangt, dass ich Ihren Sohn für sie bumse, Detective. Trotz der Krankheit.«
Als er Zachary erwähnte, hob ich instinktiv die Waffe, eine alberne, vollkommen unbewusste Reaktion.
»Sparen Sie sich die Mühe«, sagte Freddy.
Und damit war es vorbei. Als hätte er es tausendmal, nein, zehntausend Mal geübt, setzte Fred Fury sich die Mündung an die Schläfe und drückte ab.
Er stürzte und schlug auf dem Boden auf wie ein gefallener Engel; die Toga blähte sich weiß über dem Rot seines zerschmetterten Schädels.
In seinem Penthouse war alles für mich vorbereitet, wie Fred Fury es versprochen hatte. Er hinterließ mir ein detailliertes Tagebuch seiner eigenen Verbrechen und der der anderen. Ich will Ihnen sagen, was ich fand.

Als ich die Tür von Nummer 615 aufschloss, begegnete ich Freddy selbst auf einem Wandgemälde, das ihn als Engel zeigte, das Schwert in der Hand. Ich kannte den Stil aus Chabrols Wohnung, und als ich nach der Signatur suchte, fand ich ein Monogramm F. F in der rechten unteren Ecke. Mein Cousin Charles hatte Recht gehabt. Der Mann war ein Künstler gewesen.
In der Wohnung fand ich alles, was ich brauchte. Eine Liste der verschwundenen und der missbrauchten Kinder. Eine Mappe mit ihren Namen, ihren Fotos und ihrem Schicksal, so weit er es kannte. Eine zweite Mappe mit Stammkunden, Notizen über den von ihnen bevorzugten Typ Pornografie und ihre kriminellen Aktivitäten, wenn es welche gab. Eine dritte Mappe mit Internetadressen und anderen kommerziellen Quellen. Die vierte Mappe trug meinen Namen. Sie enthielt ein ledergebundenes Tagebuch und einen kurzen Brief auf dem üblichen Papier.

Detective Mayo,
Kümmern Sie sich um meine Schwester. Ich glaube, sie liebt Sie. Zweifellos müssen Sie erkannt haben, dass sie viel Gutes in sich trägt. Würdigen Sie, was sie aus unserer gemeinsamen Geschichte gemacht hat. Vergleichen Sie es mit dem, was ich daraus gemacht habe. Dieses Tagebuch enthält meine persönliche Geschichte, so weit ich sie kenne. Es kann mein Leben nicht entschuldigen, aber es kann es vielleicht erklären. Tun Sie damit, was Sie für richtig halten.

Val McDermid

Schlussblende

Es gibt nichts Gefährlicheres als die Wahrheit ...
Shaz Bowman ist Mitglied eines Elite-Polizeiteams, das das Verschwinden von 30 Mädchen aufklären soll. Als sie einen berühmten TV-Star verdächtigt, wird sie ausgelacht – und wenig später ermordet aufgefunden ...

»Val McDermid schreibt ungeheuer fesselnd!«

Minette Walters

Knaur